KB271551

한국 이별시가의 전통

한국 이별시가의 전통

한국 이별시가의 전통

박춘우

도서출판 역락

머리말

고전시가를 전공한 지 어느덧 15년이 되었다. 한 방면에 관심을 갖고 꾸준히 매진하다보면 어느 정도 문리가 트일 법도 한데 아직도 갈 길은 아득하게 보인다. 그렇지만 온 길을 되돌아보며 앞길을 가늠해 보기로 하였다.

이별은 동서고금을 통하여 끊임없이 문학 작품의 제재가 되어왔다. 이는 만남의 기쁨보다는 이별의 슬픔이 사람들에게 더 곡진한 감정을 일으키기 때문일 것이다. 회자정리(會者定離)라는 말이 보여주듯이 인간 삶의 총체적인 모습은 수없는 만남과 이별의 연속이다. 따라서 인간의 정서를 그 주된 영역으로 하는 문학에서 이별의 문제는 중요한 연구 대상이 된다. 한국 시가에 있어서 이별의 문제는 선학들에 의해 다양하게 연구되어 왔다. 그러나 한국 이별시가의 전통에 대한 체계적이며 종합적인 연구는 아직 없었다.

한국 이별시가의 전통을 살펴보는 작업은 고전문학과 현대문학의 연속성 문제를 다루는 데 특별한 의미를 지닌다. 이를 통해 한국인의 기층 정서나 삶의 양식을 전체적으로 조망해 보는 한편, 오랫동안 축적되어 온 문학적 집적물에서 지속과 변화의 맥락을 추출하여 한국 시가문학의 특질을 구명해 볼 수 있으며, 나아가 외국 이별시와의 비교 연구를 위한 발판을 마련할 수 있을 것이다.

한국 이별시가의 전통을 살펴보는 일은 결국 우리 문학의 정체성을 구명하려는 노력의 일환이다. 현재 진행되고 있는 세계화 추세는 민족문화의 정체성을 외면한 채 외부 세계로만 눈을 돌리고 있다. 민족적 특수성과 세계적인 보편성의 조화가 우리가 나아가야 할 바람직한 방향이라고 볼 때 한국 이별시가의 전통을 살펴보는 일은 소중한 작업이며, 이 글은 이에 일조할 것이다.

이 책은 모두 2부로 이루어져 있다.

'제1부 고전시가에 나타난 이별의 양상'은 박사학위 논문인 「고전 이별시가 연구」를 실은 것이다. 고전시가의 사적 전개 양상을 구체적으로 살펴보기 위해 이별의 상황과 수용 태도가 갈래별로 어떻게 나타나는지를 알아보고, 이를 토대로 각 갈래별 이별시가의 특징을 밝혀서 고전 이별시가의 전통성과 시대성을 살폈다. 제2부는 고전 이별시가의 유형성과 현대 이별시와의 관련 양상을 살핀 논문을 실었는데, 제1장과 제3장은 제1부의 연장선상에 있다. '제1장 고전 이별시가의 정서 유형'에서는 고전 이별시가의 정서 유형을 정서 유발의 유형과 정서 표출의 유형으로 나누어 고찰해 보았으며, '제3장 고전 이별시가와 현대 이별시의 관련 양상'에서는 고전 이별시가에 보이는 이별의 수용 태도가 현대 이별시에서 어떻게 지속되고 변모되어 나타나는지를 살펴보았다. 그리고 '제2장 미인곡계 가사의 유형 구조'는 석사학위 논문인 「유배가사 연구」를 쓰면서 관심을 가졌던 것으로, 미인곡계 가사의 존재 양상과 내적 특질을 밝혀보았다.

나는 다행스럽게 선생님 복이 많았다. 학문하는 자세와 방법뿐 아니라 하나에서 열까지 꼼꼼히 애정을 갖고 지도해주신 박진태 선생님께 진심으로 고개 숙여 감사드린다. 그리고 논문을 심사해주신 최창록·이동근·김대행·성호경 선생님들께도 깊이 감사를 드린다. 이 책의 제1부에 해당하는 박사학위 논문은 한국학술진흥재단의 신진연구인력지원을 받아 이루어졌다. 이 자리를 빌어 관계 기관에도 감사한다. 또한 어려운 시기에 이 책을 출판해준 도서출판 역락에 감사를 드린다.

끝으로 끊임없이 공부하라고 격려하고 뒷받침해주신 부모님께, 공부하는 남편을 둔 탓에 늘 마음과 몸 고생을 하고 있는 아내에게, 그리고 건강하게 잘 자라준 두 아들에게 이 책을 통해 사랑을 전한다.

2004년 4월 5일

박 춘 우

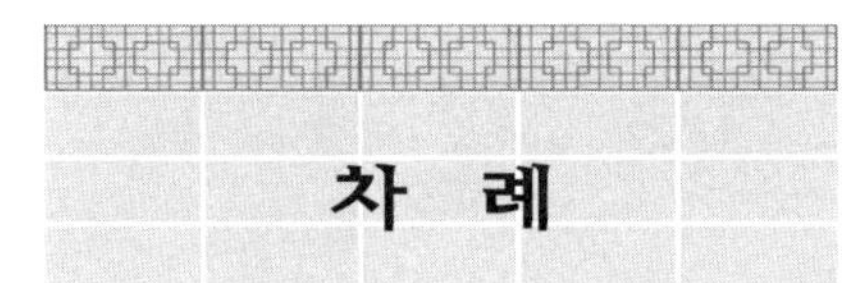

차 례

제1부
고전시가에 나타난 이별의 양상

❖ ❖ ❖

제 1 장 서 론

1. 연구의 목적

이별은 인간의 삶 속에서 보편적으로 체험하게 되는 상황으로서 서
정의 본질인 갈등을 필연적으로 유발시킨다. 이런 까닭에 이별은 동서
고금을 통하여 끊임없이 서정 문학의 제재가 되었다. 우리의 시가에서
도 이별의 정서는 <공무도하가>, <황조가>와 같은 고대가요에서부터
시작되어 향가, 고려속요, 시조, 가사, 민요를 거쳐 현대시에 이르기까지
면면히 이어오면서 표현되어 왔다.

시가문학에 나타나는 이별의 문제는 이미 많은 선학들에 의해 다양
하게 연구되어 왔다. 그러나 이별시가에 대한 전반적이고 체계적인 연
구는 없었다. 따라서 개화기 이전의 이별시가에 나타난 이별의 상황과
수용 태도가 어떠했으며, 그것이 시대에 따라 어떻게 지속되고 변모되
어 왔는지를 확인해 보기로 한다. 이 작업을 통해 고전문학과 현대문학
의 연속성[1]을 구명할 수 있는 기반이 조성되고, 더 나아가서는 외국 이
별시가와의 비교 연구를 위한 발판이 마련될 수 있을 것이다.

---

1) 고전문학과 현대문학의 연속성 문제에 대한 논의는 이미 어제오늘의 일이
   아니다. 그럼에도 불구하고 이러한 논의가 계속 요청되고 있는 것은, 역으로
   그만큼 뿌리깊은 단절 의식이 암암리에 작용해 왔다는 사실을 반증하며, 아
   울러 실제적인 성과가 여전히 미흡했다는 사실을 뜻하기도 한다(강연호,
   1998, 「속요의 이별 이미지와 현대시」, 박노준·이창민 외, 『현대시의 전통
   과 창조』, 서울, 열화당, 89쪽 참조).

시(詩)와 가(歌)의 분리 추세에도 불구하고 본 연구에서 시가라는 용어를 사용하여 민요를 시가에 포함시킨 것은 김대행의 선행 연구[2])에 의해서이다. 그는 <청구영언> 서(序)에 나타나는 시가일도(詩歌一道) 사상[3])에 근거하여, 시와 가는 형태상의 차이가 있음에도 불구하고 한가지라고 주장한 바 있다. 이처럼 시가라는 용어는 고대에서 현대에 이르는 '율문 양식의 총칭'으로 사용하며, 현대적 의미의 시정신(詩精神, poesie)이라는 개념을 선행시킨 것이 아니다.

또한, 이별시가라는 용어가 관념적이며 추상적일 수 있기 때문에 이별시가의 개념을 정립할 필요가 있다. 국어사전에 정의된 이별의 의미는 대체로 "서로 헤어짐, 혹은 서로 갈리어 떨어짐"[4]) 정도로 풀이되고 있으며, 이와 관련된 단어로 '이별할 때 부르는 노래, 또는 이별에 관한 노래'로 이별가(離別歌), '이별할 때 지은 시'로 이별시(離別詩) 등을 들고 있다.[5]) 그러나 이처럼 이별시가를 '이별에 관한 노래' 혹은 '이별할 때

---

2) 김대행, 1976, 『한국시가의 구조 연구』, 서울, 삼영사, 6~8쪽.
  김대행, 1986, 『시조유형론』, 서울, 이화여자대학교출판부, 13~18쪽.
3) 정윤경(鄭潤卿, 1681~1757)이 『청구영언』의 <서>에서 "옛날의 歌는 반드시 詩를 이용했다. 노래를 문자로 적으면 시가 되고, 시를 관현에 올리면 노래가 되니 歌와 詩는 진실로 한가지이다(古之歌者必用詩 歌而文之者爲詩 詩而被之管絃者爲歌 歌與詩固一道也)."라고 말했다.
4) "서로 갈리어 떨어짐. 헤어짐. 별리(別離)"(이희승 편저, 1981, 『국어대사전』, 서울, 민중서림, 2900쪽).
  "서로 헤어짐. 서로 갈리어 떨어짐"(신기철 · 신용철 편저, 1988, 『새우리말 큰사전』, 서울, 삼성출판인쇄(주), 2671쪽).
  "만나지 못하리라 생각하고 떨어져 감"(한글학회, 1992, 『우리말 큰사전』, 서울, 어문각, 3329쪽).
  위에서 보는 바와 같이 "이별"의 정의는 사전에 따라 큰 차이가 없다. 한편, 『우리말 큰사전』 <고어편>에는 "니별", "니별ᄒ다"를 각각 "이별", "이별하다"의 고어로 보고 그 예시로 "두 해 니별에(二年之別)……", "내 어미를 니별ᄒ고(我別母)……"라 하여 이별의 한자 표기가 "別"임을 밝히고 있다(위의 책, 4955쪽). 북한에서 출판된 『조선말 사전』(상), (1960, 1261쪽)에는 "리별"을 "(오랫동안 만나지 못 할 것을 전제로 하고) 서로 헤어짐."으로 풀이하고 있어 남북한 사전에 따른 의미의 차이는 거의 없다.
5) '이별가'와 '이별시'에 관한 풀이는 사전에 따른 차이가 없다.
  북한의 『조선말 사전』(상), 1960, 1261쪽.

지은 시'라고 보면 실제 이별시가 작품을 선정하기에 많은 무리가 따른다. 그리고 이별의 행위는 '공간적 거리의 떨어짐'만을 전제로 하는 것이 아니다. 비록 공간적으로는 가깝다 하더라도 심리적 거리는 몇 천 리, 몇 만 리가 될 수도 있다. 그러므로 이별의 행위는 '공간적 거리' 못지않게 '심리적 거리(psychic distance)'도 고려해야 한다.

그러므로 본 연구에서는 1차적으로 '공간적 혹은 심리적으로 서로 헤어짐, 또는 서로 갈리어 떨어짐'을 노래하고 있는 작품을 그 대상으로 하며, 2차적으로는 이별과 그에 따르는 정서인 '이별→그리움→기다림(혹은 원망)'까지를 포함한 작품을 이별시가로 본다. 그리고 이별의 대상으로는 연인·부모·형제·처자·군신·붕우·사제 등이 있음을 전제로 한다. 넓게 보면 고향이나 조국을 떠나는 것도 이별로 볼 수 있으나 '고향'이나 '조국'은 비인격체라는 점에서 문제가 될 수 있으므로 본 논의에서는 제외한다. 요컨대, 이별시가는 '인격체간에 공간적 혹은 심리적으로 일시적 또는 영원히 서로 갈리어 떨어짐을 노래한 것으로 이별에 따른 그리움과 기다림 및 그로 인한 대상에 대한 원망의 정서까지를 포함한 작품'으로 개념을 규정할 수 있다.

현재 진행되고 있는 세계화의 추세는 민족 문화의 정체성을 외면한 채 외부 세계로만 눈을 돌리고 있다. 이런 상황하에서 국문학 연구는 자칫 소외되기 쉽다. 민족적 특수성과 세계적인 보편성의 조화가 우리가 나아가야 할 바람직한 방향이라고 볼 때 국문학 연구, 그 중에서 특히 고전 이별시가의 연구는 의의 있는 작업이 될 것이다.

2. 연구사 검토

한국시가에 있어서 이별의 문제는 이미 많은 선학들에 의해 다양하

신기철·신용철 편저, 앞의 책, 2671쪽.
한글학회, 앞의 책, 3329쪽.

게 연구되어 왔다. 그 중 대표적인 업적을 갈래별로 검토하여 그 성과와 한계를 밝히고 그를 토대로 연구의 방향과 과제 및 방법을 모색하기로 한다.

먼저, 고대가요와 향가에 나타난 이별의 문제는 장덕순, 김은자, 김학성, 최재남 등에 의해 논의되었다. 장덕순[6]은 <공무도하가>를 한국의 여심을 노래한 첫 작품으로 보고, 남편이 죽으면 자기도 따라 죽어야 한다는 이 여심이 그후 면면히 우리 노래 속에 계승되어 왔다고 보았다. 김은자[7]는 <공무도하가>에 나타난 '물'의 상상적 세계를 <서경별곡>, <동동> 등과 연관시켜 논의를 확대하여 보았다. 김학성[8]은 고전시가의 갈래별 미의식 유형을 탐구하면서 고대가요, 향가 등에 나타난 이별의 의미를 미의식 유형과 관련시켜 살펴보았다. 최재남[9]은 조선시대를 중심으로 시선집과 유가들의 문집에 수록된 애도시를 도망시(悼亡詩), 곡자시(哭子詩), 곡형제시(哭兄弟詩), 도붕시(悼朋詩)로 나누어 살피면서, 애도시의 구성 요소를 비탄, 진혼, 칭양의 세 층위로 나누어 살펴보았다. 이들 연구는 고전시가 전반에 나타나 있는 이별의 문제를 다양한 관점에서 하나의 논의로 일관되게 묶을 수 있는 방향을 제시해 주었으며, 이별을 노래한 현대시와의 상관관계를 살펴볼 수 있는 길을 열었다는 점에서 의의가 있다.

고대가요·향가에서 제시된 이별의 문제는 고려속요에 와서 보다 구체적으로 다양하게 논의되기 시작하였다. 김대숙[10]은 <가시리>, <서경별곡>, <이상곡>을 중심으로 이별의 표현 양상과 정서를 살피면서, 이들 작품에 나타난 미련과 단념의 이중적 특징을 고찰하였다. 이 논문은 고려속요에 나타난 이별의 양상을, 구체적 작품을 대상으로 심도 있

---

6) 장덕순, 1975, 『한국문학사』, 서울, 동화문화사.
7) 김은자, 1983, 「고전시가에 나타난 '물'의 연구 시고」, 백영 정병욱선생 환갑기념논총간행위원회 편, 『한국시가문학연구』, 서울, 신구문화사.
8) 김학성, 1980, 『한국 고전시가의 연구』, 익산, 원광대학교출판국.
9) 최재남, 1997, 『한국애도시 연구』, 마산, 경남대학교출판부.
10) 김대숙, 1985, 「이별의 표현양상과 정서」, 김대행 외, 『고려시가의 정서』, 서울, 개문사.

게 고찰하였다는 점에서 의의가 있다. 최용수[11]는 지금까지 이루어진 고려가요에 대한 연구가 주로 어석적 연구, 문헌적 연구, 개별 작품에 대한 연구, 그리고 형식 및 내용에 관한 연구 등이 주류를 이루었고 고려가요 전반에 관한 종합적이고 체계적인 작업이 미비했음을 지적하고서, 고려가요의 전반적인 실상을 파악하기 위해 먼저 각 작품을 개별적으로 고구(考究)하고 그런 다음 각 작품의 공통성을 찾아 유형화를 시도한 바 있다. 그 결과 고려가요를 크게 군신가(君臣歌)와 민요(民謠)로 분류하고, 군신가와 민요는 다시 노래의 주제에 따라 여러 항목으로 세분하여 고찰하였는데, 그 중 이별을 주제로 한 노래들을 민요의 '상사(相思)' 항에서 자세히 고찰하였다. 기존의 연구가 주로 개별 작품에 관한 연구에 치중한 데 비해 이 연구는 고려가요 전반에 관한 체계적인 유형 분류가 이루어졌다는 점에서 그 의의를 찾을 수 있다. 정진형[12]은 고려 속요를 단절의 양상과 현실 지향의 화합으로 이등분하여 고찰하였다. 단절의 양상은 부재하는 임, 연약한 자아와 절대적인 임으로 다시 나누어 보았으며, 현실 지향의 화합은 철저하게 현실적으로 감지되는 물리적 거리의 회복 양상으로 나타난다고 보았다. 이 논문의 특징은 이별의 대상과 시기를 구체적으로 분석하였다는 점이다. 윤성현[13]은 화자의 내면 정서를 기준으로 고려속요의 서정성을 유형별로 분류하여 만남의 행위로부터 수반되는 '기쁨', 이별의 상황이 전제된 '아쉬움', 그리고 체념에서 유발되는 '한'의 세 유형으로 나누어 고려속요의 미학적 가치를 규명하면서 이별을 노래한 작품들을 정서적 측면에서 고찰하였다. 이 작업을 통해 <만전춘별사>, <동동>, <서경별곡> 등과 같이 각 연마다 조금씩 다를 수 있는 내용의 복잡다단함이나 그로 인해 파생되는 주제상의 혼란스러움을 해소할 수 있는 길을 열었다. 박진태[14]는 <서경

---

11) 최용수, 1991, 「고려가요의 유형적 연구」, 경산, 영남대학교 대학원 박사학위 논문.
12) 정진형, 1993, 「고려가요의 단절과 화합」, 임기중 엮음, 『고려가요의 문학사회학』, 서울, 경운출판사.
13) 윤성현, 1994, 「고려속요의 서정성 연구」, 서울, 연세대학교 대학원 박사학위 논문.

별곡>을 통사론적, 문학적 관점에서 세 단락으로 분절하고, 각 단락별
로 이별을 수용하는 서정적 주인공인 화자의 태도와 그에 따른 여인형
을 재구성하여 보고, 이를 바탕으로 이별의 양상과 작가층 및 작품의
구성 원리를 심도 있게 고찰하여 <서경별곡>의 각 단락이 의미 있는
관계를 형성하도록 순차적으로 질서화 내지 구조화되어 있음을 밝혔다.
이 논문은 특히 연시체형 고려속요가 단일 가요가 아니라 독립적인 몇
개의 노래가 편사자(編詞者)에 의해 합성되었다 하더라도 유기적 통일성
을 지니도록 개변했을 개연성을 밝혔다는 점에서 의의가 크다.

이별을 노래한 시조에 관한 연구 업적은 먼저 성현경15)에 의해 이루
어졌다. 그는 기녀시조는 대부분 그 주제가 남녀의 애정으로 되어 있다
는 점에 착안하여 기녀시조와 사대부시조의 관계를 살펴보면서, 기녀시
조는 자아와 자연의 관계에서 자연 질서보다 인간 질서를 주로 한다고
말하고, 기녀들이 당대의 현실과 갈등을 시조 작품 속에서 다양한 기교
를 통해 표현하여 시조의 차원을 한층 높였다고 평가하였다.

주제 분류를 통해 이별을 노래한 시조 연구는 서원섭, 이태극 등에
의해 이루어졌다. 서원섭16)은 시조를 평시조・엇시조・사설시조로 나누
어 각각 33항, 26항, 25항으로 주제 분류를 하였다. 이 책에서 이별애
상, 공규원모, 연모상사 등에 대한 정의가 내려졌으며, 이별시조를 체계
적으로 연구할 수 있는 토대를 마련해 주었다. 이태극17)은 유명씨 작품
에서 본 애정관과 무명씨 작품에서 본 애정관으로 크게 양대별하여 고
시조의 애정관을 고찰하면서 애정시조에 포함하여 이별류의 작품을 고
찰한 바 있으며, 『덜고 더한 시조개론』18)에서 20개 항목으로 시조의 내

---

14) 박진태, 1994, 「서경별곡의 합성가요적 특성」, 이상익 외, 『고전문학을 어떻
    게 가르칠 것인가』, 서울, 집문당.
15) 성현경, 1976, 「기녀 시조와 사대부 시조」, 한국어문학회편, 『조선 전기의
    언어와 문학』, 대구, 형설출판사.
16) 서원섭, 1977, 『시조문학연구』, 대구, 형설출판사.
17) 이태극, 1981, 「고시조에 나타난 애정관」, 『시조의 사적 연구』, 서울, 반도
    출판사.
18) 이태극, 1992, 『덜고 더한 시조개론』, 서울, 반도출판사.

용을 분류하는 가운데 별리애상의 노래를 고찰하였다.

박진태[19]는 애정시조를 애정전달형과 대인환각형으로 하위 분류하여, 애정전달형에서는 전대의 시가와 시조를 비교하여 애정시가의 전통적 맥을 파악하고자 하였고, 대인환각형 시조의 구조분석을 통하여는 평시조와 사설시조가 동일한 유형의 심층 구조로 되어 있다는 사실을 밝혀 내었다. 이 논문에서 다루어지고 있는 작품들이 대체로 이별시조이므로 이별시조 연구 방법론에 많은 시사점을 준다.

성현경 이래 고시조 여류 작가에 대한 연구도 꾸준히 진행되었는 바, 황재군[20]은 한국 여류시의 특질을 임과 여성적·모성적 문학, 이별과 정한의 문학, 현실 추구·지향과 우아의 문학으로 파악하였고, 윤영옥[21]은 황진이 시조를 대상으로 황진이 시조 속에 대립되는 두 개의 힘을 정적인 것과 동적인 것으로 나누어 설명하였다. 김용숙[22]은 조선조 여류 문학의 특질을 '한'에서 찾았다. 최동원[23]은 기류 작가 작품을 대상으로 기녀시조에서 애정의 다양한 모습을 고찰하였다. 그렇지만 이들 논문들에서 다루고 있는 이별의 문제는 단편적인 것이기 때문에 체계적인 이별시조에 관한 논의는 이루어지지 못했다. 한편, 정혜원[24]은 이별로 인해 생긴 공간적 거리를 '이별과 극대화된 거리'로 인식하고 분석하여 이별로 인한 공간적 거리를 심리적인 측면에서 이해할 수 있는 길을 모색하였다.

이별을 노래한 가사의 연구는 이상보,[25] 서원섭,[26] 권영철,[27] 박성

---

19) 박진태, 1982, 「시조의 구조적 유형 분류 시론(1)」, ≪어문학≫ 제42집, 한국어문학회(재수록 : 박진태, 1998, 『한국고전 가요의 구조와 역사』, 대구, 형설출판사, 99~129쪽).
20) 황재군, 1985, 「한국 고전 여류 문학의 특질」, 『한국 고전 여류시 연구』, 서울, 집문당.
21) 윤영옥, 1986, 「황진이 시의 tension」, 『시조의 이해』, 경산, 영남대학교출판부.
22) 김용숙, 1990, 『조선조 여류 문학 연구』 개정증보판, 서울, 혜진서관.
23) 최동원, 1990, 「고시조의 여류작가고」, 『고시조론고』, 서울, 삼영사.
24) 정혜원, 1986, 「고시조에 나타난 내면의식 연구」, 서울, 서울대 대학원 박사학위 논문.
25) 이상보, 1974, 『한국가사문학의 연구 - 전기가사를 중심으로』, 대구, 형설출

의,28) 정재호29) 등에 의해 주로 내용 및 주제에 대한 유형 분류를 통해 단편적으로 다루어져 왔다. 이들 분류 중, 이별과 관련이 있는 항목으로는 유배, 상사, 연모, 추모, 별리, 사친, 사제, 사우, 연군, 연정, 신변 탄식 등이다. 그러나 이것은 연구자에 따라 각기 다른 항목으로 분류하기도 하였으므로 어느 특정 항목만을 이별을 노래한 가사로 볼 수 없다. 또한 이들 연구는 엄밀히 말해 내용 및 주제별 분류의 일환으로 이루어진 것이었기 때문에 이별의 문제를 본격적으로 다룬 연구라고 볼 수 없다.

이와는 달리 이별을 노래한 가사에 대한 본격적인 연구는 권영철,30) 권태을31)에 의해 단편적으로나마 이루어졌다. 권영철은 규방가사에 나타난 이별을 크게 생이별과 사이별로 나누고, 이를 다시 부모와의 생·사 이별, 남편과의 생·사 이별, 형제와의 이별, 출가녀와의 이별, 붕우와의 이별로 세분하여 그 내용을 고찰하였다. 권태을은 『규방가사 - 신변탄식류』32)소재 과부가 9편 중 3편을 통해 남편을 여읜 부인의 사별에 대한 인식을 고찰하고, 그것이 독자에게 주는 감동의 효과를 주제의식면에서 살펴보았다. 이들 두 논문은 비록 제한된 작품을 대상으로 규방가사에 국한하여 이별을 노래한 가사를 고찰하였다는 한계점은 있으나, 이별가사 전반을 체계적으로 고찰할 수 있는 길을 제시해 주었다는 점에서 높이 평가된다.

1920년대 이은상33)이 향토 예술의 으뜸으로 민요를 들고 청상요의

판사.
26) 서원섭, 1978, 『가사문학연구』, 대구, 형설출판사.
27) 권영철, 1980, 『규방가사연구』, 서울, 이우출판사.
28) 박성의, 1989, 『한국가요문학론과 사』, 서울, 집문당.
29) 정재호, 1993, 「가사문학의 내용분류」, ≪모산학보≫ 제4·5집 - 가사문학 연구 전국학술대회 특집호, 모산학술연구소.
30) 권영철, 1985, 「규방가사에 나타난 신변탄식류의 연구」, 『규방가사 - 신변 탄식류』, 경산, 효성여자대학교출판부.
31) 권태을, 1986, 「규방가사를 통해 본 사별인식고 - 숙명론에 선 과부가를 중심으로」, ≪영남어문학≫ 제13집, 영남어문학회.
32) 권영철, 앞의 책.

문학사적 가치를 높이 평가한 이래 민요에 나타난 이별의 문제는 1980년대 들어 정동화, 임동권, 박민일, 허미자, 박태상 등에 의해 본격적으로 논의되기 시작하였다. 정동화[34]는 한국 민요의 내용적 특질을 고찰하면서 민요의 주제를 분류하여 본 결과 '노동요', '타령' 다음으로 많은 것이 '연정요'라고 하면서, 연정요의 기본 주제를 사랑(임 생각, 이별)으로 보았다. 민요의 주제를 각 항목별로 면밀히 분석하였다는 점에서는 높이 평가되나 이별의 문제를 본격적으로 다루지는 않았다. 임동권[35]은 시집살이요의 유형 분류를 통하여 이별을 노래한 부요(婦謠)를 크게 생이별과 사이별로 나누고 이를 다시 임과의 이별과 그 밖의 이별로 구분하여 살펴보았으며, 이와 연관된 시집살이요의 주된 내용을 상사와 원정(怨情)으로 보았다. 부요만을 대상으로 다루었다는 점에서 아쉬움은 있으나 민요에 나타난 이별의 양상을 연구할 수 있는 기본 틀을 마련하였다는 점에서 높이 평가된다. 박민일[36]은 아리랑의 주제를 고찰하면서, 아리랑에 나타난 주제 중의 하나로 '별리'의 문제를 다루었다. 아리랑 속에서의 별리는 현장을 그대로 투박하게 묘사하거나 심중의 말을 거침없이 쏟아 붓는다고 하면서, 그 중에는 문학적으로 성공한 것도 있으나 대부분 문학적 세련미를 보여주지 못하였다고 평가했다. 각지에 흩어져 있는 여러 종류의 아리랑에 나타난 주제를 체계적으로 분류·분석하기는 하였으나 특정 작품만을 다루었다는 점에서 본 연구에서 논의하고자 하는 바와는 다소 거리가 있다. 허미자[37]는 한국 여류 문학에 나타난 여성 의식을 고찰하는 가운데 여성 민요인 시집살이 노래에 나타난 애정의 상실 양상을 살펴보았다. 한국 고전을 중심으로 여류 문학의 국문학 사상의 위상을 확인하려는 의도에서 이 연구가 이루어졌으나, 민요에 나타난 이별의 문제를 체계적으로 깊이 있게 다루지는 못하

---

33) 이은상, 1927, 「청상민요 소고」, 市山盛雄 편, 『조선민요의 연구』, 東京, 坂本書店.
34) 정동화, 1981, 『한국민요의 사적 연구』, 서울, 일조각.
35) 임동권, 1982, 『한국 부요 연구』, 서울, 집문당.
36) 박민일, 1989, 『한국 아리랑문학 연구』, 춘천, 강원대학교출판부.
37) 허미자, 1991, 『한국 여류 문학론 - 고전편』, 서울, 성신여자대학교출판부.

였다. 박태상[38]은 민요에 나타난 한국인의 죽음 의식과 한에 대한 고찰을 통해 죽음 의식이 나타난 민요는 대체로 '죽음→비탄·허무감→여성 화자의 삶의 의미 상실→신세 한탄과 안타까움'의 순서로 시상이 전개되며, 비극적 세계 인식으로 인해 한의 정서가 표출되고 있음을 밝혔다. 죽음 모티프를 중심으로 민요에 나타난 의미 구조를 면밀히 밝혔다는 점에서 이 논문의 의의를 찾을 수 있겠다.

한편, 강연호,[39] 박노준,[40] 이혜원[41] 등은 고전문학과 현대문학의 연속성 문제에 초점을 두고 고전문학의 현대적 수용 양상을 살펴보았다. 이들 연구는 한국 문학의 전통과 지속성의 속성에 바탕을 두고 고전시가와 현대시의 접목을 시도했다는 점에 의의를 찾을 수 있다. 그러나 논의된 작품의 수가 너무 제한적이거나 특정 작품에 치우쳐 있고, 고전 이별시가 전 갈래와의 다채로운 비교가 이루어지지 못하였다.

이상에서 살펴본 바와 같이 지금까지 한국시가에 있어서 이별의 문제는 고전시가의 전 갈래에 걸쳐 다양한 관점에서 매우 폭넓게 연구되어 왔음을 알 수 있다. 이러한 선행 연구의 성과는 다음과 같이 정리할 수 있다.

첫째로 장덕순, 김은자, 김학성, 최재남 등에 의해 제기된 고전시가와 현대시와의 연계 가능성에 대한 논의가 최근까지 꾸준히 전개되어 왔으며, 둘째로 각 갈래별로 이루어진 개별 작가와 작품의 연구를 통해 이별시가 전반을 총체적으로 연구하기 위한 토대가 마련되었으며, 셋째로 최용수, 윤성현, 박진태, 임동권 등에 의해 시도된 유형 분류를 통해 이별시가를 따로 독립시켜 이별의 양상을 구체적으로 살펴볼 수 있는 기틀이 마련되었다는 점 등이다.

그러나 이러한 긍정적인 측면에도 불구하고 선행 연구는 다음과 같

---

38) 박태상, 1993, 「민요에 나타난 한국인의 죽음의식 및 한에 대한 고찰」, 『한국문학과 죽음』, 서울, 문학과 사상사.
39) 강연호, 1998, 「속요의 이별 이미지와 현대시」, 박노준·이창민 외, 『현대시의 전통과 창조』, 서울, 열화당.
40) 박노준, 1998, 「속요와 현대시로 본 화자와 자연과의 괴리」, 위의 책.
41) 이혜원, 1998, 「한국시에 나타난 '접동새'에 대하여」, 위의 책.

은 한계를 지니고 있다.

첫째, 이별시가의 개념이 정립되어 있지 않음으로 해서 이별시가의 유형 분류가 명확하지 못하였다. 기존 연구에서 말하고 있는 이별시가는 주로 연인(남녀)간을 대상으로 한 '이별의 노래, 혹은 이별할 때 부르는 노래'로 보았기 때문에 대상 작품이 제한적이며, 그로 인해 이별시가 전반에 관한 폭 넓은 논의가 이루어지지 못하였다. 이별의 행위는 '공간적 거리의 떨어짐'만을 전제로 하는 것이 아니라 '심리적 거리'도 고려하여야 하며, 연인(남녀)뿐만 아니라 부모, 형제, 군신, 붕우 등과의 이별도 이별시가에 포함시켜 논의되어야 마땅하다.

둘째, 각 갈래별로 이별의 양상(이별의 상황과 수용 태도) 파악이 치밀하게 이루어지지 못하였다. 문학 작품은 언어로 이루어진 구조물이다. 이것은 동시에 시간의 지배로부터 결코 자유로울 수 없다는 사실을 시사한다. 문학의 세계를 '언어에 의한 내적 경험의 외면화'[42]라고 할 때 문학 작품은 인간경험의 기록으로서 시간의 의미를 포함하고 있다. 그러므로 이별시가도 이별의 상황에 따라 사별과 생이별로 크게 이등분하여 보아야 하며, 이별의 시기 또한 고려해 보아야 한다. 아울러 이별에 따른 작품 속의 서정적 자아인 '나'와 상대되는 인물인 '대상' 사이의 관계가 어떤 상태인가를 기준으로 이별의 수용 태도를 구체적으로 살펴볼 필요가 있다.

셋째, 이별과 그에 따른 정서 표출에 관한 연구가 미흡하다. 정서에 관한 연구는 지금까지 주로 심리학에서 이루어져 왔다. 그러나 최근 들어 국문학에서도 심리학을 원용하여 정서에 관한 연구가 활발히 논의되기 시작하였다. 시의 특징은 인간의 감정과 정서를 다루는 데 있다. 시인은 언어를 매체로 하여 어떤 사실의 전달을 목적으로 하지 않고 언어에 의해 폭발되는 감정과 그에 따른 정서의 표출에 역점을 둔다. 그러므로 이별에 따른 화자의 내면 정서는 매우 다양하게 표출될 것인데,

---

42) H. Meyerhoff, Time in literature, 김준오 역, 1979, 『문학과 시간현상학』, 서울, 심상사, 29쪽.

이에 관한 연구가 아직 본격적으로 이루어지지 않았다.

넷째, 이별시가의 사적 전개 양상을 면밀히 분석하여 제시하지 못하였다. 지금까지 이루어진 이별시가에 관한 논의는 대체로 어느 한 갈래에 국한되어 있거나 혹은 고전문학의 현대적 수용 양상을 살피는 작업의 일환으로 이루어졌기 때문에 이별시가 전반에 관한 체계적인 논의가 이루어지지 못하였다.

따라서 이런 문제점들을 종합적으로 극복하기 위해서 이별시가 전반에 걸쳐 총체적으로 연구해야 할 필요성이 제기된다.

3. 연구의 범위와 방법

본 연구의 범위는 고전 이별시가 전반에 걸치는 것을 원칙으로 하되, 각 갈래별로 시대순을 고려하면서 포괄적으로 다루기로 한다. 여기서 고전 이별시가라 함은 문학사의 출발에서부터 개화기 이전, 즉 소위 신시(新詩) 혹은 신체시(新體詩)의 출현 이전까지 생성된 것 가운데 작품이 전하는 이별시가 작품을 총칭한 것이다. 따라서 논의 대상이 되는 갈래로 고대가요·향가·고려속요·시조·가사·민요를 들 수 있다. 논의 대상이 되는 갈래 중 조선 후기에 불려진 작자 미상의 가사나 민요[43]는 자료의 성격상 유동성·가변성·적층성을 지니는 관계로 정확한 시대 설정이 불가능하다. 그러므로 이들 작품 가운데 노래의 내용으로 보아 개화기 이후에 불려진 것으로 판단되는 것은 제외하였다.

---

43) 임동권은 "민요의 역사는 너무나 유구하여 어느 때부터 우리 인류가 민요를 가졌었다는 정확한 연대를 고증할 수는 없는 일이다. 그러나 현전(現傳)하는 민요의 몇몇을 제외하고 나머지 대부분은 조선조 영·정시대부터 그 이후의 노래들이 고대소설이나 가집에 수록되어 전하고 있으므로 조선 후반기의 민요로 볼 수 있다."고 하였다(임동권, 1964, 『한국민요사』, 서울, 집문당, 231~232쪽 참조).

잡가(雜歌)와 한시도 논의에서 제외했는데 그 이유는 다음과 같다.

첫째로 잡가는 그 정체성이 분명하지 않으며, 따라서 시조·가사·민요·판소리 등과의 구분이 명확하지 않아 아직까지 갈래 설정에 문제가 있고,[44] 둘째로 잡가는 본래부터 독립적으로 존재하던 시가갈래가 아니라 대체로 18세기 무렵부터 발달하여 19세기, 특히 19세기 말엽 및 20세기 초두에 성창된 노래로 대중적 혼합가요[45] 내지는 자생적 대중가요[46]의 성격을 지니고 있어 발생 시기에 따른 문제가 제기되었기 때문이다.

그리고 한시는 첫째로 삼국시대부터 개화기를 전후한 시기까지 연면히 창작되어온 갈래이므로 갈래의 교체에 따른 이별시가의 변모 양상을 살펴보기에는 부적합하며, 둘째로 중국에서 이루어진 갈래의 성격과 표현 격식을 그대로 사용하였기 때문에 민족의 보편적인 정서를 탐색하는 데는 적합치가 않고,[47] 셋째로 이별시가에 해당하는 작품의 수가 너무

---

44) 잡가는 가창을 전제로 하는 작자·연대 미상의 시가로, 시조·가사·민요·판소리 등과 섞여 있어 이들 갈래와의 양식적 복합 현상을 보이고 있다. 그러므로 잡가의 문학적 형태를 세밀히 분석하여 어느 한 갈래로 귀속시키는 작업이 뒤따라야 하는데(이규호, 1986, 「잡가의 정체」, 장덕순 외, 『한국문학사의 쟁점』, 서울, 집문당, 409쪽), 이러한 작업은 최근 들어 잡가의 정체(正體)를 파악하고자 한 논의와 더불어 있어왔으나, 이에 관한 본격적인 논의는 아직 미비한 편이다(박춘우, 2003, 「잡가의 연구사」, 『우리노래의 한과 신명』, 경산, 대구대학교출판부, 165~173쪽 참조).
45) 김흥규, 1986, 『한국문학의 이해』, 서울, 민음사, 58쪽.
46) 이노형, 1992, 「한국근대 대중가요의 역사적 전개과정 연구」, 서울대학교 대학원 박사학위 논문, 26~39쪽.
47) 한국문학은 크게 말로 된 구비문학과 글로 된 기록문학(문자문학)으로 나눌 수 있는데, 기록문학은 다시 국문문학과 한문문학으로 구분된다. 이들의 향유계층을 보면, 민요로 대표되는 구비문학은 민중(서민)이 참여한 문학이며, 국문문학은 지식층과 민중이 함께 참여한 문학이다. 그러나 한시로 대표되는 한문문학은 지식층만이 참여한 문학이라는 점에서 한시는 민요나 다른 국문시가와는 차이가 난다.
   한편, 조동일은 한국시가의 형식적 기원을 민요에 두고, 향가·경기체가·시조·가사 등이 여기에서 생겨났다고 하여 민요와 국문시가와의 밀접한 관계를 밝힌 한편(조동일, 1982, 『한국문학통사』 1, 서울, 지식산업사, 25~26쪽), "한시는 중국에서 이루어진 갈래의 성격과 표현 격식을 그대로

나 방대하여 별도의 연구 과제가 되기 때문이다.

연구의 방법은 이별시가에 대한 유형론적 접근을 위주로 하며, 개별 작품의 분석에서는 필요에 따라 구조분석적, 문예미학적, 민속학적, 역사학적 접근 등을 시도한다. 그리고 논의의 순서는 고대가요·향가·고려속요·시조·가사·민요에 나타난 이별의 양상을 갈래별로 고찰하고, 이를 바탕으로 시가사적 관점에서 고전 이별시가의 사적 전개 양상을 살펴보기로 한다.

좀더 구체적으로 말하면, 제2장에서 제7장까지는 고대가요·향가·고려속요·시조·가사·민요에 나타난 이별의 양상을 이별의 상황과 수용 태도로 이대별하여 살펴본다. 먼저, 이별의 상황은 대상의 죽음으로 인한 사별과 산 사람끼리의 생이별로 나눈다.[48] 사별은 다시 대상의 죽음

이용할 수밖에 없는 동아시아 공동의 문학이다. 시대마다 또는 시인에 따라서 서로 다른 내용의 개성적인 수법을 사용해서 그 점에 대한 자세한 연구가 필요하지만, 국문시가만큼 자유롭고 다채로운 변화를 겪을 수 없었다. 향가, 속악가사, 경기체가, 시조는 한시와는 다르게, 이미 이루어진 격식에 의존하지 않고, 필요에 따라 생겨나기도 하고 없어지기도 했다."고 하여 한시는 국문시가와 차이가 남을 주장한 바 있다(조동일, 1993, 『한국시가의 역사의식』, 서울, 문예출판사, 67~68쪽).

48) 이별은 크게 죽어서 이별과 살아서 이별로 나눌 수 있는 데, 전자를 사별(死別), 후자를 생이별(生離別)이라 할 수 있다. 국어사전에 보면 "사별"은 "죽어서 이별함."(한글학회, 앞의 책, 2061쪽, 북한의 『조선말 사전』, 2041쪽) 또는 "여의어 이별함"(이희승 편저, 앞의 책, 1735쪽)이란 뜻으로 본고에서 다루고자 하는 이별의 대상이 모두 포함될 수 있다. 그러나 "생이별"의 경우는 "부부가 서로 살아있으면서 하는 리별."(북한의 『조선말 사전』, 2528쪽), "부부가 살아 있으면서 하는 이별."(한글학회, 앞의 책, 2235쪽), "살아있는 부부끼리 하는 이별."(이희승 편저, 앞의 책, 1885쪽)이란 뜻으로 풀이하고 있어 본고에서 다루고자 하는 이별의 대상과 차이를 보인다.

하지만, 이희승의 『국어대사전』, 1735쪽에 보면 "사별"과 대립되는 말로 "생별(生別)"을 들고, "생별"은 "생이별"과 같은 단어라고 정의하여 생이별의 대상을 부부간으로만 볼 수 있는가하는 의문을 남기며, 또한 실제 오늘날의 언어 현실에서는 "생이별"이라는 용어가 "부부간"만의 이별을 뜻하지는 않는다. 이러한 사실은 임동권과 권영철의 기존 연구에서도 드러난다. 임동권과 권영철은 시집살이요의 유형 분류(임동권, 1982, 『한국부요연구』, 서울, 집문당, 34쪽 및 임동권, 1984, 『여성과 민요』, 서울, 집문당, 173쪽)

으로 인한 이별과 나의 죽음으로 인한 이별로 나누고, 산 사람끼리의 생이별에는 대상의 떠남으로 인한 이별과 나의 떠남으로 인한 이별로 나눈다. 이러한 이별의 상황을 도시(圖示)하면 다음과 같다.

【표 Ⅰ·1】 이별시가에 나타난 이별의 상황

```
                         ┌ 대상의 죽음
                  사  별 ┤
                         └ 나의 죽음
   이별의 상황 ┤
                         ┌ 대상의 떠남
                  생이별 ┤
                         └ 나의 떠남
```

　사별과 생이별의 분류에서 사용한 '나'와 '대상'은 작품 속의 서정적 자아를 '나'로, 이와 상대되는 인물을 '대상'으로 구분하였다. '나'와 '대상'이라는 용어는 '주체'와 '객체'라는 말과 같은 의미를 지닌다.

　한편, 이별시가의 창작 시기는 이별 이전·이별 순간·이별 이후로 세분할 수 있으며, 이별의 대상은 남녀뿐만이 아니라 부모·형제(자매)·처자·임금(군)·붕우·사제 등으로 다양하게 나타난다.

　이별시가에 나타난 이별의 수용 태도는 '나'와 '대상' 사이의 관계가 어떤 상태인가를 기준으로 할 때 크게 '관계 파탄의 지속'과 '관계 회복의 추구' 및 '관계 연장의 희망'으로 나눌 수 있다. '관계 파탄의 지속'은 '나'와 '대상' 사이의 관계가 깨어졌을 때 이를 극복하기 위해 서로가 아무런 노력도 보이지 않고 이를 기정사실로 수용하며 인정하는 태도를 보이는 것으로 나타난다. 이것은 나의 신세 한탄, 나의 불망과 사모, 나의 불변, 대상에 대한 원망, 매개체의 활용으로 세분된다. 여기에서 나의 신세 한탄, 나의 불망과 사모, 나의 불변은 시적 화자[49]인

　　와 규방가사에 나타난 신변 탄식류 연구(권영철, 앞의 책, 42쪽)에서 생이별의 대상을 "부부"뿐만이 아니라 "부모, 동기, 자식, 친척, 붕우, 연인" 등으로 보았다. 그러므로 본고에서 사용하게 될 "생이별"이라는 용어는 국어사전에 풀이된 "부부간의 살아서 이별"로만 보지 않고 언어 현실을 중시하여 "인격체와의 살아서 이별"이라는 의미로 사용함을 밝힌다.
49) 문학 작품에서는 그 작품의 내용을 이끌어가는 어떤 인물이 설정되어 있는

‘나’와 관련된 요소이며, 대상에 대한 원망은 시적 화자인 ‘나’와 대립되는 ‘대상’과 관련된 요소이고, 매개체의 활용은 ‘나’와 ‘대상’ 사이에 ‘매개체’가 개입하는 것이다. 이로 보면 ‘나→대상→매개체’의 관계가 성립된다. ‘관계 회복의 추구’는 ‘나’와 ‘대상’ 사이의 단절된 관계를 회복하기 위해 시적 화자인 ‘나’가 어떤 행동을 하거나 혹은 떠난(떠나는) ‘대상’이 어떤 행동을 하도록 촉구하거나 기대하는 것으로 나타난다. 이것은 전생(변신)에 의한 접근, 대상의 뒤를 따름, 대상의 회귀 희망으로 세분된다. ‘관계 연장의 희망’은 이별 이전이나 이별 순간에 보이는 것이 보통인데, 주로 대상과 함께 있는 순간이 영원하기를 희망하거나 대상이 떠남을 만류하는 것으로 나타난다. 이별의 지연 소망이 여기에 속한다. 이러한 이별의 수용 태도를 도시하면 다음과 같다.

【표 Ⅰ·2】 이별시가에 나타난 이별의 수용 태도

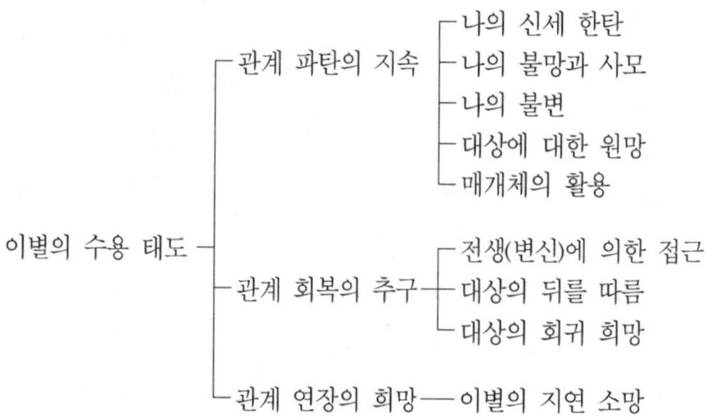

제8장에서는 고전 이별시가의 사적 전개 양상을 구체적으로 살펴보

데, 특히 시에 있어서는 이 가상적 인물의 목소리에 따라 작품의 성격이 좌우된다고 해도 지나친 말은 아니다. 이때 시 속에서 진술하는 이는 시인의 의지를 대리하여 작품 안에서 모든 것을 주도하는 결정적인 열쇠를 쥐고 있는데, 이 가상적 인물을 ‘시적 화자’ 또는 ‘서정적 자아’ 등으로 일컫는다(윤성현, 1994, 「고려속요의 서정성 연구」, 서울, 연세대학교 대학원 박사학위 논문, 2쪽).

기 위해 이별의 상황과 수용 태도가 갈래별로 어떻게 나타나는지 통계를 통해 제시하고,50) 이를 토대로 각 갈래별 이별시가의 특징을 밝혀서 고전 이별시가의 전통성(지속성)과 시대성(변모성)을 살펴보기로 한다.

본 연구를 위해 활용한 자료집은 다음과 같다.

먼저, 고대가요와 고려속요는 『해동역사』,51) 『삼국사기』,52) 『삼국유사』53) 및 『악장가사』,54) 『악학궤범』55)의 자료를 이용하였으며, 향가 해독에서는 김완진 『향가해독법연구』56)를 주된 자료로 삼았으며, 필요에 따라 그 외의 향가 연구서를 참고로 하였다. 시조에서는 심재완의 『정본 시조대전』57)을 대본으로 삼았으며, 그 책에 제시된 일련 번호와 함께 작품을 인용하였다. 가사는 김성배 외 3인 편저 『주해 가사문학전집』,58) 권영철 편저 『규방가사 – 신변탄식류』59)를 주 자료로 삼았다.60)

---

50) 통계적인 연구 방법은 자료를 통해 규칙성이나 법칙을 발견하여 어떤 결과를 예측하거나 전체를 추정해볼 수 있다는 장점이 있다. 그러나 모집단(母集團)에 속하는 자료를 대량으로 얻을 수 없는 경우에는 소표본(小標本)의 일단을 추지(推知)하여 그 추론을 적용할 수밖에 없는 한계성을 지닌다(김응태·김연식, 1985, 『수학교육 교재론』, 서울, 이우출판사, 342~344쪽 참조). 그러므로 시조·가사·민요의 경우는 대량의 자료를 토대로 했기에 통계적인 연구 방법이 유용하게 적용될 수 있으나 고대가요·향가·고려속요의 경우는 현전하는 작품의 수가 제한적인 까닭으로 동일한 방법을 적용하기에는 문제가 있을 수 있다. 그러나 이별의 양상을 지속과 변화의 측면에서 살펴보기 위해서는 다소 무리가 따를지라도 현재 남아있는 작품만을 대상으로 고전시가 전 갈래에 걸쳐 동일한 방법을 적용할 수밖에 없다.

51) 한치윤, 1996, 『해동역사』(국역), 서울, 세종대왕기념사업회.

52) 김부식, 1997, 『삼국사기』(국역), 서울, 솔출판사.

53) 일 연, 1997, 『삼국유사』(국역), 서울, 솔출판사.

54) 『악장가사』(영인), 1973, 서울, 대제각.

55) 『악학궤범』(영인), 1973, 서울, 대제각.

56) 김완진, 1980, 『향가해독법연구』, 서울, 서울대학교출판부.

57) 심재완, 1984, 『정본 시조대전』, 서울, 일조각.

58) 김성배 외 3인, 1961, 『주해 가사문학전집』, 서울, 집문당.

59) 권영철 편저, 1985, 『규방가사 – 신변탄식류』, 경산, 효성여자대학교출판부.

60) 가사의 경우 이 두 자료집에 수록되어 있지 않은 작품은 이상보 편저 『한국가사선집』(민속원, 1979), 김기동 외 4인 『상론 가사문학』(서음출판사, 1983), 최강현 『가사문학론』의 자료편(새문사, 1986)을 이용하였다.

민요는 임동권의 『한국민요집』(1~5)[61]을 주 자료로 이용하고, 필요에 따라 다른 자료집도 보조 자료로 참고하였다.

위의 자료집에서 이별시가로 규정할 수 있는 작품들을 추출해본 결과 고대가요 2수, 향가 3수, 고려속요 8수,[62] 시조 500수, 가사 67수,[63] 민요 339수로 도합 919수인데, 이를 이별 유형에 의거하여 갈래별로 분류하여 제시하면 다음과 같다.

【표 Ⅰ·3】 고전 이별시가 목록

갈래	이별의 상황	이 별 시 가	비 고
고대 가요	사 별	<공무도하가>	
	생이별	<황조가>	
향가	사 별	<모죽지랑가>, <제망매가>	
	생이별	<원가>	
고려 속요	사 별	<이상곡>, <서경별곡> 제2연, <정석가> 제6연, <만전춘별사> 제3연	※ 사별과 생이별이 함께 나타난 분연체 작품은 연을 독립시켜 고찰했음.
	생이별	<정과정>, <정읍사>, <동동>, <만전춘별사> 제1, 2, 4, 5, 6연, <서경별곡> 제1, 3연, <가시리>, <정석가> 제2, 3, 4, 5연	

---

61) 임동권, 1961~1980, 『한국민요집』1~5, 서울, 집문당.

62) 『악장가사』, 『악학궤범』, 『시용향악보』에 국문으로 채록되어 전하고 있는 고려속요 중에서 이별시가로 분류할 수 있는 작품은 8수(<동동>, <정읍사>, <정과정>, <정석가>, <서경별곡>, <이상곡>, <가시리>, <만전춘별사>)인데, 이 중에서 <동동>, <정석가>, <서경별곡>, <가시리>, <만전춘별사>는 분연체로 되어 있다. 분연체로 구성된 작품 중에서도 특히 <서경별곡>, <정석가>, <만전춘별사> 등은 여러 작품의 혼성이나 뒤늦은 조합일 가능성이 많이 지적된 바 있지만, 한편의 질서를 지닌 작품으로 유기적 통일성을 가진 독립된 시가로 보는 시각도 있어 아직 논란이 되고 있다. 그러나 분연체로 된 작품에는 연의 배열에 따라 이별의 상황(시간 의식) 및 이별의 수용 태도가 상이한 것이 있으므로, 이들 작품은 연을 분리하여 고찰하는 한편, 각 연에 따른 상호 연계성을 살펴보기로 한다.

63) 가사에서 <寡婦歌>와 <恨別曲> 및 <과부가>와 <한별곡>은 각각 『주해 가사문학』, 『규방가사』 소재의 작품인데, 내용면에서 차이가 있으므로 따로 독립시켜 보았다.

갈래	이별의 상황	이 별 시 가	비 고
시조	사 별	322, 440, 451, 462, 504, 554, 596, 870, 1151, 1244, 1289, 1339, 1391, 1478, 1709, 1776, 1921, 2318, 2319, 2320, 2323, 2324, 2325, 2709, 2710, 2733, 2734, 2818, 3000, 3197	
	생이별	1, 2, 4, 5, 7, 8, 20, 26, 28, 31, 36, 57, 61, 68, 69, 71, 72, 73, 81, 83, 87, 88, 92, 96, 97, 100, 133, 142, 153, 199, 200, 203, 213, 259, 261, 279, 291, 323, 329, 330, 331, 332, 333, 334, 335, 336, 340, 343, 344, 352, 355, 357, 358, 359, 360, 364, 367, 368, 376, 391, 395, 396, 400, 401, 402, 403, 404, 405, 406, 407, 408, 420, 422, 424, 426, 433, 440, 448, 478, 479, 506, 532, 533, 537, 538, 544, 551, 552, 553, 554, 555, 558, 563, 566, 584, 588, 595, 610, 611, 614, 622, 643, 648, 652, 663, 667, 670, 675, 678, 685, 686, 690, 694, 699, 704, 713, 720, 722, 723, 724, 725, 726, 727, 728, 730, 731, 732, 734, 735, 736, 737, 738, 739, 740, 741, 742, 743, 744, 745, 746, 747, 748, 749, 750, 751, 752, 753, 754, 756, 763, 764, 767, 769, 770, 774, 776, 779, 782, 788, 790, 812, 818, 828, 874, 878, 880, 881, 889, 893, 894, 895, 896, 897, 898, 911, 914, 915, 916, 918, 921, 927, 940, 956, 957, 963, 969, 978, 979, 992, 1015, 1022, 1023, 1041, 1042, 1044, 1045, 1047, 1059, 1066, 1114, 1115, 1116, 1118, 1120, 1131, 1139, 1149, 1154, 1159, 1160, 1166, 1183, 1198, 1212, 1224, 1233, 1236, 1238, 1242, 1243, 1246, 1248, 1255, 1256, 1257, 1268, 1274, 1277, 1316, 1322, 1326, 1328, 1331, 1341, 1349, 1353, 1396, 1397, 1403, 1405, 1409, 1443, 1463, 1464, 1481, 1497, 1510, 1512, 1513, 1515, 1540, 1544, 1561, 1587, 1590, 1591, 1595, 1605, 1613, 1625, 1644, 1678, 1688, 1732, 1746, 1749, 1751, 1761, 1765, 1766, 1770, 1778, 1779, 1783, 1799, 1800, 1816, 1830, 1832, 1849, 1853, 1878, 1880,	

갈래	이별의 상 황	이 별 시 가	비 고
시조	생이별	1885, 1886, 1894, 1922, 1928, 1929, 1930, 1940, 1942, 1957, 1962, 1963, 1965, 1966, 1972, 1974, 1980, 1981, 1989, 1999, 2000, 2006, 2025, 2026, 2045, 2046, 2047, 2051, 2054, 2056, 2065, 2077, 2078, 2087, 2088, 2098, 2112, 2114, 2120, 2121, 2123, 2125, 2135, 2136, 2143, 2178, 2179, 2180, 2198, 2202, 2208, 2209, 2220, 2223, 2230, 2233, 2246, 2252, 2268, 2270, 2273, 2274, 2290, 2294, 2299, 2300, 2301, 2302, 2304, 2311, 2313, 2328, 2331, 2332, 2340, 2341, 2342, 2343, 2344, 2355, 2356, 2359, 2365, 2366, 2375, 2376, 2377, 2380, 2389, 2397, 2421, 2422, 2428, 2429, 2466, 2468, 2477, 2490, 2536, 2540, 2541, 2566, 2593, 2617, 2632, 2652, 2658, 2668, 2684, 2685, 2708, 2714, 2717, 2721, 2729, 2730, 2737, 2742, 2758, 2759, 2760, 2762, 2823, 2838, 2839, 2842, 2843, 2863, 2865, 2875, 2883, 2884, 2885, 2892, 2893, 2897, 2905, 2908, 2919, 2930, 2936, 2953, 2955, 2959, 2960, 2961, 2969, 2970, 2972, 2976, 2988, 2992, 3007, 3037, 3045, 3079, 3088, 3092, 3105, 3107, 3108, 3114, 3115, 3117, 3139, 3143, 3150, 3175, 3178, 3180, 3182, 3184, 3186, 3188, 3207, 3210, 3217, 3219, 3220, 3234, 3257, 3261, 3269, 3283, 3296, 3307, 3310	※ 작품명은 『정본시조대전』의 일련 번호로 제시함.
가사	사 별	<절명사>, <관등가>, <寡婦歌>, <사친가>, <달거리>, <청춘과부가>, <리씨회심곡>, <동긔별향가>, <두견 문답 설화라>, <과부가>, <청승가>, <소회가>(50), <상사몽>, <여자탄식가>, <상명가>, <상수곡>, <망실이스>	※ <寡婦歌>, <恨別曲>은 『주해 가사문학』 소재 작품이고, <과부가>, <한별곡>은 『규방가사』 소재의 작품임.
	생이별	<만분가>, <사미인곡>, <속미인곡>, <규원가>, <안인수가>, <명월음>, <자도사>, <북관곡>, <별사미인곡>, <속사미인곡>, <만언사>, <상사별곡>, <춘면곡>, <황계사>, <석춘사>, <사미인곡>(작자 미상), <단장사>,	

갈래	이별의 상 황	이 별 시 가	비 고
가사	생이별	<사랑가>, <석별가>, <상사진정몽가>, <규수상사곡>, <상사회답곡>, <사제가>, <恨別曲>, <여자소회가라>, <정부인 자탄가>, <만수사>, <붕우소회가>, <애향곡>, <한녀자 유행 원부모 형제 붕우>, <이별가>, <한별곡>, <망부석 이별곡>, <원별가>, <자탄가>, <여탄가>, <망부가>, <망부회사가라>, <진정부>, <원별이회곡>, <사친가>(70), <석별가라>(71), <붕우사모가>, <형제이별가>, <붕우원별가>, <붕우가라>, <동유리별가>, <석별가라>(79), <붕우가>, <붕우츈회곡이라>	※( )의 숫자는 『규방가사』 소재의 작품 중 작품명이 동일한 경우 『규방가사』 목차 상의 작품 번호임.
민요	사 별	1-472, 473, 474, 475, 476, 477, 478, 482, 484, 489, 491, 503, 504, 505, 524, 525, 526, 527, 528, 556, 557, 558, 559, 614, 617, 618, 619, 652, 659, 688, 709 2-859, 860, 861, 862, 863, 864, 865, 867, 868, 869, 870, 872, 873, 874, 875, 877, 878, 879, 885, 887, 889, 912, 915, 918, 925, 926, 928, 930, 937, 941, 951, 952, 953, 954, 955, 965, 966, 967, 968, 969, 970, 971, 972, 983, 1050, 1058, 1059, 1060, 1072, 1073, 1074, 1075, 1076, 1077, 1078, 1079, 1189, 1238, 1240, 1244, 1247, 1248, 1253, 1254, 1269, 1271, 1273, 1278, 1407 3-974, 975, 976, 984, 985, 986, 990, 1007 4-541, 542, 543, 544, 545, 546, 547, 548, 550, 551, 552, 553, 554, 555, 556, 557, 559, 562, 563, 564, 566, 567, 568, 572, 577, 592, 599, 600, 687, 688, 689, 691, 692, 693, 695, 697, 698, 699, 700, 701, 897, 919, 958, 978, 980, 1014 5-478, 480, 481, 482, 483, 484, 486, 487, 488, 489, 493, 503, 504, 505, 506, 561	※숫자는 『한국민요집』(1~5) 권수 표시 및 가번호(歌番號)임.
	생이별	1-506, 507, 508, 509, 521, 523, 553, 554, 555, 615, 616, 620, 637, 638, 645, 647, 648, 651 658, 662, 663, 667, 673, 675, 676, 677, 682, 686, 692, 697,	

갈래	이별의 상 황	이 별 시 가	비 고
민요	생이별	702, 708, 711, 728, 730, 733, 735 2-910, 922, 923, 924, 927, 929, 931, 932, 933, 934, 935, 936, 938, 961, 962, 1051, 1052, 1054, 1055, 1198, 1239, 1243, 1246, 1251, 1252, 1256, 1257, 1258, 1259, 1260, 1261, 1262, 1266, 1267, 1274, 1275, 1282, 1288, 1303, 1368, 1369, 1370, 1371, 1372, 1373, 1382, 1383, 1386, 1387, 1408, 1411, 1418, 1420, 1421, 1423, 1424, 1427, 1432, 1443, 1444, 1451, 1452, 1454, 1455, 1461, 1465, 1471, 1475, 1476, 1479, 1487 3-977, 978, 979, 980, 981, 982, 983, 987, 1001, 1002, 1008, 1009 4-582, 583, 584, 586, 587, 589, 591, 656, 685, 690, 801, 802, 857, 862, 869, 870, 874, 879, 880, 882, 883, 892, 896, 902, 904, 907, 908, 915, 916, 917, 922, 934, 943, 952, 957, 963, 965, 966, 967, 981, 982 5-495, 498, 499, 500, 501, 502, 553, 558	

❖ ❖ ❖

제 2 장 고대가요에 나타난 이별의 양상

1. 이별의 상황

고대가요라 함은 우리 시가의 역사상 가장 이른 시기에 나타난 일련의 작품으로 향가 출현 이전의 시가를 총칭한다. 고전시가의 발생을 계기적(繼起的)으로 살피면 민요를 근거로 해서 '향가 - 고려속요 - 경기체가 - 시조 - 가사' 등이 생겨났으며,1) 그 앞에 한역되어 전하는 <구지가>, <공무도하가>, <황조가> 3편의 고대가요가 있다.

주지하는 바와 같이 고대가요는 신화 혹은 전설의 성격을 지닌 산문전승(산문 기록)과 더불어 존재하고 있다.

이런 이유로 고대가요를 연구하는 데 있어서 산문전승은 그 중요한

---

1) 시가사 연구에서 줄곧 제기되어 온 문제 중의 하나는 향가, 고려속요, 경기체가, 시조, 가사 따위가 어떻게 해서 생겼는가 하는 형식적 기원에 관한 것이다. 여기에 관해서는 크게 세 가지 설이 있는데, 첫째는 한시의 변형이거나 중국에서 전래된 노래의 정착이라는 것이고, 둘째는 향가가 일단 성립된 다음에 향가에서 경기체가가, 경기체가 또는 속악가사(고려속요)에서 시조가, 시조에서 가사가 나왔다는 것이며, 셋째는 민요를 근거로 해서 향가, 고려속요, 경기체가, 시조, 가사 등이 생겼다고 보는 것인데, 현재까지 이 세 가지 설이 서로 상반된 주장을 띠며 논쟁이 되고 있다. 이 세 가지 설 중에서 조동일은 향가, 경기체가, 시조, 가사 등의 형식적 기원을 민요에 두고, 향가나 시조는 민요의 짧은 형식에서 유래했으며, 속악가사와 경기체가는 대부분 여음 삽입 형식의 민요와 관계를 가지며, 가사 또한 긴 형식의 교술민요가 기록문학의 갈래로 전환되면서 이루어졌다고 주장한 바 있다(조동일, 1982, 『한국문학통사』 1, 서울, 지식산업사, 25~27쪽 참조).

방법적 길잡이가 되어 왔으며, 대체로 시가와 산문전승을 발생 당시부터 유기적 일체성을 가진 텍스트로 보고 시가의 해석에 있어서 필요한 정보 자료를 산문전승에서 구하고, 산문전승 내부에서 갖는 시가의 기능을 중시하여 이해하는 태도를 보이고 있다.[2] 본 연구 또한 이러한 방법론을 취하여 산문전승을 수반하고 있는 작품들은 산문전승을 고려하여 시가를 분석하고자 한다.[3]

『삼국사기』와 『삼국유사』 및 『해동역사』에 산문전승과 함께 한역되어 전하는 고대가요 3수 중, 이별시가로 분류할 수 있는 작품은 2수로 전체의 66.7%를 차지한다.[4] 이 중에서 사별을 노래한 작품과 생이별을

2) 고대가요(시가)와 산문전승과의 관계에 있어서 어느 쪽에 의미 해석의 중점을 두느냐에 따라 상반된 결과를 가져올 수 있다. 이에 관한 선구적인 업적으로 괄목할 만한 것은 이명선의 <황조가와 그 산문전승에 관한 문화인류학적 이해>(『조선문학사』, 1948)와 정병욱의 <구지가・황조가・공무도하가에 대한 새로운 해석>(<한국시가문학사> 상, 『한국문화사대계』 V, 고대민족문화연구소, 1967)을 들 수 있다. 이를테면 <황조가>를 이해함에 있어 전자는 먼저 산문전승이 갖는 사회적 연계(連繫)를 중시하여 종족과 토템을 달리하는 두 집단간의 대립상쟁(對立相爭)이 투영된 설화로 이해하고, 이에 따라 시가 작품을 그러한 상쟁과 관련을 갖는 서사시로 파악하고 있음에 반해, 후자는 산문전승이 갖는 의미는 우선 차치하고 시가 자체의 성격으로 보아 이 노래는 계절적인 제례의식(祭禮儀式)에서 남자가 배우자를 선택하는 기회에 불려진 애절한 구애곡(求愛曲)으로 파악한 다음, 애초에 산문전승과는 발생의 단초(端初)를 달리했던 것이 뒤에 우연히 혹은 다른 어떤 계기에 의해 결합되었을 것으로 추정하였다.
   그러나, 위에 든 시각과는 달리 최근의 논의는 대체로 고대가요(시가)와 산문전승 중 어느 한쪽에 편중되는 접근 태도를 지양하고 있으며, 인접 과학의 지식이나 방법을 폭넓게 활용하는 경향을 보이고 있다(김학성・권두환 편, 1984, 『고전시가론』, 서울, 새문사, 64~65쪽 참조).
3) 현대시의 경우는 작품만을 가지고 논할 수 있으나 고대로 올라갈수록(특히 고대가요와 향가) 노래(시가)가 산문전승과 더불어 존재하는 경향이 있으므로, 산문전승을 수반하고 있는 노래의 경우는 그것을 무시하고 작품만을 다루기에는 다소 무리가 따른다. 그러므로 본 연구에서는 산문전승을 고려하는 방법론을 취하였으며, 독립된 시가는 시가 자체의 성격에 초점을 두고 논의하였다.
4) 『삼국지』 위지나 『후한서』 동이전 등에 의하면 부여의 영고(迎鼓), 고구려의 동맹(東盟), 예의 무천(舞天)과 같은 제천의식(祭天儀式)과 관련된 기록이

노래한 작품은 각각 1수인데, 사별을 노래한 작품은 대상의 죽음을 노래했고, 생이별을 노래한 작품은 대상의 떠남을 노래했다.

먼저, 사별을 노래한 작품부터 살펴보기로 한다.

1) 사 별

(1) 대상의 죽음

① 이별 순간

[가] 공무도하가 ─────────────────────────────

公無渡河	님더러 물 건너지 말래도,
公竟渡河	님은 건너고 말았네.
<u>墮河而死</u>	<u>물에 빠져서 죽었으니,</u>
當奈公何[5]	이에 님을 어찌할꼬.

<공무도하가> 또는 <공후인>으로 불리는 이 노래는 중국문헌인 『고금주』(진의 최표 찬)에 전하는 것을 한치윤(韓致奫 ; 1765~1814)이 『해동역사』에 옮겨놓아 널리 알려진 작품이다. 이 노래에 관한 기록을 보면,

─────────────────────────────

보이고, 『고려사』 악지에 가사 부전의 삼국 속악이 있었다는 점 등을 통해 미루어보건대 당시에는 우리말로 불려진 고대가요가 상당수 있었을 것으로 추정된다. 그러나 구비 전승되는 과정에서 한역되어 현재까지 전하고 있는 고대가요는 <구지가>, <공무도하가>, <황조가> 3수뿐이다. 이들 세 작품이 한역되어 전할 수 있었던 까닭으로는 첫째, 작품이 우수했기 때문이거나, 둘째, 시대를 초월하여 사람들에게 공감을 줄 수 있었기 때문이거나, 셋째, 채록자의 이데올로기적인 측면 등을 상정(想定)해볼 수 있는 데, 이 점은 향가나 고려속요도 마찬가지이다. 어쨌든 고전 이별시가에 나타난 이별의 양상을 지속과 변화의 측면에서 살펴보기 위해서는 다소 무리가 따를지라도 현재 남아있는 작품만을 대상으로 삼을 수밖에 없다.

5) 한치윤, 『해동역사』 第47卷, ≪예문지≫ 6. 김용수 엮음, 1996, 『한국고시가』, 서울, 태학사, 9쪽에서 재인용.

공후인은 조선의 뱃사공 곽리자고의 처 여옥이 지은 것이다. 곽리자고가 이른 새벽에 나루터에 가서 배를 손보고 있었다. 그때 머리가 흰 미치광이 한 사람이 머리를 풀어헤친 채 술병을 들고 강가로 달려오더니 세찬 물결 속으로 뛰어들었다. 그의 아내가 뒤따르며 이를 말렸으나, 그 사람은 듣지 아니하고 마침내 물에 빠져 죽었다. 이때 그의 아내는 공후를 끌어안고 그것을 타며 <공무도하가>를 지어 불렀다. 그 노래는 매우 슬펐다. 곡을 마치자 그녀도 또한 남편을 따라 물에 빠져 죽었다. 자고는 집으로 돌아와서 그 이야기를 아내 여옥에게 말했더니 여옥은 가슴 아파하며 노래를 지어 공후에 맞추어 부르니 듣는 사람마다 눈물을 금치 못하였다. 여옥은 그 노래를 이웃집 여인 여용에게 가르쳐주고, 노래 이름을 공후인이라 하였다.[6]

는 것인데 노래의 명칭이나 작자, 제작 연대, 노래의 국적 문제, 배경 설화의 해석 등에 대해 이론이 분분하다.[7]

<공무도하가>는 고대의 다른 시가들과 마찬가지로 설화 의존적 작품이다. 이 작품은 설화와 더불어 전승되고, 설화의 일부로서 존재한다. 그러므로 작품의 성격을 제대로 이해하기 위해서는 먼저 배경설화에 대한 분석이 요구된다. 설화의 문맥을 분석하여 보면 백수광부와 그의 아내 이야기가 내부 액자 구조를 취하고 있음을 알 수 있다. 다시 말하면 본 설화는 외부 액자에 해당하는 곽리자고와 그의 처 여옥을 중심으로 하는 공후인이라는 악곡의 창출과 그 노래의 전파 과정을 밝힌 부분과 내부 액자에 해당하는 백수광부와 그의 처가 연출하는 뱃사공 부부의

---

6) 箜篌引 朝鮮津卒霍里子高妻麗玉所作也 子高晨起 刺船而濯 有一白首狂夫 被髮提壺 亂流而渡 其妻隨呼止之不及 遂墮河水死 於是援箜篌而鼓之 作 公無渡河之歌 聲甚凄愴 曲終自投河而死 子高還以其聲語妻麗玉 玉傷之 引箜篌而寫其聲 聞者莫否墮淚掩泣焉 麗玉以其曲傳隣女麗容 名之曰 箜篌 引焉(『古今注』).

7) 양재연, 1953, 「공무도하가 소고」, ≪국어국문학≫ 5, 국어국문학회.
   김학성, 1980, 『한국고전시가의 연구』, 익산, 원광대학교출판국, 63~67쪽.
   조동일, 1982, 『한국문학통사』 1, 서울, 지식산업사, 82~84쪽.
   황패강·윤원식, 1986, 『한국고대가요』, 서울, 새문사, 16쪽.
   임헌영 해설, 1989, 김일성종합대학 편, 『조선문학사』 1, 서울, 천지, 39~40쪽.
   정병욱, 1993, 『한국고전시가론』 증보판, 서울, 신구문화사, 85~98쪽.

비극적 죽음을 담은 부분의 이중 구조로 짜여져 있다. 논의에서 초점이 주어지는 것은 설화의 내부 액자 부분이다. 설화의 내부 액자에 의하면 이 노래는 남편이 물에 빠져 죽는 순간에 그의 아내에 의해 창작되었으므로(於是 援箜篌而鼓之 作公無渡河之歌), 노래의 창작 시기는 대상과의 사별 순간임을 알 수 있다.8) 이로 보면, <공무도하가>에 나타난 이별 상황은 대상과의 사별이며, 창작 시기는 이별 순간, 이별 대상은 남편(부부)이다.

4언4구(四言四句)로 한역되어 전하는 본가의 내용을 "남편의 익사"라는 사건을 중심으로 시간적으로 추적해보면 다음과 같다. 먼저 제1구는 백수광부의 처가 남편에게 물을 건너지 말라는 소망을 표현한 것으로 남편이 물에 뛰어들기 전의 상황이며, 제2구는 물에 뛰어든 남편을 노래한 것으로 죽음 순간의 상황이고, 제3구는 남편이 물에 빠져 죽은 상황이며, 마지막으로 제4구는 남편의 익사 직후 아내의 탄식이다. 이를 시간대별로 요약하면 '죽음 이전→죽음 순간→죽음(익사)→탄식'의 순이 된다. 노래의 제1~3구는 남편의 익사 사건이 중심을 이루고 있으며, 제4구는 남편의 죽음에 따른 아내의 비탄과 체념의 정서가 중심을 이룬다.

이 노래에서 중심을 이루고 있는 중심 소재는 물이다. 물을 중심으로, 대상의 죽음이라는 이미지가 형성되고 있다.9) 강물은 공간적으로 볼 때 단절을 의미한다. 이 땅과 저 땅을 갈라놓고 너와 나를 떼어놓는10) 좌절의 공간이다.11) 그럼에도 불구하고 백수광부는 강을 건너려고

---

8) 산문전승을 배제하고 시가(삽입가요)만으로 볼 때, 이 노래는 이별 이후에 불려진 것이 되므로 산문전승과 시가와의 불일치 현상(이별 순간과 이별 이후)에 따른 창작 시기에 논란이 있을 수 있다. 이 점은 산문전승을 수반하고 있는 향가 <헌화가>(현재와 미래의 불일치)에서도 마찬가지이다. 그러나 이 책 36쪽의 각주 3에서도 언급한 바와 같이 산문전승을 수반하고 있는 노래의 경우 시가의 해석에 따른 필요한 정보 자료를 산문전승에서 구하고, 산문전승 내부에서 갖는 시가의 기능을 중시하는 관점에서 보면 이 노래의 창작 시기는 이별 순간이 된다. 이처럼 <공무도하가>나 <헌화가>에서 보이는 산문전승과 시가와의 시제 불일치에 관한 문제는 또 다른 연구 대상에 된다.
9) 정병욱, 앞의 책, 63쪽.

하는데, 이 점은 백수광부의 신분과 밀접한 관련을 맺고 있다.[12] 김학성은 백수광부를 무당, 즉 성무의례(Shamanic Initiation)를 행하는 수련무(修鍊巫)로 본 바 있다.[13] 이러한 사실을 <공무도하가>의 내부 액자에 비추어 보면 백수광부는 수련무로서 정식 샤만이 되기 위해 도강(渡江)이라는 성무의례를 행하던 중 그것이 잘못되어 익사한 것으로 보인다. 여기서 백수광부의 죽음은 신화적 질서 내지는 주술적 숭고가 이미 흔들리기 시작한 신화시대 말기의 사회상을 반영한 것이라 하겠다.[14]

---

10) 이어령, 1985, 『고전을 읽는 법』, 서울, 갑인출판사, 24쪽.

11) <공무도하가>의 강 저쪽은 신화의 세계요, 동시에 시간적으로 유한한 인간의 입장에서 보면 죽음의 세계다. 이때 물은 죽음을 사이에 둔 분리라고 할 수 있다(김은자, 「고전시가에 나타난 '물'의 연구」, 백영 정병욱선생 환갑기념논총간행위원회 편, 1983, 『한국시가문학연구』, 서울, 신구문화사, 118쪽).

12) 지금까지 백수광부의 신분에 관해 논의되어 온 것 중 가장 대표적인 것을 들어보면, 백수광부는 서구의 신화에 나오는 디오니소스 혹은 바커스와 같은 주신(酒神)이라는 설(정병욱, 위의 책, 59~62쪽)과 주신이 아니라 무당(巫夫)이었을 것이라는 설(김학성, 1980, 「공후인의 신고찰」, 『한국고전시가의 연구』, 익산, 원광대학교출판국, 291~292쪽), 주신도 무당도 아닌 고조선의 평범한 근로 인민(민중)이었을 것이라는 설(임헌영 해설, 앞의 책, 38쪽) 등이 있다.

13) 김학성, 앞의 책, 292~293쪽 참조.
"만주족의 경우, 공개적인 입문 의식에는 샤만 후보자가 불붙은 석탄 위를 걷는 절차가 정식으로 들어 있다. 샤만 후보자는 자기가 영신들을 부리고 있다고 주장하는데, 만일 이 말이 사실이라면 그는 불붙은 석탄 위를 걷고도 상처를 입지 않을 수 있다. …… 만주인들에게는 이와는 다른 입문의 시험이 있다. 그것은, 겨울철에 얼음 위에다 구멍을 아홉 개 뚫어놓고 샤만 후보자로 하여금 첫 번째 구멍으로 들어가서 다음 구멍으로 나오고 하는 행위를 아홉 번째 구멍으로 나올 때까지 계속하게 하는 시험이다(Among the Manchu the public initiation ceremony formerly included the candidate's walking over burning coals ; if the apprentice had at his command the spirits that he claimed to possess, he could walk on fire without injury …… The Manchu also have another initiatory ordeal. In winter nine holes are made in the ice ; the candidate has to dive into the first hold and come out through the second, and so on to the ninth hole. Mircea Eliade, 1974, Shamanism-archaic techniques of ecstasy, Princeton University Press, 112~113쪽)."

14) 조동일, 1977, 『한국소설의 이론』, 서울, 지식산업사, 140~155쪽 참조.

2) 생이별

(1) 대상의 떠남

① 이별 이후

> 가 황조가 ____

翩翩黃鳥	펄펄 나는 꾀꼬리
雌雄相依	암수 서로 어울리는데
念我之獨	나의 외로움을 생각하니
誰其與歸	그 뉘와 함께 돌아가리

<황조가>는 배경설화와 함께 『삼국사기』 권 제13 고구려 본기 제1 유리왕조에 한역가로 전한다. <황조가>와 관련된 『삼국사기』 기록을 보면 다음과 같다.

겨울 10월에 왕비 송씨가 돌아가시니, 왕은 다시 두 여자를 맞아 계실로 삼았다. 그 하나는 화희로 골천 사람의 딸이고, 다른 하나는 치희니 한나라 사람의 딸이었다. 두 여자는 서로 다투어 사이가 좋지 못하였다. 이에 왕은 양곡에 동서 두 궁을 지어 각각 거기서 살게 하였다. 그 뒤 왕은 기산으로 사냥을 나가 7일 동안 돌아오지 않았다. 그 사이 두 여자가 서로 다투는데 화희가 치희를 욕하여 말하기를 "너는 한나라 집 비첩의 몸으로 그 무례함이 어찌 이처럼 심하냐"하니, 치희는 부끄럽고 분하여 제 고장으로 돌아가 버렸다. 왕이 그 소문을 듣고 말을 달려 따라갔으나, 치희는 노하여 돌아오지 않았다. 왕이 일찍이 나무 밑에서 쉬고 있는데, 마침 꾀꼬리가 모여 정답게 날고 있는 것을 보고, 느낀 바 있어 노래를 불렀다.[15]

---

15) 冬十月 王妃宋氏薨 王更娶二女以繼室 一曰禾姬 鶻川人之女也 一曰雉姬 漢人之女也 二女爭寵不相和 王於涼谷造東西二宮 各置之後 王田於箕山 七日不返 二女爭鬪 禾姬罵雉姬曰 汝漢家婢妾 何無禮之甚乎 雉姬慚恨亡 歸 王聞之 策馬追之 雉姬怒不還 王嘗息樹下 見黃鳥飛集 乃感而歌曰 (歌略)(『三國史記』 卷 第十三 高句麗本紀 第一 瑠璃明王條).

이 노래의 작자, 창작 연대, 작품의 성격 등16)에 대해서는 상당한 논란이 있어 왔다. 그러나 여기에서는 이 노래를 『삼국사기』의 기록을 중시하여 유리왕(琉璃王 ; 재위 19B.C.~A.D.18)이 아내(치희)를 잃은 슬픔을 노래한 개인 서정시로 보고자 한다.

배경설화만을 놓고 볼 때 이 이야기는 유리왕과 왕비 송씨(宋氏)와의 사별 상황이 첫머리에 제시되어 있고, 이어서 계실(繼室)로 맞이한 두 여인의 사랑 다툼과 그 결과 왕과 치희(稚姬)와의 생이별 과정이 서사적으로 전개되어 있다.

작자 유리왕은 신화적 인물이면서 동시에 그의 신화적 능력이 좌절되고 파탄되던 시대의 인물이다.17) 만약 신화적 질서가 존중되던 시대였다면 화희와 치희의 다툼은 애당초 발생하지 않았거나 또 발생했더라도 유리왕의 신적 권능에 의해 쉽게 해소, 극복되었을 것이고, 따라서 그는 도망간 치희를 말을 달려 뒤쫓다가 끝내 그녀가 성을 내고 돌아오

---

16) 특히 이 노래의 성격에 있어서는 "남녀가 배우자를 선정하는 기회에 불려진 사랑의 노래의 한 토막"(정병욱, 앞의 책, 51~57쪽 참조)이라는 학설이 제기되어 주목을 끈다. 조동일도 "이 노래는 원래 청춘 남녀가 짝을 찾으면서 불렀던 것 같다."(조동일, 1982, 『한국문학통사』 1, 서울, 지식산업사, 85쪽)고 하여 위의 학설에 동조했다. 그러나 정병욱은 유리왕이 신화시대의 신화적 인물이란 점에서 서정시를 창작하기가 불가능하다는 전제하에 <황조가>를 『삼국사기』의 기록을 떠나서 하나의 작자 불명의 서정적 고대가요 한 토막이 후대에 한문으로 번역되어 유리왕의 설화 속에 끼어든 것으로 본 반면, 조동일은 <황조가>를 유리왕이 창작한 것으로 인정하는 데에는 이르지 않더라도 최소한 유리왕이 화희·치희의 사건을 겪고 나서 이미 있어왔던 짝을 찾는 노래로서의 황조가를 불렀을 가능성이 있음을 인정하고, 이를 시대적 배경과 관련시켜 설명하고 있다. 이렇게 본다면 유리왕 설화는 설화대로 독자적으로 전승해 내려오고, <황조가>는 <황조가>대로 민요로서 전승해 내려오다 설화와 가요가 모두 '짝 찾기'에 주제를 두고 있음으로 해서 후대의 어느 시기에 결합된 것으로도 추정해 볼 수 있다. 그러나 배경설화와 <황조가> 사이에는 분명 유리왕과 여인간의 사별(송씨) 혹은 생이별(치희)의 이야기와 그에 따른 사랑의 비극이 중심 모티프를 이루고 있다는 점에서 서로 밀접한 관련을 있음을 알 수 있고, 이로 인해 <황조가>를 이별시가로 볼 수 있는 근거가 마련된다.

17) 조동일, 1977, 『한국소설의 이론』, 서울, 지식산업사, 156쪽.

지 않는 쓰라림을 당하지 않아도 되었을 것이다.[18]

노래는 치희와의 생이별에 따른 비탄의 정서를 자연물인 꾀꼬리에 의탁해서 진술하면서도 소박하게 표현했다. 제1·2구와 제3·4구는 자연사(自然事)와 인간사(人間事)를 묘사한 것으로 대칭·대립 구조를 이루며, 암수가 서로 어울려 정다운 꾀꼬리와 짝을 잃고 홀로 있는 자신의 외로운 신세가 대립되어 화자의 쓸쓸한 내면 세계가 자연스럽게 드러나 있다. 문맥상 그 어디에도 왕의 작품으로 볼 수 있는 위엄이나 권위는 찾아볼 수 없고, 짝을 잃은 화자의 고독만이 드러나 있을 뿐이다.

한역된 노래에서 "암수 서로 어울리는(雌雄相依)" 꾀꼬리는 그대로 애정의 상징이 된다.[19] 이는 '현실적'으로 짝을 잃은 작자의 고독한 처지를 '이상적'인 부부 관계인 꾀꼬리[20]를 통해 노래한 것으로 볼 수 있다.

한편, 이 노래는 제3·4구의 "나의 외로움을 생각하니 / 그 뉘와 함께 돌아가리"나 배경설화의 "왕이 그 소문을 듣고 말을 달려 따라갔으나, 치희는 노하여 돌아오지 않았다(王聞之 策馬追之 稚姬怒不還)."는 부분을 통해서 볼 때, 치희와의 생이별 이후에 창작된 노래임을 알 수 있다.

이렇게 보면, <황조가>의 이별 상황은 대상의 떠남으로 인한 생이별이며, 창작 시기는 이별 이후, 이별 대상은 아내(부부)이다.

이상에서 본 바와 같이 고대가요에 나타난 이별은 대상의 죽음과 대상의 떠남으로 인한 사별과 생이별이 각각 1수씩 나타날 뿐, 나의 죽음과 나의 떠남을 노래한 작품은 없다. 노래가 불려진 시기는 이별 순간과 이별 이후이며, 이별의 대상은 부부간이다.

---

18) 김학성, 1980, 「한국고전시가의 미의식체계론」, 『한국고전시가의 연구』, 익산, 원광대학교출판국, 69쪽.

19) 조동민, 1989, 「한국시가에 나타난 새의 상징성 연구」, 서울, 건국대학교 대학원 박사학위 논문, 16쪽.

20) 작품의 문면에서 볼 때 <현실적인 것>은 작자의 고독한 처지이고 <이상적인 것>은 꾀꼴새처럼 정답게 지내야 하는 부부 관계이다(김학성, 앞의 책, 68쪽).

2. 이별의 수용 태도

　인간의 가장 보편적인 정서에 바탕을 두고 있는 이별의 문제는 인류의 역사와 더불어 있어 왔으며, 가장 중요한 문제 중의 하나로 다루어져 왔다.[21] 그러므로 고전 이별시가에 나타난 이별의 수용 태도를 살펴봄으로써 당대인들의 삶의 모습과 생활 감정의 일면을 엿볼 수 있다.

　서론의 연구의 범위와 방법에서 밝힌 바와 같이 고전 이별시가에 나타난 이별의 수용 태도는 '나'와 '대상' 사이의 관계가 어떤 상태인가를 기준으로 할 때 크게 '관계 파탄의 지속'과 '관계 회복의 추구' 및 '관계 연장의 희망'으로 나눌 수 있는데, 이 중에서 고대가요에 나타난 이별의 수용 태도는 관계 파탄의 지속과 관계 회복의 추구만이 나타난다.[22] 이제 각 항별로 작품의 예를 들어 고대가요에 나타난 이별의 수용 태도를 구체적으로 살펴보겠다.

1) 관계 파탄의 지속

(1) 매개체의 활용

　이별을 수용함에 있어 이별 당사자인 '나'와 '대상' 사이에 제3자(혹은 제3의 대상물)가 개입하거나 대상(대상물)에의 투사(投射, projection)에 의해 시적 화자인 '나'의 감정이 표출되는 경우가 있는데, 이를 '매개체의 활

---

21) 김대행, 1996, 「고려시가의 문학적 성격」, 성균관대학교 인문과학연구소 편, 『고려가요연구의 현황과 전개』, 서울, 집문당, 29쪽.
22) 현재 한역되어 전하고 있는 고대가요는 3수뿐이다. 이 3수 중에서 이별을 노래하고 있는 작품은 2수인데, 이 2수를 가지고 이별의 수용 태도를 '관계 파탄의 지속'과 '관계 회복의 추구'로 양분하여 보는 것에는 논란이 있을 수 있다. 그러나 이 책 36쪽의 각주 4에서 밝힌 바와 같이 이러한 방법을 통해 고전 이별시가에 나타난 이별의 양상이 어떻게 지속되고 변화되는지를 알아볼 수 있다.

용’으로 본다. 이별의 주체인 ‘나’와 ‘대상’ 사이에 놓여있는 매개체(매개물)로는 사람뿐만이 아니라 사물에 인격을 부여하거나 의인화한 것, 혹은 화자의 감정이 이입된 사물도 포함된다.

[가] **황조가**

翩翩黃鳥	펄펄 나는 꾀꼬리
雌雄相依	암수 서로 어울리는데
念我之獨	나의 외로움을 생각하니
誰其與歸	그 뉘와 함께 돌아가리

<황조가>에서는 짝을 잃은 유리왕 자신의 고독한 처지가 매개체(매개물)인 꾀꼬리에 의해 한층 더 고조되어 있다. 봄이면 꾀꼬리를 연상하게 되고 또 꾀꼬리 하면 봄을 연상하리만큼 봄과 꾀꼬리는 서로 밀접한 관계가 있다. 꾀꼬리는 혼자 날지 않는다. 늘 암수가 짝을 지어 함께 노닐기 때문에 부부 사이의 금실(琴瑟)을 상징하기도 한다. <황조가>에서 무엇보다 중시해야 할 것은 꾀꼬리를 애정의 상징물로 보았다는 점이다. 짝을 잃은 자신의 처지를 암수 서로 정답게 노니는 꾀꼬리에 대조시킴으로써 화자의 고독은 한층 고조된다. 즉, “암수 서로 어울리는(雌雄相依)” 꾀꼬리 자체가 애정의 지속을 상징한다고 보면, 이와 대조되는 자신의 신세는 한층 더 서글펐을 것이다. 그러므로 “이에 느낀 바 있어 노래를 불렀다(乃感而歌).”고 했으니, 그 노래는 부부 사이의 금실을 상징하는 매개체인 꾀꼬리를 통해 짝을 잃은 자신의 고독을 표출한 것이다.

원시시대로 소급해갈수록 인간은 자신을 둘러싸고 있는 바깥 세계의 사물을 자신의 삶과 긴밀히 연관지음으로써 심리적 안정을 회복하려는 의식이 강했다고 한다. 래드클리프 브라운(Redcliff-Brown)에 의하면, 원시인들은 어떤 동물을 어떤 목적을 위해 마치 인간인양 취급하여 의인화했다고 한다.[23] 이렇게 보면 <황조가>에서 꾀꼬리는 유리왕이 추구하

---

23) 이상우, 「동리문학과 신화적 상상력」, 노드롭 프라이 저, 이상우 옮김,

고자 한 이상적인 부부 관계의 의인물이 된다.

2) 관계 회복의 추구

(1) 대상의 뒤를 따름

이별을 맞이한 화자가 대상과의 시간적·공간적 단절을 인정하지 않고 이를 극복하기 위해 대상의 뒤를 따르거나 따르려고 하는 내용의 노래가 있는데, 이를 '대상의 뒤를 따름'으로 본다. 대상의 뒤를 따르거나 따르려고 하는 것은 대상과의 관계를 지속·유지시키려는 화자의 의지의 한 표명인 바, 대상과 사별한 경우에는 '나'의 자결이라는 극단적인 수단으로 나타나기도 한다.

가 공무도하가 ______________________________________

公無渡河	님더러 물 건너지 말래도,
公竟渡河	님은 건너고 말았네.
墮河而死	물에 빠져 죽었으니,
<u>當奈公何</u>	<u>이에 님을 어찌할꼬</u>

이별한 대상과의 관계 회복을 추구하기 위해 대상의 뒤를 따르는 내용을 담고있는 첫 작품은 <공무도하가>이다. 한역된 노래에서 "이에 님을 어찌할꼬"라는 탄식을 통해 죽음으로써 임의 뒤를 따를 것이라는 추측을 할 수 있는데, 이것은 배경설화의 내부 액자 끝 부분인 "곡을 마치자 그녀도 또한 남편을 따라 물에 빠져 죽었다(曲終 自投河而死)."는 부분을 통해 확인된다.

<공무도하가>에서의 물은 프라이(Northrop Frye)의 물의 심상에 견주면 죽음의 물에 해당한다.

____

1987, 『문학의 구조와 상상력』, 서울, 집문당, 168쪽 참조.

다른 한편으로 물은 전통적으로 인간 생활의 하위의 존재 영역, 즉 일상적인 죽음 또는 비유기적인 것으로의 환원에 이어 뒤따라 나오는 혼돈이나 소멸의 상태에 속해 있다. 그러므로 죽을 때의 영혼은 번번이 물을 건너기도 하고, 그 물 속에 빠지기도 한다. 묵시적인 상징에는 '생명수'가 있으며, 이것은 신의 도시에 다시 나타나는, 에덴 동산에서 발원하여 거기서부터 갈라진 네 개의 강이며, 제의에서는 세례의 이미지로 나타난다.[24]

남편을 잃은 아내의 비통은 스스로를 강물 속에 내던짐으로써 죽음을 초월하게 되고 강물은 묵시적 상징의 재회와 재생의 의미를 갖는다고 볼 수 있다.

인간은 영(靈)과 육(肉)으로 결합되어 있어 육으로부터 영이 이탈하면 죽음에 이르고 결합하면 생명을 얻는다고 한다. 그러므로 생은 영과 육의 결합 여부에 있다고 할 수 있다. 이때 산 사람의 영혼을 생령(生靈)이라 하고, 죽은 사람의 영혼을 사령(死靈)이라 한다. 그리하여 무속(巫俗)의 내세관은 영혼의 존재를 전제로 하여, 사람이 죽으면 목숨은 끊어지고 육체는 썩어 없어지나 영혼만은 없어지지 않고 저승으로 가서 영원히 존재한다고 믿는다. 이것이 곧 영혼불멸사상(靈魂不滅思想)으로 무속의 내세관은 이러한 영혼불멸관을 기초로 한다.[25] 그러므로 아내는 남편과의 재회를 위해 죽음을 택하게 된 것이다.

이상에서 살펴본 바와 같이 고대가요에 나타난 이별의 수용 태도는 관계 파탄의 지속과 관계 회복의 추구만이 나타남을 보았다. 그 결과 관계 파탄의 지속에서는 매개체의 활용이, 관계 회복의 추구에서는 대상의 뒤를 따름이 각각 1수씩 있음을 보았다. 이를 비율로 제시하면 다

---

24) Water, on the other hand, traditionally belongs to a realm of existence below human life, the state of chaos or dissolution which follows ordinary death, or the reduction to the inorganic. Hence the soul frequently crosses water or sinks into it at death. In apocalyptic symbolism we have the "water of life", the fourfold river of Eden which reappears in the City of GOD, and is represented in ritual by baptism(Northrop Frye, 1990, Anatomy of Criticism, 10th Printing, Princeton University Press, 146쪽).

25) 류종목, 1990, 『한국민간의식요 연구』, 서울, 집문당, 166~167쪽.

음과 같다.

  1) 관계 파탄의 지속 ··· 1수(50%)
    (1) 매개체의 활용 ··· 1수(50%)

  2) 관계 회복의 추구 ··· 1수(50%)
    (1) 대상의 뒤를 따름 ·· 1수(50%)

지금까지 살펴본 바를 요약하면 고대가요에 나타난 이별의 상황은 대상의 죽음과 대상의 떠남으로 인한 사별과 생이별만이 보이며, 노래가 불려진 시기는 이별 순간과 이별 이후였으며, 이별의 대상은 부부간이었다. 이별의 수용 태도에서는 관계 파탄의 지속에서 매개체의 활용이, 관계 회복의 추구에서는 대상의 뒤를 따름이 나타났다.

제 3 장 향가에 나타난 이별의 양상

1. 이별의 상황

『삼국유사』에 배경설화와 함께 수록되어 전하는 향가 14수[1] 중에서 이별시가로 분류할 수 있는 작품은 3수(<모죽지랑가>, <제망매가>, <원가>)[2]로 전체의 21.4%를 차지한다. 이 중 사별을 노래한 작품은 2수(<모

---

1) 고려 제4대 광종(光宗 : 재위 949~975) 때 균여(均如大師 ; 923~973)가 지은 향가 <보현십원가(普賢十願歌)> 11수는 찬불적(讚佛的)인 성격을 지니며, 고려 때 창작된 작품이므로 본 논의에서 제외하였다.

2) 『화랑세기』필사본에 이별을 노래한 향가가 1수 있다. 6세 대표 화랑인 세종(世宗)조에 수록된 <풍랑가(風浪歌)> 혹은 <송출정가(送出征歌)>가 그것이다. 이 노래는 562년 신라가 가야를 정벌할 당시 전쟁에 나가는 사다함(斯多含)을 위해 그의 애인 미실(美室)이 지은(其出征時 以歌送之) 8구체 향찰 표기 향가인데, 내용상 이별시가로 분류할 수 있다. 그러나『화랑세기』필사본의 진위 여부가 아직 논란이 되고 있으므로 이 작품은 논의에서 제외하였다. 참고로 필사본 『화랑세기』세종조에 실려있는 이 노래를 소개하면 다음과 같다(김대문 저, 이종욱 역주해, 1999,『화랑세기』, 서울, 소나무, 74~75쪽 참조).

風只吹留如久爲都	바람이 불다고 하되
郎前希吹莫遣	임 앞에 불지 말고
浪只打如久爲都	물결이 친다고 하되
郎前打莫遣	임 앞에 치지 말고
부무歸良來良	빨리빨리 돌아오라
更逢叱那抱遣見遣	다시 만나 안고 보고

죽지랑가>, <제망매가>)로 66.7%, 생이별을 노래한 작품은 1수(<원가>)로 33.3%이다. 사별을 노래한 작품은 2수 모두 대상의 죽음을 노래했고, 생이별을 노래한 작품 1수도 대상의 떠남을 노래했다. 이는 고대가요에 나타난 이별의 양상과 같은 현상이다.

향가 또한 고대가요와 마찬가지로 배경설화 속에 노래가 삽입되어 있어, 이를 통해 노래의 창작 동기나 당시의 시대상 등의 제반 상황을 알 수 있다.

논의의 순서에 의해 사별을 노래한 작품부터 살펴보기로 한다.

1) 사 별

(1) 대상의 죽음

① 이별 이후

가 모죽지랑가 _______________________________

去隱春皆理米	지나간 봄 돌아오지 못하니
毛冬居叱沙哭屋尸以憂音	살아 계시지 못하여 우올 이 시름.
阿冬音乃叱好支賜烏隱	殿閣을 밝히오신
兒史年數就音墮支行齊	모습이 해가 갈수록 헐어 가도다.
目煙廻於尸七史伊衣	눈의 돌음 없이 저를
逢烏支惡如作乎下是	만나보기 어찌 이루리.
郎也慕理尸心未 行乎尸道尸	郎 그리는 마음의 모습이 가는 길
蓬次叱巷中宿尸夜音有叱下是	다복 굴헝에서 잘 밤 있으리.3)

____

此好 郎耶 執音乎手乙	아흐, 임이여 잡은 손을
忍麼等尸理良奴	차마 물리러뇨.

— 정연찬 해독

3) 김완진, 1980, 『향가해독법연구』, 서울, 서울대학교출판부, 67쪽. 이하 향가의 현대어석은 이 책의 것을 따랐음.

『삼국유사』 권 제2 기이(紀異) 제2 효소왕(孝昭王 ; 643~702)대 죽지랑
조(竹旨郎條)에 배경설화[4]와 함께 전하는 이 노래는 득오(得烏)가 죽지랑
(竹旨郎)이라는 화랑을 찬양하고 사모하여 부른 노래이다.

<모죽지랑가>를 둘러싼 논란 가운데 중요한 것은 과연 이것이 추모
시인가 하는 점이다. 김동욱,[5] 김완진,[6] 금기창[7] 등은 이 노래를 추모
시로 보았다.[8] 나 또한 이 노래를 추모시로 보고자 한다.

이 시의 제1·2구는 김완진의 "지나간 봄 돌아오지 못하니 / 살아 계
시지 못하여 우올 이 시름"이나, 금기창의 "지나간 봄(득의의 시절)을 회
상 찬양함에 / 살아서 오래 계시지 못하시어 우는 이 시름"을 통해 볼
때, 대상의 죽음(사별)으로 인한 시적 자아의 슬픔이 단적으로 드러난 행
이 된다. 제1구의 "지나간 봄"은 죽지랑이 김유신의 부사가 되어 삼국
통일하고 진덕·태종·문무·신문왕의 4대에 걸쳐 재상이 되어 나라를
안정케 한 시기로 죽지랑이 아직 살아있을 시기이다.[9] 그러나 화려했던
"지난 봄"이 가고는 다시 돌아오지 않듯이 자신에게 큰 은혜를 베풀었
던 죽지랑도 어느덧 죽고 다시는 돌아오지 못하게 되었다. 그러므로 화
자는 지난날을 회상하며 죽지랑에 대한 그리움으로 울며 슬픔에 잠기게
된다. 제3·4구에서는 임의 모습이 해가 갈수록 기억 속에서 희미해져
간다는 비통한 심정을 노래하고 있다. 첫 두 구에서 죽지랑은 이미 이

---

4) 第三十二孝昭王代 竹曼郎之徒 有得烏(一云谷)級干 隷名於風流黃卷 追日
   仕進 隔旬日不見 郎喚其母 問爾子何在 母曰 幢典牟梁益宣阿干 以我子差
   富山城倉直 馳去行急 未暇告辭於郎 郎曰 汝子若私事適彼 則不須尋訪 今
   以公事進去 須歸享矣 …… 初得烏谷 慕郎而作歌曰 (歌略)(『三國遺事』 卷
   第二 紀異第二 孝昭王代 竹旨郎條).

5) 김동욱, 1961, 「신라 향가의 불교 문학적 고찰」, 『한국가요의 연구』, 서울,
   을유문화사, 22~23쪽.

6) 김완진, 앞의 책, 53~67쪽.

7) 금기창, 1990, 「신라향가의 연구」, 익산, 원광대 대학원 박사학위 논문, 103쪽.

8) 이 노래가 추모시가 아니라 郎이 살아 있는 동안에 창작된 가요로 보는 가
   장 대표적인 이는 박노준이다(박노준, 1982, 『신라가요의 연구』, 서울, 열화
   당, 124쪽 참조).

9) 壯而出仕 與庚信共爲副帥 統三韓 眞德·太宗·文武·神文 四代爲冢宰
   安定厥邦(『三國遺事』 卷 第二 紀異第二 孝昭王代 竹旨郎條).

세상을 떠나 지나간 봄처럼 돌아올 수 없는 몸이라고 했으므로,10) “전각(殿閣)”11)을 밝히던 모습도 시간이 흐르면서 서서히 망각되어 가는 것이다. 제5·6구에서는 비통하고 무상한 현실에 대한 대안으로서 피안의 세계에서의 새로운 만남이 그려져 있다. “눈의 돌음”은 곧 “눈물 도는 만남”으로 추억 속에서의 만남으로 볼 수도 있겠으나, 그 만남이 미래의 일로 예비되고 있음을 생각할 때 피안의 세계에서의 낭(郎)과의 재회로 보는 것이 온당하다. 화자는 비록 낭과 헤어져 홀로 슬픔의 눈물을 흘리고 있지만, 그 헤어짐은 영원한 것이 아니라 회자정리의 불교적 깨달음이 화자로 하여금 피안의 세계에서의 기쁨과 감격의 재회를 확인하게끔 한 것이라 하겠다.12) 제7·8구에서는 낭과의 재회에 대한 믿음을 노래하고 있다. 언젠가는 낭을 다시 만날 것이라 믿기에 화자는 낭을 그리워하며 살아간다. 마지막 구의 “다복 굴헝”은 다북쑥이 우거진 무덤이다. 그 무덤은 죽지랑이 묻혀있는 곳으로 화자가 죽어서 가고자 하는 곳이다. 죽지랑은 이미 죽고 없다. 그러므로 화자는 밤에 잠을 이루지 못한다. 그것은 죽은 대상에 대한 사무치는 그리움 때문이며, 더 나아가 언젠가는 다시 만나게 될 것이라는 기대 때문이기도 하다.

위에서 살펴본 바와 같이 <모죽지랑가>는 득오가 기파랑을 사별한 후 그를 추모하여 부른 노래로, 이별 상황은 대상과의 사별이고, 창작시기는 이별 이후, 이별 대상은 화랑이다.

---

10) 김완진, 앞의 책, 61쪽.
11) “전각”에 대한 해독과 그 의미에 관해서는 이견이 분분하다. 김완진은 “영정(影幀)을 뫼신 전각(殿閣)”(위의 책, 61쪽)으로 보았고, 조동일은 “정치무대”의 상징(조동일, 1982, 『한국문학통사』 1, 서울, 지식산업사, 142쪽)으로 보았으며, 금기창은 “전각”으로 보지 않고 “阿冬音”을 “아둘움” 곧 “아드룸”으로 읽고 “남아의 싹”, “남아의 정기”를 뜻하는 어사(語詞)로 보아야 한다고 했다(금기창, 앞의 논문, 103~104쪽 참조).
12) 신동흔, 1992, <모죽지랑가>의 시적 문맥, 백영 정병욱선생 10주기추모논문집간행위원회 편, 『한국고전시가작품론』 1, 서울, 집문당, 108쪽.

🔲 **나 제망매가** ────────────────────

生死路隱	生死 길은
此矣有阿米次肹伊遣	예 있으매 머뭇거리고,
<u>吾隱去內如辭叱都</u>	<u>나는 간다는 말도</u>
<u>毛如云遣去內尼叱古</u>	<u>몯다 이르고 어찌 갑니까.</u>
於內秋察早隱風未	어느 가을 이른 바람에
此矣彼矣浮良落尸葉如	이에 저에 떨어질 잎처럼,
一等隱枝良出古	한 가지에 나고
去奴隱處毛冬乎丁	가는 곳 모르온저.
阿也 彌陀刹郎逢乎吾	아아, 彌陀刹에서 만날 나
道修良待是古如	道 닦아 기다리겠노라.

<제망매가>는 월명사(月明師)가 죽은 누이를 위해 재를 올릴 때 부른 노래로, 『삼국유사』 권 제5 감통(感通) 제7 월명사 도솔가조(月明師 兜率歌條)에 실려 전한다.

배경설화에 의하면, 월명사가 이 노래를 부르자 문득 광풍이 일어나 제단에 놓인 종이돈을 서쪽으로 날려보냈다고 했다.[13] 그래서 죽은 누이에게 그 돈을 노자로 삼도록 했다는 것이다.[14] 그런데 노래 사설에는 그런 주술적인 내용이 들어 있지 않다.[15]

제1~4구에서는 누이동생의 요절이라는 상황을 "나는 간다는 말도 / 몯다 이르고 어찌 갑니까"라 하여 망매의 일찍 망거(亡去)함에 대한 화자의 서운함과 적막감이 주관적으로 표출되어 있다.[16] 서두에서 화자는

────────────────────

13) 明又嘗爲亡妹營齋 作鄕歌祭之 忽有驚颷吹紙錢 飛擧向西而沒(『三國遺事』卷 第五 感通 第七 月明師 兜率歌條).

14) 월명사가 죽은 누이를 극락으로 천도하는 불교 의식을 올릴 때 향가를 지어 누이의 원혼을 위로하였으니 무불습합적(巫佛習合的)인 위령제였음을 알 수 있다(박춘우, 2003, 「고시가에 나타난 恨의 맺힘과 풀림」, 박진태·박춘우·이현수, 『우리노래의 한과 신명』, 경산, 대구대학교출판부, 69~70쪽 참조).

15) 조동일, 앞의 책, 148쪽.

16) 최창록, 1990, 「향가의 비유와 자기 표출의 언어」, 『소설과 시의 문체미학』, 대구, 대구대학교출판부, 332쪽.

"생사 길"이 여기에 있다고 하면서 본 가에서 중심적으로 다루고자 하는 죽음의 문제가 사랑하는 누이와의 사별임을 제시하며 직서적(直敍的)으로 표출시키고 있다. 인간이라면 누구나 피할 수 없는 가장 원초적이고 기본이 되는 문제가 죽음이다. 그러나 뜻하지 않은 누이의 죽음이었기에 화자는 애통해하며 비탄에 빠지게 된다. 제5~8구에서는 비유법을 사용하여 무상감을 이미지화하였다. 누이의 요절을 이른 가을 바람에 "이에 저에 떨어질 잎"에 비겨 비유적으로 형상화했으며, 형제자매의 사랑이 같은 가지에서 자란 나뭇잎으로 비유되고, 나아가서 그것이 흩어지면 다시 만날 수 없다는 데서 사별의 괴로움을 뼈저리게 느끼게 하고 있다.17) 그러므로 비록 "한 가지"에서 난 형제일지라도 "가는 곳"을 모르기에 화자의 슬픔은 더욱 크게 된다. 그러나 화자는 제9~10구에 와서 인간이라면 누구나 겪어야 하는 생로병사의 무상한 인생의 실상을 깨닫고 도를 닦음으로써 미타찰(彌陀刹)이라는 내세의 공간을 기약하는 것으로 시상을 마무리하고 있다. 제9구의 감탄사를 전환점(轉換點)으로 삼아 제10구에서 "道 닦아 기다리겠다"고 한 것은 곧 죽음을 기다림의 대상, 기대의 대상으로 본 것이다. 이는 앞에서 살펴본 <모죽지랑가>의 제7·8구와 더불어 대상과의 사별에 따른 화자의 감정이 단순한 직정(直情)의 노출이라기보다는 당대를 지배한 정신적 귀의대상(歸依對象)에 대한 흠모와 찬양 그리고 귀의에의 기약을 그 주된 정서로 하고 있음을 뜻한다.18) 즉, 제1~8구에서의 이별이 인생무상에 대한 깨달음을 통해 만남으로의 반전을 일으킨 것이다.

<제망매가>의 제1~4구는 누이의 죽음에 따른 화자의 비탄이 직서적으로 표출되었으며, 제5~8구는 누이의 죽음에 따른 무상감이 비유적으로 표현되었고, 제9~10구는 미타찰에서 다시 만나겠다는 화자의 의지가 직설적으로 나타나 있다.

요컨대, <제망매가>는 누이의 죽음이라는 이별의 상황에서 누이를

---

17) 정병욱, 1993, 『한국고전시가론』 증보판, 서울, 신구문화사, 87쪽.
18) 김대행, 1976, 『한국시가구조연구』, 서울, 삼영사, 127쪽.

추모하기 위해 창작된 노래로, 창작 시기는 이별 이후, 이별 대상은 누이이다.

2) 생이별

(1) 대상의 떠남

① 이별 이후

[가] 원가 ____

<table>
<tr><td>物叱好支栢史</td><td>質좋은 잣이</td></tr>
<tr><td>秋察尸不冬爾屋支墮米</td><td>가을에 말라 떨어지지 아니하매,</td></tr>
<tr><td>汝於多支行齊教因隱</td><td>너를 重히 여겨 가겠다 하신 것과는
달리</td></tr>
<tr><td><u>仰頓隱面矣改衣賜乎隱冬矣也</u></td><td><u>낯이 변해 버리신 겨울에여.</u></td></tr>
<tr><td>月羅理影支古理因淵之叱</td><td>달이 그림자 내린 연못 갓</td></tr>
<tr><td>行尸浪 阿叱沙矣以支如支</td><td>지나가는 물결에 대한 모래로다.</td></tr>
<tr><td>皃史沙叱望阿乃</td><td>모습이야 바라보지만</td></tr>
<tr><td>世理都 之叱逸烏隱第也</td><td>세상 모든 것 여희여 버린 處地여.</td></tr>
<tr><td>後句亡</td><td></td></tr>
</table>

<원가>는 『삼국유사』 권 제5 피은(避隱) 제8 신충 괘관조(信忠掛冠條)에 배경설화와 함께 전한다. 이 노래와 관련된 배경설화를 보면 다음과 같다.

효성왕이 왕위에 오르기 전에 어진 선비 신충과 더불어 궁정 잣나무 아래서 바둑을 두면서, 다른 날 내가 만약 경을 잊는다면 저 잣나무와 같을 것이라 하니 신충이 일어나서 절을 하였다. 수개월이 지난 뒤 왕이 즉위하여 공신들에게 상을 주었으나 신충을 잊고 등용하지 않았다. 이에 신충이 왕을 원망하여 노래를 지어 잣나무에 붙이니 잣나무가 홀연히 노랗게 시들어 버렸

다. 왕이 이상하게 여겨 그것을 살펴보게 하였다. 이에 노래를 얻어 왕에게 바쳤다. 왕이 크게 놀라 '하마터면 각궁(角弓)을 잊을 뻔했다'하며 곧 그를 불러 작록(爵祿)을 주니 잣나무는 이내 살아났다.[19]

배경설화를 통해 이 노래의 창작 배경 및 작자와 창작 연대 등을 알 수 있다.[20] 특히 "왕을 원망하며 노래를 지어 잣나무에 붙이게 되니 잣나무가 홀연히 노랗게 시들어 버렸다(忠怨而作歌 帖於栢樹 樹忽黃悴)."를 눈여겨볼 필요가 있다. 이는 잣나무에 주부(呪符)를 붙인 것[21]으로 왕에 대

---

19) 孝成王潛邸時 與賢士信忠 圍碁於宮庭栢樹下 嘗謂曰 他日 若忘卿 有如栢樹 信忠興拜 隔數月 王卽位賞功臣 忘忠而不第之 忠怨而作歌 帖於栢樹 樹忽黃悴 王怪使審之 得歌獻之 大驚曰 萬機鞅掌 幾忘乎角弓 乃召之賜爵祿 栢樹乃蘇 歌曰 (歌略)(『三國遺事』 卷 第五 避隱第八 信忠掛冠條).

20) 위의 배경설화를 통해서 신충(信忠)이 지은 <원가>가 나타나기까지의 내력을 알 수 있고, 겸해서 이 노래의 제작 시기가 효성왕(孝成王 ; 재위 737~742) 때였다는 사실도 알게 된다. 신충의 신분에 대해서는 효성왕이 신충을 각궁(角弓)이라 불렀고, 또 『증보문헌비고(增補文獻備考)』 악고(樂考) 17 <궁정백(宮庭栢)>조에서 '김충신(金忠信)'이라고 기록되어 있는 것으로 보아 그가 김씨 왕족임을 확인할 수 있는데, 또 관등(官等)이 효성왕 3년(739)에 이찬(伊湌)으로 중시(中侍)를, 경덕왕(景德王 ; 재위 742~765) 16년(757)에 상대등(上大等)을 역임한 사실로 보아 그가 왕족 중에서도 효성왕의 측근일 가능성이 크다(박춘우, 앞의 책, 66쪽 참조). 한편, <원가>의 제작 시기를 孝成王 즉위 초로 보지 않고 景德王代로 보는 설도 있다(박노준, 앞의 책, 141쪽 참조).

21) <원가>에 나타난 "잣나무가 홀연히 노랗게 시들어 버렸다(樹忽黃悴)"나 "잣나무는 이내 살아났다(栢樹乃蘇)"와 같은 기록은 <혜성가>의 "혜성이 나타나 심대성을 범했다 …… 이때 융천사가 노래를 지어 불렀더니 별이 괴상하게도 즉시 없어졌다(有彗星犯心大星 …… 時天師作歌之 星怪卽滅)." 나 <제망매가>의 "월명사는 또 일찍이 죽은 누이를 위해 재를 올리고 향가를 지어 제사를 지내는데 문득 광풍이 불어 지전을 서쪽으로 날려 없어지게 했다(明又嘗爲亡妹營齋 作鄕歌祭之 忽有驚颷吹紙錢 飛擧向西而沒).", <도천수관음가>의 "한기리에 사는 희명이라는 여자의 아이가 난 지 다섯 해 만에 갑자기 눈이 멀었다. 하루는 그 어미가 아이를 안고 분황사 좌전 북쪽 벽에 그린 천수대비 앞에 나아가 아이를 시켜 노래를 지어 기도 드리게 했더니 드디어 눈을 뜨게 되었다(漢岐里女希明之兒 生五稔而忽盲 一日其母抱兒 詣芬皇寺左殿北壁畫千手悲前 令兒作歌禱之 遂得明)." 등

한 호소로 볼 수 있다. 즉, 왕을 잣나무로 보았기 때문에 왕의 변심이 곧 잣나무의 변화와 직결되며, 왕에 대한 원한이 잣나무로 전이된 것이다.

이 노래는 10구체로 되어 있었으나 낙구(9·10구)는 소실된 채 8구만 전하고 있다. 제1~3구는 효성왕(孝成王)이 잣나무를 두고 작자를 잊지 않겠다고 맹세하던 때의 일을 회상하는 것으로 진상의 재확인을 통해 왕의 관심을 확인시키고 있다. 제1구에서 "백수(栢史)"는 설화한 부분의 백수(栢樹)와 관련이 있는 것으로 상록(常綠), 즉 불변정조·단심과 그 의미를 같이 한다.22) 그러므로 제1·2구에서 잣이 변화의 계절인 가을에도 시들지 않는다는 것은 신충의 소망이 전이된 대상을 나타내고 있는 것이며, 제3구는 신충의 왕에 대한 소망이다. 그러나 이 불변의 약속(他日不忘)은 다음 구에 와서 깨어지게 되니, 제4구에서 "낯이 변해버림"은 "겨울"로 비유되어 따뜻하고 부드럽던 왕의 변심을 찬 겨울에 대비시킴으로써 왕에 대한 소망이 좌절되었음을 암시한다. 이것은 곧 대상(효성왕)이 화자인 나를 버림으로 인한 생이별의 상황을 제시한 것이다.

제5구 이하 끝 구(句)까지는 감상과 탄식의 소리로 일관되어 있다. 이 대목에서는 작가의 허탈한 심정이 숨김없이 술회된 부분으로,23) 제5구의 "달 그림자"나 제6구의 "지나가는 물결"은 순간 변화의 이미지를 나타낸다. "달 그림자"는 실상이 아니라 허상이며, 침강되고 세속화된 것과 그 이미지를 중첩시켜 볼 수 있으며, "지나가는 물결"은 지배층 사회의 권력 쟁취의 장으로 파악될 수 있다.24) 이렇게 하여 신충은 은연중에 왕을 원망하게 되었을 것이며, 이 원망은 제7·8구에서 변화가 많

에서도 볼 수 있다. 이것은 당시 사람들이 향가를 숭상하며, "왕왕 귀신을 감동시키는 일이 많았다(往往能感動天地鬼神者非一)."고 믿은 바와 같이, 향가가 창작의 동기나 혹은 그 결과에 있어서 제액불양(除厄祓禳)의 주문적(呪文的) 구실을 했음을 알 수 있다.

22) 윤영옥, 1986, 「원가」, 김승찬 편저, 『향가문학론』, 서울, 새문사, 291쪽.

23) 박노준, 앞의 책, 159쪽.

24) 윤영옥, 앞의 책, 293~294쪽 참조. 이 글에서 작자는 "충원이작가(忠怨而作歌)"의 "원(怨)"을 왕에 대한 원(怨)이 아니라 세상에 대한 원(怨)으로 보았다.

은 세상으로 전이하게 된다. 그리고 제9·10구는 소실되어 알 수 없으나 배경설화에 비추어 보면 거기서는 효성왕과 자기가 다시 화합해야 할 앞날의 희망을 제시했을 것으로 추정된다.[25]

요컨대, 이 노래의 이별 상황은 대상(효성왕)이 나를 버림으로 인한 생이별이며, 창작 시기는 이별 이후, 이별 대상은 임금이다.

지금까지 향가에 나타난 이별의 상황을 살펴보았다. 향가에서의 이별은 고대가요와 마찬가지로 대상의 죽음과 대상의 떠남으로 인한 사별과 생이별만 나타날 뿐, 나의 죽음과 나의 떠남을 노래한 작품은 없다. 노래가 불려진 시기는 이별 이후이다. 이별의 대상을 살펴보면 고대가요에서는 부부간만 나타나나, 향가에 와서는 화랑과 낭도, 남매, 군신간으로 나타나고 있어, 이별의 대상이 보다 다양해짐을 볼 수 있다.

2. 이별의 수용 태도

향가에 나타난 이별의 수용 태도는 앞에서 살펴본 고대가요와 같이 크게 '관계 파탄의 지속'과 '관계 회복의 추구'만이 나타난다.

향가에 보이는 이별시가 3수를 대상으로 이별의 수용 태도를 구체적으로 살펴보겠다.

1) 관계 파탄의 지속

(1) 대상에 대한 원망

화자인 '나'의 소망과는 상관없이 대상이 더 이상 머무르지 않고 떠

---

25) 조동일, 앞의 책, 143쪽.

나려 할 때, 또는 대상이 떠난 후 '나'를 잊은 채 다시는 찾아오지 않거나 불러주지 않을 때 원망이 싹트게 되며, 원망이 심화되는 경우 저주로까지 이어지기도 한다. 이처럼 무정하게 떠난(떠나는) 대상을 원망하거나 그 원망이 심화되어 저주로까지 이어진 작품을 '대상에 대한 원망'으로 본다. 대상에 대한 원망은 이별 순간이나 이별 이후에 표출되는 것이 보통인데, 이별 순간보다는 이별 이후에 불려진 노래에서 더 많이 찾아볼 수 있다.

[가] **원가**

物叱好支栢史	質좋은 잣이
秋察尸不冬爾屋支墮米	가을에 말라 떨어지지 아니하매,
<u>汝於多支行齊敎因隱</u>	<u>너를 重히 여겨 가겠다 하신 것과는 달리</u>
<u>仰頓隱面矣改衣賜乎隱冬矣也</u>	낯이 변해 버리신 겨울에여.
月羅理影支古理因淵之叱	달이 그림자 내린 연못 갓
行尸浪 阿叱沙矣以支如支	지나가는 물결에 대한 모래로다.
兒史沙叱望阿乃	모습이야 바라보지만
世理都 之叱逸烏隱第也	세상 모든 것 여희여 버린 處地여.
後句亡	

　우리 시가에서 대상에 대한 원망이 처음으로 나타나는 작품은 <원가>이다. 노래를 통해서 볼 때, 제3·4구 "너를 중(重)히 여겨 가겠다 하신 것과는 달리 / 낯이 변해버리신 겨울에여"에서 왕의 변심으로 인해 신충의 소망이 좌절되었음을 알 수 있고, 그로 인해 왕에 대한 원망의 마음이 싹틈을 미루어 짐작할 수 있다. "너를 중히 여겨 가겠다"는 것은 왕이 신충에게 백수(栢史, 栢樹)를 두고 한 맹세이다. 백수는 곧 잣나무이다. 잣나무는 나무의 으뜸으로 쇠락(衰落)을 모르는 영속성과 굽힐 줄 모르는 불변성을 상징한다. 그럼에도 불구하고 효성왕은 왕위에 오르자 "너를 중히 여겨 가겠다"던 지난날의 약속을 망각하고 "낯이 변해" 그를 등용하지 않았다. 이것은 곧 잣나무를 두고 한 영속성과 불변

성의 약속에 대한 왕의 배신이며 배반이다. 그러므로 신충은 왕을 원망하며 노래를 지어 잣나무에 붙이게 된다(忠怨而作歌 帖於栢樹). 배경설화에 의하면 효성왕은 왕위에 오르기 전에 신충에게 "다른 날 내가 만약 경을 잊는다면 저 잣나무와 같을 것이다(他日若忘卿 有如栢樹)"고 했다. 이것은 곧 "왕(효성왕) = 백수"의 관계가 성립됨을 뜻한다. 그러므로 신충은 잣나무에다가 왕을 원망하는 노래를 붙인 것이며, 그 결과 왕을 원망하는 신충의 마음이 나무에 전이되어 마침내 잣나무가 홀연히 노랗게 시들어버린 것이다(樹忽黃悴). 이 노래가 약속이나 맹세를 저버린 대상에 대한 원망을 담고 있음이 여기에서 단적으로 드러난다.

존귀한 대상(효성왕)이 화자인 나를 버림으로써 불려진 이 노래는 당시 정치적 패배자로 밀려나 있던 화자의 배신감, 울분, 실의, 낙담, 원통함 등의 뒤섞인 감정을 함께 나타내고자 했다는 점에서 고려속요 <정과정>과 유사하다.[26] 그러나 이 이별을 수용하는 태도 면에서 볼 때 <원가>는 대상에 대한 원망을 잣나무에 주부(呪符)를 붙이는 행위로 나타낸 반면, <정과정>은 화자 자신의 무죄와 결백을 하소연하면서 대상(의종)이 화자인 나를 다시 사랑해 주기만을 바라고 있다는 점에서 차이가 난다.

2) 관계 회복의 추구

(1) 대상의 뒤를 따름

이별을 맞이한 화자가 대상과의 시간적·공간적 단절을 인정하지 않고 이를 극복하기 위해 대상의 뒤를 따르거나 따르려고 하는 내용의 노래가 있다. 이를 '대상의 뒤를 따름' 항에 넣어서 살펴보기로 한다. 대상의 뒤를 따르거나 따르려고 하는 것은 대상과의 관계를 지속·유지시

---

26) 박노준, 1995, 「시가문학사의 관점에서 본 고려속요의 정서」, ≪모산학보≫ 제7집, 대구, 모산학술연구소, 111~112쪽 참조.

키려는 화자의 의지의 한 표명인데, 대상과 사별한 경우에는 '나'의 자
결이라는 극단적인 수단으로 나타나기도 한다.

[가] **모죽지랑가** ―――――――――――――――――――――――――――

去隱春皆理米	지나간 봄 돌아오지 못하니
毛冬居叱沙哭屋尸以憂音	살아 계시지 못하여 우올 이 시름.
阿冬音乃叱好支賜烏隱	殿閣을 밝히오신
皃史年數就音墮支行齊	모습이 해가 갈수록 헐어 가도다.
<u>目煙廻於尸七史伊衣</u>	<u>눈의 돌음 없이 저를</u>
<u>逢烏支惡如作乎下是</u>	<u>만나보기 어찌 이루리.</u>
郎也慕理尸心未 行乎尸道尸	郎 그리는 마음의 모습이 가는 길
蓬次叱巷中宿尸夜音有叱下是	다복 굴형에서 잘 밤 있으리.

　이 노래는 대상과의 사별에 따른 화자의 감정 변화가 중심을 이루고
있다. 제1구에서 "지나간 봄"은 과거의 시간으로 화려했던 시절이며 죽
지랑이 살아있던 아름답고 희망에 찬 시절이었다. 그러나 지금의 시간
은 대상의 죽음이 원인이 되어 울며 시름겨워하는 슬픔의 시간으로 설
정되어 있어 제1구와 제2구가 내용상 선명한 대조를 이룬다. 조락의 계
절인 현재의 시간에서 성세의 시절이던 과거를 회상할 때 화자의 심정
은 어차피 처량할 수밖에 없을 터이고 그리하여 이 노래의 정서는 비극
미를 드러낼 수밖에 없다.[27]

　그러나 이 노래는 대상의 상실에 따른 화자의 비탄이 내용의 중심을
이루지는 않는다. 즉, 제2구의 "살아 계시지 못하여 우올 이 시름"에서
보이는 대상과의 사별에 따른 화자의 내적 고독은 제5·6구에서 미래
에 일어날 피안에서의 눈물 또는 만남을 기약하고 다짐하는 것으로써
해소되고 있다. 그러므로 제1~4구에서 보이는 비통하고 무상한 현실
은 제5·6구에서 피안에서의 새로운 만남을 기약하는 것으로 전환되며,
제7·8구에서 다시 낭과의 재회에 대한 믿음을 확인하는 것으로 극복

――――――――――――――――――――
27) 위의 논문, 115쪽.

된다.

이처럼, <모죽지랑가>에서 대상의 뒤를 따름은 노래의 제5·6구 "눈의 돌음 없이 저를 / 만나보기 어찌 이루리"를 통해 확인할 수 있다. 대상의 죽음으로 비통하고 무상한 현실을 인식한 화자는 그것을 극복하기 위한 대안으로 피안의 세계를 생각하게 되며, 그곳에서 죽지랑과의 새로운 만남을 기약하게 된다. 지금의 헤어짐이 영원한 것이 아니라는 회자정리의 불교적 깨달음이 화자로 하여금 피안의 세계에서의 기쁨과 감격의 재회를 확신하게끔 한 것이다. 그러므로 화자는 마지막 두 구에서 언젠가는 낭을 다시 만날 것이라 믿고 그날이 하루라도 빨리 오기를 기대하며 낭을 그리워하는 것으로 시상을 종결지었다. 그런데 불교적 깨달음을 통한 슬픔의 극복은 <제망매가>에서보다 잘 드러난다.

[나] 제망매가 ____

生死路隱	生死 길은
此矣有阿米次肹伊遣	예 있으매 머뭇거리고,
吾隱去內如辭叱都	나는 간다는 말도
毛如云遣去內尼叱古	몯다 이르고 어찌 갑니까.
於內秋察早隱風未	어느 가을 이른 바람에
此矣彼矣浮良落尸葉如	이에 저에 떨어질 잎처럼,
一等隱枝良出古	한 가지에 나고
去奴隱處毛冬乎丁	가는 곳 모르온저.
阿也 彌陀刹郞逢乎吾	아아, 彌陀刹에서 만날 나
道修良待是古如	道 닦아 기다리겠노라.

<제망매가>에서 대상의 뒤를 따름은 마지막 제9·10구 "아아, 미타찰(彌陀刹)에서 만날 나 / 도(道) 닦아 기다리겠노라"를 통해 확인된다. 제1구부터 제8구까지는 예고 없이 찾아온 누이의 죽음과 그에 따른 공포, 삶에 대한 무상감과 허무감, 혈육간의 현실적 친연 관계, 죽음 이후의 세계에 대한 미지와 두려움 등이 비교적 진솔하게 드러나 있다. 이것만으로 본다면 그는 수도승이 아닌 범속한 세인의 자세로 누이와의

사별을 수용하며 이를 슬퍼하고 애통해하고 있다. 그러나 이러한 감정은 봄에 나뭇잎이 새로 소생하듯이 미타찰에서 누이를 만날 것을 기대하는 불교적 확신에 의해 완전히 극복되고 있음을 본다.[28]

미타찰은 아미타불이 있는 곳이다. 아미타불은 대승불교인 정토교(淨土敎)의 중심을 이루는 부처로 현재는 성불하여 서방의 정토에서 교화하고 있다고 하는데, 자력으로 성불할 수 없는 사람도 염불을 하면 그의 구제력으로 극락에 갈 수 있다고 믿어진다. 불교의 우주관에 의하면, 자각하지 못한 중생이 사는 더러운 고(苦)의 땅을 예토(穢土)라 하고 반대로 자각한 부처가 사는 탈고(脫苦)의 땅을 정토(淨土)라 한다. 정토는 생로병사를 벗어난 부처의 땅으로 수도승이 이르고자 하는 최종 목적지이다. 그러므로 수도자가 생로병사의 무상함을 깨닫고 해탈하여 정토에 이르기 위해서는 도를 닦는 것이 무엇보다도 필수적인 과정이자 임무이다. 그리고 이 수도 완성의 길은 두 가지의 방편, 곧 자력과 타력의 두 힘을 빌어서 가능하다고 한다.[29] 이 중에서 월명사가 택한 길은 스스로의 노력으로 "도를 닦아" 생로병사의 사고(四苦)에서 벗어나 정토에 이르는 길이다. 죽은 누이는 이미 미타찰에 가 있다는 전제하에 화자는 도를 닦으며 그곳에서 다시 만날 날을 기다린다고 했다.

이처럼 <모죽지랑가>나 <제망매가>에는 사후의 세계를 긍정하며 내세를 기약하는 신라인들의 이별관이 나타나 있다. 이것은 앞에서 살핀 <공무도하가>에서 백수광부의 처가 익사한 남편의 뒤를 따라 순사한 점과 견주어볼 수 있는데, 이 문제는 제3장에서 고려속요에 나타난 이별의 수용 태도를 살피면서 다시 언급하기로 한다.

이상에서 향가에 나타난 이별의 수용 태도를 살펴보았다. 그 결과 관계 회복의 추구에서 대상의 뒤를 따름을 노래한 작품이 관계 파탄의 지속에서 대상에 대한 원망을 노래한 작품보다 1수 더 많았음을 보았다.

---

28) 김학성, 「한국고전시가의 미의식 체계론」, 『한국고전시가의 연구』, 익산, 원광대학교출판국, 81쪽.
29) 김성기, 1998, 「제망매가에 드러난 신라인의 정토사상」, ≪모산학보≫ 제10집, 대구, 모산학술연구소, 11~12쪽.

이를 비율로 제시하면 다음과 같다.

  1) 관계 파탄의 지속 ·· 1수(33.3%)
    (1) 대상에 대한 원망 ···································· 1수(33.3%)

  2) 관계 회복의 추구 ·· 2수(66.7%)
    (1) 대상의 뒤를 따름 ···································· 2수(66.7%)

지금까지 살펴본 바를 요약하면 향가에 나타난 이별의 상황은 대상의 죽음과 대상의 떠남으로 인한 사별과 생이별만이 보이며, 노래가 불려진 시기는 이별 이후였다. 이별의 대상으로는 고대가요가 부부간만이 나타난 데 비해, 향가에서는 화랑과 낭도, 남매, 군신간으로 보다 다양하게 나타남을 보았다. 이별의 수용 태도에서는 관계 파탄의 지속에서 대상에 대한 원망과, 관계 회복의 추구에서는 대상의 뒤를 따름을 노래한 작품이 각각 1수와 2수가 있음을 보았다.

◈ ◈ ◈

제4장 고려속요에 나타난 이별의 양상

1. 이별의 상황

고려속요 중에서 『악학궤범』, 『악장가사』, 『시용향악보』에 국문으로
채록되어 정착된 노래는 21수가 있는데,[1] 이 중 이별시가로 분류할 수
있는 작품은 8수로 전체의 38%를 차지한다. 이들 8수 중, 사별을 노래
한 작품은 1수(<정석가> 6연, <서경별곡> 2연, <만전춘별사> 3연을 포함하면
4수)로 이별을 노래한 고려속요 전체의 12.5%, 생이별을 노래한 작품은
4수(<만전춘별사>, <서경별곡>, <정석가>를 포함하면 7수)로 50%, 사별과
생이별을 함께 노래 작품은 3수로 37.5%로 나타난다. 사별은 다시 대상
의 죽음을 노래한 것이 1수(<이상곡>)가 있고, 나의 죽음을 노래한 것은
3수(<정석가> 6연, <서경별곡> 2연, <만전춘별사> 3연)가 있다. 생이별은
모두 대상의 떠남을 노래했다.

분연체로 구성되어 있는 고려속요의 경우는 연의 배열에 따라 이별
의 상황 및 수용 태도 면에서 상이한 것이 있으므로, 이들 작품은 연을
분리하여 고찰하는 한편, 비록 독립된 몇 개의 노래가 편사자에 의해

---

1) 박병채, 1994, 『새로고친 고려가요의 어석 연구』, 서울, 국학자료원, 7쪽. 국
   문정착가요일람표 참조. 이들 국문정착가요 21수 중 일반적으로 고려속요로
   불리는 작품은 <정과정>, <정읍사>, <동동>, <처용가>, <쌍화점>, <서
   경별곡>, <청산별곡>, <정석가>, <이상곡>, <사모곡>, <가시리>, <만
   전춘별사>, <상저가>, <유구곡> 등 14수이다.

합성되었다 하더라도 유기적 통일성을 지니도록 가사를 개변했을 개연성이 크므로 사별을 노래한 작품을 분석하면서 각 연에 따른 상호 연계성도 고려한다.[2]

먼저, 사별을 노래한 작품부터 살펴보기로 한다.

1) 사 별

(1) 대상의 죽음

① 이별 이후

가 이상곡 ____

비오다가 개야 아 눈 하 디신 나래
서린 석석사리 조본 곱도신 길헤
다롱디우셔 마득사리 마득너즈세 너우지
잠짜간 내니믈 너겨
깃돈 열명길헤 자라오리잇가
죵죵 霹靂生陷墮無間
고대셔 싀여딜 내모미
죵 霹靂아 生陷墮無間
고대셔 싀여딜 내모미
내님 두숩고 년뫼롤 거로리
이러쳐 뎌러쳐
이러쳐 뎌러쳐 期約이잇가
아소 님하 ᄒᆞᆫ디 녀졋 期約이이다

————— 『악장가사』[3], 줄을 나누고 띄어쓴 것은 필자[4]

---

2) 이 책 30쪽의 각주 62 참조.
3) 『악장가사』(영인), 서울, 대제각, 1973, 45~46쪽.
4) 이하 본 논문에서 고찰한 다른 고려속요도 마찬가지임.

<이상곡>은 <쌍화점>, <북전>과 더불어 '남녀상열지사(男女相悅之詞)'로 취급되는 대표적인 작품5)으로 알려져 왔으나, 해독이 곤란한 난해구의 삽입, 그리고 작품의 앞부분과 뒷부분의 정서의 흐름이 매끄럽게 연결되지 않는다는 점 등으로 인하여 연구가 소홀히 되어왔다. 그러나 최근에 이임수,6) 최용수,7) 이계양,8) 윤성현9) 등에 의하여 어휘 해독 문제, 작자 문제, 여음구 문제, 이상곡에 나타난 시간 현상 문제 등이 다양하게 논의되었으나 난해어에 대한 어학적 해결, 관련 기록의 보완 등이 여전히 문제로 남아있다.

『악장가사』에 실려 전하는 이 노래는 전 13구로 구성되어 있는데, 문맥상 의미에 따라 크게 세 단락으로 나눌 수 있다. 즉, 제1단락은 1~5구, 제2단락은 6~10구, 제3단락은 11~13구이다. 각 단락별로 구체적인 내용을 살펴보기로 한다.

먼저 제1단락(1~5구)은 남편을 여의고 수절하는 여인이 남편을 생각하며 외로이 살아가는 고통과 고독을 형상화했다. 제1 · 2구는 "비가 오다가 개고 눈이 많이 온 날"에다가 "서리가 내린 좁고 굽은 길"을 제시하여 화자가 처한 상황을 실감나게 표현했다. "조본 곱도신 길"은 "좁고 굽어 도는 험한 길"로 남편이 묻혀 있는 지리적 공간인 산길을 뜻한다.10) 제3구는 눈을 밟는 의성어로 노래에 리듬감을 부여하고, 나아가

---

5) 이러한 사실은 『성종실록』 권 제240, 성종 21년 5월 21일(壬申)조의 "앞서 서하군(西河君) 임원준(任元濬) · 무령군(武靈君) 유자광(柳子光) · 판윤(判尹) 어세겸(魚世謙) · 대사성(大司城) 성현(成俔) 등에게 쌍화곡(雙花曲) · 이상곡(履霜曲) · 북전가(北殿歌) 중에서 음란한 기사를 고쳐 바로잡으라 명하였는데, 이때 와서 임원준 등이 지어 바쳤다. 전교하기를, '장악원(掌樂院)으로 하여금 익히게 하라'하였다."는 기록을 통해 확인된다(1997, 『국역 조선왕조실록』(CD-ROM), 서울, 서울시스템(주)).
6) 이임수, 1988, 『여가연구』, 대구, 형설출판사.
7) 최용수, 1991, 「고려가요의 유형적 연구」, 경산, 영남대학교 대학원 박사학위 논문.
8) 이계양, 1991, 「고려속요에 나타난 시간현상 연구」, 광주, 조선대학교 대학원 박사학위 논문.
9) 윤성현, 1994, 「고려속요의 서정성 연구」, 서울, 연세대학교 대학원 박사학위 논문.

화자의 처참한 심리 상태를 나타내는 기능을 한다. 제4·5구는 "잠을 앗아간 임을 생각하며 내가 열명길에 자려고 오겠는가?"며 반문하고, 수절하며 살아야 하는 힘든 생활에 대한 고통이 탄식으로 나타난다. "열명길"은 불전어 "십분노명왕(十忿怒明王)"의 약칭 "십명(十明)"에서 생긴 말로, "서운 길"을 뜻한다.11) 여기서 "무서운 길"이란 곧 남편이 묻혀 있는 산길로, 나와 대상 사이의 공간적 단절을 뜻함과 동시에 나와 대상이 연결될 수 있는 최후의 수단으로서의 길이기도 하다.

제2단락(6~10구)에서는 자기 몸은 무간지옥으로 그대로 사라지리라고 하며, 임을 두고 다른 뫼를 걸을 수 없다고 했다. 다른 뫼를 걸을 수 없다는 것은 다른 사람의 유혹에 빠질 수 없다는 뜻으로, 남편의 뒤를 따르겠다는 여인의 각오이다. 즉, 제6구는 무간지옥의 형상화며, 제6~10구는 결국 임을 만나기 위해서는 무간지옥에라도 가겠다는 내용으로,12) 제6·7구가 반복되어 아주 강렬한 인상을 준다. 제1단락 제5구(깃 돈 열명길헤 자라오리잇가)에 보이는 반문과 탄식이 제2단락에서는 반전을 일으키며, 임을 만나기 위해서는 어디라도 가겠다는 각오로 심화되었다.

제3단락(11~13구)에서는 나(시적화자)와 대상(임)이 떨어져 있는 상황을 나타내고, 임과 함께 있기를 기약하는 말로 끝맺었다. 제11·12구의 "이러쳐 뎌러쳐 / 이러쳐 뎌러쳐"는 독수공방에 전전반측(輾轉反側)하는 모습을 형상화한 것이며, 제13구의 "훈디 녀젓 기약"은 임과 함께 있기를 염원하며 임과의 재회를 기약한 것이다.

---

10) 이임수는 2행의 "조본 곱도신 길"을 "좁고 굽은 험한 산길"로 보고, 여기서의 산은 남편이 묻혀 있는 지리적 산을 의미하기도 하며 남편 자신을 상상(想像)하기도 하며 현재의 고통이 있는 삶을 상징하기도 한다고 했다(이임수, 1981, 「이상곡에 대한 문학적 접근」, 《어문학》 41, 한국어문학회, 113쪽).

11) 박병채는 "열명"을 이 노래의 불교적 성격으로 보아 "十忿怒明王"의 약칭 "十明"으로 보는 것이 타당하다고 하고, "열명길"을 "(十忿怒明王과 같이) 무서운 길"로 풀이하였다(박병채, 앞의 책, 300쪽).

12) 박진태, 1991, 『고전시가의 탐구』, 대구, 대학교재출판사, 89~91쪽. 이 책에서 작자는 <이상곡>의 구조를 분석하여 <정과정>과의 공통점을 밝히고 있다.

이상을 바탕으로 볼 때, <이상곡>의 이별 상황은 대상의 죽음에 의한 사별이며, 창작 시기는 대상과의 사별 이후이며, 이별의 대상은 망부(亡夫)가 된다.

(2) 나의 죽음

① 이별 이전

가 정석가의 제6연

<정석가>와 <서경별곡>은 『악장가사』에 실려 전한다. <정석가> 제6연과 <서경별곡> 제2연은 근본적으로 동일한 가사(歌詞)를 변형시킨 것으로, 『고려사』 악지에 <서경>과 <대동강>[13] 및 『증보문헌비고』에 <서경별곡>·<대동강곡> 등의 명칭이 보이며,[14] 이제현의 『익재난고』 소악부에 한역되어 있다는 점[15] 등으로 인하여 이 노래가 원래 민요로부터 개작된 합가라는 설이 있다.[16] 반복구와 여음구를 제외

---

13) 西京 古朝鮮 卽箕子所封之地 其民習於禮讓 知尊君親上之義 作此歌 言仁恩充暢 以及草木 雖折敗之柳 亦有生意也(『고려사』 卷 第71 樂志 樂2 俗樂條 <西京>).
　　大同江 周武王 封殷太師箕子于朝鮮 施八條之敎 以興禮俗 朝野無事 人民歡悅 以大同江 比黃河 永明嶺比嵩山 頌禱其君 此入高麗以後所作也(『고려사』 卷 第71 樂志 樂2 俗樂條 <大同江>).
14) 西京曲 其民習於禮讓 知尊君親上之義 作此歌 言仁恩充暢 以及草木 雖折敗之柳 亦有生意也 今以成宗朝西京別曲之敎 推之 則國初時 尙有西京曲之流傳者 而但此西京曲 非男女相悅之詞 豈別有他曲名西京者歟 大同江曲 箕子施八條之敎 以興禮俗 朝野無事 人民歡悅 以大同江 比黃河 永明嶺比嵩山 此曲今亦不傳(『增補文獻備考』 卷 第106 樂17).
15) 縱然巖石落珠璣 纓縷固應無斷時 與郎千載相離別 一點丹心何改移(『益齋亂藁』 卷 第4 小樂府).
16) 전규태, 1982, 「서경별곡 연구」, 『고려시대의 가요문학』, 서울, 새문사, Ⅰ -79~82쪽.
　　박진태, 1984, 「속요의 구성과 형성과정」, 『한국시가의 재조명』, 대구, 형설출판사, 77~80쪽.
　　김대숙, 1985, 「이별의 표현양상과 정서」, 김대행 외, 『고려시가의 정서』,

한 노래는 다음과 같다.

> 구스리 바회예 디신둘
> 긴힛둔 그츠리잇가
> 즈믄히를 외오곰 녀신둘
> 信잇둔 그츠리잇가

●──『악장가사』[17]

　구슬이 서정적 자아라면 바위는 자아에 대립되는 세계이다. 자아와 세계의 대립은 끈에 의해 해결점을 찾게 된다. 이와 마찬가지로 천년을 외롭게 살아가야 하는 상황(세계)에 처할지라도 나(시적화자)는 신(信)으로써 위기의 상황을 극복할 수 있다고 하였다.[18] 이렇게 보면, 전 2절과 후 2절은 보조관념과 원관념의 비유적 관계에 놓이게 된다. 이것은 결국 표현적 차이는 있다 하더라도 의미상으로는 동어 반복이 되는 셈이다. 전 2절에서 구슬이 바위에 떨어져 깨어진다는 것은 옥쇄(玉碎)로서 서정적 자아인 '나'의 죽음에 비유된다. 그러므로 비록 내가 죽는다 하더라도 임과 나의 연결된 끈은 끊어지지 않을 것이라고 했다. 이것은 결국 임과 함께 있는 이 순간이 영원하기를 소망하며, 임과 절대로 이별하지 않겠다는 굳은 신념을 표출하기 위해 나의 죽음이라는 가정된 상황을 제시한 것이다. 후 2절에서는 임과의 이별을 전제로 하여 비록 천년을 외롭게 살지라도 임에 대한 믿음은 끊어지지 않는다고 하여 문제의 핵심을 명확히 했다.

　<정석가> 제2~5연이 절대적으로 불가능한 상황을 조작해서 불가능의 현실화가 영원히 불가능하듯이 임과의 이별도 영원히 실현되지 말기를 빈 것과 마찬가지로,[19] 제6연에서도 나의 죽음이라는 상황을 가정하

　　서울, 개문사, 267~270쪽.
　　조동일, 1989, 『한국문학통사』 2(제2판), 서울, 지식산업사, 146~150쪽.
17)　<정석가> 전문은 『악장가사』(영인) 34~36쪽에 실려 있고, <서경별곡> 전문은 같은 책 38~41쪽에 실려 있다.
18)　박진태, 앞의 책, 53쪽.

여 비록 내가 죽더라도 임(대상)에 대한 믿음은 변함없을 것이라 하여, 임과 함께 있는 현재의 시간이 영원하기를 소망했다는 점에서 이 노래의 유기적 통일성을 찾을 수 있다.

이상에서 살펴본 바와 같이 <정석가> 제6연에 나타난 이별의 상황은 나의 죽음을 전제로 한 사별이며, 창작 시기는 이별 이전, 이별의 대상은 연인(임)[20]이 된다.

② 이별 순간

가 서경별곡의 제2연

<정석가> 제6연에서 밝힌 바와 같이, <정석가> 제6연과 <서경별곡> 제2연은 동일한 가사의 변형으로 이루어져 있어 동일한 내용을 담고 있다. 그러나 작품 전체의 유기적 통일성을 고려해 볼 때, 두 작품에 나타난 시간 의식에서는 차이가 난다. 즉, <정석가> 제6연이 나의 죽음을 전제로 이별 이전의 상황이 영원하기를 노래한 반면, <서경별곡> 제2연은 이별 순간의 상황으로, 구슬이 깨지더라도(<정석가> 제6연에서도 언급한 바와 같이 "구슬"은 서정적 자아(나)로서, "구슬이 깨어지다"는 것은 곧 '나의 죽음'에 비유된다) 구슬과 구슬을 연결시키는 끈은 온전하듯이 임이 부재한 상태에서도 임에 대한 믿음과 사랑을 영원히 지속시켜 나가겠다는 신념과 의지를 일방적으로 표명하고 있다.[21]

작품 전체로 볼 때 <서경별곡> 제1연은 "임과 이별하는 상황에 부닥친다면, 서경(西京)은 말할 것도 없고 길쌈하던 베까지도 버리고 임을 따르겠다."는 내용으로 이별 이전의 상황을,[22] 제2연은 위에서 언급한

---

19) 이 책의 75~77쪽 참조.

20) <정석가>의 제1연을 고려한다면, 이 노래의 '님'은 '임금'이 된다. 그러나 이 노래가 민요로부터 개작된 것이라는 설이 있으므로, 원래는 남녀간을 의미했던 것이 궁중무악화되면서 임금으로 바뀐 것으로 추정해 볼 수 있다.

21) 박진태, 1998, 「서경별곡의 합성가요적 특성」, 『한국고전가요의 구조와 역사』, 대구, 형설출판사, 90쪽.

바와 같이 이별 순간의 상황을, 제3연은 "배를 타고 대동강을 건너는 내용"으로 이별 이후의 상황을 노래한 것이 된다.[23] 그러므로 <서경별곡>에 나타난 시간 의식은 '이별 이전→이별 순간→이별 이후'로 흐름을 알 수 있다.

그러므로 <정석가> 제6연에 나타난 이별의 상황은 나의 죽음을 가정한 사별로 이별 순간의 상황을 노래했으며, 이별의 대상은 연인임이 드러난다.

③ 이별 이후

가 만전춘별사의 제3연

넉시라도 님을 ᄒᆞᆫ디 녀닛景 너기다니
넉시라도 님을 ᄒᆞᆫ디 녀닛景 너기다니
벼기더시니 뉘러시니잇가 뉘러시니잇가

———『악장가사』[24]

『악장가사』에 실려 전하는 <만전춘별사>는 고려속요 가운데 '별사(別詞)'라는 명칭을 지니고 있는 유일한 노래이다.[25]

<만전춘별사> 제3연은 "넋이라도 함께 가자고 우기던 사람이 누구였느냐"는 내용으로, "넋"이라는 단어를 통해 나의 죽음을 가정한 노래임을 알 수 있다. 즉, 시적 화자는 나의 죽음을 전제로 "내가 죽으면 넋이라도 함께하겠다던 사람이 누구였습니까?"라고 하여 임의 배신에 대한 절규를 표출하고 있는 한편, 살아서 임과 함께 있지 못한다면 죽

---

22) 이 책의 77~78쪽 참조.
23) 이 책의 89~90쪽 참조.
24) <만전춘별사> 전문은 『악장가사』(영인) 64~66쪽에 실려 있다.
25) 고려속요 가운데 "별사(別詞)"라는 명칭을 가지고 있는 것은 이 작품뿐이다. 그렇다고 "본사(本詞)"가 따로 있었던 것이 아니고, 조선시대에 한문체 <만전춘>이 창작됨에 따라 고려시대의 국문체 <만전춘>이 "별사"의 자리로 밀려난 것이다.

어서라도 임과 함께하겠다는 생사를 초월한 절대적인 영원 불변의 사랑 내지는 죽은 넋의 동행(동거)을 임에게 하소연한 것으로 산 몸의 동행(동거)을 희원한 제6연과 대립된다.[26]

<만전춘별사>에 나타난 시간 의식을 보면, 제1연은 이별하기 전의 상황으로 "비록 얼음 위에서 동사"할지라도 임과 함께 있는 시간을 연장하고자 하는 여인의 소망이 행의 중첩을 통해 강렬하게 표출되어 있으며, 제2~6연에서는 이별 이후에 느끼는 화자의 고독과 절규, 남성의 이기적이고 기회주의적이며 상대적인 사랑에 대한 원망, 그리고 임과 영원히 함께하고자 하는 화자의 소망 등이 나타나 있다. 결국 <만전춘별사>에 나타난 시간의 흐름은 '이별 이전→이별 이후'가 된다.

위의 내용을 요약하면, <만전춘별사> 제3연에 나타난 이별의 상황은 나의 죽음을 전제로 한 사별로 이별 이후의 상황을 노래했으며, 이별 대상은 연인(임)이다.

한편, 나의 죽음을 전제로 한 노래인 <서경별곡> 제2연이나, <정석가> 제6연 및 <만전춘별사> 제3연에서는 <가시리>의 "가시는듯 도셔오쇼셔" 나 <정과정>의 "도람 드르샤 괴오쇼셔"와 같은 회귀형이 나타나지 않으며, 나의 죽음을 전제로 한 이와 같은 이별 상황의 유형은 후대 '단심가(丹心歌)'류의 시조로 계승된다는 점에서 주목된다.

2) 생이별

(1) 대상의 떠남

① 이별 이전

<u>가</u> 만전춘별사의 제1연 ───────────────

어름우희 댓닙자리 보와 님과 나와 어러주글만뎡

───────────────

26) 이 책의 90~92쪽 참조.

어름우희 댓닙자리 보와 님과 나와 어러주글만뎡
<u>情둔 오놄범(밤) 더듸 새오시라 더듸 새오시라</u>[27]

<만전춘별사> 제1연은 임과의 정든 밤이 더듸 새기를 바라는 작중 화자의 간절한 소망이 행의 중첩에 의해 강렬하게 표현되었다.[28] 시 속의 화자는 지금 임을 만나 사랑의 희열 속에 쌓여 있다. 그러나 날이 새면 임과 헤어져야 하는 절박한 상황이기에 비록 얼음 위에서 얼어 죽더라도 영원히 임과 함께 있기를 소망한다. 얼어 죽어도 좋으니 "정든 오늘밤"이 더듸 새라고 기원하는 것은 절대로 임과 헤어질 수 없다는 화자의 강한 의지 표명이며, 동시에 이 밤이 지나고 나면 다시는 임을 만날 수 없을 것이라는 미래에 대한 불안 심리의 표출로 죽음을 초월한 절대적인 사랑이 비장하기까지 하다. "정(情)둔 오놄밤 더듸 새오시라 더듸 새오시라"를 통해 노래가 불려진 시기는 임과 함께 있는 시간, 즉 대상과의 이별 이전 상황임을 알 수 있다.[29]

---

27) 『악장가사』의 표기에 따르면 "오놄범"으로 되어 있는데, '범'은 '밤'의 오기로 보인다(『악장가사』(영인), 65쪽).

28) 성호경은 "고려시가 작품들에 나타나는 반복의 여러 양상들 가운데는 그 자체 시의 의미적·율격적 구성에 있어서의 한 요소로 파악될 수 있는 것(시적 반복)도 있을 터이고, 시의 의미적 구성이나 율격적 구성과는 거의 무관한 채 그 작품의 음악적 실연 등에만 이바지하는 것으로 판단되는 것(비시적 반복)도 있다."고 하고, 시적 반복과 비시적 반복의 구분을 시도한 바 있다. 그 결과 "작품 속에 나타난 어구(語句)의 반복은 그것이 무의미한 요소 또는 단순히 조흥(助興)을 위한 것이 아닌 한, 그대로 시적인 반복"으로 핵심적 의미를 강조하고 있다고 하고, <만전춘별사> 제1연의 제2구와 제3구, 제5연의 제3·4구 및 <정석가> 각 연의 제2구가 여기에 속한다고 하였다(성호경, 1995, 「고려시가의 문학적 형태 복원 모색」, 『한국시가의 유형과 양식 연구』, 경산, 영남대학교출판부, 153~155쪽 참조).

29) <만전춘별사> 제1연을 이별 이전(혹은 이별)의 노래로 볼 수 있느냐는 의문이 있을 수 있다. 그러나 <만전춘별사> 제1연의 "더듸 새오시라"는 내용상 강한 청유형이나 소망형으로, 날이 새면 임과 헤어져야 하는 절박한 상황을 나타낸다고 봄이 옳을 것이다. 이와 같은 관점에서 <만전춘별사> 제1연을 논의한 대표적인 논문을 들면 다음과 같다.
전규태, 1982, 「<만전춘별사>고」, 김열규·신동욱 편, 『고려시대의 가요문학』, 서울, 새문사, Ⅰ-108~109쪽.

요약하면, <만전춘별사> 제1연의 이별 상황은 대상의 떠남이 전제된 생이별이며, 창작 시기는 이별 이전, 이별 대상은 연인(임)이다.

나 정석가의 제2 · 3 · 4 · 5연 ──────────────

> 삭삭기 셰몰애 별헤 나는
> 삭삭기 셰몰애 별헤 나는
> 구은 밤 닷되를 심고이다
> 그바미 우미 도다 삭나거시아
> 그바미 우미 도다 삭나거시아
> 有德ㅎ신 님믈 여히ᄋ와지이다
>
> 玉으로 蓮ㅅ고즐 사교이다
> 玉으로 蓮ㅅ고즐 사교이다
> 바회우희 接柱ㅎ요이다
> 그고지 三同이 퓌거시아
> 그고지 三同이 퓌거시아
> 有德ㅎ신 님 여히ᄋ와지이다
>
> 므쇠로 텰릭을 몰아 나는
> 므쇠로 텰릭을 몰아 나는
> 鐵絲로 주롬 바고이다
> 그오시 다 헐어시아
> 그오시 다 헐어시아
> 有德ㅎ신 님 여히ᄋ와지이다

<정석가>는 민간사회에서 불리어지던 민요(艶情歌)가 궁중음악으로 수용되어 송도가(頌禱歌)로 변형된 노래이다.[30]

─────────────────────

최　철, 1996, 『고려국어가요의 해석』, 서울, 연세대학교출판부, 246쪽.
박진태, 1998, 「속요의 연구성에 나타난 대칭과 대립」, 『한국고전가요의 구조와 역사』, 대구, 형설출판사, 73~74쪽.
30) 박진태, 1984, 「속요의 구조와 형성과정」, 『한국시가의 재조명』, 대구, 형설출판사, 54쪽 참조. 이 책에서 작자는 민요가 궁중음악으로 수용되는 과정

<정석가> 제2·3·4·5연은 "~고(요, 호)이다. ~아, 유덕호신 님 여히ㅇ와지이다"의 통사 구조로 되어 있고, 율격 구조면에서는 "아"를 각운으로 하고 있다.

내용상으로 볼 때, 제2·3·4·5연은 모두 절대적으로 불가능한 상황을 조작해서 불가능의 현실화가 영원히 불가능하듯이, 임과의 이별도 영원히 실현되지 말기를 비는 노래이다. 다시 말해서 불가능이 현실화될 때까지의 영원한 시간을 임과 함께 살고 싶다는 뜻으로, 임과의 합일을 무한 시간 지속시키고자 하는 화자의 의지와 욕망이 선명하게 드러나 있다. 이것은 미래를 강조한 것이 아니라 현재를 강조한 것으로 현재 화자 자신이 가지고 있는 임에 대한 사랑과 송축을, 변하지 않는 사물의 세계에 빗대어 기원한 것이다. 그러므로 이 노래가 불려진 시점은 각 연 끝 행에서 드러나듯 임과 이별하기 이전, 즉 임과 함께 있으면서 이 순간이 이별 없이 영원하기를 소망한 노래가 된다. 이별 없는 영원한 삶을 구가하는 과장적 표현에는 시간 표현이 필수적으로 뒤따른다. 이별은 시간의 단절이기 때문이다.[31] 이러한 과장적 표현법은 『고려사』 악지 소재 <오관산>을 이제현이 한역한 시에 보이는 "나무를 깎아 자그맣게 당계(唐鷄)를 만들어 횃대에 얹어 벽에 걸어두고 그 닭이 '꼬끼오'하고 울면서 때를 알릴 때까지 어머니 얼굴이 항상 오래도록 같으시라."[32]는 표현과 같다. <정석가>로부터 시작된 이러한 과장적

에서 민요의 가사가 부분적으로라도 개변(變改)되었을 것이며, 그 중에서도 결정적인 것은 "고온 님"의 "유덕(有德)호신 님"으로의 대치라 하였다. 또한 민요에서 궁중음악으로 수용되면서 나타나는 <정석가> 제2·3·4·5연의 주제 변용을 '임과 영원히 함께 살기를 비는 염정가(艶情歌) → 임금의 만수무강(萬壽無疆)을 비는 송도가(頌禱歌)'로 도식화시킬 수 있다고 보았다.

31) 이규호, 1985, 「'정석가'식 표현과 시간의식」, 『한국고전시학론』, 서울, 새문사, 62~64쪽 참조.

32) 五冠山 孝子文忠所作也. 忠居五冠山下 事母至孝 其居距京都三十里 爲養祿仕 朝出暮歸 定省不少衰 嘆其母老 作是歌 李齊賢作詩解之曰 木頭雕作小唐雞 筋子拈來壁上栖 此鳥膠膠報時節 慈顏始似日平西(『고려사』 卷 第71 樂志 樂2 俗樂條 <五冠山>).

표현법은 후대의 이별시가에 직접적인 영향을 끼치게 된다.

이로 볼 때, <정석가> 제2·3·4·5연의 이별 상황은 생이별이며, 창작 시기는 이별 이전, 이별 대상은 연인(임)이다.

다 **서경별곡의 제1연** ________________________

> 西京이 셔울히 마르는
> 닷곤디 쇼셩경 고외마른
> 여히므논 질삼뵈 브리시고
> <u>괴시란디 우러곰 좃니노이다</u>

<서경별곡>은 여대(麗代)의 가요로 언제, 누구에 의해 지어졌는지 알려지지 않고 있으나 이제현의 『익재난고』 소악부에 한역으로 제2연이 실려 있으며, 또한 조선조 성종(成宗 ; 재위 1469~1494)대에 이 노래가 <만전춘>과 함께 "남녀상열지사"로 논란이 되었던 것[33]으로 보아, 일찍이 고려시대부터 민간에서 널리 가창된 노래였음을 알 수 있다.

제1연은 비록 내가 태어나고 자란 정든 땅 서경일지라도, 나의 생계, 삶의 도구인 "질삼뵈"마저 버리면서라도 임이 나를 사랑해주시기만 한다면 임을 따르겠다는 내용으로 화자의 비장한 결심이 나타나 있다. 즉, 시적 화자는 서경이 서울(小城京)[34]이란 사실을 자랑스럽게 여기고, 향

---

33) "종묘악(宗廟樂)의 보태평(保太平)·정대업(定大業)과 같은 것은 좋지만 그 나머지 속악(俗樂)의 서경별곡(西京別曲)과 같은 것은 남녀(男女)가 서로 좋아하는 가사(歌詞)이니, 매우 불가(不可)하다. 악보(樂譜)는 갑자기 고칠 수 없으니, 곡조(曲調)에 의하여 따로 가사(歌詞)를 짓는 것이 어떻겠는가? … (중략) … 다만 정대업의 혁정(赫整)은 곡조(曲調)와 가사(歌詞)가 만전춘(滿殿春)에 유사(類似)하고 영관(永觀)은 곡조와 가사가 서경별곡(西京別曲)과 유사해서 이것이 듣기에는 속창(俗唱)에 가깝습니다."(『성종실록』 권 제215, 성종 19년 4월 4일(丁酉)조).

34) 송도(松都)에 대하여 서경(西京)을 이르는 말.
'경'은 '경(京)'이나 '쇼셩'은 '소성(小城)'의 음사인지 '소서(小西)'의 음사인지 분명하지 않다. 그러나 '소성경(小城京)'의 음사가 아닌가 생각된다. 그것은 고려 때에 이곳에 천도하려고 평양 내에 성을 여러 번 고쳐 지은 일이 있음에 비추어 '닷곤 디 쇼셩경'은 이와 같은 역사적 기록과 관계가 있

토를 지키기 위해 성을 수축도 했지만, "임과 이별하는 상황에 부닥친 다면", 서경은 말할 것도 없고 길쌈하던 베까지도 버리고 임을 따르겠다는 것이다. 그러므로 제1연에 나타난 시간 현상은 아마도 "이제 떠나야겠소"하는 임의 태도에 대한 화자의 반응으로 떠날 시간이 다가옴을 느끼면서 떠날 준비를 하는 시간으로 볼 수 있다.[35] 이러한 사실은 노래의 끝 구, "괴시란디 우러곰 좃니노이다"를 통해서도 확인된다.

이로 볼 때, <서경별곡> 제1연에 나타난 이별 상황은 생이별이며, 창작 시기는 이별 이전, 이별의 대상은 연인(임)이다.

② 이별 순간

가 가시리

<가시리>는『시용향악보』에 <귀호곡>이란 이름으로 악보와 함께 1연이 수록되어 있고,『악장가사』에는 <가시리>란 제목으로 4연이 모두 기록되어 있으며,『악학편고』에 <가시리(嘉時理)>란 이름으로 4연이 모두 실려 있다. 여음구를 제외하고 적어보면 다음과 같다.

> 가시리 가시리잇고
> 브리고 가시리잇고
>
> 날러는 엇디살라ᄒ고
> 브리고 가시리잇고
>
> 잡ᄉ와 두리어마ᄂᆞᆫ
> 선ᄒ면 아니올셰라
>
> 셜온님 보내읍노니
> 가시ᄂᆞᆫ듯 도셔오쇼셔

●——『악장가사』[36]

는 것으로 생각되기 때문이다(박병채, 앞의 책, 197쪽 참조).
35) 이계양, 앞의 논문, 85~86쪽 참조.

제1연은 "가시리"의 세 번 반복으로 정말 떠나겠느냐는 상대방의 의사를 확인하는 한편, 전혀 예상하지 못했던 이별 앞에서 당황해하는 화자의 모습이 나타나 있다. "가시리잇고"는 "지금 꼭 떠나셔야만 합니까?" 정도로 풀이할 수 있는데, 이로 보아 <가시리>는 이별 순간에 불려진 노래임을 알 수 있다. 제2연은 임의 떠남이 가시화되어 있으며, 가는 임을 소극적으로나마 원망한다. 그러나 그 원망 속에는 사모의 정이 더 강하게 내재되어 있다. 제3연은 임의 떠남을 인정하고 이를 받아들일 수밖에 없는 화자의 심리가 제시되었으며, 제4연은 임과의 이별을 운명으로 받아들이고, 임이 가시는 것처럼 다시 돌아오기를 간절히 소망했다.

결국, <가시리>는 어쩔 수 없이 임을 떠나보내야만 하는 화자의 안타까운 심정을 노래하고 있는 동시에 슬픔의 감정을 억제하며, 임이 다시 나에게로 돌아오기를 간절히 희망한 노래이다. 이렇게 보면, <가시리>의 이별 상황은 대상의 떠남으로 인한 생이별이며, 창작 시기는 이별 순간, 이별 대상은 연인(임)이다.

③ 이별 이후

가 정읍사

둘하 노피곰 도드샤
어긔야 머리곰 비취오시라
어긔야 어강됴리
아으다롱디리
全져재[37] 녀러신고요

---

36) 『악장가사』(영인), 46~47쪽.

37) '全(전)'자에 대한 견해는 크게 둘로 갈라진다. 하나는 '후강전(後腔全)'을 악조명으로 보고 "후강전(後腔全) 져재"로 보는 것과 다른 하나는 '전(全)'을 전주(全州)의 지명 약칭으로 보거나 혹은 '온'으로 읽어 "후강(後腔) 전(全)져재"로 보는 것이다. 요컨대 "져재"로 볼 것인가 아니면 "전(全)져재"로 볼 것인가 하는 점이 문제가 된다. 이에 관해서는 최용수, 앞의 논문, 143~144쪽 참조.

<u>어긔야 즌ᄃᆡ를 드ᄃᆡ욜셰라</u>
어긔야 어강됴리
어ᄂᆞ이다 노코시라
어긔야 내가논ᄃᆡ 졈그롤셰라
어긔야 어강됴리
아으 다롱디리

ⓞ──『악학궤범』38)

  <정읍사>는 『악학궤범』에 노래 말이 실려 전하며, 『고려사』 악지에
이 노래와 관련된 기록이 있다. 노래의 해석을 위해 기록을 살펴보면
다음과 같다.

　정읍은 전주의 속현이다. 이곳의 한 사람이 행상 나가 오래도록 돌아오지
않았다. 그의 아내는 기다리다 못해 산에 올라가 바위에 앉아 남편이 오기를
기다리면서 혹시 밤에 다니다 해를 당할까 걱정하면서, 흙탕물의 더러움에
비유하여 노래를 불렀다.39)

  위의 기록을 통해 <정읍사>는 행상 나간 남편의 안위를 걱정해서
부른 아내의 노래이며, 특히 "이곳의 한 사람이 행상 나가 오래도록 돌
아오지 않았다(縣人爲行商 久不至)."에서 드러나듯이 대상과의 이별 이후
에 불리었음을 알 수 있다.40) "행상 나가 오래도록 돌아오지 않았(爲行

---

38) 1973, 『악학궤범』(영인), 서울, 대제각, 219〜220쪽.
39) 井邑全州屬縣 縣人爲行商 久不至 其妻登山石以望之 恐其夫夜行犯害 托
　　泥水之汚 以歌之 世傳有登岾望夫石云(『고려사』 卷 第71 樂志 樂2 三國
　　俗樂條 百濟 <井邑>).
40) 『고려사』 악지의 기록으로 볼 때, 백제의 부전가요 <선운산>과 고려의 부
　　전가요 <거사련>도 <정읍사>와 같이 남편이 돌아오기를 고대하는 아내
　　의 심정을 노래한 작품으로 이별 이후에 불려진 노래임을 미루어 짐작할
　　수 있다. 『고려사』 악지에 전하는 <선운산>과 <거사련>의 기록을 보면
　　다음과 같다.
　　장사에 사는 사람이 병역에 나갔는데 기한이 지나도록 오지 않으므로 그
　　아내가 선운산에 올라가 바라보며 부른 노래이다(長沙人 征役過期不至 其
　　妻思之登禪雲山 望而歌之, 『고려사』 卷 第71 樂志 樂2 三國俗樂條 百濟

商久不至)"기 때문에 아내는 달에게 남편의 무사귀환을 호소하게 된 것이다.

노래는 내용에 따라 세 단락으로 나눌 수 있다. 제1단락(1~4구)은 행상을 나가서 오래도록 돌아오지 않는 남편의 무사귀환을 달에 호소하고 있다. 여기에서의 달은 단순한 사물로서의 달이 아니다. 그것은 "즌더"를 디디지 않도록 하는 힘을 지닌 존재이다. 그러므로 여기에서의 달은 호소와 기원과 소망의 대상으로서의 달로 절대적 존재가 된다. 제2단락(5~7구)은 남편이 "즌더"를 디딜지도 모른다는 의구심이 나타나 있다. 조선조에 이 노래가 <동동>과 함께 음사(淫詞)라 한 점[41]에 비추어보면, "즌더"는 음란한 성적 욕구 내지는 여성의 특정 신체 부위로 해석할 수 있다. 제3단락(8~11구)에서는 남편의 안위를 걱정하는 내용으로 구성되어 있다. 제3단락의 "내 가논더"에서 '내'는 노래하는 나(화자) 자신일 수도 있고, 임과 함께하려는 나의 의지를 말한 것일 수도 있다. 그러므로 "내 가논더 졈그롤셰라"는 나의 가는 곳, 즉 나의 앞길에 불행이 없게 해주기를 바라는 임에 대한 간절한 기대가 담겨있는 것으로, 임이 없다면 나의 길은 어둡고 두려울 것이라는 근심의 표현이 된다.[42]

<禪雲山>).

부역 나간 남편의 아내가 이 노래를 지었는데 까치와 거미를 빌어 자기 남편이 돌아오기를 고대하는 뜻을 붙인 것이다. 이제현이 시로써 표현하기를 '까치가 울 안 꽃나무 가지에서 지저귀고 / 거미가 침상에 줄을 치니 / 우리 임 오실 날이 멀지 않기에 / 그 정신이 먼저 사람에게 알리구나'라고 하였다(行役者之妻 作是歌 托鵲蟢 以冀其歸也 李齊賢作詩解之曰 鵲兒籬際噪花枝 蟢子床頭引網絲 余美歸來應未遠 精神早已報人知, 『고려사』 卷第71 樂志 樂2 俗樂條 <居士戀>).

41) 대제학 남곤이 아뢰기를, "전일 신에게 악장(樂章) 속의 음사(淫詞)나 석교(釋敎)에 관계 있는 말을 고치라고 명하시기에, 신이 장악원 제조(掌樂院提調) 및 음률(音律)을 아는 악사와 진지한 의논을 거쳐 아박정재 동동사(牙拍呈才動動詞) 같은 남녀 음사에 가까운 말은 신도가(新都歌)로 대신하였으니, 이는 대개 음절(音節)이 그와 같기 때문입니다. … (중략) … 무고정재 정읍사(舞鼓呈才井邑詞)는 오관산(五冠山)으로 대용하였으니, 이것 역시 음률(音律)이 서로 맞기 때문입니다."(『중종실록』 권 제32, 중종 13년 4월 1일(己巳)조).

이상의 논의로 보면, <정읍사>의 이별 상황은 대상의 떠남으로 인한 생이별이며, 창작 시기는 이별 이후, 이별 대상은 남편이 된다.

나 정과정

내님믈 그리ᅀᆞ와 우니다니
山졉동새 난 이슷ᄒᆞ요이다
아니시며 거츠르신ᄃᆞᆯ 아으
殘月曉星이 아ᄅᆞ시리이다
넉시라도 님은 ᄒᆞᆫ디 녀져라 아으
벼기더시니 뉘러시니잇가
過도 허믈도 千萬 업소이다
ᄆᆞᆯ힛 마리신뎌
ᄉᆞᆯ읏븐뎌 아으
<u>니미 나ᄅᆞᆯ ᄒᆞ마 니즈시니잇가</u>
아소 님하 도람 드르샤 괴오쇼셔

———『악학궤범』[43]

국문으로 된 이 노래는 16세기 문헌인 『악학궤범』에 전하는데, 곡조 이름을 따서 <삼진작(三眞勺)>이라고도 한다. 향찰로 표기되어 있지는 않지만 형식이 10구체에 가깝고 또 순우리말로 불려졌다는 점에서 향가와 혹사하여 향가의 잔존 형태로 추정된다. 작품의 이해를 위해 <정과정>과 관련된 기록을 보면 다음과 같다.

정과정은 내시랑중 정서가 지은 것이다. 정서는 스스로 호를 과정이라 하였다. 연혼으로 외척이 되어 인종의 총애를 받았다. 의종이 즉위하자 고향인 동래로 귀양보내며 말하기를, 오늘의 감은 조정의 공론에 몰려서이라고 했다. 오래지 않아 마땅히 다시 부르겠다고 했다. 정서가 동래에 오래 머물러도 소명이 없으매 금(琴)을 어루만지며 노래를 불렀다. 그 노래는 매우 슬펐다.[44]

---

42) 최　철, 1996, 『고려국어가요의 해석』, 서울, 연세대학교출판부, 131쪽.
43) 『악학궤범』(영인), 228쪽.
44) 鄭瓜亭　內侍郎中鄭敍所作也　敍自號瓜亭　聯昏外戚　有寵於仁宗　及毅宗卽

관련 기록만으로 본다면 앞에서 살펴본 향가 <원가>와 상통하는 점이 많다. <원가>에서 효성왕과 신충 사이에 일종의 밀약이 있었듯이 이 기록에도 의종(毅宗 ; 재위 1146~1170)과 정서 사이에 밀약이 있었을 것으로 보인다. 그러나 그 약속은 왕에 의해 지켜지지 않았으며, 이에 정서는 노래를 불렀던 것이다. 그리고 그는 결국 복직되었다.45) 노래의 제10구 "니미 나룰 ㅎ마 니즈사니잇가"라는 반문과 배경설화의 "정서가 동래에 오래 머물러도 소명이 없었다(敍在東萊日久 召命不至)."를 통해 이 노래가 이별 이후에 지어졌음이 드러난다.

제1·2구는 화자가 처한 현실적 상황이 구체적으로 제시되어 있으며, 화자 자신을 접동새에 비유하여 충성심을 강조하였고, 제3·4구는 천지신명의 대유인 잔월효성을 빌어 시적 자아의 결백을 주장하고 있다. 제5·6구는 죽음을 초월하는 충절을 맹세하고, 제7·8·9구는 결백을 직설적으로 단정하고 있다. 그리고 제10구는 임이 나를 망각하였을지도 모른다는 의구심과 절망감의 표백으로, 제1·2구와 제5·6구의 충성심과, 제3·4구와 제7·8·9구의 결백을 맹세하고 주장하는 시적 자아와 이를 부정하는 세계, 곧 임과의 대립이 예각화되어 있다.46) 그러나 이 같은 대립과 긴장은 제11구에서 임과 나와의 화해로 해소된다. 제10구의 "니미 나룰 ㅎ마 니즈시니잇가"라는 반문을 통해 이 노래가 대상과의 이별 이후에 불리어졌음을 알 수 있다.

요컨대 제1~9구는 임과 합일화(合一化)되고자 원하는 나에 대한 진술이라면, 제10구는 이와 대립되는 반대 상황을 설정한 것이며, 제11구는 다시 이를 부정하여 나(시적 자아)와 임(세계)의 합일을 꾀한 것47)으로, 임

位 放歸其鄕東萊曰 今日之行迫於朝議也 不久當召還 敍在東萊日久 召命不至 內撫琴而歌之 詞極悽婉(『고려사』 卷 第71 樂志 樂2 俗樂條 <鄭瓜亭>).

45) 毅宗五年五月 …… 左諫議王軾等上疏鄭敍等罪 流鄭敍等于遠地 …… 二十四年十月 …… 召還金貽永 李綽升 鄭敍等皆復職(『高麗史』 卷第17~19 世家 毅宗~明宗條).

46) 박춘우, 1993, 「고시가에 나타난 한의 맺힘과 풀림」, ≪대구어문론총≫ 제11집, 대구, 대구어문학회, 13~15쪽 참조.

의 총애 회복을 간절히 염원한 작품이 된다.

　이상의 논의로 보면, <정과정>의 이별 상황은 <원가>와 같이 대상
(의종)이 나를 버림으로 인한 생이별이며, 창작 시기는 이별 이후, 이별
대상은 임금이다.

　다 동동 ____

　　　正月ㅅ 나릿므른 아으
　　　어져 녹져 ᄒ논더
　　　누릿 가온더 나곤
　　　<u>몸하 ᄒ올로 녈셔</u>
　　　아으 動動다리

　　　二月ㅅ 보로매 아으
　　　노피 현 燈ㅅ블 다호라
　　　萬人 비취실 즈싀샷다
　　　아으 動動다리

　　　三月 나며 開ᄒ 아으
　　　滿春 돌욋고지여
　　　ᄂ미 브롤 즈슬
　　　디녀 나샷다
　　　아으 動動다리

　　　四月 아니 니저 아으
　　　오실셔 곳고리새여
　　　므슴다 綠事니ᄆ

---

47) 박진태, 1991, 『고전시가의 탐구』, 대구, 대학교재출판사, 87~88쪽. 이 책
　　에서 작자는 <정과정>의 구조와 사뇌가(詞腦歌)의 관계를 밝히며, <정과
　　정>의 제10구가 의문법에 의한 반문(反問)의 형식을 취해 앞 단락과 역접
　　(逆接)의 관계를 이루는 점에서 사뇌가의 낙구(落句)와 동일한 기능을 수행
　　하는 것으로 보아 <정과정>에서 제11구를 첨가하여 반문(反問)에 의한 대
　　답을 명시함으로써 보다 진솔하고 노골적인 표현을 하고 있다고 보았다.

넷나롤 닛고신뎌
아으 動動다리

五月 五日애 아으
수릿날 아춤 藥은
즈믄 힐 長存ᄒ샬
藥이라 받줍노이다
아으 動動다리

六月ㅅ 보로매 아으
별해 ᄇ룐 빗 다호라
도라 보실 니믈
젹곰 좃니노이다
아으 動動다리

七月ㅅ 보로매 아으
百種 排ᄒ야 두고
니믈 ᄒᆞᆫ디 녀가져
願을 비ᅀᅳᆸ노이다
아으 動動다리

八月ㅅ 보로몬 아으
嘉俳 나리마론
니믈 뫼셔 녀곤
오늘낤 嘉俳샷다
아으 動動다리

九月 九日애 아으
藥이라 먹논
黃花고지 안해 드니
새서 가만ᄒ얘라
아으 動動다리

十月애 아으
져미연 ㅂ룻다호라
것거 ㅂ리신 後에
디니실 훈부니 업스샷다
아으 動動다리

十一月ㅅ 봉당자리예 아으
汗衫 두퍼 누워
슬홀스라온뎌
고우닐 스싀옴 녈셔
아으 動動다리

十二月ㅅ 분디남ㄱ로 갓곤 아으
나술盤잇 져다호라
나믜 알픠 드러 얼이노니
소니 가재다 므릇숩노이다
아으 動動다리

◗━━━『악학궤범』48)

<농가월령가>가 교술적인 월령체의 가사인데 비해 <동동>은 달거리 형식으로 된 서정민요이다.49) 곧 <동동>은 열두 달의 세시풍속과 계절의 변화에 가탁(假託)하여 임에 대한 상사지정(想思之情)을 읊은 노래이다.50)

---

48) 『악학궤범』(영인), 215~216쪽.

49) 임기중은 '월령체가(月令體歌)'와 '달거리'는 월순(月順)으로 전개된 점은 같지만, 전자는 개인작만으로 성립된 것이며, 농민이 대상이 된 지시적(指示的)인 것이고, '달거리'는 개인작과 공동작으로 성립된 것이며, 대상이 일정하지 않고 비지시적인 것이라고 밝히고 있다. 또, '월령체가'는 상사(相思)의 노래가 아니나, '달거리'는 모두 상사의 노래라고 하였다(임기중, 1985, 「고려가요 동동고」, 국어국문학회 편, 『고려가요 연구』, 서울, 정음문화사, 386쪽 참조).

50) 박진태, 1984, 「속요의 구조와 형성과정」, 『한국시가의 재조명』, 대구, 형설

<동동>의 내용과 기능에 대한 지금까지의 논의들은 연가(戀歌) 겸 송사(頌詞)로 보는 입장, 또는 특정 종교나 사상을 바탕으로 하여 그를 비유적으로 표현한 노래로 보는 입장 등으로 크게 나눌 수 있다. 그러나 연구가 거듭되면서 그 어느 하나만을 주장하는 견해보다는 두세 가지의 태도를 공통적으로 인정하는 견해가 늘어나고 있다.[51]

연장체 형식으로 되어 있는 이 작품의 각 연들을 독립적으로 문면의 내용만으로 해석할 때 작품 속에 제시된 상황이 임과 이별한 상황인지 아닌지가 분명하게 드러나지 않는다. 그러나 문면에는 확연히 드러나 있지 않더라도 이 작품이 지닌 정서적 흐름으로 볼 때 임과 이별해 있는 상황에서 노래했다는 것[52]을 전제로 해서 각 연의 내용을 유추하는 것이 자연스럽다고 하겠다.

정월령에서는 임과 이별하고 홀로 살아가는 자신의 처지가 "몸하 ᄒ 올로 녈셔"를 통해 단적으로 제시되어 있다. 이는 곧 임 없이 홀로 살아가야 하는 자신의 신세를 한탄한 것이다. 이러한 정조는 8·10·11월령에서도 찾아볼 수 있다. 8월령에서는 "니믈 뫼셔 녀곤 / 오늘낤 가배(嘉俳)샷다"를 통해 임 없이 "가배(嘉俳)"를 맞이해야 하는 자신의 서글픈 신세가 나타나 있으며, 10월령에서는 "것거 ᄇ리신 후(後)에 / 디니실 ᄒᆞᆫ부니 업"는 버림받은 여인의 절망과 허무감이, 11월령에서는 냉돌방

출판사, 55쪽.

51) 최미정, 1992, 「<동동>의 풀이와 짜임」, 백영 정병욱선생 10주기추모논문 집간행위원회 편, 『고전시가작품론』 1, 서울, 집문당, 337쪽 참조.

52) 최미정은 <동동> 7·8월령을 분석하면서, 7월령은 "백중(百中)이라는 절기가 바로 망자를 위한, 떠도는 영혼을 위한 제삿날이라는 세시(歲時)"와 관련시켜 임을 따라 죽고 싶다는 읍소로, 8월령은 "추석에는 제사를 지낼 수 있기에 임을 모시게 되는 것"이라 하여, 이 노래를 죽은 임을 대상으로 세시순환(歲時循環)마다 느끼게 되는 남은 자의 슬픔을 노래한 것으로 보았다(최미정, 1997, 「죽은 님을 위한 노래 - <동동>」, 국어국문학회 편, 『고려가요·악장 연구』, 서울, 태학사, 273~275쪽 참조). 그러나 이 노래가 달거리 형식으로 된 서정민요라는 점을 고려한다면 7·8월령의 세시 "백종(百種)"과 "가배(嘉俳)" 만으로는 죽은 임을 위한 노래로 보기는 힘든다. 왜냐하면, 달거리 형식의 민요란 개인 창작이 아니라 같은 정조(이별의 슬픔)의 노래들의 결합으로 구성되어 있기 때문이다.

같은 추위 속에 임 없이 홀로 한삼을 덮고 누워 있는 시적 자아의 처절한 허무감이 나타나 있다. 이는 곧 임으로부터 버림받은 자신의 처지를 "봉당 자리예 / 한삼(汗衫) 두퍼 누워"로 표현한 것이다. 또한, 12월령은 어석이 아직 확정되지 않아 많은 문제점을 안고는 있으나, 임이 아닌 타인이 자신을 소유함으로 인한 허탈한 상태를 나타낸다고 볼 수 있다. 임의 앞에 젓가락을 갖다 얼려 놓음으로 자신의 마음을 드렸는데 엉뚱하게도 임이 들지 않고 손님(타인)이 듦으로서 시적 자아는 절망을 넘어 허탈한 상태에 빠지게 된다. 엉뚱한 자, 마음에 없는 자가 젓가락, 즉 자신을 소유함으로써[53]시적 자아의 신세는 더욱 처량하게 된다.

2월령에서는 우러러볼 임의 모습을 "등(燈)ㅅ 블"에, 3월령에서는 "만춘(滿春)둘읫곶"에 비유하고 있다. 2월령과 3월령 둘 다 우러러보고 부러워해야 할 임의 모습을 직접 제시하지 않고 "등불"과 "진달래꽃"에 비유했다. 9월령에서도 임의 무병장수를 비는 소망을 "국화주"를 담그는 것에 비유했다고 본다면, 2·3월령과 마찬가지로 임에 대한 자신의 감정을 직접 표출하지 않고 "국화주"를 통해 비유적으로 제시했음을 알 수 있다.

4월령에서는 계절의 주기적 순환에 의해 꾀꼬리는 다시 돌아오나, 무심한 나의 임은 옛날의 나를 잊고서 돌아오지 않는다고 하여 꾀꼬리에 대조되는 자신의 감정을 노래하며, 돌아오지 않는 임을 원망하고 있다.

5월령에서는 임의 장수를 빌며 약을 바치는 노래로 "즈믄힐 장존(長存)ᄒᆞ샬"을 통해 임과의 사랑이 영원하기를, 이별 없이 영원히 함께 있기를 소망하는 모습을 보이는데, 표면적으로는 임과 함께 지내는 상황의 묘사이다. 그러나 각 연의 유기적인 관례를 고려해본다면 임과 함께 지내는 상황이라기보다는 임과 함께 지내고 싶어하는 화자의 소망을 현재형으로 제시한 것으로 보인다. 이러한 정서는 7월령에서도 나타난다. 7월령은 백종(百種)일에 조상께 천신(薦新)하며 임과 함께 살아가게 해

---

53) 서승옥, 1985, 「순환구조로 본 동동」, 김대행 외, 『고려시가의 정서』, 서울, 개문사, 119쪽.

달라고 비는 내용이다. 요컨대 조령(祖靈)의 힘을 빌어서라도[54] 영원히 임과 함께 있고 싶다는 소망을 비는 노래이다.

6월령은 유두(流頭)날 동쪽으로 흐르는 물에 머리를 감아 재액을 씻어 버리는 풍속을 배경으로 하고 있다. 유두일에 벼랑에 버려지는 머리빗을 자신의 처지에 비유하고 있으며, 만약 임이 자신에 대한 미련이 남아 돌아보신다면 임을 "격곰 좃"아 가겠다는 의지가 나타나 있다. 그러나 <서경별곡> 제1연의 여인처럼 "질삼뵈"를 버리고 사랑하는 임을 울면서 끝까지 좇아가지 못하는 것은 벼랑으로 표상되는 수직적인 공간적 거리 때문일 것이다.[55]

이상의 논의를 통해서 볼 때, <동동>은 임과 이별한 여인이 세시풍속과 계절의 변화에 가탁하여 상사지정을 읊은 서정민요로, 이별 상황은 대상의 떠남으로 인한 생이별이며, 창작 시기는 이별 이후, 이별 대상은 연인(임)이 된다.

라 서경별곡의 제3연

大同江 너븐디 몰라서
비내여 노흔다 샤공아
네가시 럼난디 몰라서
<u>녈비예 연즌다 샤공아</u>
大同江 건너편 고즐여
비타들면 것고리이다

<서경별곡> 제3연의 핵심어는 "대동강", "비", "샤공", "곳"이다. 여기에서 대동강은 이별의 공간이며, 배는 이별의 매체로서 임을 싣고 떠나버릴 분리의 이미지를 담고 있으며, 나아가 사공은 더 직접적으로 이별을 실행시키는 매체로, '대동강 → 비 → 샤공'의 순으로 옮겨오면서 이별이 구체화된다. 대동강이 넓다는 것은 임과 한 번 헤어지면 다시는

---

54) 박진태, 「속요의 구조와 형성과정」, 앞의 책, 59쪽.
55) 위의 책, 같은 쪽.

만나기 어렵다는 사실을 공간적 거리감으로 표현한 것이며, "꽃을 꺾는다."는 것은 다른 여인과의 사랑을 비유한 것이다. 임과의 이별도 서러운데 임을 다른 여인에게 빼앗긴다는 것은 이별의 서러움보다 더 분하고 억울한 노릇이다. 그러므로 화자는 이별의 고통과 서러움을 사공에게 전가시켜 제3자인 사공을 원망하고 저주하였다. 즉, 사공은 임에게 퍼부어야 할 분노를 대신 전가하여 분출시키는 대상이 된다.[56]

결국 제3연은 "널빗예 연즌다 샤공아"를 통해 임과의 시간적 단절이 나타나고, 마지막 두 행인 "대동강(大同江) 건너편 고즐여 / 비타들면 것고리이다"를 통해 대동강 건너편 꽃을 꺾을 만큼 대상이 멀리 떠난 것으로 공간적 단절을 의미한다. 그러므로 <서경별곡> 제3연에 나타난 이별 상황은 대상의 떠남으로 인한 생이별이며, 창작 시기는 이별 이후, 이별의 대상은 연인(임)이 된다.

마 **만전춘별사의 제2 · 4 · 5 · 6연** ________________

<u>耿耿孤枕上애 어느 주미 오리오</u>
西窓을 여러ᄒᆞ니 桃花ㅣ 發ᄒᆞ두다
桃花는 시름업서 笑春風ᄒᆞᄂ다 笑春風ᄒᆞᄂ다

올하 올하 아련 비올하
여흘란 어듸 두고 소해 자라 온다
소콧 얼면 여흘도 됴ᄒᆞ니 여흘도 됴ᄒᆞ니

南山애 자리 보와 玉山을 벼여 누어
錦繡山 니블 안해 麝香각시를 아나 누어
南山애 자리 보와 玉山을 벼여 누어
錦繡山 니블 안해 麝香각시를 아나 누어
藥든 가슴을 맛초옵사이다 맛초옵사이다

---

56) 김충실, 1985, 「서경별곡에 나타난 이별의 정서」, 김대행 외, 『고려시가의 정서』, 서울, 개문사, 60쪽.

    아소 님하
    遠代平生애 여힐술 모럭읍새

　　<만전춘별사> 제2연은 잠 못 이루는 밤, 창 밖의 도화에다 자신의 처지를 견주며 독수공방하는 슬픔이 나타나 있다. 제2연 제1구의 "경경고침상(耿耿孤枕上)애 어느 즈미 오리오"를 통해 이 노래가 대상과 이별한 이후에 불리어졌음이 드러난다. 임이 떠난 빈자리가 너무나 큰 나머지 밤이 빨리 새기를 바라며 잠을 청하나 임에 대한 사모와 그리움의 정으로 인하여 화자에게는 잠이 올 리 없다. 화자의 외로움과 고독에 대비하여 "도화(桃花)는 시름업서 소춘풍(笑春風)ᄒᆞᄂᆞ다"란 표현이 뛰어나다.

　　제4연은 오리와 늪의 문답으로 이루어져 있다. 비오리가 겨울철에 살기 좋은 생활 환경을 찾아다니듯이 여성 편력을 서슴없이 하는 남성의 이기적이고 기회주의적인 상대적 사랑을 보여준다.

　　제5연은 사랑의 현장을 묘사한 것으로, 남자는 따뜻한 아랫목에 발을 뻗고 서늘한 옥베개를 베고 금수 이불을 덮고 사향각시를 안고 누워 인생의 봄을 만끽하는 내용이다.[57) 이렇게 보면 제4·5연의 시적 화자는 남성으로, 남자의 상대적인 사랑이 나타나 있다.

　　제6연은 여자의 노래로, 임과 함께 살며 영원히 이별하지 말자는 희원의 노래이다. 나의 죽음에서 살펴본 <만전춘별사> 제3연이 죽음 이후의 상황으로 죽은 넋의 동행(동거)임에 비해, 제6연은 이별 후의 상황으로 산 몸의 동행(동거)이 된다.

　　위의 내용으로 보아, <만전춘별사> 제2·4·5·6연의 이별 상황은 대상의 떠남으로 인한 생이별이며, 창작 시기는 이별 이후, 이별 대상은 연인(남녀)이다.

　　이상으로 고려속요에 나타난 이별의 상황을 살펴본 결과 사별(<이상곡>, <만전춘별사>의 제3연, <서경별곡>의 제2연, <정석가>의 제5연)을 노래

---

57) 박진태, 1991, 『고전시가의 탐구』, 대구, 대학교재출판사, 118~122쪽 참조.

한 작품보다 생이별을 노래한 작품(<정과정>, <정읍사>, <동동>, <만전춘별사>의 제1·2·4·5·6연, <서경별곡>의 제1·3연, <가시리>, <정석가>의 제2·3·4·5연)이 더 많다. 사별은 대상의 죽음을 노래한 것(<이상곡>)과 나의 죽음을 전제로 이별 이전(<정석가>의 제6연), 이별 순간(<서경별곡>의 제2연), 이별 이후(<만전춘별사>의 제3연)에 불려진 것이 있었다. 대상과의 생이별을 노래한 작품은 이별 이전(<만전춘별사>의 제1연, <정석가>의 제2·3·4·5연, <서경별곡>의 제1연), 이별 순간(<가시리>), 이별 이후(<정읍사>, <정과정>, <동동>, <서경별곡>의 제3연, <만전춘별사>의 제2·4·5·6연)에 불리어졌는데, 이들은 모두 대상의 떠남을 노래했다. 이별의 대상으로는 연인간이 가장 많았다. 고대가요·향가에 나타난 이별의 상황과 비교해 볼 때 차이점은 나의 죽음을 전제로 한 사별이 보인다는 점, 생이별을 노래한 작품이 사별을 노래한 작품보다 많다는 점, 이별 이전의 상황이 보인다는 점, 이별의 대상은 연인간이 주류를 이룬다는 점 등이다. 이로 보아 고려속요에 나타난 이별의 양상은 고대가요나 향가에 비해 보다 다채롭고 현실적인 문제로 전환되었음을 알 수 있다.

2. 이별의 수용 태도

고려속요에 나타난 이별의 수용 태도를 '나'와 '대상' 사이의 관계가 어떤 상태인가를 중심으로 나누어보면, '관계 파탄의 지속', '관계 회복의 추구' 및 '관계 연장의 희망'이 모두 나타난다.

이제 각 항별로 고려속요에 나타난 이별의 수용 태도를 구체적으로 살펴보겠다.

1) 관계 파탄의 지속

(1) 나의 신세 한탄[58]

대상과의 이별로 인해 홀로 살아가야 하는 자신의 처지를 한탄하거나 탄식하는 내용이 중심을 이루고 있는 노래를 '나의 신세 한탄'으로 본다. '나의 신세 한탄'은 보통 이별 이후의 노래에서 찾아볼 수 있다.

> **가 동동의 1월령** ─────────────────
>
> 正月ㅅ 나릿므른 아으
> 어져 녹져 ᄒᆞ논디
> 누릿 가온디 나곤
> <u>몸하 ᄒᆞ올로 널셔</u>
> 아으 動動다리
>
> ── 이하 8·10·11·12월령 생략

고려속요에서 나의 신세 한탄을 노래한 작품은 <동동>의 1·8·10·11·12월령이다. 1월령은 "해가 바뀌어 자연은 해빙을 맞이하고 있지만, 세상 가운데 이 몸은 홀로 살아가는구나"며 독수공방해야 하는 자신의 고독한 신세를 한탄하였다. "몸하 ᄒᆞ올로 널셔"에서 "널셔"는 "살아가는구나" 혹은 "지내는구나"의 뜻으로 신세 한탄의 의미를 지닌다.

<동동>은 계절의 순환을 노래하고 있다. 이점은 1월령에서 "나릿물"의 "어져 / 녹져"의 대립에서도 나타난다. 봄을 맞아 냇물은 얼었다 녹았다하는 변화를 가져오지만 이와는 대조적으로 화자는 홀로 살아가는 처지이므로 변화가 없다. 그러므로 화자는 봄이 되어 변화하는 냇물을

---

58) '관계 파탄의 지속', '관계 회복의 추구', '관계 연장의 희망'에 속하는 세부 항의 설명은 고려속요에서 전체적으로 언급하는 것으로 그치고 시조, 가사, 민요에서는 생략하기로 한다.

보며 변화 없이 홀로 살아가는 자신의 고독을 새삼 느끼며 신세를 한탄하게 된다.

8월령은 "니믈 뫼셔 녀곤 / 오늘낤 가배(嘉俳)샷다"를 통해 임 없이 가배를 맞이하는 서글픈 신세가 나타난다. 가배날이기에 임은 있어야 하고, 임이 있음으로써 가배날도 의미가 있는 것이다. 그러나 있어야 할 임이 없기에 슬픔은 더욱 크다.

10월령은 자기 자신을 "져미연 ᄇ룻", 즉 "꺾어진 바랏"에 비유하고 있다. 여기에 보이는 "ᄇ룻"은 고로쇠나 보리수, 혹은 보리수 열매 등으로 해석되기도 하나 정확한 의미는 알 수 없다. "것거 ᄇ리신 후(後)에 / 디니실 ᄒ부니 업"다는 것은 버림받은 자신의 처지를 한탄한 말이다.

11월령은 "봉당 자리예 / 한삼(汗衫) 두퍼 누워"라 하여 임 없이 홀로 지내야 하는 화자의 처지가 나타나 있으며, 고운 임과 떨어져 살아야 하기에(고우닐 스싀옴 녈셔) 화자는 슬픔을 사르며(슬흘ᄉ라온뎌) 살아갈 수 밖에 없는 것이다.

12월령은 "니믜 알픠 드러 얼이노니 / 소니 가재다 므릅숩노이다"를 통해 엉뚱한 자, 마음에 없는 자가 자신을 소유하게 되었음을 한탄하였다.

(2) 나의 불망과 사모

이별 후 떠난 대상을 그리워하며 전전불매(輾轉不寐)하거나 혹은 대상에 대한 막연한 그리움만을 노래한 작품이 있는데, 이를 '나의 불망과 사모'로 본다. '나의 불망과 사모'도 '나의 신세 한탄'과 같이 주로 이별 이후의 노래에서 나타난다.

가 만전춘별사의 제2연

耿耿孤枕上애 어느 ᄌ미 오리오
西窓을 여러ᄒ니 桃花ㅣ 發ᄒ두다
桃花ᄂ 시름업서 笑春風ᄒᄂ다 笑春風ᄒᄂ다

고려속요에서 나의 불망과 사모가 나타나는 것은 <만전춘별사> 제2
연이다. 제2연 1구 "경경고침상(耿耿孤枕上)애 어느즈미 오리오"를 통해
화자는 이별한 대상에 대한 사모와 그리움의 정으로 잠을 이루지 못함
을 알 수 있다. 임이 떠난 빈자리가 너무나 큰 나머지 밤이 빨리 새기
를 바라며 잠을 청하나 임에 대한 사모와 그리움의 정 때문에 잠이 올
리 없다. 임과 이별한 후에 느끼는 화자의 외로움과 고독은 "도화(桃花)
논 시름업서 소춘풍(笑春風)ᄒ"는 상황과 대비되어 대조를 이루고 있다.

(3) 나의 불변

어떠한 경우라도 대상을 향한 나의 마음은 변하지 않는다는 내용의
노래가 있는데, 이를 '나의 불변'으로 본다. '나의 불변'은 이별 이전이
나 이별 순간, 이별 이후에 모두 나타나는데, 주로 나의 죽음을 전제로
한 '단심가(丹心歌)'류의 노래에서 찾아볼 수 있다.

고려속요에서 나의 불변을 노래한 작품은 <서경별곡> 제2연과 <정
석가> 제6연이다.

> 가 서경별곡의 제2연 · 정석가의 제6연 ________________
>
> 구스리 바희예 디신돌
> 긴히쏜 그츠리잇가[59]
> 즈믄히를 외오곰 녀신돌
> 信잇돈 그츠리잇가

<서경별곡> 제2연과 <정석가> 제6연은 나의 죽음을 전제로 대상
과 이별하여 천년을 외롭게 살지라도(즈믄히를 외오곰 녀신돌) 대상에 대한
나의 믿음은 변치 않을 것이라고 했다. 임과 이별하고 천년을 외로이
혼자서 살아가야 하는 상황을 구슬이 바위에 깨어지는 것에 비유하고,

---

59) <정석가> 제6연은 '긴힛돈'으로, <서경별곡> 제2연은 '긴히쏜'으로 되어
있다.

구슬은 깨어지더라도 구슬과 구슬을 연결시키는 끈은 온전하듯이 임이 부재한 상태에서도 임에 대한 믿음과 사랑을 영원히 지켜가겠다는 신념과 의지의 일방적 표명을 통해 나의 불변의 정서가 나타난다.[60]

(4) 대상에 대한 원망

화자인 '나'의 소망과는 상관없이 대상이 더 이상 머무르지 않고 떠나려 할 때, 또는 대상이 떠난 후 '나'를 잊은 채 다시는 찾아오지 않거나 불러주지 않을 때 원망이 싹트게 되며, 원망이 심화되는 경우 저주로까지 이어지기도 한다. 이처럼 무정하게 떠난(떠나는) 대상을 원망하거나 그 원망이 심화되어 저주로까지 이어진 작품을 '대상에 대한 원망'으로 본다. 대상에 대한 원망은 이별 순간이나 이별 이후에 표출되는 것이 보통인데, 이별 순간보다는 이별 이후에 불려진 노래에서 더 많이 찾아볼 수 있다.

고려속요 중에서 대상에 대한 원망이 나타난 작품은 <만전춘별사> 제4·5연이다.

> 가 **만전춘별사의 제4·5연** ________________________
>
> 올하 올하 아련 비올하
> <u>여흘란 어듸 두고 소해 자라 온다</u>
> 소콧 얼면 여흘도 됴ᄒ니 여흘도 됴ᄒ니
>
> 南山에 자리 보와 玉山을 벼여 누어
> 錦繡山 니블 안해 麝香각시를 아나 누어
> 南山에 자리 보와 玉山을 벼여 누어
> <u>錦繡山 니블 안해 麝香각시를 아나 누어</u>
> 藥든 가슴을 맛초ᅌᅡ사이다 맛초ᅌᅡ사이다

<만전춘별사> 제4연에는 오리로 대표되는 남성의 여성 편력이 나타

---

60) 박진태, 「서경별곡의 합성가요적 특성」, 앞의 책, 90쪽.

나 있다. 일반적으로 "오리"는 "부부의 금실"을 상징하기도 하지만, 자유스러운 이동성 때문에 한 사람에 대한 정절과는 반대로 성적인 자유분방함을 상징하기도 한다. 그러므로 4연의 "늪과 여흘"은 여자를 상징하는 것으로, 오리가 "여흘"을 버리고 "소해 자라 온다."는 것은 바람을 피우는 것을 뜻한다고 볼 수 있다. 그리고 제5연은 사향각시를 안고 누워 인생의 봄을 만끽하는 남성의 이기적이고 기회주의적인 사랑을 노래한 것이다. "금수산 니블 안해 사향각시를 아나" 눕는 것은 남성의 황홀한 에로티시즘을 후각으로 표현한 것으로,[61] 제4연에서와 마찬가지로 남성이 다른 여자와 바람을 피운다는 것을 뜻한다. 이것은 <만전춘별사> 제1·2연에 나타난 여성의 초월적이고 절대적인 사랑과 대조를 이룬다. 그러므로 <만전춘별사> 제4·5연은 여성의 초월적이고 절대적인 사랑에 비해 남성의 이기적이고 기회주의적인 상대적 사랑을 풍자적으로 비판한 노래가 된다.

(5) 매개체의 활용

이별을 수용함에 있어 이별 당사자인 '나'와 '대상' 사이에 제3자(혹은 제3의 대상물)가 개입하거나 대상(물)에의 투사(投射, projection)에 의해 시적 화자인 '나'의 감정이 표출되는 경우가 있는데, 이를 '매개체의 활용'으로 본다. 이별의 주체인 '나'와 '대상' 사이에 놓여있는 매개체(매개물)로는 사람뿐만이 아니라 사물에 인격을 부여하거나 의인화한 것, 혹은 화자의 감정이 이입된 사물도 포함된다.

고려속요 중에서 매개체의 활용을 통해 화자의 감정을 표출하고 있는 작품은 <정읍사>, <동동> 2·3·4·9월령, <서경별곡> 제3연이다.

---

61) 위의 책, 74~75쪽.

가 정읍사

돌하 노피곰 도드샤
어긔야 머리곰 비취오시라
어긔야 어강됴리
아으다롱디리
全져재 녀러신고요
어긔야 즌디를 드디욜셰라
어긔야 어강됴리
어느이다 노코시라
어긔야 내가논디 졈그롤셰라
어긔야 어강됴리
아으 다롱디리

<정읍사>는 배경설화 "이곳의 한 사람이 행상 나가 오래도록 돌아오지 않았다(縣人爲行商久不至)."를 통해 볼 수 있듯이, 행상 나가서 오래도록 돌아오지 않는 남편의 무사귀환을 호소한 노래로 나와 대상 사이에 매개체인 "달"이 개입되었다. "달"은 사물을 어둠에서 드러나게 하되, 사물과 사물을 외따로 구획하지 않는다. 달이 비치는 동안, 사물들은 고립하지 않는다.[62] 이처럼 "달"은 나와 대상을 이어주는 역할을 하며, 동시에 화자인 나의 소망이 전이된 매개물로서 기구(祈求)의 대상이 된다.[63]

나 동동의 2·3·4·9월령

二月ㅅ 보로매 아으
노피 현 燈ㅅ블 다호라

---

62) 김열규, 1996, 「달의 미학」, 『한국문학사 ― 그 형상과 해석』 재판본, 서울, 탐구당, 263쪽.

63) 도교에서 "달"은 초자연적 존재의 상징으로, 진실, 즉 "어둠 속에서 빛나는 눈(目)"으로 보았다(진쿠퍼 저, 이윤기 옮김, 1996, 『그림으로 보는 세계문화 상징사전』(중판), 서울, 까치, 220쪽).

萬人 비취실 즈싀샷다
아으 動動다리

三月 나며 開흔 아으
<u>滿春돌욋고지여</u>
ᄂ미 브롤 즈슬
디녀 나샷다
아으 動動다리

四月 아니 니저 아으
<u>오실셔 곳고리새여</u>
므슴다 綠事니믄
녯나롤 닛고신뎌
아으 動動다리

九月 九日애 아으
<u>藥이라 먹논</u>
<u>黃花고지</u> 안해 드니
새셔 가만ᄒ얘라
아으 動動다리

   <동동> 2월령에서는 우러러볼 임의 모습을 "등(燈)ㅅ블"에, 3월령에서는 "만춘(滿春)돌욋곳"에 비유하였다. 즉, "만인(萬人) 비취실 즁 = 노피 현 등(燈)ㅅ블", "ᄂ미 브롤 즁 = 만춘(滿春) 돌욋곳"이 된다. 여기서 "만인(萬人) 비취실 즁"이나 "ᄂ미 브롤 즁"은 결국 임이기 때문에 그런 임의 모습은 곧 "등불"과 "달욋꽃"이 된다. 4월령은 임과 이별하고 홀로 살아가는 화자의 고독한 처지를 꾀꼬리와 대립시켜 표현하는 한편, 나를 잊고서 돌아오지 않는 대상을 원망하였다. 부부의 금실을 상징하는 꾀꼬리를 통해 짝을 잃은 화자의 고독을 표현했다는 점에서 고대가요 <황조가>와 맥을 같이 한다. 9월령은 임의 무병장수를 비는 소망을 "국화주"를 담그는 것에 비유하였다. 이로 보면 <동동> 2·3월령은

임의 모습을 "등불"과 "달윗꽃"에 비유하여 표현했고, 4월령은 화자의 고독한 처지를 "꾀꼬리"를 통해 표현했으며, 9월령은 대상에 대한 자신의 감정을 "국화주"를 통해 표현한 것으로, "등불", "달윗꽃", "꾀꼬리", "국화주"는 화자인 나와 대상 사이를 잇는 매개체(매개물)이 된다.

다 **서경별곡의 제3연**

大同江 너븐디 몰라셔
빅내여 노흔다 샤공아
네가시 럼난디 몰라셔
녈빅예 연즌다 샤공아
大同江 건너편 고즐여
빅타들면 것고리이다

  <서경별곡> 제3연은 강(대동강)이라는 공간을 사이에 두고 임과의 이별 상황을 제시하였다. <공무도하가>에서와 마찬가지로 여기에서의 강도 나와 대상 사이를 갈라놓는 분리의 기능을 한다. 시간적 맥락에서 볼 때, <서경별곡> 제3연은 '분리의 준비 → 분리 → 분리의 완결' 순으로 전개되어 있다. 즉, "빅내여 노흔다"는 분리의 준비이며, "녈빅예 연즌다"는 분리, "빅타들면"은 분리의 완결이 된다.

  임과의 영원한 이별은 화자에게 극심한 불안을 가져다주고 그로 인해 화자는 이성에 반대되는 혼란스럽고 불안한 정서 상태를 유발한다. 그러므로 격정에 사로잡힌 화자는 임과의 이별에 따른 원한과 노여움의 감정을 스스로 억제하지 못하고 제3의 인물인 사공에게 대신 퍼붓고 있다.[64)]

  이상에서 보는 바와 같이 매개체의 활용에서 고려속요에 나타난 매개체는 <정읍사>의 "달", <동동>의 "등불·진달래꽃·꾀꼬리·국화주", <서경별곡>의 "사공" 등이 있다. 이를 통해서 볼 때 고려속요에 나타난 매개체는 인격체인 특정 대상(상대) 외에도 무생물 내지 사물이

---

64) 김충실, 앞의 책, 60~61쪽.

있음을 보았다.

2) 관계 회복의 추구

(1) 대상의 뒤를 따름

이별을 맞이한 화자가 대상과의 시간적·공간적 단절을 인정하지 않고 이를 극복하기 위해 대상의 뒤를 따르거나 따르려고 하는 내용의 노래가 있는데, 이를 '대상의 뒤를 따름'으로 본다. 대상의 뒤를 따르거나 따르려고 하는 것은 대상과의 관계를 지속·유지시키려는 화자의 의지의 한 표명인 바, 대상과 사별한 경우에는 '나'의 자결이라는 극단적인 수단으로 나타나기도 한다.

고려속요에서 대상의 뒤를 따르는 형태로 이별을 수용하고 있는 작품은 <이상곡>, <동동> 6월령, <서경별곡> 제1연이다.

가 이상곡 ─────────────────

비오다가 개야 아 눈 하 디신 나래
서린 석석사리 조본 곱도신 길헤
다롱디우셔 마득사리 마득너즈세 너우지
잠따간 내니믈 너겨
깃돈 열명길헤 자라오리잇가
죵죵 霹靂生陷墮無間
고대셔 싀여딜 내모미
죵 霹靂아 生陷墮無間
고대셔 싀여딜 내모미
내님 두숩고 년뫼룰 거로리
이러쳐 뎌러쳐
이러쳐 뎌러쳐 期約이잇가
아소 님하 훈디 녀졋 期約이이다.

<이상곡>에서는 "고대셔 싀여딜 내모미 / 내님 두숩고 년뫼롤 거로리 / 아소 님하 혼디 녀졋 기약(期約)이이다."를 통해 무간지옥에라도 임을 따라가겠다는 화자의 의지를 엿볼 수 있다. 남편과 사별하고 홀로 살아가는 화자에게 현실적으로 임을 다시 만난다는 것은 불가능하다. 그렇다고 다른 사람의 유혹에 빠질 수는 없다. 잠을 따갈 정도로 너무나 그리운 임이기에 화자는 어떠한 고난 속에서라도 임과 함께 있기를 기약한다. 여기에서 "혼디 녀졋 기약"은 저승에서의 합일을 뜻한다. 임은 죽고 없기에 "무간지옥"에서라도 다시 만나자고 한 것이다. 그러기 위해서는 화자도 죽어서 임이 있는 곳으로 갈 수밖에 없다. 그러므로 <이상곡>에 보이는 이별의 수용 태도는 나의 죽음으로써 대상의 뒤를 따르는 것으로 나타난다.

나 동동의 6월령

六月ㅅ 보로매 아으
별해 브론 빗 다호라
도라 보실 니믈
젹곰 좃니노이다
아으 動動다리

<동동> 6월령에는 임과 이별한 화자의 신세가 유두절(流頭節)에 액땜하기 위해 머리를 감고 빗질한 뒤 벼랑에 버리는 빗(별해 브론 빗)에 비유되었다. 6월 보름은 유두일(流頭日)이다. 유두일은 액을 막기 위해 동쪽으로 흐르는 물에 머리를 감는다는 말인 "동유두목욕(東流頭沐浴)"에서 온 말이다. 삼국시대와 고려 때에 "빗"은 여인들의 머리 뒤에 꽂고 다니는 장신구 역할을 했으며, 머리를 빗는 여성 용품으로 중요한 역할을 했다. 그러나 살이 부러지거나 이가 빠지면 쓸모가 없어지므로 버리게 된다. 아무리 손때가 묻어 정이 든 물건이라도 소용이 없게 된다. 이처럼 화자 자신도 버려진 빗과 같은 신세가 된 것이다. 그러나 화자는 버려진 신세라고 한탄만 하지 않고, 임이 돌아보아 주시기만 한

다면 조금이라도 혹은 잠깐이라도 따르겠다고 했다. 이는 떠난 대상을 따르고 싶다는 소망의 표현이기도 하다.

다 서경별곡의 제1연 ─────────────────

西京이 셔울히 마르는
닷곤디 쇼셩경 고외마른
여히므논 질삼뵈 브리시고
<u>괴시란디 우러곰 좃니노이다</u>

<서경별곡> 제1연에서 대상의 뒤를 따르겠다는 화자의 의지는 "질삼뵈 브리시고 / 괴시란디 우러곰 좃니노이다"를 통해 드러난다. 서경이 서울(小城京)이라는 사실을 자랑스럽게 여기고, 향토를 지키기 위해 성을 수축(修築)도 했지만, 임과의 이별의 상황에 부닥친다면 서경은 말할 것도 없고 소중한 길쌈하던 베(질삼뵈)까지도 버리고 임을 따르겠다는 화자의 비장한 결의를 보이고 있다.[65]

고려속요에 나타난 '대상의 뒤를 따름'은 고대가요·향가와는 다른 모습을 보인다. 즉, <동동>과 <서경별곡>에서는 현실을 중시하는, 현실 속에서 임을 따르고자 하는 현세 중심 사상이 내재되어 있다. 이에 비해 <공무도하가>는 샤머니즘(Shamanism) 사상이 깃들어 있으며,[66]

---

65) 박진태, 1998, 「서경별곡의 합성가요적 특성」, 『한국고전가요의 구조와 역사』, 대구, 형설출판사, 87쪽 참조.

66) 조동일, 1982, 『한국문학통사』 1, 서울, 지식산업사, 83쪽. 조동일은 이 책에서 머리를 풀어헤치고, 술병을 들고, 미치광이 짓을 하면서 강물에 뛰어들기도 한 백수광부는 황홀경에 든 무당이라 하였다. 강물에 뛰어들어 죽음을 이기고 권능을 확인하는 의식을 거행했는데, 그렇게 하는 데 실패한 것은 고조선이 국가적인 체제를 확립하면서 나라무당으로서의 지위를 차지하지 못한 민간무당이 불신되거나 배격되는 사태와 관련이 있을 것이라 하였다. 아내 또한 남편이 죽은 그 자리에서 공후를 탄 것으로 보아 무당인 것 같다고 했다. 그의 아내 또한 무당이라 하였다. 한편, 정병욱은 백수광부를 서구 신화의 디오니소스 혹은 바커스 같은 주신이라 보았고 그의 처를 강물의 요정 님프에 해당하는 악신(樂神)으로 추정하면서 이들 주신과 악신에 얽힌 신화가 후대에 인간의 세계로 하강하여 하나의 설화로 전성된

<모죽지랑가>, <제망매가>는 죽음 후의 세계를 긍정하며 내세를 기약하는 불교의 내세관이 나타나 있다. 이로 보아 대상의 뒤를 따르는 이별의 수용 태도는 시대의 변화에 따른 차이가 있음을 확인할 수 있다.[67]

(2) 대상의 회귀 희망

어쩔 수 없이 보낸 혹은 떠난 대상이 하루라도 빨리 나에게로 돌아오기를 소망한 노래를 '대상의 회귀 희망'으로 본다. '대상의 회귀 희망'은 이별 순간이나 이별 이후에 불려진 작품에서 주로 나타난다.

고려속요에서 대상의 회귀 희망을 노래한 작품은 <정과정>, <가시리>외에 부전가요 <선운산>과 <거사련>이 있다.[68]

가 정과정

내님믈 그리ᅀᆞ와 우니다니
山 졉동새 난 이슷ᄒᆞ요이다
아니시며 거츠르신돌 아으
殘月曉星이 아ᄅᆞ시리이다
넉시라도 님은 ᄒᆞᆫ디 녀져라 아으
벼기더시니 뉘러시니잇가
過도 허믈도 千萬 업소이다
몰힛 마리신뎌

것으로 보았다(정병욱, 1993, 『한국고전시가론』 증보판, 서울, 신구문화사, 57~62쪽 참조).

67) 김현(1991, 「한국 문학의 가능성」, 『현대 한국문학의 이론 / 사회와 윤리』, 김현 문학전집②, 서울, 문학과지성사, 65쪽)도 "고려조의 이별은 다시 만나기 위한 이별이 아니라, 기다리기 위한 이별이며, 돌아오기를 바라는 이별이다. 그것은 반드시 다시 만난다는 내적 확신 위에 기초한 신라조의 이별과는 판이한 이별"이라고 하면서, 고려조의 이별이 결코 다시 만날 수 없으리라는 절박한 울음을 내포하고 있는 이유는 "오랜 전쟁의 덕분"이라 하였다.

68) 부전가요 <선운산>과 <거사련>의 내용은 이 책 80쪽의 각주 40 참조.

> 술웃븐뎌 아으
> 니미 나롤 ㅎ마 니즈시니잇가
> <u>아소 님하 도람 드르샤 괴오쇼셔</u>

<정과정>에서는 대상의 회귀 희망은 "아소 님하 도람 드르샤 괴오쇼셔"을 통해 직설적으로 드러난다. <정과정>을 통해서 볼 때 화자가 가장 두려워하는 것은 "니미 나롤 ㅎ마 니즈시"는 일, 즉 임의 사랑을 상실하는 일이다. 그러므로 화자는 임에 대한 충성을 노래하고 자기의 결백을 하소연하며 끝으로 자신의 소망을 드러냈다. 그 소망은 다름 아닌 임이 나를 다시 사랑해 주는 일, 즉 임의 사랑 회복이다.

나 가시리

> 가시리 가시리잇고
> 브리고 가시리잇고
>
> 날러는 엇디살라ㅎ고
> 브리고 가시리잇고
>
> 잡스와 두리어마ᄂᆞᆫ
> 선ㅎ면 아니올셰라
>
> 셜온님 보내ᄋᆞᆸ노니
> <u>가시ᄂᆞᆫ듯 도셔오쇼셔</u>

<가시리>에서는 "가시ᄂᆞᆫ듯 도셔오쇼셔"를 통해 대상의 회귀 희망이 직설적으로 드러난다. 어쩔 수 없이 임을 떠나보내야만 하는 상황에서도 화자는 끝까지 희망을 잃지 않고 가시는 듯 다시 돌아오기를 소망하였다. <정과정>과 <가시리>의 공통점은 어미 "~오쇼셔"의 소망형을 사용하여 대상의 회귀 희망을 직설적으로 드러냈다는 점이다.

한편, 대상의 회귀 희망을 노래한 작품은 모두 이별 상황에서 볼 때

생이별에 해당한다. 앞장 <만전춘별사> 제3연에서 살펴본 바와 같이 사별의 경우에는 대상의 회귀 희망이 나타나지 않는다.[69]

<선운산>, <거사련>은 부전가요이기 때문에 정확한 이별의 수용 태도는 알 수 없다. 그러나 두 노래의 산문 기록인 "장사에 사는 사람이 병역에 나갔는데 기한이 지나도록 오지 않으므로 그 아내가 선운산에 올라가 바라보며 부른 노래(長沙人 征役過期不至 其妻思之 登禪雲山 望而歌之)", "부역 나간 남편의 아내가 이 노래를 지었는데 까치와 거미를 빌어 자기 남편이 돌아오기를 고대하는 뜻을 붙인 것(行役者之妻 作是歌 托鵲蟢 以冀其歸也)"을 통해 볼 때, 두 작품 모두 대상(남편)의 회귀를 희망하는 아내의 노래로 추정된다.

3) 관계 연장의 희망

(1) 이별의 지연 소망

대상과 함께 있는 순간이 영원하기를 소망하거나, 이별의 시간을 지연시켜 보고자 하는 내용의 노래가 있는데, 이를 '이별의 지연 소망'으로 본다. '이별의 지연 소망'은 일반적으로 현재 시간의 정지 내지는 지속을 염원하는 것으로 나타나는데, 주로 이별 이전에 불려진 노래에 많이 볼 수 있으며, 이별 순간에 불려진 노래에서도 나타난다.

고려속요에서 이별의 지연을 소망한 작품은 <정석가> 제2·3·4·5연, <동동> 5·7월령, <만전춘별사> 제1·3·6연이 있다.

가 정석가의 제2연 ____

삭삭기 셰몰애 별헤 나는
삭삭기 셰몰애 별헤 나는
구은 밤 닷되를 심고이다

____

[69] 이 책의 72쪽 참조.

그바미 우미 도다 삭나거시아
그바미 우미 도다 삭나거시아
有德ᄒ신 님믈 여희ᄋ와지이다

        ● —— 이하 제3 · 4 · 5연 생략

   모래 벼랑에 구운 밤을 심어 그 밤이 움이 돋고 싹이 난다는 것은 현실적으로 불가능한 일이다. 이처럼 불가능한 상황을 설정하여 불가능의 현실화가 영원히 불가능하듯이, 임과의 이별도 영원히 실현되지 말기를 소망하였다. <정석가> 제3 · 4 · 5연도 제2연과 같이 모두 절대적으로 불가능한 상황을 설정하여 영원한 시간을 대상과 함께하고 싶다는 소망을 표출했다는 점에서 공통적이다.

   <동동> 5월령에서는 "즈믄힐 장존(長存)ᄒ샬"을 통해 대상과의 사랑이 영원하기를 소망하며, 7월령에서는 "백종(百種) 배(排)ᄒ야 두고 / 니믈 ᄒ디 녀가져 / 원(願)을 비ᅀᆞᆸ노이다"를 통해 백종일(百種日)에 조령(祖靈)의 힘을 빌어서라도 영원히 대상과 함께 있고 싶다는 소망을 노래했다. <만전춘별사> 제1연에서는 "정(情)둔 오ᄂᆞᆳ밤 더듸 새오시라"고 하여 이별의 시간 지연 소망을, 제3연에서는 "넉시라도 님을 ᄒ디 녀닛경(景)"이라 하여 죽어 넋이라도 영원히 대상과 함께 있고 싶은 소망을, 제6연에서는 "원대평생(遠代平生)에 여힐술 모ᄅᆞᆸ새"를 통해 살아서 대상과의 영원한 사랑을 소망하고 있음을 알 수 있다.

   이상으로 고려속요에 나타난 이별의 수용 태도를 살펴보았는데, 그 결과를 비율로 제시하면 다음과 같다.[70]

---

70) 분연체의 고려속요인 경우는 비록 유기적 통일성을 지닌 한편의 작품으로 인정된다 할지라도 앞에서 살펴본 이별의 상황에서 본 바와 같이 동일한 작품이 사별과 생이별을 함께 담고 있는 경우가 있는데, 이러한 점은 이별의 수용 태도에서도 마찬가지이다. 그러므로 본연체로 된 작품 중에서 각 연에 따라 이별의 수용 태도가 상이하게 나타나는 경우는 이별의 상황에서와 마찬가지로 연을 분리하여 고찰하였다. 그러므로 본 장에서 고찰 대상으로 삼은 고려속요는 실제 8수이지만, 이들을 이별의 수용 태도에 따라 나누어보면 16수가 된다. 여기서의 백분율은 16수를 기준으로 한 것이다.

지금까지 살펴본 바를 요약하면 관계 파탄의 지속에서는 작품의 내적 화자인 '나'와 관련된 요소로 '나의 신세 한탄', '나의 불망과 사모', '나의 불변'이 나타나며, 관계 회복의 추구에는 '대상의 회귀 희망'이 나타나는데, 이것은 고대가요·향가에서는 보이지 않는 요소이다. 이로 보아 고려속요에 보이는 이별의 수용 태도는 전대에 비해 보다 다양하게 확대되었음을 알 수 있다.

또한, 관계 회복의 추구에서 '대상의 뒤를 따름'에는 <공무도하가>에서 주술적 숭고의 파탄에 따른 비극과 샤머니즘(Shamanism) 사상을 엿볼 수 있었고, <모죽지랑가>, <제망매가>에는 불교적 내세관이 나났는데 비해, 고려속요인 <동동>·<서경별곡>에서는 현세 중심 사상이 내재되어 있는 것으로 보아 시대에 따라 대상의 뒤를 따르는 방식에 차이가 있음을 보았다.

◈ ◈ ◈

제5장 시조에 나타난 이별의 양상

1. 이별의 상황

우리 조상들이 남긴 시가문학사에 있어서 오랫동안 명맥을 유지하고 풍성한 문학 유산을 남기며 오늘날까지 그 전통적인 맥락을 잇고 있는 것이 시조이다. 이는 시조가 우리 고유의 시가 중 그 생성과 소멸이 잦았던 여타의 시가와는 달리 조상들의 생활과 정서를 표현함에 있어 그 호흡과 사상 그리고 문학적인 꿈을 담는데 가장 좋은 그릇이었다는 특징에 기인되었다고 하겠다.[1] 이런 연유에서 이별시조에 해당하는 작품도 풍부하게 창작되었다.

『정본 시조대전』[2]에 수록되어 있는 3,335수의 시조 중에서 이별을 노래한 작품의 수는 총 500수로 전체의 15%를 차지한다. 이 중 사별을 노래한 작품은 30수로 이별을 노래한 시조 전체의 6%, 생이별을 노래

---

1) 정병욱·이어령, 1977, 『고전의 바다』, 서울, 현암사, 187쪽.
2) 고시조 작품을 수집·정리한 시조전서에는 심재완의 『정본 시조대전』외에 정병욱의 『시조문학사전』(1966, 서울, 신구문화사)과 박을수의 『한국시조대사전』(1991, 서울, 아세아문화사)이 있다. 본 논문에서『정본 시조대전』을 자료로 삼은 이유는 다음과 같다. 첫째, 정병욱의『시조문학사전』에 수록된 작품 수는 2,376수로『정본 시조대전』의 3,335수에 미치지 못한다. 둘째, 박을수의『한국시조대사전』(상)·(하)에는 개화기의 작품들을 포함하여 5,492수의 방대한 자료가 수록되어 있으나 본 연구에서는 개화기 시조를 연구의 범위에 포함시키지 않았기 때문이다.

한 작품은 470수로 94%를 차지한다. 사별을 노래한 작품 중에서 대상의 죽음을 노래한 작품은 20수이며, 나의 죽음을 노래한 작품은 10수이다. 생이별을 노래한 작품 중 대상의 떠남을 노래한 작품은 444수, 나의 떠남을 노래한 작품은 26수이다.

작품 분석은 이별을 노래한 시조 전부를 다루어야 하나 그렇게 하기에는 번거로움이 너무 크며, 동일 유형의 작품이 많다. 그러므로 이별의 시기와 대상 등을 고려하여 전형적(典型的)인 것을 선택하여 다루기로 한다.

논의의 순서에 따라 사별을 노래한 작품부터 살펴보기로 한다.

1) 사　별

(1) 대상의 죽음

① 이별 이전

> 3197　恨唱ᄒ니 歌聲咽이요 愁翻ᄒ니 無袖遲라
> 　　　歌聲咽 無袖遲는 님그린 타시로다
> 　　　<u>西陵에 日欲暮ᄒ니 애긋는 듯ᄒ여라.</u>

3197의 시조는 작자 미상의 작으로, 초장은 오언 한시[3)]에 토를 단 것이다. 한스러워 노래하니 노래 소리 목메고 괴로워 엎치락뒤치락하니 춤추는 소매가 지지한데 이것은 모두 임을 그린 탓이라 했다. 초장과 중장을 통해서 볼 때, 화자는 어떤 연유에서인지는 몰라도 임을 떠나 있는 상태임을 알 수 있다. 그런데 그 임이 "서릉(西陵)에 일욕모(日欲暮)"하려 한다. "서릉"은 곧 서산이며, "일욕모"는 해가 저물려고 하는 것으로, 임금의 붕어(崩御)를 뜻한다. 이것은 조식(趙植)의 시조(1478) "三

---

3) (朱放 : 詩) 한스럽게 노래하니 노래소리 목메고 / 수심하여 번득이니 춤추는 소매가 더디도다(恨唱歌聲咽 / 愁翻無袖遲).

冬에 뵈옷 닙고~"[4]에서 종장 "西山에 히지다"가 임금(중종)의 죽음을 뜻하는 것과 같다. 조선조에 있어서 "해(태양)"는 임금의 상징이다. 노래를 불러도 춤을 추어도 한스럽고 괴로웠던 것은 임금을 그리워하는 심정이 절실했기 때문이다. 하물며 그 임금이 붕어하려 하니 그 애절함은 극에 달했을 것이다. 종장의 "서릉(西陵)에 일욕모(日欲暮)ᄒᆞ니"를 통해 대상과의 사별 이전에 부른 노래임을 알 수 있고, 이별 대상은 임금임이 드러난다. 대상의 죽음을 노래한 시조 중에서 사별 이전에 불려진 노래는 이 한 수뿐이다.

② 이별 이후

> 440　나모도 돌도 바히 업슨 뫼헤 매게 조친 가토리 안과
> 大川바다 한가온더 一千石 시른 비에 노도 일코 닷도 일코 농총도
> 근코 돗대도 것고 치도 빠지고 ᄇᆞ롬부러 물결치고 안기 뒤셧거 ᄌ
> ᄌ진 날에 갈 길은 千里 萬里 남고 四面이 거머어득져뭇 天地寂
> 寞 가치노을 ᄯᅥᆺᄂᆞᆫ디 水賊 만난 都沙工의 안과
> <u>엇그제 님 여흰 내 안이야 엇다가 ᄀᆞ을 ᄒᆞ리오.</u>

　440은 작자 미상의 작으로, 사별의 고통을 매에 쫓기는 암꿩과 풍랑을 만난 도사공의 마음을 초장과 중장의 상황 중첩을 통해 비유적으로 심화·확대하여 '장면극대화'[5] 현상을 보이고 있다. 이별을 노래한 많은 시조가 한숨과 눈물을 직접적으로 표출한 반면 이 작품은 생과 사의 기로에 선 절망적인 심정을 절박하고 과장된 비유를 통해 유감없이 보여주고 있다. 작품의 주제는 임과 사별한 화자의 신세를 한탄한 내용이면서 거기에 따르는 관례를 넘어서서 하층민이 겪는 고난을 우의적으로

---

4) 1478　三冬에 뵈옷 닙고 岩穴에 눈비 마자
　　　　구름 낀 볏 뉘도 쐰 적이 업건마는
　　　　西山에 히지다 ᄒᆞ니 눈물겨워 ᄒᆞ노라.
　　　　三冬衣葛棲岩穴　曾未向陽沛雨雲　聞說西山日已昏　不禁涕淚空嗚咽
　　　　(『樂府』, 高麗大本, 849)
5) 김대행, 1976, 『한국시가구조연구』, 서울, 삼영사, 205쪽 참조

표현함으로써 세상살이에서의 시련을 거듭 암시하는 의미를 지녔다.[6]

　종장의 "엇그제 님 여흰[7] 내 안"을 통해 임과의 사별 이후에 불려진 노래임을 알 수 있고, 이별의 대상은 내용상 연인(부부)간으로 볼 수 있다.[8]

> 462　　洛東江上에 仙舟泛ᄒ니 吹笛歌聲이 落遠風이라
> 　　　　客子停驂聞不樂은 蒼梧山色暮雲中이라
> 　　　　어즈버 鼎湖龍飛를 못내 슬허 ᄒ노라.

　462번은 작자 미상의 작으로, 문체상으로 볼 때 칠언절구인 한시[9]에 현토(懸吐)한 한문현토체 시조이다.

　초장에서 "낙동강에 배를 띄운다(洛東江上에 仙舟泛ᄒ니)"는 시어를 통해 이 시조의 작자는 영남의 어느 선비임을 추측할 수 있으며, 벼슬과는 거리가 먼 생활을 하고 있음이 드러난다. 그러나 이 시조는 속세를 떠나 자연을 벗삼아 유유자적하는 삶을 노래하고 있지는 않다. 그것은 "피리와 노래 소리가 즐겁지 않다(吹笛歌聲이 落遠風이라 / 客子停驂聞不樂)."는 표현을 통해 드러난다. 피리 소리와 노래 소리가 즐겁지 않다는 것은 마음에 무언가 근심 걱정이 있다는 것을 뜻한다. 그 근심 걱정은

---

6) 조동일, 1984, 『한국문학통사』 3, 서울, 지식산업사, 306쪽.

7) 남광우의 『보정 고어사전』을 보면 "여흰"의 기본형은 "여희다(여의다)"인데, 이것이 "여의다"로 바뀌었다고 하고, 그 용례로 <용비어천가> 제91장의 "어마님 여희신 눖므를" 등을 들었다. 그러므로 이 시조의 이별 상황은 "여흰"이라는 단어를 통해 사별임을 알 수 있다(남광우, 1988, 『보정 고어사전』, 서울, 일조각, 374～375쪽).

8) 시조에서 이별의 대상이 막연히 '임'으로 제시되어 있는 경우 그 '임'이 연인간인지 부부간인지 구분하기가 모호한 경우가 많다. 그러므로 본 장에서는 이러한 혼란을 막기 위해 이별의 대상이 비록 부부간이라 하더라도 '연인'간에 포함시켜 보았다.

9) 洛東江上仙舟泛　　낙동강에 배를 띄우니
　　吹笛歌聲落遠風　　피리와 노래 소리가 먼 바람에 떨어진다.
　　客子停驂聞不樂　　나그네가 말을 멈추고 들어도 즐겁지 아니하니,
　　蒼梧山色暮雲中　　창오산 빛이 저녁 구름 속이네.

"구름 속(暮雲中)"과 같이 작자를 암담하고 혼란스럽게 한다. "구름 속"과 같은 작자의 심리 상태는 결국 종장에서 "정호용비(鼎湖龍飛)"10)라 하여 임금의 죽음으로 인한 슬픔 때문임이 드러난다.

결국 이 시조는 영남의 어느 선비가 임금의 붕어 소식을 듣고 배 위에서 그 슬픔을 노래한 작품으로, 대상과의 이별 이후에 지어졌고, 이별 대상은 임금임이 드러난다.

> 1289　父母님 겨신 제는 父母ㅣ주롤 모르더니
> 　　　　父母님 여흰 후에 父母ㅣ줄 아로라
> 　　　　이제사 이 모음 가지고 어듸다가 베프료.

1289는 이숙량(李叔樑 ; 1519~1592)의 작으로 부모와의 사별을 노래한 시조이다. 부모님이 살아 계실 때에는 부모님의 은혜를 모르고 살아간다. 그러나 "父母님 여흰 후"에는 부모님의 은혜를 생각하며 효도를 다하지 못함을 뉘우치게 된다. 부모님이 돌아가시고 난 후 뉘우치는 작자의 심리 상태(이제사 이 모음 가지고)가 잘 나타나 있다.

> 3000　春風의 봄새 울고 버들의 싯실 난다
> 　　　　無妹獨子는 어드러로 갓돗썬고
> 　　　　世上의 徹天은 나뿐인가 ᄒ노라.

3000은 강복중(姜復中 ; 1563~1639)의 시조로, 무매독자(無妹獨子)를 잃은 부모의 지극한 슬픔을 노래했다. 중장의 "무매독자(無妹獨子)는 어드러로 갓돗썬고"를 통해 자식과의 사별이 드러난다. 봄은 "새 울고 버드나무에 새순이 나는" 소생과 탄생의 계절이다. 그러나 화자는 무매독자를 여읜 처지이기에 소생과 탄생의 봄이 역설적으로 허무와 슬픔의 봄

---

10) 정호용비(鼎湖龍飛) : 제왕의 죽음을 뜻하는 말. 황제(黃帝)가 형산(荊山) 아래에서 솥을 만들고 용을 타고 하늘로 올라가 신선이 되었는데 후인이 이곳을 정호라 하였다 함(史記 : 封禪傳). 黃帝鑄鼎於荊山下 鼎成 乘龍上仙 後人因名其處曰鼎湖(박용식·황충기 편저, 1994, 『고시조 주석사전』, 서울, 국학자료원, 368쪽 및 657쪽 참조).

이 된 것이다.

1289가 부모를 여읜 자식의 슬픔을 노래했다면, 3000은 자식을 여읜 부모의 슬픔을 노래한 점에서 차이가 난다. 또한 1289는 담담한 어조로 대상과의 사별을 수용하며 지난날을 후회하는 어투를 보이지만, 3000은 자식을 여읜 화자의 슬픔이 직설적으로 표출되어 전자에 비해 감정절제가 이루어지지 않았다.

대상의 죽음에 따른 이별을 노래한 시조는 모두 20수이다. 이 중에서 사별 이전에 불려진 노래는 한 수(3197)뿐이며, 나머지 19수는 모두 사별 이후에 불려졌다. 이별의 대상으로는 임금, 부모, 붕우, 연인(부부), 자식 등으로 나타난다.11)

(2) 나의 죽음

① 이별 이전

> 2325　이몸이 주거주거 一白番 고쳐 주거
> 　　　白骨이 塵土되여 넉시라도 잇고 업고
> 　　　님向흔 一片丹心이야 가싈줄이 이시랴.

2325는 포은 정몽주(圃隱 鄭夢周 ; 1337~1392)의 작으로, 이방원(太宗, 李芳遠)의 "하여가(何如歌)"에 대한 답가로 알려진 작품인데,『해동악부』와 『포은집』에 한역시가 실려 있다.12) 이 노래는 나의 죽음을 전제로, 어떠한 일이 있더라도 "님 向한 一片丹心"만은 변하지 않을 것임을 다짐했다. 이러한 화자의 의지는 초장과 중장에서 반복법과 점층법의 사용으로 한층 고조되었다. 물리적인 폭력에 의해 군신 관계의 파탄을 종용하던

---

11) 대상의 죽음으로 인한 이별을 노래한 작품은 20수가 있다. 이별 대상별로 나누어보면, 군신 8수(462, 1244, 1339, 1478, 1921, 2733, 2734, 3197), 부모 5수(322, 1151, 1289, 1709, 1776), 연인(부부 포함) 5수(440, 504, 870, 2710, 2818), 붕우 1수(2709), 자식 1수(3000) 이다.

12) 此身死了死了　一百番更死了　白骨爲塵土　魂魄有也無　向主一片丹心　寧有改理也歟(沈光世『海東樂府』)

당시의 시대상에 맞서 이를 인정하지 않으려는 화자의 굳은 의지가 대상에 대한 변함없는 충절로 표출된 이 노래는 후대 '단심가'류 시가의 전형이 된다. 변하는 것과 변하지 않는 것의 대립을 통해 자신의 충절의식을 독백조로 노래한 451의 시조[13]도 2325와 유사한 내용을 담고 있다.

고대 중국인들은 인간의 영혼을 상이한 두 요소, 즉 혼(魂)과 백(魄)으로 구분하였는데, 이들이 조화 상태에서 육체에 생명을 넣어주고 육체를 유지시킬 때 인간이 살아 있는 것이고, 혼·백·육체 이 3요소가 분리되면 죽는다고 보았다. 인간이 살아있을 때 혼과 백은 다른 기능을 한다고 한다. 혼은 행동을 지시하는 힘에 해당하는 것으로 정신적인 경험과 지적인 활력이며, 백은 몸통과 사지를 움직이게 하는 것으로 육체의 각 부분에 힘과 운동을 불어넣는 것이라 했다.[14] 이러한 고대 중국인들의 사상이 우리나라에도 영향을 끼쳤음이 이 작품을 통해 드러난다. 죽음은 혼과 백의 분리이다. 혼은 정신적인 것이며 백은 육체적인 것이다. 그러므로 육체인 백은 일백 번 고쳐 죽을 때 흙과 먼지가 되어 사라지지만 임 향한 일편단심인 혼만은 영원할 것이라 했다. 이 시조에서 '임'은 고려의 마지막 왕인 공양왕(恭讓王 ; 재위 1389~1392)으로, 노래가 불려진 시기는 아직 공양왕이 재위하고 있을 때이다. 그러므로 이 노래에 나타난 이별 상황은 나의 죽음이 전제된 이별 이전이 된다.

나의 죽음 노래한 이별시조 중에서 이별 이전에 쓴 작품은 451과 2325로 두 수뿐이다.

② 이별 이후

2323 이몸이 주거가서 무어시 될고ᄒ니

---

13) 451   나의 님 向ᄒ 뜻이 주근 後면 엇더ᄒ지
　　　　　桑田이 變ᄒ여 碧海ᄂ 되려니와
　　　　　님向ᄒ 一片丹心이야 가싈줄이 이시랴.

14) 마이클 로이 저, 이성규 역, 1987, 『고대중국인의 생사관』, 서울, 지식산업사, 42쪽.

蓬萊山 第一峰에 落落長松 되야이셔
白雪이 滿乾坤홀제 獨也靑靑 ᄒ리라.

　　2323은 사육신의 한 사람인 성삼문(成三問 ; 1418~1456)의 작으로, 단종(端宗 ; 1441~1457)에 대한 충절을 노래한 시조이다. 이 작품은 수양대군이 단종을 내쫓고 왕위에 오르자 단종의 복위를 도모하다가 김질(金礩 ; 1422~1478)의 밀고로 잡혀 갖은 악형을 받을 때 부른 노래로, 대상과의 이별 이후에 지어졌다. 비록 죽는 한이 있더라도 지조를 지키겠다는 화자의 굳은 의지가 "낙락장송"이 되어 "독야청청"하겠다는 결의로 나타나는데, 이것은 "백설이 만건곤"한 당시의 시대상과 대립되어 있다. 즉, 중장의 "낙락장송"과 종장의 "백설"은 각각 시각적으로는 푸른색과 흰색의 색채 대조를 이루며, 지조와 절개 및 시련과 고난이 대립·대조를 이루어 화자의 일편단심을 선명하게 부각시켰다.

　　결국 이 노래는 초장 "이몸이 주거가서 무어시 될고ᄒ니"를 통해 드러나듯이, 자신의 죽음을 전제로 대상(단종)에 대한 시적 화자의 불변의 마음을 표현한 노래로 대상과의 이별 이후에 불려진 것임을 알 수 있다. 나의 죽음을 전제로 이별 이후에 불려진 노래 중에서 이별 대상이 임금(上王)인 것은 이 한 수뿐이다.

　　2318　이몸이 싀여져셔 접동새 넉시 되야
　　　　　梨花 퓐 가지 속닙헤 쏏혓다가
　　　　　밤中만 슬하져 우러 님의 귀에 들니리라.

　　2318은 작자 미상의 작으로, 죽어서 "접동새의 넋"이 되어서라도 임에게 가고자 하는 화자의 의지가 나타나 있다. 대상과의 합일을 위해 화자는 죽음을 택하고자 한다. 죽어서 접동새의 넋이 되어 나를 잊고 잠든 임의 창가에 가서 나의 존재를 확인시키려는 화자의 간절한 소망이 나의 죽음으로 표현되었다. 종장의 "밤중(中)만 슬하져 우리 님의 귀에 들니리라"를 통해 노래가 불려진 시기는 이별 이후이며, 이별의 대상은 연인임을 알 수 있다.

'접동새'는 곧 두견이로 '두견새, 소쩍새,[15] 꾸꾸기'라고도 하며 한자어로는 '두백(杜魄), 두우(杜宇), 망제(望帝), 촉백(蜀魄), 곽공(郭公), 시조(時鳥), 망제혼(望帝魂), 귀촉도(歸蜀道), 불여귀(不如歸)' 등으로도 불린다. 두견은 우리나라에 3, 4월에 왔다가 9월이면 남쪽으로 가는 여름 철새이다. 예로부터 그 울음소리가 처량해 중국 촉(蜀)나라 망제(望帝)의 죽은 넋이 붙어 있다는 전설이 있으며,[16] 이 전설과 울음소리가 상보적 작용을 하여 비애감을 더욱 높여주기에 예로부터 시가에 자주 언급되었다. 우리 시가에 접동새가 처음 등장하는 작품은 <정과정>이다. <정과정>에서의 접동새는 화자의 충절을 나타내는 소재로 사용되었지만, 이 시조에서 접동새는 헤어진 임에 대한 그리움 즉, 이별에 따른 비애의 상징으로 사용되었다.

2318과 내용상 동일 구조를 이루는 시조로는 2319(님의 蓋의 술),[17]

---

15) 소쩍새는 생물학적으로 접동새와는 완전히 다른 새이다. 올빼미목 올빼미과의 여름새 소쩍새는 두견이목 두견이과에 속하는 접동새와는 모양이나 생태가 판이하다. 그러나 둘 다 여름새로 유난히 처량한 울음소리 때문에 같은 새로 혼동하는 경우가 많다. 우리 시가에서는 이 두 종류의 새가 서로 혼동되어 쓰이고 있다.

16) 전설에 의하면 두견은 촉나라 황제 두우(杜宇)의 혼백이 변한 새이다. 두우는 중국 촉나라의 왕으로서 제호를 망제(望帝)라 하였다. 망제가 어느날 강가를 지나다가 시신이 떠내려오는 것을 보고 건져냈더니 시신은 다시 살아났다. 그는 형주 땅에 사는 별령(鱉靈)이라는 사람이었다. 망제는 그를 하늘이 보내준 어진 사람이라고 생각해 정승 벼슬을 주었다. 그러나 별령은 음흉한 야심을 품고 자신의 어여쁜 딸을 망제에게 바쳐 환심을 사는 한편 궁중 사람들과 대신들을 매수해 결국 망제를 내쫓고는 자신이 왕위에 올랐다. 나라를 빼앗기고 돌아갈 곳을 잃어버린 망제는 원한이 사무쳐 죽었다. 그 후 대궐이 보이는 서산에는 밤마다 새가 한 마리 날아와 슬피 울었다. 촉나라 사람들은 이 새를 망제의 넋이 환생한 것이라 여겨 이를 귀촉도, 두견, 망제혼, 불여귀 등으로 불렀다(이혜원, 1998, 「한국시에 나타난 '접동새'에 대하여」, 박노준·이창민 외, 『현대시의 전통과 창조』, 서울, 열화당, 108~109쪽 참조).

17) 2319 이몸 싀여져서 님의 蓋의 술이 되여
        흘러 속의 드러 님의 안흘 알고란쟈
        미야코 薄絶훈 뜻이 어너 궁긔 들엇눈고.

2320(山水甲山 져비),[18) 2324(春三月 東風)[19) 등이 있다.[20)

이별시조 중에서 나의 죽음을 노래한 작품은 모두 10수이다.[21) 위에서 본 바와 같이 나의 죽음을 노래한 작품은 모두 화자인 '나'가 현실적으로 죽는 것이 아니라, 나의 죽음이 전제되어 있다. 화자가 죽음을 갈망하는 것은 현실적인 애정의 좌절감에 기인한다. 그것은 죽음이 고뇌와 오뇌로부터 해방될 수 있는 유일한 길이라고 생각했기 때문이다. 삶을 포기하고 죽음의 선택 – 이것은 새로운 가능성의 지평을 열기 위한 최후의 결단으로 볼 수 있다.[22) 창작 시기를 살펴보면 이별 이전의 것이 2수(451, 2325)이며, 나머지 8수는 모두 이별 이후에 불려졌다. 이별의 대상은 임금, 연인 등으로 나타난다.

---

18) 2320　이몸이 싀여져셔 山水甲山 져비 되야
　　　　　님자는 窓밧 춤여 곳마다 죵죵즈로 집을 지여 두고
　　　　　그집에 드는 체ᄒ고 님의 房에 들니라.
19) 2324　니몸이 주어져셔 무어시 되고허니
　　　　　春三月 東風이 되여 任의 품에 들고지고
　　　　　아마도 任과 東風은 一時不變 ᄒ니노라.
20) 박진태, 1984, 『한국시가의 재조명』, 대구, 형설출판사, 91~92쪽에 의하면, 전생(轉生)의 대상으로 두견(접동새)이 제일 많다고 하며, 이는 한(恨)의 미학을 창출하는 시가의 전통을 형성한다고 했다. 그는 또한 전생의 대상이 두견 외에도 귀뚜라미, 술, 제비, 바람 등으로 다양하여 개성적이고 독창적인 소재 선택을 보인다고 하며, 두견과 귀뚜라미, 제비 등은 동물인데 비해, 사람(楚懷王), 사물(술, 東風), 관념(충성), 식물(松, 쑥삼) 등도 쓰이고 있어 다양성을 보인다고 했다.
21) 나의 죽음을 노래한 이별 시조는 모두 10수가 있는데, 이별의 대상별로 나누어보면, 군신 3수(451, 2323, 2325), 연인 7수(554, 596, 1391, 2318, 2319, 2320, 2324)이다.
22) 박진태, 앞의 책, 90~91쪽.

2) 생이별

(1) 대상의 떠남

① 이별 이전

> 2540　저 건너 거머무투룸흔 바회 釘 다혀 씨두드려 너여
> 　　　털 돗치고 쓸 박아셔 홍셩드뭇 거러 가게 밍글니라 감은 암쇼
> 　　　둣다가 우리님 날 離別ᄒ고 가실지 것고로 티와 보너리라.

2540은 작자 미상의 시조이다. 화자는 임과의 이별을 두려워한 나머지 건너 산의 검은 바위로 소를 만들어 두었다가 임이 기필코 가겠다고 하면 거꾸로 태워서 보내겠다고 했다. 이것은 결국 과장에 의한 반어와 역설의 표현으로 결코 임과 이별하지 않겠다는 화자의 굳은 의지와 결의를 나타낸 것이다. 불가능한 상황을 설정하여 영원히 임과 이별하지 않겠다는 소망을 노래했다는 점에서 고려속요 <정석가>와 유사한 분위기를 보이며,[23] 애정의 지속성에 대한 소망을 역설적으로 강조했다.

　종장 "둣다가 우리님 날 이별(離別)ᄒ고 가실지 것고로 티와 보너리라"를 통해 이별 상황은 생이별이며, 창작 시기는 대상과 함께 있는 상황, 즉 이별 이전임을 알 수 있다. 이별 대상은 연인 혹은 부부이다.[24]

② 이별 순간

> 1878　鴨綠江 히진 後에 에엿분 우리님이
> 　　　燕雲萬里를 어듸라고 가시ᄂ고
> 　　　봄풀이 프르고 프르거든 卽時 도라 오소셔.

---

23) 1116, 1236도 이와 같은 발상으로 내용이 전개되어 있다.
24) 생이별로 대상의 떠남을 노래한 시조 중, 이별 이전에 창작된 작품은 총 14수(133, 364, 391, 713, 753, 881, 1116, 1236, 1316, 1972, 2054, 2114, 2270, 2540)인데, 모두 연인(부부)간의 이별을 노래했다.

1878은 조선 인조 때 장현(張鉉)의 작으로, 병자호란이 끝날 무렵 청나라에 볼모로 잡혀가는 왕자(소현세자, 봉림대군)가 쉬 돌아오기를 소망한 노래이다. 병자호란의 결과로 왕자가 타국에 볼모로 잡혀가야만 하는 암담한 시대상이 "압록강(鴨綠江) 희진 후(後)"로 비유되어 있으며, "에엿분 우리님"에서 떠나는 대상에 대한 연민의 정이 나타나 있다. 머나먼 연경길(燕雲萬里)을 떠나는 임을 생각하며, 계절이 변하여 새봄이 돌아오면 봄풀이 푸르듯 임도 그렇게 돌아오기를 소망했다. 중장의 "연운만리(燕雲萬里)를 어듸라고 가시는고"를 통해 임이 지금 압록강을 건너 주전파(主戰派) 재신(宰臣)들과 함께 인질이 되어 청나라의 수도인 심양(瀋陽)으로 가고 있음을 알 수 있다. 이 시조는 대상의 회귀를 자연의 순환 구조에 의탁하여 노래한 작품이다.

> 2342　리별이로다 리별이로다 죽어 영리별은 문암마다 ㅎ것만는 살아 싱
> 　　　　리별은 춤아 진정못ㅎ갓구나
> 　　　　<u>녀필은 종부리스니 거져 두구는 못가리라</u> 청룡도 드는 칼노 요참
> 　　　　이라도 ㅎ고 가고 홍노화 모진 불에 살을 쳐이면 살오고 가고 려산
> 　　　　폭포 짓는 물에 더질터이면 더지고 가고 털궁에 왜젼먹어 쏘실쳐
> 　　　　이면 쏘시고 가오
> 　　　　날을 브리고 가는 님은 오리를 못가셔 발병이 나고 십리를 못가셔
> 　　　　내싱각ㅎ고 다시 드러올듯 춤아 진정 리별이 설거셔 나 못살갓네.

2342는 작자 미상의 작으로, 화자인 나를 두고 떠나는 대상에 대한 원망과 저주가 나타나 있다. 이별에 따른 작중화자(여성)의 심리 상태가 매우 구체적으로 묘사되어 있는 한편, 중장에서 보는 바와 같이 이별을 강력히 부정하며, 종장에서 떠나는 대상을 원망하고 저주하였다는 점에서 보편적인 이별시조(특히 평시조)에서 보이는 관습을 탈피하여 이별을 맞는 화자의 감정이 직설적으로 노출되어 있다. 중장 첫 부분 "녀필은 종부리스니 거져 두구는 못가리라"를 통해 임과의 이별 순간에 불려진 노래임을 수 있다. 이별의 대상은 연인간이다.[25]

③ 이별 이후

1166　房안에 혓는 燭불 눌과 離別ᄒ엿관더
　　　　것흐로 눈물디고 속타는줄 모로는고
　　　　우리도 져 燭불 갓ᄒ야 속타는줄 모로노라.

1166은 이개(李塏 ; 1417~1456)의 작으로 이른바 '촉루가(燭淚歌)'라고도 하는데,『소악부』에 7언 절구로 한역되어 전한다.[26] 이 시조는 화자가 영월에서 귀양살이하는 어린 단종을 생각하며 눈물짓고, 애간장을 태우는 안타까운 심정을 남몰래 읊은 노래이다. 속이 타서 눈물짓는 나의 신세를 겉으로는 눈물을 흘리고 속이 타 들어가는 줄을 모르는 촛불에 비유했다. 이는 곧 화자의 감정을 촛불에 이입시킨 것으로 촛불과 자아를 동일시한 표현인데 비유가 참신하며 기발하다. 표면적으로는 영월 땅에서 고생하시는 어린 단종을 생각하면 속이 타서 견딜 수가 없다는 화자의 탄식으로 되어 있으나 이면적으로는 촛불이 스스로를 태워 방안을 밝히듯 자신도 스스로를 태워 천 리 밖에 계시는 임을 밝혔으면 좋겠다는 화자의 소망이 내재되어 있다. 종장의 "우리도 져 촉(燭)불 갓ᄒ야 속타는줄 모로노라."를 통해 대상과 이별 이후에 쓴 작품임을 알 수 있다.

죄없이 유폐(幽閉)된 단종을 남겨두고 귀로에 오른 신하의 비애를 노래한 왕방연(王邦衍)의 2762의 시조[27]도 대상과 이별한 이후 느끼는 화

---

25) 생이별로 대상의 떠남을 노래한 시조 중, 이별 순간에 창작된 시조는 총 40수로, 군신 4수(4, 1878, 2078, 2356), 연인 36수(5, 81, 92, 424, 478, 611, 643, 667, 690, 739, 750, 764, 895, 898, 914, 915, 1023, 1118, 1139, 1198, 1246, 1761, 2202, 2300, 2340, 2341, 2342, 2343, 2344, 2355, 2737, 2742, 2865, 2953, 3108, 3310)가 있다.

26) 紅燭淚 : 房中紅燭爲誰別　風淚汎瀾不自禁　畢竟怪爾全似我　任情灰盡寸來心(申緯 :「小樂府」)

27) 2762　千萬里 머나먼 길에 고은님 여희옵고
　　　　　　내ᄆ음 둔더업서 냇ᄀ에 안자시니
　　　　　　져 물도 닉안 ᄀᆺᄒ여 우러 밤길 녜놋다.

자의 괴롭고 착잡한 심정을 "시냇물 = 내마음"에 비유했다는 점에서 1166과 유사한 구조를 보인다.

> 406 기러기 져 기러기 네 行列 부럽고야
>   형우데공이야 뎨 어이 아라마난
>   다만지 쥬야의 함긔 날믈 못니 부러 허노라.

406은 작자 미상의 작으로, 사이좋게 날아가는 기러기 무리를 보고 화자의 형제들도 저렇게 함께 사는 것이 마땅하리라고 부러워한 노래이다. 기러기는 가을에 오고 봄에 가는 철새로, 우는 소리가 처량한 심정을 일으켜 시로 많이 읊었다. 기러기는 세 가지의 특성을 지닌 새인데, 첫째가 겨울 철새라는 점, 둘째는 안항성(雁行性)을 지니고 있으며, 셋째 울음소리가 특이해서 애처롭게 들린다는 점이 그것이다.[28] 406은 이 세 가지 특성 중 둘째와 관련된다. 기러기는 다정한 형제처럼 열을 지어 함께 날아다니므로 흔히 형제간의 우애를 상징하며, 이동할 때 경험이 많은 기러기를 선두로 하여 V자형으로 높이 날아가는 데서 서열과 질서의 의미를 부여하기도 한다. 이러한 사실은 중장의 "형우데공(兄友弟恭)"[29]에서 잘 드러난다. 종장의 "쥬야의 함긔 날믈 못니 부러"한다는 것을 통해 현재 형제가 함께 살고 있지 않음을 알 수 있다. 그러므로 이 시조는 이별 이후에 불려진 노래이며, 이별의 대상은 형제임을 알 수 있다.

> 3079 八萬大藏 부쳐님게 비나이다 나와 님을 다시 보게 ᄒ오소셔
>   如來菩薩 地藏菩薩 文殊菩薩 普賢菩薩 十王菩薩 五百羅漢 八萬伽藍 三千揭諦 西方淨土 極樂世界 觀世音菩薩 南無阿彌陀佛
>   後世에 還道相逢ᄒ여 芳緣을 잇게ᄒ면 菩薩님 恩惠를 捨身報施ᄒ오리다.

---

28) 조동민, 1989, 「한국시가에 나타난 새의 상징성 연구」, 서울, 건국대학교 대학원 박사학위 논문, 34쪽.

29) 형은 아우를 사랑하고 아우는 형을 공경한다는 말로 사기(史記) "使布五敎 于四方 父義母慈 兄友弟恭"에서 온 말(『史記』: 五帝紀).

3079는 이정보(李鼎輔 ; 1693~1766)의 노래로, 임을 다시 보게 해달라는 소망을 부처님께 기원하는 내용이다. 초장의 "팔만대장(八萬大藏) 부쳐님게 비나이다 나와 님을 다시 보게 ᄒ오소서"를 통해 임과의 이별 이후에 불리어졌음을 알 수 있다.

이 작품은 다른 시조들에 비해 다소 특이한 양상을 지니고 있다. 대부분의 시조들은 주로 현세적인 애정 문제에 관심을 두고 있는 반면, 이 노래는 그것이 내세에까지 지속되기를 갈구하고 있다. 또한 작자가 이정보로 사대부임에도 그 내용이 불교적 성격을 농후하게 띠고 있다는 점도 특이하다. 애정의 궁극적인 목표가 사랑하는 임과의 영원한 합일이라는 점을 고려할 때, 후세에서라도 임을 다시 만나 인연을 잇고자 했다는 점에서 불교의 윤회사상과 함께 인연사상을 엿볼 수 있다.

생이별로 대상의 떠남을 노래한 시조 중, 이별 이후에 불려진 노래는 총 390수가 있는데, 이별의 대상은 군신, 형제, 연인 등이다.30)

---

30) 생이별로 대상의 떠남을 노래한 시조 중, 이별 이후에 창작된 작품은 총 390수이다. 이별의 대상별로 나누어 보면, 연인 335수(7, 8, 31, 36, 57, 61, 68, 70, 71, 72, 73, 83, 87, 88, 96, 97, 142, 199, 200, 203, 212, 259, 261, 279, 291, 329, 330, 331, 332, 333, 334, 335, 336, 340, 343, 344, 352, 355, 357, 358, 359, 360, 367, 368, 376, 395, 396, 400, 401, 402, 403, 404, 405, 407, 408, 420, 426, 433, 479, 506, 532, 533, 537, 538, 544, 551, 552, 553, 555, 558, 563, 588, 595, 614, 622, 648, 663, 670, 675, 678, 685, 686, 694, 720, 722, 723, 724, 725, 726, 727, 728, 734, 725, 736, 737, 738, 740, 741, 742, 743, 744, 745, 746, 747, 748, 749, 751, 752, 756, 763, 767, 769, 770, 774, 776, 779, 782, 788, 790, 812, 828, 878, 880, 889, 893, 894, 896, 897, 911, 916, 918, 921, 927, 940, 956, 957, 963, 969, 978, 979, 1022, 1041, 1042, 1047, 1059, 1066, 1114, 1115, 1120, 1131, 1149, 1154, 1159, 1160, 1224, 1233, 1243, 1248, 1255, 1256, 1257, 1268, 1274, 1322, 1326, 1331, 1341, 1349, 1353, 1396, 1397, 1403, 1405, 1409, 1443, 1463, 1464, 1481, 1497, 1512, 1515, 1540, 1544, 1587, 1590, 1591, 1595, 1605, 1613, 1625, 1644, 1678, 1732, 1746, 1751, 1765, 1766, 1770, 1778, 1779, 1783, 1799, 1800, 1830, 1849, 1853, 1885, 1886, 1894, 1922, 1929, 1930, 1940, 1942, 1957, 1962, 1963, 1965, 1974, 1980, 1981, 1989, 2000, 2045, 2051, 2056, 2077, 2087, 2088, 2112, 2121, 2123, 2135, 2136, 2178, 2179, 2180, 2198, 2208, 2209, 2223, 2230, 2233, 2252, 2268, 2273, 2274, 2290, 2294, 2299, 2302, 2313, 2359, 2365, 2366, 2375, 2376, 2377, 2380, 2389, 2397, 2421,

(2) 나의 떠남

① 이별 이전

> 2220 月老의 불근 실을 흔바람만 어더너여
> 鸞膠 굿센 풀노 時運지게 부쳣스면
> 아무리 億萬年風雨,l들 쩌러질 줄 이시랴.

2220은 안민영(安玟英)의 작으로, 그의 가집 『금옥총부(金玉叢部)』에 "내가 강릉의 기생 홍련과 백년가약을 맺을 때 이 노래를 지어 언약을 더했으나 끝내 그 약속을 지키지 못 했다."[31]는 기록으로 보아 강릉 기생 홍련과 인연을 맺을 때 부른 노래, 즉 이별 이전에 불려진 것임을 알 수 있다. 남녀의 인연을 맺어준다는 월로의 붉은 실(月老繩)을 한 가닥만 얻어서는 난교(鸞膠)의 굳센 풀로 붙여 억만 년 풍우에도 떨어지지 말자고 했다. 그러나 끝내는 그 약속이 깨어졌음으로 이별시조가 된다. 이별의 대상은 연인(기녀)이다.

나의 떠남을 노래한 시조 중에서 이별 이전에 불려진 작품은 2220뿐이다.

2422, 2428, 2429, 2466, 2468, 2477, 2490, 2536, 2541, 2566, 2617, 2632, 2652, 2658, 2668, 2684, 2685, 2708, 2714, 2717, 2721, 2730, 2758, 2759, 2760, 2842, 2863, 2883, 2884, 2885, 2892, 2893, 2897, 2908, 2919, 2930, 2936, 2955, 2959, 2961, 2969, 2972, 2976, 2988, 2992, 3007, 3037, 3045, 3079, 3088, 3092, 3105, 3107, 3115, 3117, 3139, 3143, 3178, 3180, 3182, 3184, 3186, 3188, 3207, 3210, 3217, 3219, 3220, 3257, 3261, 3283, 3296, 3307), 군신 52수(20, 26, 28, 40, 69, 100, 153, 448, 566, 584, 610, 652, 699, 704, 731, 754, 818, 1015, 1045, 1166, 1277, 1328, 1561, 1688, 1749, 1832, 1880, 1966, 1999, 2025, 2046, 2047, 2098, 2143, 2246, 2304, 2311, 2328, 2331, 2332, 2729, 2762, 2823, 2838, 2839, 2843, 2905, 2960, 2970, 3114, 3175, 3269), 형제 2수(406, 874), 붕우 1수(1510)가 있다.

31) "余 與江陵紅蓮 有百年之約 作此 爲陪 竟未得如約 可勝恨哉"(『金玉叢部』, 139)

② 이별 순간

> 1816　<u>아바님 가노이다 어마님 됴히 겨오</u>
> 나라히 부르시니 이몸을 니젓너다
> 來年의 이 時節 오나도 기두리지 마르쇼셔.

충과 효는 우리 동양인들의 근본 덕목이며, 그것은 우리들의 최고 목표이며 만행의 근본이 된다고 예부터 일러왔고, 실천·실행하도록 주장하여 왔다. 인간이 부모에 의해 출산·양육되며 국가나 사회의 보호나 협력 아래 생존하면서 그 능력이 발휘될 수 있다고 보면 이러한 충효 사상은 개인의 권리와 자유를 넘어서 존재하게 된다. 이러한 충·효 사상은 유교에서 온 것으로 충이 효보다 선행하는 것으로 여겨왔다. 이러한 사실의 일면이 1816에 잘 나타나 있다. 1816은 작자 미상의 시조로, 나라의 부름을 받고 싸움터로 나가는 화자의 소박한 충성심이 부모와의 작별 인사 형식을 빌어 아주 진솔하게 표현되었다. 초장 "아바님 가노이다 어마님 됴히 겨오"를 통해 이별 순간에 불려진 노래이며, 이별의 대상은 부모임을 알 수 있다.

> 2026　<u>緣分이 그만인가 오날이 離別이라</u>
> 一去 三千里에 쏘 언제 다시 보리
> 곳픠고 둘이 붉거든 날 왓는가 너겨랴.

2026는 영조조(英祖朝) 송계연월옹(松桂煙月翁)의 작으로, 이별의 아쉬움을 노래한 시조이다. "일거 삼천리(一去 三千里)"는 이별에 의한 공간적 거리로, 그것은 심리적으로 멀고 깊게 극대화되어 표현되었다. 현실적 거리와는 상관없이 이 극대화된 거리는 "천 리"나 "삼천 리" 혹은 "만 리" 등으로 표현되며, 이것은 상상을 동원해 생각할 수 있는 가장 먼 거리로 다시는 돌아가기(돌아오기) 힘든 상황을 나타낸다. 그러므로 이 시조는 한 번 떠나면 다시 만날 수 없음을 암시적으로 나타내며, 이별을 아쉬워하고 있다. 초장 "연분(緣分)이 그만인가 오날이 이별(離別)이라"를 통해 이별 순간에 불려진 노래임을 알 수 있다. 이별의 대상은 연인이다.

생이별로 나의 떠남을 노래한 시조 중에서 이별 순간에 불려진 노래는 모두 15수인데, 이별의 대상을 보면 부모가 한 수(1816)이며, 나머지 14수는 모두 연인이다.[32]

③ 이별 이후

> 730   임보라 갈젹에는 검각도 평지런니
>   이별코 도라오니 지쳑니 쳘니오라
>   긔약을 기다리니 일기이 여슴츄라.

730은 작자 미상의 작으로, 이별로 인한 공간적 거리가 극대화되어 나타나 있다. "치쳑니 쳘니오라"에서 볼 수 있듯이, 비록 실제의 공간적 거리가 지척에 불과한 것이라 해도 도달할 수 없는 상황에서는 천 리만큼 먼 거리로 인식된 것이다. 한편, 공간적 거리가 극대화된 만큼 임을 기다리는 시간적 거리도 "일긔이 여슴츄"라 하여 극대화되어 있다. 종장의 "긔약을 기다리니 일기이 여슴츄라"를 통해 임과의 이별 이후에 불리어진 노래이며, 이별 대상은 연인임을 알 수 있다.

> 1044   뫼흔 길고길고 믈은 멀고멀고
>   어버이 그린 뜯은 만코만코 하고하고
>   어듸서 외기러기는 울고울고 가느니.

1044는 윤선도(尹善道 ; 1587~1671)의 작으로, 견회요(遣懷謠) 5수 중 넷째 수이다. 그는 1616년(광해군 8년) 성균관 유생으로 이이첨(李爾瞻), 박승종(朴承宗), 류희분(柳希奮) 등 당시 집권 세력의 횡포를 상소했다가

---

32) 생이별로 나의 떠남을 노래한 시조는 총 26수이다. 이 중에서 이별 순간에 불려진 노래는 모두 15수로, 이별의 대상별로 보면 연인 14수(1, 2, 422, 992, 1183, 1238, 1242, 1928, 2026, 2065, 2120, 2125, 3150, 3234), 부모 1 수(1816)이다.

이듬해 함경도 경원(慶源)에 유배되었다.33) 내용은 유배지에서 고향을 바라보니 산이 첩첩이 가려져 있고, 물은 멀리 굽이쳐 있어 새삼 고향에서 하늘 끝에 유배되었음을 절감하게 되고, 그에 따라 부모를 그리는 마음을 참을 수 없음을 말하고 있어 수천 리 밖 유배지에서 고향에 계시는 부모님을 그리며 몸부림치는 작자의 모습이 절실하게 나타나 있다.34) 종장의 "외기러기 울음"은 대상(어버이)과의 이별을 뜻하는데, 이것은 기러기의 울음소리가 인간의 그리움을 자극하는 상징력을 지니고 있다는 점에 기인한 것이다.35) 중장 "어버이 그린 뜻은 만코만코 하고 하고"를 통해 부모와 이별한 후 부른 노래임이 드러난다.

생이별로 나의 떠남을 노래한 시조 중에서 이별 이후에 불려진 작품은 모두 10수이다. 이별의 대상을 보면 연인간이 6수이고, 부모가 4수이다.36)

이상에서 본 바와 같이 생이별을 노래한 시조 중, 대상의 떠남을 노래한 시조가 444수로 나의 떠남을 노래한 26수에 비해 월등히 많았으며, 이별의 시기로 볼 때 이별 이후에 창작된 작품이 400수로 이별 이전(15수)이나 이별 순간(55수)에 창작된 것보다 훨씬 많았다. 이별의 대상

---

33) 윤선도에게 30세(1616, 광해 8, 丙辰) 되던 해는 인생의 일대 전환기에 해당한다. 당시는 광해군(光海君 ; 재위 1608~1623)의 정치가 어지러워 예조판서 이이첨(李爾瞻)이 권세를 잡고 마음대로 휘두르던 때였다. 이에 윤선도는 대대로 녹을 먹는 집안에서 비록 벼슬 없는 몸이지만 가만히 보고만 있을 수 없다 하여 <병진소>(丙辰疏)를 올렸다. 이렇게 해서 그 해 12월 23일, 절도(絶島)에 안치(安置)되는 처분을 받았다. 이듬해(1617) 1월 9일, 서울에서 유배지인 함경도(咸鏡道) 경원(慶源)으로 압송되어 2월에 도착했다. 1618년 겨울에 경상도(慶尙道) 기장(機張)으로 이배(移配)되었으며, 1623년 3월에 인조반정(仁祖反正)으로 8년간의 유배에서 풀려나게 된다. <견회요>(遣懷謠) 5수는 1918년에 창작된 시조이다(정운채, 1995, 『윤선도』, 서울, 건국대학교출판부, 15~22쪽 참조).

34) 서원섭, 1977, 『시조문학연구』, 대구, 형설출판사, 171쪽.

35) 이 책의 64쪽 '기러기의 세 가지 특성' 참조

36) 생이별로 나의 떠남을 노래한 시조 중에서 이별 이후에 불려진 작품은 모두 10수이다. 대상별로는 연인 6수(730, 732, 1212, 1513, 2006, 2301), 부모 4수(323, 1044, 2593, 2875)이다.

으로는 연인이 가장 많았으며, 다음으로 군신, 부모, 형제, 붕우 등으로 나타났다.

이별시조 전체에 나타난 이별의 상황을 살펴본 결과 생이별이 이별시조 전체의 94%(470수)를 차지하며, 사별은 겨우 6%(30수)만을 보일 뿐이다. 이것은 당대의 지배 이념인 유교와 관련이 있는 것 같다. 유교는 인본주의적 사상이다. 후생에 대해 부정을 하는 것은 아니나, 다분히 회의적인 태도를 보인다. 공자도 역시 죽음에 대하여 완전히 불가지론(不可知論)을 표명한 것은 아니었으나 죽음에 되도록 적은 관심을 보이려 노력한 것으로 보인다.[37] 이처럼 조선시대는 내세를 향한 신념보다는 현세에 대한 집착이 강하며, 죽음은 곧 개아적(個我的) 시간의 종말이며 의미의 끝으로 생각하는 경향이 짙었다.[38] 그러므로 이별시조 작품 내용에 있어서도 이정보의 작인 3079를 비롯한 몇 작품만이 내세를 긍정적으로 보고 있을 뿐이다. 이는 신라 향가가 <제망매가>에서 보여주듯 내세를 희망적이고 긍정적으로 보는 것과는 차이가 난다. 한편, 사별을 노래한 시조 중 나의 죽음을 노래한 시조는 대체로 나의 죽음을 전제로 작품이 창작되었음을 보았다.

이별시조의 창작 시기를 볼 때 이별 이후(사별 포함 427수)가 이별 이전(사별 포함 18수)이나 이별 순간(55수)보다 훨씬 많은 것은 작자의 처지가 불행하면 불행할수록 더욱 이별과 그에 따른 '그리움 → 기다림 혹은 원망'의 정서가 짙어가기 때문이라 생각된다. 또한 대상의 떠남(대상의 죽음 20수 포함 464수)을 노래한 작품수가 나의 떠남(나의 죽음 10수 포함 36수)을 노래한 작품보다 많은 이유는 내가 떠날 때보다 대상이 떠날 때가 이별의 서러움이 더 절실하고 간절하기 때문일 것이다.

---

37) 이인복, 1979, 『한국문학에 나타난 죽음의식의 사적연구』, 서울, 열화당, 19~20쪽 참조.

38) 정혜원, 1986, 「고시조에 나타난 내면의식 연구」, 서울, 서울대학교 대학원 박사학위 논문, 20쪽.

2. 이별의 수용 태도

시조에 나타난 이별의 수용 태도를 살펴보면 '관계 파탄의 지속', '관계 회복의 추구' 및 '관계 연장의 희망' 등이 모두 나타난다. 이별의 수용 태도를 각 항목별로 세부적으로 나눔에 있어 서로 비슷한 면도 있겠지만 내용상 특징적인 면을 부각시켜 각 세부 항목에 포함시켰다. 이제 각 항별로 이별의 수용 태도를 구체적으로 살펴보겠다. 작품 분석은 이별의 상황에서와 마찬가지로 각 항목별로 전형적(典型的)인 것을 선택하여 다루기로 한다.

1) 관계 파탄의 지속

(1) 나의 신세 한탄

36 가을 밤 치 긴격에 님 싱각이 더욱 깁다
머귀 셩건 비에 남은 肝腸 다 셕노라
아마도 薄命호 人生은 니 혼진가 호노라.

36은 김천택(金天澤 ; 1687~1758)의 작이다. 긴긴 가을 밤 오동잎[39]에 떨어지는 빗소리(머귀 셩건 비)를 들으며 떠난 임을 생각한다. 떠난 임에 대한 그리움은 계절적으로는 가을, 시간적으로는 밤이기에 더욱 짙어진다. 그리하여 작자는 종장에서 임 없이 살아가야 하는 자신의 신세를 "박명(薄命)호 인생(人生)"이라며 한탄하기에 이른다. 오동나무는 흔히 집 주위에 심어놓고 완상하는 나무로, 비, 가을, 달 등과 어울려 연인에 대한 연모의 정과 걷히지 않는 근심을 표현하는데 사용된다.

---

39) '오동나무'의 옛말. 머귀 또는 머귀나무. '머괴·머귀' 등으로 쓰임. "梧桐
온 머귀니"(『월인석보』 7 : 54), "프른 머귀는 낫과 바믜 뼈러디놋다(靑梧日
夜凋)"(『杜詩諺解』 5 : 15). 머귀오(梧)·머귀동(桐).

> 3180　한숨아 너는 어이 희곳 지면 내게 오는
> 　　　밤마다 널노 ᄒ여 좀못 드러 怨讐로다
> 　　　人間의 離別이 하니 돌녀 간들 엇더ᄒ리.

3180은 작자 미상의 작으로, 이별로 인해 밤마다 잠 못 들어 한숨짓는 자신의 처지를 한탄하고 있다. 초장의 "한숨아 너는 어이 희곳 지면 내게 오는"에서 이러한 사정이 잘 드러난다. 이처럼 신세 한탄을 노래한 시조에서는 짝을 잃은 화자의 내면 심리가 독백이나 탄식을 통해 표출되는 것이 보통이다.

화자의 신세를 한탄한 노래한 시조는 75수가 있다.[40]

(2) 나의 불망과 사모

> 153　겨울날 다스혼 볏츨 님 계신듸 비최고쟈
> 　　　봄 미나리 술진 마슬 님의게 드리고쟈
> 　　　님이야 무어시 업스리마는 내 못니저 ᄒ노라.

153은 작자 미상으로, 겨울의 따스한 햇볕과 봄 미나리를 애정의 징표로 임에게 보내고 싶다는 내용을 노래했다.[41] 완전구족(完全具足)의 임에게 햇볕과 미나리를 보내는 것은 임을 못 잊어 사모하는 마음의 극한

---

40) 신세 한탄을 노래한 시조는 36, 87, 88, 142, 200, 332, 333, 334, 376, 404, 440, 504, 506, 538, 622, 643, 667, 678, 686, 713, 722, 724, 743, 745, 770, 776, 878, 881, 895, 914, 916, 1042, 1154, 1159, 1243, 1246, 1248, 1255, 1497, 1732, 1746, 1849, 1853, 1885, 1922, 1957, 1974, 1981, 2045, 2098, 2179, 2198, 2274, 2294, 2343, 2344, 2389, 2397, 2466, 2566, 2652, 2708, 2717, 2721, 2742, 2760, 2897, 2908, 2930, 2959, 3000, 3107, 3143, 3180, 3219 등 75수.

41) 이 같은 표현은 정철(鄭澈)의 <사미인곡>, 류도관(柳道貫)의 <사미인곡> 등 미인곡(美人曲)계 가사에서도 발견된다.
"陽春을 부쳐내여 / 님 겨신 대 쏘이고져"(정철, <사미인곡>)
"(대)고리 엽페 찌고 / (미)나리 키여내니 / 술지고 연혼 마시 / 님의게 드리고져"(류도관, <사미인곡>)

표현이다. 종장의 "내 못니저 ㅎ노라"를 통해 대상에 대한 화자의 불망
과 사모의 정이 드러난다.

> 2658 즁놈도 사롬이냥ㅎ여 자고 가니 그립더고
>   즁의 松絡 나 베옵고 내 족도리란 즁놈 베고 즁놈의 長衫은 나 덥
>   습고 내 치마란 즁놈 덥고 자다가 끼야보니 둘의 ᄉ랑이 송낙으로
>   ㅎ나 족도리로 ㅎ나
>   <u>이튼날 ㅎ던일 싱각ㅎ니 못 니즐가 ㅎ노라.</u>

2658은 작자 미상의 사설시조로, 적나라한 정사(情事) 장면이 직설적
으로 묘사되어 있다. 비록 중이기는 하나 자고 가니 그립다고 하며 그
를 못 잊어한다. 2658의 시조에서처럼 사설시조 중에는 노골적인 성 묘
사와 거침없는 표현을 드러낸 작품을 많다. 이것은 사설시조가 범속한
사람들의 삶을 진솔하게 그리고 있으며, 그들의 욕망을 대담하고 솔직
하게 표현하여 골계미를 드러내고 있음에 기인한 것으로 보인다.

떠난 대상을 못 잊어하며 그리워하는 내용을 담고 있는 작품은 180
수로 이별시조 중에서 가장 많은 수를 차지한다.[42]

---

42) 나의 불망과 사모를 노래한 시조는 1, 2, 5, 40, 61, 70, 71, 72, 153, 279,
    291, 322, 323, 335, 336, 340, 343, 355, 359, 367, 368, 422, 448, 462, 478,
    479, 532, 533, 551, 555, 596, 610, 614, 663, 670, 675, 690, 694, 699, 723,
    725, 726, 727, 735, 737, 738, 739, 740, 748, 750, 763, 779, 782, 788, 790,
    880, 889, 896, 898, 911, 918, 940, 979, 1015, 1041, 1045, 1131, 1151,
    1212, 1238, 1242, 1244, 1256, 1257, 1268, 1274, 1277, 1289, 1339, 1349,
    1353, 1397, 1403, 1409, 1443, 1464, 1478, 1481, 1510, 1513, 1515, 1625,
    1749, 1751, 1761, 1776, 1800, 1816, 1830, 1832, 1886, 1894, 1921, 1929,
    1930, 1940, 1942, 1965, 1966, 1999, 2006, 2025, 2026, 2046, 2047, 2065,
    2077, 2078, 2088, 2112, 2120, 2135, 2143, 2178, 2202, 2230, 2246, 2268,
    2273, 2290, 2299, 2300, 2301, 2302, 2304, 2328, 2331, 2341, 2365, 2366,
    2376, 2377, 2380, 2422, 2468, 2477, 2490, 2536, 2541, 2632, 2658, 2668,
    2685, 2709, 2710, 2729, 2730, 2733, 2734, 2759, 2839, 2863, 2875, 2884,
    2905, 2936, 2953, 2960, 2976, 3037, 3045, 3114, 3117, 3139, 3186, 3188,
    3197, 3207, 3220, 3234 등 180수.

(3) 나의 불변

451　　나의 님 向흔 뜻이 주근 後면 엇더홀지
　　　　桑田이 變ᄒ여 碧海논 되려니와
　　　　님向흔 一片丹心이야 가싈줄이 이시랴.

　451은 작자 미상의 작으로, 임을 향한 나의 마음은 상전이 벽해가 되는 한이 있어도 변하지 않는다고 했다. 나의 불변을 노래한 시조는 대부분 451과 같은 형태를 취하는데, 이른바 단심가류(丹心歌類)의 연주충군형(戀主忠君型) 시조에서 주로 보인다. 그러나 2865와 같이 남녀간의 애정을 노래한 시조에서 찾아볼 수 있다.

2865　　靑山은 내 뜻이오 綠水논 님의 情이
　　　　綠水 흘너간들 靑山이야 變홀손가
　　　　綠水도 靑山 못니저 우러 예어 가눈고.

　2865는 황진이(黃眞伊 ; 511∼1541) 작으로, 이 작품에서 청산은 녹수와 대립적인 개념으로 표현되어 있다. 물은 흘러가는 것으로 변하는 존재, 즉 자신을 스쳐가는 뭇 남성을 의미하는 것이고, 청산은 변하지 않는 존재, 다시 말해서 황진이 자신을 나타낸다. 이 시조는 임을 기다리는 변함없는 화자의 마음을 외적 자연물을 통해 표현했다.
　나의 불변을 노래한 시조는 모두 12수이다.[43]

(4) 대상에 대한 원망

7　　　가더니 니즌양ᄒ야 쑴에도 아니뵈니
　　　　현마 님이야 그덧에 니저시랴
　　　　내셩각 아쉬온 젼추로 님의 타슬 삼노라.

---

43) 나의 불변을 노래한 시조는 4, 20, 100, 360, 451, 584, 704, 818, 957, 2323, 2325, 2865 등 12수.

7은 작자 미상의 작으로, 가서는 돌아오지 않는 임을 꿈에서나마 보려 하나 꿈에서조차 보이지 않으므로, 화자의 그리움은 점점 더 커져 마침내는 돌아오지 않는 임을 탓하며 원망한 노래이다.

이별은 밖에서 던져지는 충격으로, 함께 있고자 하는 욕망과 함께 있지 못하는 현실이 모순되어 갈등을 유발한다. 이별에 따른 갈등 해소 방식 중의 하나는 '꿈', 즉 몽환에 가탁하는 것이다. 꿈은 현실로서는 아무 소용에도 닿지 않는 것이지만, 그렇게라도 해서 갈등을 해소하고자 하는 노력의 표현이다.44) 그러나 이러한 소망마저 허사가 될 때 갈등의 해소는 이루어지지 않으며 마침내 대상에 대한 원망으로까지 이어지게 된다.

> 3182　한숨은 브람이 되고 눈물은 細雨되어
> 　　　　님자는 窓밧긔 불거니 뿌리거니
> 　　　　<u>날닛고 기피 든 줌을 끼와볼가 ᄒ노라.</u>

3182도 작자 미상의 작으로, 한숨이 바람이 되고 눈물이 가랑비가 되어 임이 자는 창 밖에서 불고 뿌려 나를 잊고 잠든 임을 깨우겠다는 노래이다. "창" 안은 임이 있는 공간으로 "창" 밖과 단절·격리되어 있다. 그러므로 화자는 창 밖에서 "한숨은 브람이 되고 눈물은 세우(細雨)되어 / 님자는 창(窓)밧긔 불거니 뿌리거니"하여 배신과 망각의 깊은 잠에 빠진 임을 깨우려 한다. 임의 숙면을 방해한다는 것은 임의 뜻을 거스르고, 임에게 고통을 주고, 임을 손상시키는 행위이다. 밤은 욕망과 고독의 시간이다. 임과 이별한 화자는 애정욕의 충족이 차단된 상황에서 독수공방하며 고독과 비탄 속에서 오뇌하다가 급기야 임을 원망하기에 이른다.45)

대상에 대한 원망이 나타난 시조는 총 57수이다.46)

---

44) 김대행, 1986, 『시조유형론』, 서울, 이화여자대학교출판부, 278~279쪽 참조.
45) 박진태, 1998, 「애정시조의 유형구조」, 앞의 책, 113~115쪽 참조.
46) 대상에 대한 원망이 나타난 시조는 7, 31, 57, 199, 344, 424, 544, 552,
　　553, 554, 588, 596, 611, 734, 742, 746, 751, 754, 756, 897, 921, 969, 978,

(5) 매개체의 활용

> 8   가락디 짝을 닐코 네 홀로 날 짜르니
>   네 네짝 차즐제면 나도 님을 보련마는
>   짝 일코 그리는 양이야 네나 내나 다르랴.

8은 작자 미상의 작으로, 짝 잃은 가락지와 자신의 처지가 동일화되어 있다. 가락지는 두 짝이 모여 한 쌍을 이루는 장식용 고리이다. 반지가 독립적인데 비해 가락지는 상호 의존적이다. 그러므로 짝을 이루지 않으면 별 의미가 없다. 조선시대 풍속에 반지는 처녀가 끼었고, 결혼한 부인은 가락지를 끼었다고 한다. 이로 보아 가락지는 남녀의 결합을 상징하는 정표가 된다. 이 노래에서 짝을 잃은 가락지는 곧 화자 자신의 분신으로 의인화되어 있다.

> 261   空山에 우는 접동 너는 어이 우지는다.
>   너도 날과 갓치 무슴 離別 ᄒ얏ᄂ냐
>   아무리 피나게 운들 對答이나 ᄒ더냐

261은 박효관(朴孝寬)의 작으로, 8의 시조에서 "짝을 잃은 가락지 = 화자 자신"의 관계가 성립하듯 이 노래도 "공산에 우는 접동 = 화자 자신"의 관계가 성립된다.

앞에서 이미 언급한 바와 같이 접동새는 곧 두견으로 그 울음소리가 처량해 중국 촉(蜀)나라 망제(望帝)의 죽은 넋이 붙어 있다는 전설이 있으며, 이 전설과 울음소리가 상보적 작용을 하여 비애감을 더욱 높여주기에 예로부터 시가에 자주 언급되었다.[47) 이 시조에서도 접동새는

1022, 1059, 1066, 1115, 1149, 1160, 1322, 1326, 1341, 1396, 1405, 1591, 1595, 1779, 1783, 1962, 1963, 1980, 2051, 2123, 2233, 2342, 2375, 2421, 2714, 2883, 2972, 2988, 3092, 3178, 3182, 3184, 3127, 3296 등 57수.

47) 이 책의 61쪽 각주 15, 16참조. 우리 시가에서 접동새가 처음 등장하는 작품은 고려속요 <정과정>이다. 이 후 시조, 가사, 민요 등 모든 시가갈래에서 접동새가 나타난다. 접동새가 내포하는 정서적 특징은 크게 보아 '슬

이별한 임에 대한 그리움과 그에 따른 비애를 부각, 심화시키는 역할을 하고 있다. 또한 8의 시조와 마찬가지로 접동새를 의인화하여 화자의 내면을 비유적으로 표현했다.

매개체의 활용에 따른 화자의 감정이 표출된 이별시조는 86수이다. 매개체(매개물)로는 새, 기러기, 두견, 까마귀, 꾀꼬리, 부엉이, 뻐꾸기, 청조, 꽃, 눈꽃, 해당화, 개, 거미, 귀뚜라미, 닭, 당나귀, 매미, 구름, 달, 바람, 버들, 부채, 산과 물, 여울, 촛불, 햇빛, 꿈, 가락지, 조물주, 부처, 중, 그물(총) 멘 사람 등으로 매우 다양한데, 그 중에서 기러기가 가장 많다.[48)

2) 관계 회복의 추구

(1) 전생(변신)에 의한 접근

인간은 항상 '지금'이라는 시간과 '이곳'이라는 공간에서 자기 자신의 신체 행동으로만 자신의 삶을 영위할 수밖에 없는 제한적 존재이다. 그

폼'이라고 할 수 있으며 보다 구체적으로는 '한'으로 집약할 수 있다. 이러한 정서적 특징은 김소월의 <접동새>, 서정주의 <귀촉도>, 신석초의 <바라춤> 등으로 이어진다.

48) 매개체(매개물)의 활용 나타난 작품은 총 86수이다. 구체적으로 나누어보면, 새(68), 기러기(395, 396, 400, 401, 402, 403, 405, 406, 407, 767, 769, 963, 1044, 1114, 1328, 1331, 1512, 1561, 2359, 2593, 2838, 2892, 2893, 2919, 2969, 3175, 3283), 까마귀(26, 28, 1709), 꾀꼬리(648, 2758, 3261), 두견(259, 261, 1540, 2429, 2843, 2961), 부엉이(2617), 뻐꾸기(3007), 청조(1463, 1799, 2885), 정위조(2332), 꽃(203), 눈꽃(1688), 해당화(749), 개(133, 1765), 거미(2136), 귀뚜라미(352), 닭(364, 1198, 2842), 말(3269), 매미(1605), 구름(2252, 2823), 달(774, 2000), 바람(1120), 버들(가지)(92, 1047), 부채(812), 여울(69, 2311, 2762, 2970), 촛불(1166), 꿈(329, 330, 331), 가락지(8), 조물주(426, 720), (돌)부처(420, 3079), 중(1678), 벙어리(1224), 소경(1644), 그물(총)멘 사람(96, 97, 893, 3105) 등으로 다양하게 나타나는데, 그 중 기러기가 가장 많다.

러므로 이러한 신체적 한계를 극복하기 위한 방안의 하나로 인간은 전생(轉生) 혹은 변신(變身)을 꿈꾸게 된다. 전생 혹은 변신은 마음대로 가고 오며, 가질 수 있고, 바뀔 수 있는 자유와 해방의 메커니즘(mechanism)이다. 이별을 수용하는 태도 중, 이별한 대상과의 시간적·공간적 거리를 극복하기 위해 죽어서 전생(轉生)하거나 혹은 다른 사물로 변신(變身)하여 대상에게 접근하는 작품이 있는데, 이를 '전생(변신)에 의한 접근'으로 본다. '전생(변신)에 의한 접근'은 시조에서 처음 나타나는데, 주로 이별 이후에 불려진 작품에서 볼 수 있다.

> 358 그려 사지 말고 출ᄒᆞ리 시여져서
> 明月空山에 杜鵑싀 넉시되여
> 밤中만 술아져우러 님의 귀에 들니리라.

358은 작자 미상의 작으로, 화자는 그리워하며 살기보다는 차라리 죽어 접동새의 넋이 되어서라도 임에게 가겠다고 한다. 시간적 배경은 밤이다. 임이 없는 밤은 고독의 시간이며 외로움에 견딜 수 없는 고통의 시간이기도 하다. 그런데 임은 나를 잊고 찾아주지 않는다. 그러므로 화자는 최후의 수단으로 죽음을 생각하게 되고 죽어서 접동새의 넋이 되어 임과의 공간적 거리를 극복하려 한다.

전생(변신)을 가능하게 하는 기본적 사고방식은 인간이 영혼과 육신으로 이루어졌다고 보는 이원론적 사고이다. 고대 중국인들의 내세관 중에는 어떤 생물이 다른 종류의 생물로 변신함으로써 재생할 수 있다고 믿었다.[49] 사람은 죽은 뒤에 하늘로 올라가는 혼과 땅 속에 묻히는 육신으로 양분된다. 이것들은 생명을 구성하였던 원형으로서 원래의 모습으로 복귀한 것뿐이다. 그 가운데에서 '혼은 또다시 다른 생명의 원형으로 반복될 수 있다'는 순환론(循環論)이 조선조에 와서 유가의 현세 중심 사상과 결합하여 전생 혹은 변신의 형태로 나타난 것으로 보인다. 죽은 사람의 영혼은 동물이나 식물 혹은 기타 다른 모습으로 나타나기

---

49) 마이클 로이 저, 이성규 역, 앞의 책, 42~44쪽 참조.

도 하는데, 원시인들은 인간과 기타 자연물과의 사이에 하등의 본질적인 구별을 두지 않았으므로 동식물들도 우주 삼라만상도 인간과 마찬가지로 영혼과 정혼(精魂)을 소유하였으며, 인간이 죽으면 그 영혼은 사의 세계로 들어가 영원히 정령(精靈)이 되든지, 아니면 동물의 육체에 들어가 동물 혼이 되든지 하는 것이라 보았다.[50] 그들은 조수충어류(鳥獸蟲魚類)들을 인간보다 열등한 것이라고는 생각하지 않았다. 오히려 어떤 경우에는 이들이 인간 이상의 것이라 확신하기도 하였다. 원시인들의 심성에는 그들 특유의 '융즉(融卽)'의 이치에 따라 인간이 새이고, 새 또한 인간이며, 짐승도 인간이고 인간도 짐승이기 때문에 인간이 새나 짐승 등과 같은 동물로 변신한다고 믿었다.[51]

이처럼 고대로부터 현대에 이르기까지 인간의 심층에 깊이 뿌리 박고 있는 죽음에 대한 사고의 하나는 육신이 죽은 후에도 영혼은 불멸하다는 것이다. 이러한 영혼 분리의 이원론적 세계관을 바탕으로 한 영혼 불멸사상의 사고에서 전생(변신)이 가능하게 되는데, 본질적으로 외형적인 모습이 변했다 할지라도 그 생각이나 행동은 원래 존재의 정신적인 속성을 그대로 유지하고 있다고 믿는 것이다.[52] 엄밀한 의미에서 본다면 전생(변신)은 불교의 인과응보(因果應報)에 의한 환생(還生)과는 다르다.[53] 그러나 영혼 분리의 이원론적 세계관을 바탕으로 하는 변신 사상도 그 내용을 세밀히 분석해 보면, 유(儒), 불(佛), 도(道)사상과 습합 내

---

50) 박용식, 1984, 『한국설화의 원시종교사상연구』, 서울, 일지사, 23쪽.

51) 이소노가미 겐이찌로, 박희준 옮김, 1987, 『윤회와 전생』, 서울, 고려원, 40쪽.

52) 김미란, 1998, 「한국 변신설화 연구」, 국어국문학회 편, 『설화연구』, 서울, 태학사, 71~72쪽 참조.

53) 불교에서 말하는 인과응보는 죽은 사람의 소망이나 의지와는 관계없이 과거 또는 전생(前生)의 선악의 인연에 따라 동물이나 식물 혹은 기타의 모습으로 태어나는 것을 말한다. 그러나 변신은 이와 달리 생전의 원망(願望)이나 목적을 달성하지 못했을 때 지금과는 다른 모습으로 전생 혹은 전신하여 그것을 달성하려고 노력하거나 마음속에 품고 있는 욕망이나 소망 등을 이루고자 하는 것을 말한다. 이 경우에는 그 원망이나 목적을 달성하기에 용이한 형태를 취하는 것이 보통이기 때문이다.

지는 접맥되어 있음을 알 수 있다.

　내세 지향적인 불교가 정신적 기저를 이루었던 시대의 문학에서는 종교적인 힘에 의해 피안의 세계에 도달함으로써 유한한 현세적 삶을 초월하려는 의지가 나타난다. 이별을 수용하는 태도에 있어서도 이와 같이 불교가 정신적인 기저를 이루었던 시대의 문학인 향가에서는 대상과의 사별에 따른 재회의 희망이 내세를 지향하는 것으로 나타나나 유교가 통치 이념이 되었던 조선시대 시가에서는 현세 중심적인 시간 의식이 중심을 이루기 때문에 이별에 따른 재회도 내세를 기약하기보다는 현세에서 해결하려는 경향이 강했다. 그러므로 현세에서 맺혔던 것은 현세에서 풀려는 사고방식의 일환으로 전생 혹은 변신에 의한 접근의 방법을 택했던 것이다.

> 1613　世上萬事中에 第一難事 니일이야
> 痼寐思服 그린 情에 神明곳 아르시면
> <u>至今에 願作比翼鳥로 平生同樂.</u>

　1613은 작자 미상의 시조이다. 세상만사 중에서 임과의 이별이 제일 어려운 일이라 하며, 오매사복(痼寐思服) 그리워하는 정을 신명이 알고 있다면 지금이라도 비익조가 되어(願作比翼鳥) 임과 평생 동락(平生同樂)하기를 소망하였다.[54]

　대상과의 재회가 현실적으로 불가능할 때 죽음으로써, 혹은 전생 내지는 변신에 의해 대상과의 거리를 단축하여 못다 이룬 사랑의 한을 풀

---

54) 중국의 신화 전설에 의하면 남방 해외에서 동남에 이르는 지역 중에 결흉국(結胸國)이 있는데, 그 근방에는 '비익조(比翼鳥)'라는 새가 살고 있다고 한다. 비익조는 들오리처럼 생겼고 깃털의 빛깔은 푸른데 붉은 기가 섞여 있으며 날개와 눈이 모두 하나씩이다. 그러므로 반드시 두 마리가 합쳐져야만 날개를 나란히 하여 하늘을 자유롭게 날아다닐 수가 있으며, 혼자서는 한 걸음도 움직일 수가 없다. 이 새들은 이렇게 짝을 지어 늘 함께 날고 함께 살며 영원히 떨어지지 않았다. 그래서 사람들은 비익조를 사이 좋은 부부의 상징으로 삼았다고 한다(위앤커, 전인초·김선자 옮김, 1999, 『중국신화전설』 1, 서울, 민음사, 400~401쪽 참조).

어 보겠다는 의지로 표출된다. 이러한 화자의 의지 표출은 보통 "이 몸이 쉬여져서"로 시작되는 사후 전생의 염원으로 공간적 거리를 극복하고자 하는 것으로 나타나거나 혹은 다른 사물로의 변신에 의해 대상에게 접근을 시도하는 것으로 나타난다. 이 같은 사상은 어떤 생물이 다른 종류의 생물로 변신함으로써 재생할 수 있다고 믿는 고대 중국인들의 사상이 조선조 유가의 현세 중심 사상과 결합하여 생긴 것으로, 현세에서 맺힌 것은 현세에서 풀려는 사고방식의 일면을 보인 것으로 추정된다.

전생 내지 변신의 대상은 두견, 달, 귀뚜라미, 꿈, 제비, 동풍 등으로 다양하다. 이별을 노래한 시조 중, 전생 혹은 변신에 의한 접근을 시도한 작품은 18수이다.55)

(2) 대상의 뒤를 따름

> 1391 사롬이 죽어지면 어드러로 보내논고
> 녀싱도 이싱굿치 님혼디 보내논가
> <u>眞實노 그러곳 흘쟉시면 이제 죽어 가리라.</u>

1391은 작자 미상의 시조로, 초장과 중장을 통해 대상과 사별한 상황임을 알 수 있다. 대상과의 사별에 따른 공간적, 심리적 거리를 극복하기 위해 화자는 죽음을 생각하게 된다. 만약 저승도 이승에서와 같이 임과 함께 있을 수만 있다면, 죽어서 임의 곁으로 갈 수만 있다면 그곳으로 가겠다고 했다. 이 작품은 '의문 – 가정 – 의지(결의)'의 구조로 되어 있다. 즉, 초장에서 "사람이 죽으면 어디로 보내는가?"라고 하며 죽음 이후에 대한 의문을 제기하고, 중장과 종장에서는 "저승도 이승에서

---

55) 전생(변신)에 의한 접근이 나타난 작품은 총 18수인데, 그 대상을 구체적으로 살펴보면 혼백(357), 두견(358, 2318), 달(408, 566, 731, 2684), 송골매(563), 말(652), 귀뚜라미(728), 連理枝(736), 比翼鳥(1613), 날개달린 사람(1880), 꿈(2313), 술(2319), 제비(2320), 동풍(2324), 기타(2180) 등 매우 다양하게 나타난다.

와 같이 임에게로 보낸다면", "진실로 그렇다면"(가정), "나도 죽어서 그 곳으로 가겠다."고 하여 대상의 뒤를 따르겠다는 화자의 의지 내지는 결의가 나타나 있다.

> 2818 <u>天寒코 雪深혼날에 님츠즈러 天上으로 갈제</u>
> 　　　　신버서 손에 쥐고 보션버서 품에 품고 곰뷔님뷔 님뷔곰뷔 天方地
> 　　　　方 地方天方 혼번도 쉬지 말고 허위험위 올나가니
> 　　　　각별이 버슨 발은 아니스리되 님의 온 가슴이 산득산득 ᄒ여라.

2818은 작자 미상의 작으로, 임을 만날 수만 있다면 그곳이 비록 천상일지라도 찾아가겠다는 내용의 시조이다. "천한(天寒)코 설심(雪深)혼 날"은 이 작품의 계절적인 배경이 되기도 하지만, 임을 이별한 후 느끼는 작자의 심리 상태로도 볼 수 있다. 또한 "님츠즈러 천상(天上)으로 갈제"는 대상과의 합일을 위해서라면 수직적 공간 이동이라도 감수하겠다는 화자의 적극적인 의지의 표출이다. 중장에서 신을 벗어 손에 쥐고 버선을 벗어 품에 품고 천방지축 임을 찾아가겠다는 것은 잠시라도 빨리 임을 만나겠다는 행동의 표명으로, 이는 "혼번도 쉬지 말고 허위험위" 올라가는 것으로 구체화되어 나타난다. 종장에서는 대상을 만나겠다는 간절한 염원과 적극적인 행위 때문에 벗은 발은 시리지 않다고 했으나 혹시 그곳에 임이 계시지 않으면 어떻게 하겠는가는 의구심 때문에 화자의 가슴은 "산득산득"하다고 했다. 대상을 찾아가는 행위가 구체적이며 적극적으로 나타났다는 점에서 1391과 차이를 보인다.

전체적으로 볼 때 겨울이라는 계절과 임을 찾으러 천상이라도 가겠다는 작자의 심리 상태, 대상이 있는 곳까지 도달하기 어려움과 한 번도 쉬지 않고 허위허위 올라가는 행위, 벗은 발과 산득산득한 가슴이 대조를 이루고 있다.

한편, 752의 중장에도 2818의 중장과 유사한 "보션버서 품에 품고 신버서 손에 쥐고 곰뷔님뷔 천방지방 지방천방 즌듸 무른듸 골희지 말고~"라는 표현이 보인다. 두 작품 모두 사설시조로 작자 미상이라는

점을 고려한다면, 조선 후기 서민사회에서 이 같은 표현법이 유행했음을 미루어 짐작할 수 있다.

이별을 노래한 시조 500수 중 대상의 뒤를 따름을 노래한 시조는 모두 5수이다.[56]

(3) 대상의 회귀 희망

> 73　간밤에 지게 여던 ㅂ롬 술뜰이도 날소겻다
> 　　　風紙소리에 님이신가 반기온 나도 亦是 외건마는
> 　　　힝혀나 드소곳 ㅎ더면 밤이 좃ᄎ 우울늣다.

73은 작자 미상의 작으로, 지게문 여는 바람 소리에 임인가 여겼으나 풍지(風紙) 소리에 그만 속고 말았다는 내용의 노래이다. 표면상으로는 풍지(風紙) 소리에 속은 화자의 어리석음이 나타나 있으나, 이면에는 풍지 소리에 속은 것이 아니라 오겠다고 해놓고 오지 않은 대상에게 속은 것이다. 대상의 회귀에 대한 화자의 희망(기대)이 좌절되기는 하나 작품 전체의 주된 정서는 임의 회귀를 기다리는 화자의 간절한 심정을 노래한 것으로 보인다. 그러므로 73번 시조는 '대상의 회귀 희망(기대) → (적극적 행동) → 사물(자연물)에 속음 → 희망(기대)의 좌절' 구조를 취한다고 할 수 있다.[57]

> 537　놈이라 님을 안이 두랴 思郎도 밧쳣노라
> 　　　梨花에 나간 님이 走馬鬪鷄 노니다가 霽月風光 졈근 날에 黃菊
> 　　　丹楓 다 盡토록 金鞍白馬 猶未還이라
> 　　　두어라 님이 비록 니젓시나 紗窓 긴긴 밤의 幸혀 올가 기드린다.

537도 73의 시조와 마찬가지로 작자 미상의 작이다. 임에게 자신의

---

56) 81, 870, 1391, 2818, 2992 등 5수.
57) 1544, 1587, 1766, 2056, 3115 3210, 3307 등의 시조가 이와 같거나 유사한 구조를 취하고 있다.

모든 것을 바쳤으나 이화(梨花)에 나간 임은 돌아올지 모른다. 화자가 현재 처해있는 상황은 시간적으로는 밤이며 공간적으로는 "사창" 안이다. 공간은 시간과 더불어 화자의 존재를 현실적으로 규정해주는 조건이다.[58] 537에서 "밤 / 사창 안"이라는 시간과 공간은 임의 부재에 따른 화자의 공허함을 조장하고 심화시키는 역할을 한다. 그러나 창은 또한 밖으로 향하는 통로이기도 하다. 창 안은 내가 있는 곳으로 임이 부재하는 공간이나 창 밖은 임이 있는 곳으로, 임을 향해 열려있는 공간이다. 그러므로 화자는 "사창"을 사이에 두고 대상과의 이별에 따른 상실감과 공허감을 느끼기도 하지만 동시에 대상의 회귀를 기다리며 희망을 잃지 않게 된다. 종장의 "긴긴 밤의 후혀 올가 기드린다"를 통해 대상의 회귀 희망을 알 수 있다.

대상의 회귀를 희망한 이별시조는 39수[59]이다.

3) 관계 연장의 희망

(1) 이별의 지연 소망

> 992　　몰은 가쟈울고 님은 잡고울고
> 　　　　夕陽은 재를 넘고 갈길은 千里로다
> 　　　　져님아 가는날 잡지말고 지는희를 잡아라.

992는 작자 미상의 시조로, 이별하는 장면에서 "지는희"를 잡아서라도 이별을 지연시켜 보려는 심정을 노래했다. 가지 않으면 안 되는 길

---

58) 신은경, 1997, 「기녀의 언술과 페미니즘」, 『고전시 다시 읽기』, 서울, 보고사, 350쪽.

59) 대상의 회귀를 희망한 시조는 73, 83, 213, 433, 537, 558, 730, 732, 741, 744, 747, 752, 764, 828, 874, 894, 927, 956, 1233, 1544, 1587, 1590, 1766, 1770, 1778, 1878, 1989, 2056, 2121, 2223, 2428, 2737, 2955, 3088, 3115, 3210, 3257, 3307, 3310 등 39수.

이기에 어쩔 수 없이 떠나기는 하지만 말고삐를 잡고 우는 임을 두고 떠나야 하는 아쉬움을 달랠 길이 없다. 가야 할 길은 천리이다. 그런데 벌써 석양이 재를 넘고 있으니 서두르지 않으면 안 된다. "가는날 잡지 말고 지는히를 잡아라"는 것은 지는 해를 잡으면 나를 붙들 수 있다는 뜻이다. 그러나 결국 해는 지는 것이니 나도 갈 수밖에 없다. 갈 길이 "천 리(千里)"라는 것은 나와 대상과의 공간적 거리이기도 하지만 실제로는 이별의 아쉬움에 따른 심리적 거리이다. 이렇게 임을 보내는 사람이나 떠나는 사람이나 이별이란 현실을 체념적으로 받아들이면서도 이별을 막아보고 지연시켜 보려는 간절한 심리가 시간을 극복하고자 하는 소박한 소망으로 표현되었다.

> 1928　어화 니스랑이야 너를 두고 어이 가리
> 　　　春風은 건듯 부러 百花를 훗날니고 秋月은 皎皎ᄒ여 窓前에 影
> 　　　지오고 기러기 渡江聲에 춤아 그려 어이 살니
> 　　　아마도 飛則同飛ᄒ고 止則爲雙ᄒ야 百年同樂 ᄒ오리라.

1928은 작자 미상의 시조이다. 초장은 사랑하는 임을 두고 떠나야 하는 작자의 처지를 제시하였고, 중장은 봄날 백화 흩어 날리고 가을 달이 창에 그림자 드리울 때 기러기가 강을 건너가는 소리를 듣고 임을 그리워한다는 내용으로 이별 후의 상황을 가정하여 노래했다. 종장은 임과 이별하면 임이 그리워 살기 어려움으로 "날면 같이 날고, 날지 않고 있으면 짝을 이루어(飛則同飛 止則爲雙)" 임과 백년동락(百年同樂)하기를 소망했다.

　이별 없이 영원히 대상과 함께하고자 하는 소망을 노래한 시조는 대체로 이별 이전이나 순간에 창작된 것이 많다. 이별을 노래한 시조 중, 이별의 지연을 소망한 작품은 28수가 있다.[60]

---

60) 이별의 지연을 소망한 시조는 391, 685, 753, 915, 992, 1023, 1116, 1118, 1139, 1183, 1236, 1316, 1928, 1972, 2054, 2087, 2114, 2125, 2208, 2209, 2220, 2270, 2340, 2355, 2356, 2540, 3108, 3150 등 28수.

 이상으로 시조에 나타난 이별의 수용 태도를 살펴보았는데, 이를 비율로 나타내면 다음과 같다.

 1) 관계 파탄의 지속 ·· 410수(82%)
  (1) 나의 신세 한탄 ·· 75수(15%)
  (2) 나의 불망과 사모 ·· 180수(36%)
  (3) 나의 불변 ·· 12수(2.4%)
  (4) 대상에 대한 원망 ·· 57수(11.4%)
  (5) 매개체의 활용 ·· 86수(17.2%)

 2) 관계 회복의 추구 ·· 62수(12.4%)
  (1) 전생(변신)에 의한 접근 ·································· 18수(3.6%)
  (2) 대상의 뒤를 따름 ·· 5수(1%)
  (3) 대상의 회귀 희망 ·· 39수(7.8%)

 3) 관계 연장의 희망 ·· 28수(5.6%)
  (1) 이별의 지연 소망 ·· 28수(5.6%)

 지금까지 살펴본 바를 요약하면 시조에 나타난 이별의 수용 태도 중에서 가장 많은 수를 차지하는 것은 관계 파탄의 지속에서 나의 불망과 사모였다. 관계 파탄의 지속에 속하는 작품들을 모두 합하면 410수로 전체의 82%이다.

 시조에 나타난 이별의 수용 양상이 관계 파탄의 지속에 치중된 이유는 조선 사회의 유가적 통치 이념에서 그 원인을 찾을 수 있다. 고대 사회로부터 근대에 이르기까지 한국 사회를 지배해온 주된 사상은 유교에 그 뿌리를 두고 있다. 유교는 개인의 자유보다는 명분과 권위를 앞세운 사상으로 유교의 인간관은 종적 관계에서 본 불평등한 차별의 인간관계이다. 개성이 뚜렷한 자아의 존재를 인정함이 없고 양반과 상놈, 남자와 여자의 신분적 계층 관계요, 연장자와 연소자의 엄한 상하 관계요, 아비와 자식간의 복종 관계이다.[61] 그러므로 자유분방한 인간의 감정 표출에는 많은 제약이 따랐기 때문에 자연 이러한 현상이 생겼을 것인데, 이것은 한국인의 기층 정서 중의 하나인 한(恨)을 낳게 한 원인으로도 작용했을 것이다. 천이두에 의하면, 한(恨)은 공격적·퇴영적 속성으로부터 출발하여 끊임없는 질적 변화를 지속하여 우호성·진취성에로 지향하게 된다고 하며, 한국적 한의 독자성은 '삭임'의 기능에 있다고 했다.62) 이렇게 보면 이별을 노래한 시조에서 이별의 수용 태도가 관계 파탄의 지속에 치우친 것은 천이두가 말한 한국적 한의 속성인 '삭임'의 기능이 그 기저를 이루고 있는 것과도 관련시켜 볼 수 있는 길이 마련된다.

한편, 시조에 나타난 이별의 수용 태도 중에서 전대 시가에서 볼 수 없던 특징적인 것은 관계 회복의 추구에 속하는 전생(변신)에 의한 접근이다. 이것은 앞에서도 언급한 바와 같이 어떤 생물이 다른 종류의 생물로 변신함으로써 재생할 수 있다고 믿는 고대 중국인들의 사상이 조선조 유가의 현세 중심 사상과 결합하여 생긴 것으로, 현세에서 맺힌 것은 현세에서 풀려는 사고방식의 일면을 보인 것이다. 물론 여기에는 불교의 윤회사상이나 도교의 변신(둔갑)사상도 직·간접적으로 영향을 끼쳤을 것이다.

---

61) 윤태림, 1970, 『한국인』, 서울, 현암사, 126~129쪽 참조
62) 천이두, 1993, 『한의 구조 연구』, 서울, 문학과지성사, 51~52쪽 참조

❖ ❖ ❖

제 6 장 가사에 나타난 이별의 양상

1. 이별의 상황

시조와 가사는 단·장 두 시형으로 조선조에 크게 번창한 문학 갈래였다. 이들 두 시가는 고전문학 중 다른 갈래에서 찾아보기 힘들 만큼 수적으로 방대한 자료를 지니고 있다. 근래에는 이들 자료를 수집·정리한 저서들이 다수 출간되어 이 분야 연구에 많은 도움을 주고 있다.[1]

이 책에서 고찰 대상으로 삼은 가사는 총 250수[2]인데, 이 중에서 이

---

1) 시조 작품을 수집·정리한 대표적인 저서는 다음과 같다.
- 정병욱, 1966, 『시조문학사전』, 서울, 신구문화사.
- 심재완, 1972, 『교본 역대시조전서』, 서울, 세종문화사.
- 심재완, 1984, 『정본 시조대전』, 서울, 일조각.
- 박을수, 1992, 『한국시조대사전』(상)·(하), 서울, 아세아문화사.

가사 작품을 수집·정리한 대표적인 저서는 다음과 같다.
- 김성배 외 3인, 1961, 『주해 가사문학전집』, 서울, 집문당.
- 이상보, 1979, 『한국가사선집』, 서울, 민속원.
- 권영철, 1979, 『규방가사』 I, 서울, 정신문화연구원.
- 김기동 외 4인, 1983, 『상론 가사문학』, 서울, 서음출판사.
- 권영철, 1985, 『규방가사 — 신변탄식류』, 경산, 효성여자대학교출판부.
- 최강현, 1986, 『가사문학론』, 서울, 새문사.
- 이상보, 1987, 『17세기 가사 선집』, 서울, 교학연구사.
- 이상보, 1991, 『18세기 가사 선집』, 서울, 민속원.
- 임기중, 1992, 『역대가사문학전집』, 서울, 여강출판사.
- 정재호·김흥규·전경옥 주해, 1992, 『주해 악부』, 서울, 고려대학교 민족문화연구소.

별가사로 분류할 수 있는 작품은 67수이다.3) 이는 고찰 대상 작품의 26.8%에 해당한다. 이별가사로 분류할 수 있는 67수 중 사별을 노래한 작품은 17수이며, 생이별을 노래한 작품은 50수이다. 이는 각각 이별가사 전체의 25.37%, 74.63%를 차지한다. 사별을 노래한 작품 17수는 모두 대상의 죽음을 다루고 있다. 반면 생이별을 노래한 작품은 대상의 떠남을 다룬 작품이 31수, 나의 떠남을 다룬 작품이 19수이다.

작품 분석은 이별을 노래한 가사 전부를 다루어야 하나 그렇게 하기에는 번거로움이 너무 크며, 또한 동일 유형의 작품이 많다. 그러므로 이별의 대상과 작품의 내용을 중심으로 전형적(典型的)인 것을 선택하여 다루기로 한다.

논의의 순서에 따라 사별을 노래한 작품부터 살펴보기로 한다.

---

2) 이상보 외 3인의 『주해 가사문학전집』에 수록되어 있는 108수 전 작품과 권영철의 『규방가사 – 신변탄식류』에 수록되어 있는 88수 중에서 『주해 가사문학전집』에 중복 수록된 2수(<노처녀가>, <과부가>(46))를 제외한 86수를 주 자료로 삼았다. 이외 위의 두 책에 수록되어 있지 않은 작품은 이상보의 『한국가사선집』 31수, 김기동 외 4인의 『상론 가사문학』 10수, 최강현의 『가사문학론』 15수로 총 250수이다.

3) 『주해 가사문학전집』 – <사미인곡>, <속미인곡>, <규원가>, <별사미인곡>, <속사미인곡>, <상사별곡>, <춘면곡>, <황계사>, <석춘사>, <사미인곡>(작자 미상), <단장사>, <사랑가>, <석별가>, <관등가>, <만언사>, <상사진정몽가>, <寡婦歌>, <규수상사곡>, <상사회답곡>, <사친가>, <사제가>, <恨別曲>, <달거리>(이상 23편)

『규방가사』 – <리씨회심곡>, <여자소회가라>, <정부인자탄가>, <만수사>, <붕우소회가>, <애향곡>, <동긔별향가>, <한녀자유행원부모형제붕우>, <두견문답설화라>, <과부가>, <쳥승가>, <소회가>(50), <상사몽>, <이별가>, <한별곡>, <망부석이별곡>, <원별가>, <여자탄식가>, <자탄가>, <여탄가>, <망부가>, <망부회사가라>, <진정부>, <원별이회곡>, <사친가>(70), <석별가라>(71), <붕우사모가>, <형제이별가>, <붕우원별가>, <붕우가라>, <동유리별가>, <석별가라>(79), <붕우가>, <붕우츈회곡이라>, <상명가>, <상ㅅ곡>, <망실이ㅅ>(이상 37편)

『한국가사선집』 – <안인수가>, <명월음>, <자도사>, <북관곡>(이상 4편)

『상론 가사문학』 – <청춘과부가>(이상 1편) 『가사문학론』 – <만분가>, <절명사>(이상 2편) 총 67수.

1) 사 별

(1) 대상의 죽음

① 이별 이후

가 관등가 ____

1	正月 上元日에	2	달과 노난 少年들은
3	踏橋하고 노니난대	4	우리 임은 어듸 가고
5	踏橋할 줄 모로난고	6	二月 淸明日에
7	나무마다 春氣들고	8	잔듸 잔듸 속입 나니
9	萬物아 化樂한듸	10	우리 임은 어듸가고
11	春氣든 줄 모로난고		

<관등가>는 『청구영언』(대학본) 권말에 붙은 노래로 작자·연대 미상이다. 노래의 내용을 살펴보면 정월부터 오월까지 매달 풍속을 제시하고, 그 풍속을 즐기는 소년들의 행락(行樂)을 부러워하며, 돌아가신 임을 추회(追懷)하였다.

제목에서 드러나는 바와 같이 "관등(觀燈)"은 음력 4월 8일 밤에 등불을 달고 석가모니의 탄생을 기리는 날로, 여러 가지 모양의 등에 불을 켜서 달고 그 아래에서 수부희(水缶戱), 즉 물장구를 치거나 풍악을 울리며 논 날이다. 이날의 관등놀이는, 철저히 배불(排佛) 정책을 쓰고 승려의 도성(都城) 출입을 금했던 조선시대에도 휘황찬란하게 대성황을 이루었다고 한다.4) 그러므로 이날은 사별한 임이 더욱 그리웠을 것이고, 임 없이 홀로 명절을 맞아야 하는 화자의 신세가 한층 더 처량했을 것이므로, 이 노래를 불러 스스로의 마음을 위로했을 것이다.

<관등가>에 제시된 세시풍속을 보면, 정월 상원일(上元日), 이월 청명일(淸明日), 삼월 삼짇날(三月 三日), 사월 초파일(初八日), 오월 단오일

---

4) 한국문화상징사전편찬위원회, 1992, 『한국문화상징사전』, 서울, 동아출판사, 469쪽.

(端午日)이다. 본래는 유월 이후의 것도 있었을 것인데 너무 길어서 김천택(金天澤)이 『청구영언』에 붙일 때 잘라버린 것으로 추측된다. 그것은 송강의 <관동별곡>도 『청구영언』 권말에는 전곡(全曲)이 다 소개되지 않고 중단된 것으로 미루어 짐작할 수 있다.5)

나 사친가

1	正月이라 十五日에	2	玩月하는 少年들아
3	凶豊도 보려니와	3	父母奉養 생각세라
14	슬프다 우리 人生	15	樹欲靜而 風不止하고
16	子欲養而 親不在라	17	空山落木 一杯上에
18	영결종천 되겟구나	19	一年三百 六十日에
20	一日事親 十二時라	21	陰風이 寂寞하고
22	消息이 永絶하니	23	슬프다 우리 부모
24	上元인줄 모르시나	316	一年一度 九十春光
317	덧 업시 도라오니	318	無情歲月 若流波라
319	思親之日 不多하니	320	부모봉양 힘을 쓰고
321	부량 방탕 말지어라		

<사친가>는 월령체 가사로 작자·연대 미상이다. 정월부터 십이월까지 매달 풍속을 제시하며 돌아가신 부모님을 그리워하는 내용으로, 부모님을 봉양하려하나 이미 돌아가시고 안 계신 것을 슬퍼하며, 세월이 유수처럼 빨리 지나가니 부모님 봉양에 힘쓰라고 세상 사람들에게 권하고 있다.

『규방가사』 소재 <사친가>(70)가 친정어머니를 생각하고, 여자로 태어난 것을 한탄하며, 부모님이 만수무강하시기를 비는 내용으로 부모와의 생이별을 담담하게 그린 데 비해, 『주해 가사문학』 소재 <사친가>는 매절기(每節氣) 매명절(每名節)마다 돌아가신 부모를 생각한다는 것으로 사친에 관한 고사(故事)라든지 그 외 중국전고(中國典故)를 지나치게 많이 사용하여 무질서하다는 느낌을 준다.6)

---

5) 김성배 외 3인, 앞의 책, 383쪽.

다 상명가

9	나의슬하 사오남매	10	잔병없이 길러내여
11	혼성성취 거진하야	12	만년자미 보잣든이
13	운수가 불길하야	14	엄숙하신 저의 부친
15	천명을 못이기어	16	우연 별세 하옵시니
17	자식팔자 내팔자가	18	백곡하기 일반이라
19	강보에 자라나서	20	십오세 다달으니
21	지낸일은 지처두고	22	오는일이 경사로다
23	효자간을 연탐하여	24	윤씨가 출가터니
25	일년이 못되어서	26	귀녕으로 돌아오니
27	반가울사 인명이여	28	아비업시 너를길러
29	이런경사 당도하니	30	일희일비 그지업네
43	양가운이 불길하여	44	무하지중 병이들어
45	백약이 무효로다	46	천명도 야속하여
47	청춘도 몰라보니	48	귀신도 무지하다
59	<u>삼경말 사경초에</u>	60	<u>자는듯이 누엇으니</u>
61	기운이 피곤하야	62	잠이들어 그러한가
63	병이깊어 그러한가	64	생시같고 꿈같으니
65	내일짐작 내못할세	66	참죽어서 그러한가

---

6) 이 가사는 <사친가>라 하기보다는 사친(思親)을 위한 고사소개라고 하는 것이 옳을 만큼 전고(典故) 위주로 되어 있으며, 때로는 사친과 아무런 관계가 없는 전고도 많이 보인다. 예를 들면 정월조(正月條)에서 『효경』에 나오는 "신체발부(身體髮膚)"의 인용, 중국 전설에 나오는 삼신산(三神山)인 '봉래산(蓬萊山)·방장산(方丈山)·영주산(瀛洲山)' 및 진시황(秦始皇)이 불로초를 구하기 위해 서복(徐福)에게 명하여 동남동녀(童男童女) 수천 명을 거느리고 바다 저편에 있다고 하는 선인들의 땅을 찾아 떠나게 했으나 한번 떠난 뒤 다시 돌아오지 않았다고 하는 이야기, 한시외전(韓詩外傳)에 나오는 "나무는 고요히 서 있으려 하여도 바람이 그치지 않고, 자식은 봉양하기를 원하나 부모님이 기다려주지 않는다(樹欲靜而 風不止 子欲養而 親不待)." 등과 같은 전고가 매월마다 나타난다. 또한 유월조(六月條)에서와 같이 사친과 전혀 관련이 없는 이백(李白)의 시 <여산폭포>(廬山瀑布)의 인용, 죽림칠현(竹林七賢)을 비롯해 소부(巢父), 허유(許由), 두목(杜牧), 백락천(白樂天), 제갈공명(諸葛孔明) 등과 손무(孫武)와 오기(吳起)의 병서(兵書) 등의 이야기가 산만하게 나열되어 있다.

107	황전길을 밝이찾아	108	너의부친 상봉하여
109	너의고생 천신만고	110	간곡히 상전하고
111	좋은곳에 편이모셔	112	부디부디 잘가거라

<상명가>는 딸의 죽음을 애도하는 어머니가 지은 가사로 작자·연대 미상이다. 노래의 내용을 살펴보면 아들딸 4, 5남매를 잔병없이 잘 길러 각각 혼취시켜 만년복(晩年福)을 바랐더니, 운수가 불길하여 남편이 일찍 세상을 떠나매 팔자가 험함을 느낀다. 딸이 15세 되어 윤씨가에 출가시켰으나 1년만에 병이 들어 친정으로 돌아왔다. 온갖 약을 다 써 보았으나 천명이 야속하여 삼경 말 사경 초에 자는 듯 딸이 죽고 만다. 가슴에 못을 박고 떠난 딸을 위해 화자는 저승에서나마 미리 죽은 아버지를 만나 좋은 곳에서 살기를 소망한 것으로 딸을 잃은 어머니의 슬픔이 잘 나타나 있다.

라 리씨회심곡

48	나난본대 션아로셔	49	상제게 득죄하고
50	격강인간 하올격의	51	예안짜 기남촌내
52	동방부즈 퇴계션조	53	계계승승 뒤를이어
54	참판판서 증조부임	55	명문화벌 귀동여로
56	시름업시 즈랏드니	105	경즈년 상원가절
106	이내몸이 십육세라	107	명문화벌 가려내니
108	션산희평 화려강산	109	삼한갑족 전쥬최씨
110	인재션싱 후에로셔	111	셩덕여쳔 우리구고
112	태산갓치 높흔은택	113	가리고 쏘가리여
114	명문화벌 가려내야	115	독즈부가 되여셔라
148	부모님너 기대함은	149	스십에 어든독자
150	오복겸전 바랏쓰느	151	천명이 그뿐이라
152	불효막대 어인일고	157	오월비상 이내신세
158	굿째에 죽엇시면	159	동스동혈 흐올거살
173	을묘년 동지달과	174	임슐년 츈삼월의
186	날바리고 가신즈모	187	날을두고 가신존고

188 눈얼어이 쌈으시리	189 존고시 종천영결
190 손줍고 눈못쌈고	191 종천지통 슬픈눈물
192 손줍고 잇칠손가	193 타별노친 우리모녀
194 임종석량 못한여한	195 골슈포한 어이할고
233 죤구씨 하희은택	234 빅년으로 의앙ᄒ고
235 남산하슈 헌츅더니	236 <u>경오년 하뉴월의</u>
237 <u>호천망극 또당횟내</u>	238 셩덕여쳔 즈애ᄒ심
239 어나곳의 미셔볼고	344 나ᄂᆞ후세 원정ᄒ여
345 인간환생 하올젹에	346 진싀의 미진인연
347 빅년동쥬 기약할ᄯᅢ	348 이몸이 남아대여
349 우리부모 귀동ᄌᆞ로	350 슈복부귀 겸전하여
351 차싱셜원 하오리라	

<리씨회심곡>은 시집살이를 하면서 겪은 온갖 풍상을 돌아보며 일신의 고난과 일가의 불운을 애절하게 그린 가사로 작자·연대 미상이다.

작자는 본래 천상의 선녀인데 상제께 죄를 지어 예안에서 퇴계 선조의 후손으로 태어났다고 했다. 16세 때 해평의 최씨가로 출가하였으나 이십 전에 남편을 잃고, 이어 을묘년과 임술년에 친정의 어머니(慈母)와 시어머니(尊姑)를 차례로 잃고, 경오년에는 시아버지(尊舅)마저 여의게 된다. 그리하여 후세에 다시 태어날 때에는 남자로 태어나서 수복부귀 겸하여 이생에서의 한을 설원(雪冤)하겠다고 한다. 화자의 탄생부터 성장, 출가, 출가 후 남편과의 사별, 친정어머니 및 시부모와의 사별 등 중요한 사건들이 순차적으로 제시되어 일대기적 구성을 취하고 있다.

이상에서 살펴본 바와 같이 사별을 노래한 가사는 모두 17수이다. 사별을 노래한 가사 17수는 모두 대상의 죽음을 노래했으며, 이별 이후에 불려졌다. 사별의 대상은 남편(아내 포함),[7] 부모,[8] 자식,[9] 남편·자모·

---

7) 남편과의 사별을 노래한 작품은 <절명사>, <관등가>, <寡婦歌>, <청춘과 부가>, <과부가>, <청승가>, <소회가>(50), <상사몽>, <여자탄식가> 등 9수이며, 부인과의 사별을 노래한 작품은 <상ᄉ곡>, <망실익ᄉ> 등 2수이다. <상ᄉ곡>과 <망실익ᄉ>는 남성의 작이면서도 여성들이 애송(愛

존고·존구[10) 등으로 나타난다.

2) 생이별

(1) 대상의 떠남

① 이별 이후

[가] 사미인곡 ____

1	이몸 삼기실 제	2	님을 조차 삼기시니
3	한생 緣分이며	4	하날 모랄 일이런가
5	나하나 졈어 잇고	6	님하나 날 괴시니
7	이 마음 이 사랑	8	견졸 대 노여 업다
9	平生에 願하요대	10	한대 녜쟈 하얏더니
11	늙거야 므사 일로	12	외오 두고 글이난고
13	엇그제 님을 뫼셔	14	廣寒殿의 올낫더니
15	그 더대 엇디하야	16	下界예 나려오니
17	올적의 비슨 머리	18	열크연디 三年이라
19	臙脂粉 잇내마난	20	눌 위하야 고이 할고
21	마음의 매친 실음	22	疊疊이 싸혀 이셔
23	짓나니 한숨이오	24	디나니 눈믈이라
25	人生은 有限한대	26	시람도 그지업다

<사미인곡>은 정철(鄭澈 ; 1536~1593)이 50세 되던 선조(宣祖) 18년

____

誦)한 규방가사이다.

8) 부모와 사별을 노래한 작품은 <사친가>, <달거리>, <동긔별향가>, <두견문답설화라> 등 4수이다.

9) 딸과의 사별을 노래한 작품은 <상명가> 1수이다.

10) 남편·자모·존고·존구와의 사별을 노래한 작품은 <리씨회심곡> 1수이다.

(1585)에 사간원과 사헌부 양사의 논척을 받고 창평(昌平)에 내려와 4년간 머무를 때 지은 것("올적의 비슨 머리 / 얼킈연디 삼년(三年)이라"는 표현으로 보아 이 작품은 은거지 창평에서 1588년에 창작된 것임을 알 수 있다)으로, <속미인곡>과 함께 후대 미인곡계 가사에 절대적 영향을 끼친 작품이다.11)

작자는 양사의 논척을 받고 창평(昌平)에 은거한 사실을 천상계(廣寒殿)와 지상계(下界)의 이원적 공간을 설정하여 적강모티프를 통해 제시하고 있다(엇그제 님을 뫼셔 / 廣寒殿의 올낫더니 / 그 더대 엇디하야 / 下界예 나려오니). '적강(謫降)'은 천상에 살던 존재가 자기가 지은 죄과로 말미암아 타의에 의해 지상으로 유배 오는 것으로,12) 이러한 상황 설정을 통해 화자와 대상과의 이별이 비유적으로 형상화되어 있다. 적강모티프 속에 나타나 있는 천상계는 옥황상제가 다스리는 세계로 행복과 충만함이 넘치는 무량하면서도 영원한 곳임에 비해, 지상계는 고난만이 충만한 세계로 제시된다. 그러므로 적강모티프가 나타나 있는 작품은 대체로 '적강 → 천상계의 상실 → 상실에 따른 고난 → 천상계로의 복귀 희망'의 구조를 지니는데, 이것은 궁극적으로 충군연주(忠君戀主)의 마음을 피력하는 것으로 모아진다. 엇그제 임을 뫼셔 광한전에 올랐던 화자는 그 동안에 어찌하여 하계에 내려오게 된다. 천상계를 상실한 화자는 유배지에서 사계절 내내 고난을 당하게 되는데, 그 고난은 다름 아닌 사모하는 임을 그리워하는 것이다. 화자인 '나'가 유배를 당했으니 '나의 떠남'으로 보아야 하지 않을까 하는 의문이 있을 수도 있다. 그러나 화자인 '나'가 대상으로부터 버림을 받은 것 즉, 대상이 화자인 '나'를 버린 것이므로 '대상의 떠남'으로 봄이 옳다.

---

11) 이상보, 1974, 『한국가사문학의 연구 – 전기가사를 중심으로』, 대구, 형설출판사, 90~91쪽, <만분가> 영향 계통도 및 <만분가> 영향 계통표 참조.
12) 성현경, 1981, 『한국소설의 구조와 실상』, 경산, 영남대학교출판부, 179쪽.

나 속미인곡

1	데 가는 뎌 각시	2	본듯도 한뎌이고
3	<u>天上 白玉京을</u>	4	<u>엇디하야 離別하고</u>
5	<u>해 다 뎌 져믄 날의</u>	6	<u>눌을 보라 가시난고</u>
7	어와 네여이고	8	이내 사셜 드러보오
9	내 얼굴 이 거동이	10	님 괴얌즉하냐마난
11	엇딘디 날 보시고	12	네로다 녀기실새
13	나도 님을 미더	14	군뜨디 젼혀 업서
15	이래야 교태야	16	어자러이 구돗떤디
17	반기시난 낫비치	18	녜와 엇디 다라신고
19	누어 생각하고	20	니러 안자 혜어하니
21	내 몸의 지은 죄	22	뫼가티 싸혀시니
23	하날히라 원망하며	24	사람이라 허믈하랴
25	셜워 플텨혜니	26	造物의 타시로다
29	님을 뫼셔이셔	30	님의 일을 내 알거니
31	믈가탄 얼굴이	32	편하실 적 몃날인고
33	春寒苦熱은	34	엇디하야 디내시며
35	秋日冬天은	36	뉘라셔 뫼셧난고
37	粥早飯 朝夕뫼	38	녜와 갓티 셰시난가

　　<속미인곡>은 <사미인곡>의 속편으로, 독백체로 된 <사미인곡>과는 달리 두 여성 화자를 등장시켜 문답형식을 취한 대화체 가사이다. <속미인곡>에 등장하는 두 여성 화자(천상 백옥경을 이별하고 길을 가는 화자와 그 여인에게 대화를 유도하는 화자)는 각기 독립된 존재라기보다는 작자의 내면의식을 나누어 표출하는 이중적 인격체로서 작중화자의 또 다른 분신이다.

　　<속미인곡>에서 제1의 화자(갑녀)는 제2의 화자(을녀)의 하소연을 유도하는 구실을 한다. 제1의 화자의 문사에 의해 제2의 화자가 "천상 백옥경"을 이별했다는 사실이 드러나며, 제2의 화자의 답사에 의해 임과 이별한 이유가 제시되며, 이별한 후 화자의 충군연주의 마음이 피력되어 있다. 제2의 화자는 임과 떨어져 있으면서도 사시사철 임을 뫼시는

일은 물론 '죽조반 조석뫼'와 '기나긴 밤의 잠'까지도 걱정하기를 주저하지 않는다. 그러나 심정적으로는 임과 늘 가까이 있지만 현실적으로는 임이 부재하고 있기 때문에 제2의 화자는 임과의 거리를 좁혀보려는 노력을 멈추지 않는다.[13] 임의 소식을 기다리다 지친 화자는 '놉픈 뫼'에 오르거나 '믈가의 가 배길'이라도 보려고 하나 '구름과 안개'·'바람과 믈결'에 의해 좌절되고 만다. '구름과 안개'·'바람과 믈결'은 화자와 임 사이를 가로막는 장애물로서 화자의 절망적인 심정을 부각시키는 소재이다. 임과의 만남이 현실적으로는 불가능하기에 화자는 꿈을 통해 현실적 소망을 실현시킨다. 그러나 그것은 어디까지나 꿈속에서의 일로 꿈처럼 허무할 뿐이다. 그러므로 화자는 임과의 거리를 좁힐 수 있는 최후의 방법으로 죽음을 생각하게 되고, 죽어서 달이나 비로 전생해서라도 임을 만나고자 한다. 제2의 화자가 전생하기로 소망한 '달'은 임에 대한 사랑과 그리움의 승화이고, '궂은 비'는 남녀간의 사랑 − 운우지정(雲雨之情)의 표상으로서 보다 세속적이며 인간적인 감정의 표현이다.[14]

<사미인곡>과 <속미인곡>은 모두 시적 상황을 임과 이별한 여인이 임을 그리워하는 것으로 설정했다는 점에서 <만분가>와 동일하다. 조선시대의 군신 관계와 남녀 관계는 유가적 의리를 전제로 한 공식적 관계라는 점에서 유사한 것이라 할 수 있다. 그러나 이러한 공식성에도 불구하고 남녀 관계는 군신 관계에 비하여 사적 정서가 개입될 수 있는 폭이 넓은 원초적인 것으로서, 상하, 귀천을 막론하고 보다 보편적인 공감대를 형성할 수 있는 관계라 할 수 있다.[15] 그러므로 유배지에서의 심정을 이처럼 임과 이별한 여인의 심정으로 바꾸어 놓음으로써, 임을 그리는 화자의 정서가 보다 진솔하고 사실적으로 표현될 수 있었던 것이다.

---

13) 이문규, 1992, 「속미인곡 소고」, 백영 정병욱선생 10주기추모논문집간행위원회 편, 『한국고전시가작품론』 2, 서울, 집문당, 661쪽.

14) 박춘우, 1996, 「<속미인곡> 연구」, ≪대구어문론총≫ 제14집, 대구, 대구어문학회, 343쪽 참조.

15) 박일용, 1992, <만분가>의 형상화 형태, 백영 정병욱선생 10주기추모논문집간행위원회 편, 『한국고전시가작품론』 2, 서울, 집문당, 608~609쪽.

다 만언사

151	어와 바랐으랴	152	꿈결에나 바랐으랴
153	御樂院에 들어가서	154	金門玉階 門을 열어
155	디미니 賤하온 몸이	156	天門近處 바랐으리
157	錦衣를 몸에 감고	158	玉食을 베고 있어
159	富貴에 싸였으며	160	繁華에 잠겼세라
161	一陣兼帶 三四處는	162	宮任뿐이 아니로다
163	福過災生이라	164	小心奉公 잘못하여
165	削官退去 하온 後에	166	七日獄中 지내오니
167	곱던 衣服 無色하고	168	조흔 飮食 맛이 업네
209	아깝다 내일이야	210	애닯다 내 일이야
211	平生一心 願하기를	212	忠孝兼全 하자더니
213	한 번 일을 그릇하고	214	不忠不孝 다 되겄다
215	悔逝者而 莫及이라	216	뉘우친들 무삼하리
226	살 可望 업다마는	227	一命을 꾸이오셔
228	海島에 보내시니	229	어와 聖恩이야
230	가지록 罔極하다	537	失手할 줄 알았으면
538	내가 장기 벌렸으랴	539	罪 지을 줄 알았으면
540	功名 貪차 하였으랴		

<만언사>는 정조(正祖 ; 재위 1776~1800) 때 대전별감(大殿別監)을 지낸 안조원(安肇源 ; 1765~?)의 작으로, 34세 때 파렴치죄로 추자도로 유배되어 그곳에서 풀려나기까지 약 2년 동안 천신만고(千辛萬苦)한 생활상을 그린 가사이다. 전편은 <만언사>이고 후편은 <만언사답>으로 되어 있다. 이 가사는 양반층 작자의 작품이 아니며, 사화에 몰린 당쟁의 피해자로서가 아닌 자신의 과오로 인해 유배를 당하게 되었다는 점 등에서 기존의 유배가사와는 차이가 난다.16) 정철의 <사미인곡>과 <속미인곡>이 군신 관계의 시적 상황을 여인이 임을 그리워하는

---

16) 박춘우, 1991, 「유배가사연구」, 대구, 대구대학교 대학원 석사학위 논문, 7
5~85쪽 참조.

남녀 관계로 설정하여 화자의 정서를 비유적으로 표현한 반면,[17] <만언사>는 유배생활 자체에서 느끼는 고통과 비참한 생활상이 매우 사실적으로 묘사되어 있다.

어악원(御樂院)에 들어가 회계 일을 맡아보던 중 재물에 눈이 멀어 실수로 죄를 짓게 되고, 삭관퇴거한 후 칠일을 옥중에서 보낸 후, 마땅히 죽어야 할 몸이 성은을 입어 해도로 유배를 가게 된 사실을 밝혔다. 자신의 잘못을 반성하고 있으며, 유배지까지의 경로 및 유배지에서의 참담한 생활상 등이 미사여구 없이 사실적으로 제시되어 있다는 점이 특징이다.

위의 세 작품은 모두 군신간의 생이별을 노래한 가사로, 이별 대상은 임금이다.

라 규원가

1	엇그제 졈엇더니	2	하마 어이 다 늙거니
3	少年行樂 생각하니	4	닐너도 쇽절업다
5	늙거야 설운 말삼	6	하쟈하니 목이 멘다
33	곳 피고 날 졈은 제	34	定處 업시 나가 이셔
35	白馬 金鞭으로	36	어대 어대 머므난고
37	遠近을 모라거니	38	消息이야 더욱 알냐
39	因緣을 긋쳐신들	40	생각이야 업슬소냐
41	얼골을 못 보거든	42	그립기나 마르려믄
43	열두 때 김도 길샤	44	설흔 날 支離하다

---

17) 시적 화자인 '나'와 대상인 '임'의 관계로 설정된 미인곡계 가사는 두 가지 양상으로 나타난다. 하나는 남녀간의 애정 내지는 연정을 노래한 '연정'계 가사이고, 다른 하나는 신하가 임금을 그리워하는 '연군'계 가사이다. 그러므로 연정계 가사에서 '미인'은 직서적 의미로 여인을 뜻하며 연군계 가사에서 '미인'은 비유적 의미로 임금을 뜻한다. 이처럼 '미인'의 의미가 직서적인 것에서 비유적인 것으로 변용된 가장 큰 요인은 작품 자체 내의 이중적 의미표상에 기인한 것으로 보인다. 이것은 현전하는 고려속요 대다수가 궁중 무악으로 정착된 '남녀상열지사(男女相悅之詞)'에 속한다는 사실과도 연관이 있는데, 이러한 부류의 노래는 그 주제의 성격상 쉽사리 이른바 '충신연주지사(忠臣戀主之詞)'로 전용될 수 있기 때문이다.

75 찰하리 잠이 드러	76 꿈의나 보려 하니
77 바람의 다난 닙과	78 풀 속의 우난 즘생
79 므슴 일 怨讐로셔	80 잠조차 깨오난다

<규원가>는 허난설헌(許蘭雪軒 ; 1563~1589)의 작으로,[18] 조선조 봉건 사회제도 아래서 공규(空閨)를 지키며 눈물로 세월을 보내야 하는 여인의 신세를 한탄한 가사이다.

"늙거야 설운 말삼 / 하쟈하니 목이 멘다"를 통해, 나이가 들어 젊은 날을 회상하면서 누구에게 또는 독백처럼 자신의 신세를 한탄하는 내용으로 시의(詩意)가 전개됨을 알 수 있다. 처음 임과 만나고 헤어지는 과정이 빠른 속도로 처리되어 있으며, 버려진 여인의 미묘한 심리 의식과 한탄이 이어진다. 정처 없이 집을 나가 소식도 끊고 돌아오지 않는 임이나 그리운 것은 어쩔 수 없다. 하루에서 한 달로, 봄에서 겨울→여름→가을로 시간이 이동하면서 임을 기다리는 화자의 처량한 신세가 제시된다. '하루→한 달'로의 시간의 이동은 화자의 대상에 대한 그리움과 기다림의 길이로 객관적이며 순차적인 시간의 흐름이다. 그러나 '봄→겨울→여름→가을'로의 이동은 외로움이 심화된 탄식의 시간으로 역동적이며 주관적이다. 봄과 겨울은 '매화와 자최눈'으로 시각적 심상을, 여름과 가을은 '구잔비와 실솔'로 청각적 심상을 살리면서, 떠난 임을 기다리며 홀로 살아가는 화자의 외로운 신세와 처지가 심화 확대되었다. 보고 듣는 모든 것이 그리움의 매개체며, 기다려도 오지 않는 임이기에 화자의 외로움은 극도로 심화되고 그 결과 자신의 신세를 한탄하며 삶의 의미를 상실하기에 이른다. 견우와 직녀도 "일년일도(一年一度) 실기(失期)치" 않는다고 하면서 소식조차 끊은 임을 원망하며 신의

---

18) <규원가(閨怨歌)>는 일명 <원부사(怨夫詞)> 또는 <원부사(怨婦辭)>라고
   도 하는데, 작자에 대해서는 허균의 첩 무옥(巫玉)이라는 설(이혜순, 1992,
   「규원가 독해」, 백영 정병욱선생 10주기추모논문집간행위원회 편, 『한국고
   전시가작품론』 2, 서울, 집문당, 699~706쪽)과 허균의 누이 허난설헌이라
   는 설이 대립되어 있으나 후자가 우세한 편이다(김기동 외 4인, 1983, 『상
   론 가사문학』, 서울, 서음출판사, 406쪽).

없는 행동을 비판하기도 하나, 전체적으로는 임과 헤어져 홀로 공규를 지켜야 하는 자신의 처량한 신세와 임에게 사랑받지 못하고 늙어버린 신세 한탄이 주류를 이룬다. <규원가>는 한과 원망의 직접적인 토로로 상처받은 감정을 보다 진솔하게 표현한 작품이라는 점에서 전기가사에서 후기 가사로 넘어가는 과도기적 역할을 충분히 담당한 작품으로 평가받고 있다.[19] 정철의 <사미인곡>이나 <속미인곡>이 작자의 마음을 여자에다 가탁해서 나타내면서 버림받고 헤어지게 된 것이 모두 자기 탓이라고 했지만, <규원가>에서는 일부러 지어낸 말이나 애써 꾸민 결과도 아니니, 한탄과 원망을 감출 필요가 없었다. 삶의 고난을 있는 그대로 나타내 조선 후기 문학으로 나아가는 길을 열었으며, 조선 후기 규방가사의 자탄가(自嘆歌)류로 계승되었다.[20]

마 **규수상사곡**

1	보면 알세라	2	알면 어려웨라
3	모쪼록 보내는 것	4	다만 書札 뿐이로다
15	私札한 저 女子야	16	無心하기 그지없다
17	想思로 죽게 되니	18	그 아니 네 탓인가
19	누었은들 잠이 오며	20	앉았은들 임이 오랴
21	답답이 滋甚하야	22	잠 못 들어 怨讐로다
23	애매한 이 내 몸이	24	널로하야 病이 드니
198	急急한 이 내 病이	199	私情을 犯하였으니

---

19) <규원가>에서 보여준 좌절된 여인의 사랑을 그린 소위 기부(棄婦) 모티프는 우리 문학사에서 드물지 않게 나타나고 있는 바 고려속요의 <동동>, <가시리>, <서경별곡>을 비롯하여 조선 후기의 <향랑요> 같은 민요시 등 주로 서민적인 정서를 보이는 작품에서 나타나고 있다. 그러나 사대부들의 소위 연주지사(戀主之詞)도 보통 버림받은 여인의 입장에서 그리고 있어 이것이 상하층에서 고루 즐겨 사용했던 전통적인 모티프임을 보여주고 있으나 연주지사와는 달리 <규원가>는 한과 원망의 직접적인 토로로 상처받은 감정을 보다 진솔하게 표현한 작품이라는 점에서 의의가 있다(이혜순, 1992, 「규원가 독해」, 백영 정병욱선생 10주기추모논문집간행위원회 편, 『한국고전시가 작품론』 2, 서울, 집문당, 706쪽 참조).
20) 조동일, 1989, 『한국문학통사』 2(제2판), 서울, 지식산업사, 310쪽.

200	無心한 이 歲月이	201	나날이 깊어간다
202	각시님 힘을 써서	203	暫間暫間 생각하오
204	반가온 임의 消息	205	回答 보기 기다리네

<규수상사곡>은 남녀간의 연정을 노래한 가사로, 총각이 다른 남자에게로 시집간 여인을 그리워하며 부른 남성 화자의 작품이다. 그리워하는 임(여인)에게 서찰을 보내며, 임을 보지 못하는 자신의 신세를 한탄하고 있다. 제15·16구의 "사찰(私札)한 저 여자(女子)야 / 무심(無心)하기 그지없다"는 것을 통해 만남을 거절당했음을 알 수 있다. 그 결과 "상사로 죽게 되었다"고 하며 상사의 정을 늘어놓고, 회답을 기다린다고 했다. <규수상사곡>의 화답가가 <상사회답곡>이다. <상사회답곡>은 이 편지를 받은 유부녀인 여성 화자가 사랑을 하소연한 총각에게 긍정적인 해답을 한 사연이다. 두 남녀는 한 마을에서 같이 살았는데, 사랑을 나눌 기회를 갖지 못한 채 여자가 먼저 시집을 가버렸다. 이에 홀로 남은 남자는 떠난 여자를 잊지 못해 상사를 하소연하는 편지를 보내게 되고, 여자는 도리와 사랑 사이에서 고민하다가 만날 날을 기약하기에 이른다. <규수상사곡>과 <상사회답곡>은 총각과 유부녀와의 사랑을 다룬 작품으로, 당시 윤리관으로 볼 때 유부녀가 총각과의 만남을 허락한 것은 대담한 결심으로 파격적이라 할 수 있다.

바 형제이별가

1	분벽스충 그문밧게	2	일쥬도화 심그더니
3	두가지 곱기올나	4	쌍쌍이 굴거간다
5	가지도 쌍쌍이요	6	꽂피기도 쌍쌍이요
7	구십츈강 도라올제	8	쌍쌍이 반기하니
9	츈풍의 고운도화	10	뉘안이 사랑하리
21	<u>우리형데 이별ᄒ고</u>	22	<u>닉혼즈 슈심하고</u>
23	도화불너 이른말이	24	네마암 네거동이
25	야무지혼 화초라도	26	이별혼을 아라거든
27	<u>하물며 사람이야</u>	28	<u>형제이별 모를손야</u>

112	소상강 그력이야	113	편지나 전희쥬소
114	쳥쳔의 져구름아	115	편지나 전희쥬소
136	쳥쳔의 그력이는	137	지절로 나라가고
138	조양의 노는제비	139	형제상낙 하건마는
150	족처의 수심이요	151	만면의 비회로다

<형제이별가>는 출가(出嫁)한 형(兄)[21]에 대한 그리운 정을 창 밖에 핀 도화(桃花)에 의탁하여 읊은 가사로 작자·연대 미상이다. 창 밖에 도화나무를 심어, 두 가지 나고 두 꽃 피는 모습을 그리고, 이어서 꽃이 지고 한 떨기만 남은 모습을 보고, 함께 자라나 멀리 떨어진 자기 형제의 처지와 같음을 노래했다.[22] 복숭아 가지가 두 가지이며 꽃도 쌍쌍이 핀다는 것은 형제의 아름다운 우애와 화합 및 번영을 상징한다.[23] 산중에 봄을 맞아 도리행화(桃李杏花) 꺾어 쥐고 두 형제가 놀던 일을 회상하며, 헤어진 형에게 기러기나 구름을 통해서라도 소식을 전하고자 했으며, 절로 가고 절로 오며 노니는 기러기와 제비를 보며 형제상락(兄弟相樂)을 부러워했다. 앞의 기러기와 구름은 소식을 전하는 전령사로,

---

21) 고려부터 조선 초기까지의 일반적인 혼인 형태는 혼인 후 남자가 여자 집에 머물러 생활하는 남귀여가혼(男歸女家婚)이 유행하였다. 그러나 가부장권의 확대를 꾀하는 성리학적 사고에서 이는 악습 중 하나일 뿐이었다. 성리학적 가족질서를 강조했던 태종(太宗)대에 친영(親迎)제에 대한 본격적인 논의가 시작되었고, 세종(世宗)대에 이르러서는 왕실에서 모범적으로 친영의 예를 시행하기도 하였다. 그러나 친영제가 조선 사회의 혼인제도에 영향을 미치기 시작한 것은 명종(明宗)조에 이르러서이며, 남귀여가혼이 쇠퇴하고 혼인 후 거주지가 남자 쪽으로 바뀐 것은 조선 후기에 와서이다(이순구, 1999, 조선시대의 성리학과 여성, 한국여성연구소 여성사연구실 지음, 『우리 여성의 역사』, 서울, 청년사, 166~167쪽 참조).
22) 권영철, 앞의 책, 522쪽.
23) 민간신앙에, 복숭아와 복숭아나무는 축귀(逐鬼)의 효능을 지닌 것으로 믿고 있다. 그러나 한편으로 복숭아는 불사(不死), <생명의 나무>, 신선들이 먹는 과실로, 봄, 청춘, 결혼, 재력, 장수, 복의 상징이기도 하다(한국문화상징사전편찬위원회 편, 1992, 『한국문화상징사전』, 서울, 동아출판사, 348~350쪽 및 진쿠퍼, 이윤기 옮김, 1996, 『그림으로 보는 세계문화 상징사전』, 중판, 서울, 도서출판 까치, 265쪽 참조).

뒤의 기러기와 제비는 형제의 우애와 동락(同樂)을 상징하는 사물로 사용되었다.24) 형제간의 우애와 사랑을 절실하고도 자상하게 그린 남성의 작이나, 시어나 비유에서 여성적 특성이 강하게 드러난다.

생이별을 노래한 가사 중에서 대상의 떠남을 노래한 작품은 31수인데, 이들은 모두 이별 이후에 불려졌다. 이별의 대상은 군신,25) 부부,26) 남녀,27) 형제28) 등이다.

(2) 나의 떠남

① 이별 이전

가 붕우원별가 ________________________________

1	무정ᄒ다 시월이어	2	헛부도다 시월이야
3	<u>실푸다 이별이야</u>	4	<u>나의당유 붕우들ㅇ</u>
5	나의 말을 들어보소	22	슬푸다 붕우들ㅇ

---

24) '기러기'는 먼 곳에 소식을 전하는 전령사일 뿐만 아니라, 소식이나 서신 그 자체이기도 하며, 사람의 형제로 대비되는 상징물이기도 하다. '안항(雁行)'이란 기러기의 행렬이란 뜻으로 남의 형제를 높여 이르는 말이다. 또한 '제비'는 다자다복(多子多福)이나 부부지정(夫婦之情)의 상징으로 사용된다(한국문화상징사전편찬위원회 편, 위의 책, 103~104쪽 및 532~533쪽 참조).

25) 생이별로 대상의 떠남을 노래한 작품 중 군신간의 이별을 다룬 작품은 <만분가>, <사미인곡>, <속미인곡>, <명월음>, <자도사>, <북관곡>, <별사미인곡>, <속사미인곡>, <만언사> 등 9수이다.

26) 부부간의 이별을 다룬 작품은 <규원가>, <恨別曲>, <이별가>, <이별한탄가>, <한별곡>, <망부석이별곡>, <원별가>, <자탄가>, <여탄가>, <망부가>, <망부회사가라> 등 11수가 있다.

27) 남녀간의 이별을 다룬 작품은 <상사별곡>, <춘면곡>, <황계사>, <석춘사>, <사미인곡>(작자 미상), <단장사>, <사랑가>, <상사진정몽가>, <규수상사곡>, <진정부> 등 10수가 있는데, 이 중에서 <규수상사곡>은 남성의 작품이다.

28) 형제간의 이별을 다룬 작품은 <형제이별가> 1수가 있다. <형제이별가>도 남성의 작품이다.

<table>
<tr><td>23</td><td>이니길 무삼길고</td><td>24</td><td>붕우초즈 가난길고</td></tr>
<tr><td>25</td><td>진척초즈 가난길고</td><td>26</td><td>그어디로 가단말가</td></tr>
<tr><td>133</td><td>시승여즈 츌가할쩌</td><td>134</td><td>부모동기 쯧지지만</td></tr>
<tr><td>135</td><td>제일이라 흐건만은</td><td>136</td><td>부모동기 만닉기난</td></tr>
<tr><td>137</td><td>각각디로 닛건니와</td><td>138</td><td>우리붕우 만나기난</td></tr>
<tr><td>139</td><td>황퇴지슈 박게로다</td><td>140</td><td>한번읏츠 이별되면</td></tr>
<tr><td>141</td><td>흔당일셕 부니기난</td><td>142</td><td>몸즁이도 용니쵸코</td></tr>
<tr><td>143</td><td>더구나 이리흔번</td><td>144</td><td>니별듸면 훗기약니</td></tr>
<tr><td>145</td><td>되올년지 뉘역시</td><td>146</td><td>기역할가 나는요번</td></tr>
<tr><td>147</td><td>가기되면 언지올고</td><td>178</td><td>실푸다 이니몸은</td></tr>
<tr><td>179</td><td>남과갓치 싱즁흐여</td><td>180</td><td>변화지지 조혼곳을</td></tr>
<tr><td>181</td><td>허다흐기 바려두고</td><td>182</td><td>순골속이 츌가씩여</td></tr>
<tr><td>183</td><td>무순영화 보려흐고</td><td></td><td></td></tr>
</table>

<붕우원별가>는 출가(出嫁)함에 이르러 붕우들과 헤어짐을 슬퍼하고, 다시 만날 기약이 없음을 안타까워하며 지은 가사로 작자·연대 미상이다. 세월이 무정하고 헛되게 흘러갔음을 안타까워하고, 출가하기에 이르매 "나의당유 붕우들으 / 나의 말을 들어 보라"고 하며 붕우들에게, 나아가서는 세상 사람들에게 하소연하는 형식을 취했다. 여자로 태어났기에 고향과 원별(遠別)해야 하고, 일생동거(一生同居), 평생화락(平生和樂)하자고 맹세한 붕우들과 헤어짐을 슬퍼했다. 출가하더라도 부모동기(父母同氣)는 각각 만날 날이 있겠지만 붕우는 한 번 이별하게 되면 죽더라도 다시 만나기 어렵기 때문에 헤어지는 것이 더욱 슬프다고 하며, 여자로 태어남을 한탄했다. 후반부에서는 산골로 출가하는 자신의 개인적 불행을 한탄하며, 그곳으로 시집보내는 부모를 원망하고, 명문대가로 입실하는 붕우를 부러워했다. 문맥이 통하지 않는 곳이 많고 흐름이 자연스럽지 못하며 문장이 졸렬한 편이다. 전체적인 내용으로 볼 때 이 작품은 혼인날을 받아둔 예비 신부가 출가하기 직전에 쓴 가사로 붕우와의 이별을 슬퍼하며 자신의 신세를 한탄한 노래이다.

나 **석별가라 · 79**

1	신힝가난 으희들라	2	석별가 드러바라
3	인간세상 셔른거시	4	니별밧긔 쏘잇난가
5	이별즁의 셔른거시	6	싱니별이 졔일이라
7	부모은덕 귀즁한ᄂ	8	니별ᄒ면 그만니ᄅ
9	동류졍니 자별ᄒᄂ	10	이별ᄒ면 그만니라
11	이심연 깁혼인졍	12	일조의 ᄯ탄말가
13	만물즁 가련ᄒ다	14	여ᄌ유힝 가련ᄒᄃ
133	신힝갈닐 싱각ᄒ면	134	비홍이 슝반아ᄅ
137	시뎍이 엇더훈동	138	닐변은 보고집고
139	친당을 생각ᄒ니	140	일변은 가기슬타
145	셰월니 무졍ᄒ여	146	ᄒ로밤이 지쳑ᄒ니
147	동뉴친쳑 다모여서	148	작별을 ᄒ로드니
149	그제야 왈닥하야	150	그어디로 가즌말고
193	어렵고 이들ᄒ다	194	동유니별 어이할고
195	쥬야의 슝되ᄒ면	196	노름도 유롭ᄒ고
197	죠셕으로 슝면ᄒ면	198	히롱도 ᄌ별터니
199	오날밤 지닉가면	200	언졔ᄃ시 모여놀고
256	슬프다 여ᄌ유힝	257	닉일이면 쩌ᄂ가리
258	이밤의 사힌회포	259	셕별가로 불너보닉

<석별가라 · 79>는 신행(新行) 전날 부모형제, 일가친척, 동류(同流)와의 이별을 아쉬워하며, 여자로 태어난 것을 한탄한 작자·연대 미상의 가사이다. 이별 중에 서러운 것은 부모형제와의 생이별이라고 하며 여자 유행을 가련하다고 했다. "석별가(惜別歌)"는 말 그대로 이별을 애석해하며 부른 노래로, 혼인식을 올린 뒤 친가에 머물다가 시댁으로 아주 살러갈 신행(新行)날을 잡아놓은 신부가 친구들에게 신행 풍속을 읊은 노래이다. 봉건사회의 여성들에게는 혼인을 하고 신행을 간다는 것이 기쁨이 아니라 말할 수 없는 슬픔이었다. 부모형제와 이별한다는 의미에서뿐만 아니라, 지긋지긋한 시집살이의 노예적 생활이 기다리고 있기 때문이다. 그러므로 남자들은 성인이 되는 것을 좋아하나 여자들에게는

고생살이의 시작일 뿐이니 남자들과는 대조적이다.

여자는 철이 들면서부터 집안 살림살이를 배우기 시작하며, 그러다가 나이가 차면 부모형제, 동류들과 생이별을 고하고 신행을 가게 된다. 신행은 "비홍이 숭반"되는 일이다. "시뎍이 엇더혼동" 한편으로는 보고 싶고, "친당을 생각ᄒ니" 한편으로는 가기 싫은 것이 솔직한 심정이다. 그러나 세월이 무정하게 흘러 신행 전날이 되니 신행의 기대는 사라지고 부모형제, 동류들과의 이별과 그에 따른 슬픔만이 남게 된다. 작품의 끝은 신행 전날 "말도 많고 탈도 많은 시집살이이니 행동거지를 신중히 하라"는 요지의 부탁을 어머니와 올케로부터 듣고, 내일이면 떠나야 하는 여자 유행을 슬퍼하며 마음에 쌓인 회포를 석별가를 불러 푼다고 했다. 신행 전날 불렀으니 나의 떠남 이전, 즉 이별 이전에 부른 노래이다.

생이별로 나의 떠남을 노래한 가사 중에서 이별 이전에 부른 노래는 위의 2수뿐이다. 이별의 대상은 부모형제, 일가친지, 동류이다.

② 이별 순간

가 석별가

1　新行갈 동무들아	2　惜別歌 드러보소
3　인간세상 슬픈 것이	4　이별 밖에 더 잇는가
5　이별 중에 서른 것이	6　생이별이 제일일세
7　父母恩德 至重하나	8　이별하면 그뿐이오
9　동무정의 자별하나	10　이별하면 다잇나니
24　무심한 남자들은	25　成人 하면 조타하나
26　여자 골몰 생각하니	27　춘하추동 사시절에
28　定省하기 골몰이오	29　토수 보선 줌치등을
30　잔일하기 골몰이오	31　그 중에 여가나면
32　제 옷하기 분주하다	33　일년이 다 가도록
34　마음 펴고 놀 때 없네	137　그렁저렁 나달가서
138　하로밤 지격이라	139　동모친척 다모여서

140 작별을 하려하니	141 그제야 一驚하야
142 내어대로 가잔말고	193 왼집안 전후면을
194 다시한번 둘러보고	195 동무이별 다다르니
196 어렵고도 애닮도다	197 언제다시 모여놀고
198 치마폭 다젖는다	

　　<석별가>는 출가할 준비부터 출가하는 날 부모형제, 친지, 동류들과 이별하는 심사를 그린 작자·연대 미상의 가사이다. 신행갈 규수가 동류들과 석별의 정을 나누며 골몰했던 집안일이며 재미있었던 명절놀이 같은 것을 회상하고 또 신행간 후 남의 집 자부(子婦)로서 마땅히 해야 할 도리를 노래했다. 부모형제, 동류들과의 이별을 슬퍼하며 여자로 태어난 자신의 신세를 한탄한 노래로 내용상 <석별가라·79>와 대동소이하다. 그러나 <석별가라·79>가 신행 전날, 즉 이별 이전에 부른 노래임에 비해, <석별가>는 "왼집안 전후면을 다시 한 번 둘러보고 동무 이별 다다르니"에서 볼 수 있듯이 이별 순간에 부른 노래이다. 한편, <석별가라·71>도 이별 순간에 부른 노래로 <석별가>와 유사한 내용을 담고 있다.[29)

　　생이별로 나의 떠남을 노래한 가사 중에서 이별 순간에 부른 작품은 <석별가>, <석별가라·71> 2수뿐이다. 이별 대상은 부모형제, 친지, 동류이다.

③ 이별 이후

가 사제가

1 蒼頡이 造字할제	2 온갖글자 지었세라
3 무슨글자가 흔하든고	4 생각사자 第一이라
115 이 내 생각 무엇인고	116 아우 생각 懇切하다
117 二十年 同居하고	118 一朝에 相離하니

---

29) <석별가>와 <석별가라·71>은 전반부는 대체로 일치하나 후반부에서 차이를 보인다(권영철, 앞의 책, 506~510쪽 참조).

119	천수詩 일렀던가	120	女子流行 可笑롭다
121	雲山이 疊疊하고	122	江河가 溟溟하니
123	내곳에 네가오며	124	네곳에 내가갈가
187	<u>江山을 對하여도</u>	188	<u>아우생각 懇切하고</u>
189	<u>花草를 對하여도</u>	190	<u>아우생각 懇切하다</u>
196	五六月 가믄때에	197	驟雨같이 가서불가
198	九十月 찬바람에	199	落葉같이 날라갈가
235	奇異할사 우리 아우	236	女子되기 아깝도다
237	위장강이 更生인가	238	百歲가 具備하고
239	소야란의 聞見인가	240	識見도 浩駣하다
259	생각고 생각하나	260	無益할사 생각이야
261	아모리 생각한들	262	내 마음 네가 볼가
263	내 이리 생각 할제	264	넨들 아니 생각하랴
271	생각다가 잠이들어	272	南柯의 꿈을 꾸니
273	夢中에도 世上이라	274	兄弟相逢 반갑도다

<사제가>는 20년 동안 한 집안에서 살다가 하루아침에 아우와 이별하고 출가한 형이, 세월이 흘러가매 그 아우를 생각하며 보고 싶은 정을 노래한 가사로 작자·연대 미상이다. 여기에서 형과 아우는 "여자유행 가소롭다"나 "여자되기 아깝도다"를 통해서 알 수 있듯이, 남자 형제가 아니라 여자 형제를 말한다.

<사제가>는 내용에 따라 크게 두 부분으로 나누어진다. 작품의 전반부는 창힐(蒼頡)이 만든 글자 중에서 "생각사자"가 제일이라 하며 도당씨(陶唐氏), 아황과 여영(娥皇女英), 주문왕(周文王), 진시황(秦始皇) 등 중국의 역대 전고(典故)를 생각하고, 백구(白鷗), 혼조(魂鳥), 두견(杜鵑), 외기러기, 소, 말 등 미물(微物)들의 생각까지를 노래했고, 후반부는 아우를 생각하는 화자의 심정을 우회적으로 부연했다. 20년 동거한 형제간이나 "여자유행(女子流行)" 때문에 하루아침에 서로 이별하고 그리워한다. 강산을 대하거나 화초를 대하여도 오매불망 아우 생각뿐이다. 그래서 화자는 황화수(黃河水) 물결이 되거나 오뉴월(五六月) 가뭄의 소나기(驟雨), 구시월(九十月) 찬바람의 낙엽, 삼월 동풍(三月東風)의 연자(燕子) 등이 되

어서라도 아우에게 가고자 한다. 그러나 이렇게 하여 아우를 만난다는 것은 소망일 뿐 현실적으로는 불가능한 일이다. 그러므로 화자는 아우 생각에 밤이 깊어 "월락(月落)토록 전전불매(輾轉不寐)"하다가 꿈에서나마 소원하던 아우를 만나게 된다.

"이십년(二十年) 동거(同居)하고 / 일조(一朝)에 상별(相離)하니", "강산(江山)을 대(對)하여도 / 아우생각 간절(懇切)하고~" 등을 통해 아우(여자형제)와 이별한 이후에 부른 노래임을 알 수 있다.

나 사친가(70)

1	만순의 단풍드려	2	금슈장이 되어구나
5	금풍은 소슬ᄒ고	6	낙엽이 분분ᄒ이
9	적막ᄒ 침실즁의	10	전싱을 혜아리나
11	지을쬐란 업섯것만	12	인간의 적간ᄒ이
13	여ᄌ일신 되어구나	49	춘하추동 사시절을
50	부모슬ᄒ 쩌날줄을	51	적연이 몰나드니
89	<u>세월리 홀홀ᄒ야</u>	90	<u>츌가ᄒ지 삼연이라</u>
91	<u>향회도 업스련만</u>	92	<u>오미경경 스모되이</u>
93	일각숨추 그리워서	94	적막ᄒ 향그횐보
95	모여상봉 ᄒᄌ든이	96	원촌의 계명성의
97	<u>놀닉씨셔 살펴보니</u>	98	<u>고힝싱각 쑨이로다</u>
99	나래나 도쳣스면	100	반공의 홀홀나라
101	산을넘고 강을건너	102	고향을 차자가서
103	어버이을 보련만은	104	슬푸다 이닉일신
105	미물만쏘 못ᄒ도다	156	교교ᄒ 명월ᄒ의
157	고향을 싱각ᄒ니	158	하나ᄒ나 가슴막혀
159	얼골을 가리고	160	눈물흘이난 쯧슬
161	차마 다적지	162	못ᄒ난도다

<사친가>(70)는 친정어머니를 생각하고, 여자로 태어난 것을 한탄하며, 어머님이 만수무강하기를 비는 내용으로, 담담하면서 섬세한 문체 속에 사친지정(思親之情)이 절실하게 그려져 있는 가사로 작자·연대 미

상이다. 여자로 태어난 것은 전생의 죄로 인한 적강(謫降)이라고 하여 처음부터 여신인과(女身因果)를 슬퍼했다. 출가에 즈음하여 부모친척들과 이별하는 슬픔을 절절히 읊으면서도 고법(古法)의 떳떳함을 내세운 것은 양반적인 사고방식을 의도적으로 나타낸 것이다.[30] "부모슬흐 쪄날줄을 / 적연이 몰나드니", "신유년 동시월"에 삼종지도 법을 쫓아 여필종부 하게 되고, 세월이 훌쩍 지나 어느덧 출가한 지 3년이나 되었다. 오매불망 사모하고 일각삼추 그리워하며 고향만 생각하나, 날개가 돋쳐 고향을 찾아갈 수도 없다. 그러므로 화자는 자신의 신세가 미물만도 못함을 한탄하며, 하나님께 어머님의 만수무강을 빌었다. "츌가훈지 삼연이라", "고힝싱각 쑌이로다" 등을 통해 부모님과 고향을 그리워하며 부른 노래로, 이별 이후에 지어진 것임을 알 수 있다.

다 붕우소회가

1	어와 붕우들아	2	이니말슴 들어보소
3	건곤이 초판후에	4	음양이 갈엿슨이
5	임임총총 만물즁의	6	영한거시 스람이라
30	<u>어나듯 십칠세라</u>	31	<u>원부모 원형제난</u>
32	<u>고법에 매겻슨이</u>	33	<u>뉘기라서 면할손가</u>
135	한번비려 잠이든이	136	억슈한 부모동기
137	전의보든 친척들과	138	전의노든 우리붕우
139	좌우로 비겨안자	140	회소담낙 노리할제
141	세상시 안이온듯	142	흠업시 질기온듯
143	원슈로다 계명성의	144	잠을놀나 깨달른이
145	일장츈몽 역역하다	194	<u>보고지고 보고지고</u>
195	<u>부모붕우 보고지고</u>	231	어와 붕우들아
232	후셩의나 남자되어	233	요조숙여 다려다가
234	부모임에 효양하여	235	효자효부 발천하고
236	부귀공명 가득하여	237	시하의 열친하고
238	빅연동낙 하오리라		

---

30) 권영철, 앞의 책, 502쪽.

<붕우소회가>는 시집간 후 친정의 부모형제, 동류들을 그리워하는 내용으로 작자·연대 미상의 가사이다. 잠시 친정에 들려 부모형제, 동류들과 만남의 기쁨을 나누며 다시 만날 날을 축수(祝手)하는 내용이 후반부에 있기는 하지만 전체의 흐름을 보면 이별 이후 부모형제, 동류들을 그리워하는 내용이 중심축을 이룬다. 화자가 십칠 세가 됨에 고법(古法)에 따라 낯선 곳으로 출가하게 된다. "말한마뒤 조심이요 / 발한거름 눈치"인 시집살이의 어려움 속에서도 어느덧 세월은 흘러 "츈졀"이 돌아오니 부모형제, 동류들이 더욱 그리워진다. 꿈에서나마 부모형제, 동류들을 만나 정다운 시간을 가지려고 했으나 계명성(鷄鳴聲)으로 인해 깨게 되니 일장춘몽일 뿐이다. 그리하여 화자는 시부모께 간청하여 친정에 돌아가 부모형제, 동류들과 만나 잠시나마 즐거운 시간을 보내며, 후생에는 남자로 태어나 부모님을 봉양하고 부귀영화를 누리며 백년동락(百年同樂) 하기를 소망하는 것으로 작품을 끝맺고 있다. 출가할 때의 심정과 시집살이를 하며 부모형제, 동류를 그리워하는 마음이 절실하게 잘 드러나 있으나 구성이 치밀하지 않아 단락별 연결이 자연스럽지 못하다. "원부모 원형제난 / 고법에 매겻슨이 / 뉘기라서 면할손가"를 통해 출가로 인한 부모형제, 동류와의 이별임을 알 수 있고, "보고지고 보고지고 / 부모붕우 보고지고"를 통해 이별 이후에 부른 노래임을 알 수 있다.

<사제가>, <사친가>, <붕우소회가>는 모두 『규방가사 – 신변탄식류』 소재 가사이다.

생이별을 노래한 가사 중에서 이별 이후 나의 떠남을 노래한 작품은 모두 15수이다. 이별 대상은 남녀,[31] 형제,[32] 동류,[33] 부모형제,[34] 부모,[35] 부모형제·붕우[36] 등으로 다양하게 나타난다.

---

31) <상사회답곡> 1수.
32) <사제가> 1수.
33) <안인수가>, <동유리별가>, <붕우가> 3수.
34) <여자소회가라>, <만수사>, <붕우사모가> 3수.
35) <정부인자탄가>, <원별이회곡>, <사친가>(70) 3수.
36) <붕우소회가>, <애향곡>, <한녀자유행원부모형제붕우>, <붕우가라>

이상에서 살펴본 바와 같이 이별을 노래한 가사는 생이별을 노래한 것(50수)이 사별을 노래한 것(17수)보다 많다. 사별을 노래한 가사는 모두 대상의 죽음을 다루었고, 이별 이후에 창작되었다. 이별의 대상은 남편, 부모, 자식, 남편·자모·존고·존구 등으로 가족과 관련된 사람들이다. 사별을 노래한 작품들은 모두 규방가사에 속한다. 그러므로 사별의 대상이 모두 가족과 관련이 있는 것은 그 작자층에 가장 큰 원인이 있으며, 다음으로는 조선조의 봉건적 윤리관에 있다고 할 수 있다.

생이별을 노래한 가사는 대상의 떠남을 노래한 것(31수)이 나의 떠남을 노래한 것(19수)보다 많다. 대상의 떠남을 노래한 작품은 모두 이별 이후에 창작되었다. 나의 떠남을 노래한 작품은 이별 이후에 창작된 것이 가장 많으며(15수), 이별 이전이나 이별 순간에 창작된 작품은 각각 2수이다. 이별 대상은 군신, 부부, 남녀, 형제 등으로 사별을 노래한 가사에 비해 다양하다. 생이별을 노래한 가사는 크게 유명씨(有名氏) 작품과 무명씨(無名氏) 작품으로 대별할 수 있다. 유명씨 작품은 대체로 양반·사대부 신분의 작자가 창작한 것이다. 반면 무명씨 작품은 대체로 규방가사에 속하며, 작자층은 여성이다.37) 그러므로 무명씨 작품에서 이별 대상은 부모, 형제, 동류, 부부 등으로 결혼으로 인해 이별하거나 맺어지는 가족이다.

한편, 사별을 노래한 작품이나 생이별을 노래한 작품 모두 이별 이후에 창작된 작품이 많은데 그 이유는, 화자의 처지가 불행하면 할수록 이별과 그에 따른 '그리움→기다림 혹은 원망'의 정서가 짙어지기 때문일 것이다.

4수.

37) 유명씨 작품 중에서도 <만언사>는 중인 계층의 작이며, 무명씨 작품의 규방가사 중에서도 <상ㅅ곡>, <망실이ㅅ>, <규수상사곡>, <형제이별가> 등은 남성 화자의 작품이다.

2. 이별의 수용 태도

가사에 나타난 이별의 수용 태도는 '관계 파탄의 지속' 및 '관계 회복의 추구'만이 나타난다.

가사는 대부분 단일구성을 취하는 것이 아니라 복합구성으로 짜여져 있기 때문에 이별의 수용 태도를 세부적으로 나눔에 어려움이 있는데, 이런 경우는 내용상 특징적인 면을 부각시켜 세부 항목에 포함시켰다. 이제 각 항별로 이별의 수용 태도를 구체적으로 살펴보겠다. 작품 분석은 이별의 상황에서와 마찬가지로 전형적(典型的)인 것을 선택하여 다루기로 한다.

1) 관계 파탄의 지속

(1) 나의 신세 한탄

가 여자탄식가 ________________________________

1	어와 번님니야	2	나의사연 들어보소
11	계모에게 혹이나	12	서름볼가 조심ᄒ여
13	나어린 자식을	14	혼처를 구혼ᄒ여
15	우씨이 정혼흔이	16	사희나흔 십육세요
17	쌀나흔 십사세라	38	십구세를 드든희예
39	삼월달 들러서며	40	익수가 불힝하와
41	실낫갓흔 약한몸이	42	틱산갓탄 병이드러
45	온갓약을 다써바도	46	약발을 안밧고
49	귀신을 못사괴셔	50	지하이 보냇슨니
59	일년이 부자를	60	다이럿소 황쳔길이
61	무산일고 명이잘나	62	죽사와도 원통컨더
79	<u>외들하고 원통ᄒ다</u>	80	<u>의닉팔자 무산일고</u>

81 검은머리 빅발디고   82 흰가슴 거머진다
164 슬푸다 나이팔자   165 팔자즁이 불여업다
166 눈물이 마를날이   167 전혀업다

권영철의 『규방가사 – 신변탄식류』에 소개된 바에 의하면, <여자탄식가>의 출처는 경북 안동군 월곡면(月谷面) 계곡동(溪谷洞)이며, 작자는 모란댁이다. 그러나 규방가사가 널리 전파되고 유통되는 과정에서 민요적인 성격을 띤다는 점을 고려한다면,38) 이 작품 또한 모란댁 개인이 창작한 작품으로 보기는 어렵고 당시 여인들이 공통으로 느끼는 집단 감정을 개인의 처지에 견주어 부른 것으로 보인다.

"어와 번님니야 / 나이사연 들어보소"라고 하여 자신이 겪은 기막힌 사연을 세상 사람들에게 하소연하는 내용으로, 일생을 통해 기박한 팔자가 이어지는 한 여인의 생애가 순차적으로 그려져 있다. <만언사>의 "어와 벗님네야 / 이 내 말삼 들어보소…"라고 한 것이나 <상사몽>의 "어화세상 사람들아 / 과부상사 들어주소…"로 노래를 시작하고 있는 것은, 말하는 사람과 듣는 사람 사이에 동류감과 일체감을 지니게 하며, 그 결과 공감대를 형성하는 효과를 낳는다. 이것은 노래하는 내용이나 정서를 한 개인의 심정적 표백에 그치지 않게 하려는 관계의 형성으로 볼 수 있으며, 결국은 독자(청자)를 불러들이기인 것이다.39)

화자는 12세 되던 해 모친과 사별하며, 14세 들던 해에 부친이 재취

---

38) 권영철, 앞의 책, 6쪽.
39) 김대행은 <간접화의 시적 기능>에서, "어와 번님니야 / 나이사연 들어보소…"로 노래를 시작하고 있는 것은, 노래하는 내용이나 정서를 한 개인의 심정적 표백에 그치지 않게 하려는 관계의 형성으로 볼 수 있으며, 결국은 독자(청자)를 불러들여 말하는 사람과 듣는 사람 사이에 공감대를 형성하기 위한 것으로 보았다. 시조나 가사에 주로 나타나는 어법은 간접화 가운데서도 '불러들이기'의 방식에 의한 것이 대종을 이룬다고 하며, 시조·가사가 이 어법을 중점적으로 채용했던 것은 이들 갈래가 상층사회의 문학으로서 선언적인 태도를 요구했던 사실이나 그 연행이 음악과 함께 이루어졌던 관습에 관계가 있으리라고 보았다(김대행, 1991, 「간접화의 시적 기능」, 『시가 시학 연구』, 서울, 이화여자대학교출판부, 60~72쪽 참조).

(再娶)를 하니 계모에게 서러움을 당할까 염려하여 16세인 우씨 남자와 조혼(早婚)을 하게 된다. 화자의 나이 19세가 되던 해 삼월에 "첫초산 싱남"한 아들을 잃고, 이어서 같은 해에 남편마저 잃게 된다. 이에 슬픔이 극도에 달한 화자는 망부석, 상사목, 짐승 등도 짝이 있다고 하며, 짝 없이 홀로 살아가야 하는 자신의 신세를 한탄하고 귀신의 무정함을 원망했다. 남편을 여읜 후 자식들을 데리고 타 면(面)으로 갔다가 고향으로 돌아가는 도중에 유복녀를 낳는 등 천신만고를 겪고, 커다란 절망 앞에 마주서서 슬퍼하는 인간상이 그려져 있다.

이별을 노래한 가사 67수 중에서 나의 신세 한탄을 노래한 작품은 28수[40]이다. 이는 이 책에서 살펴본 이별 가사 중 가장 많은 수에 해당한다. 특히, 나의 신세 한탄을 노래한 28수는 모두 규방가사에 속한다. 이를 통해 규방가사류에 화자의 신세를 한탄한 작품이 많음을 확인할 수 있다.

(2) 나의 불망과 사모

가 속사미인곡 ____

1	삼년을 님을 떠나	2	해도의 뉴락하니
3	내 언졔 무심하여	4	님의게 득죄한가
5	님이 언졔 박정하여	6	날 대졉 소히 한가
7	내 얼골 곱돗던지	8	질투할산 중녀로다
65	고신원누랄	66	한수의 가득 뿌려
67	<u>님 향한 일편졍을</u>	68	<u>참고참아 떠나가니</u>
69	내마암 이러할 졔	70	님이신들 니즐손가

---

40) <규원가>, <석별가>, <과부가>, <청춘과부가>, <리씨회심곡>, <여자소회가라>, <정부인자탄가>, <만수사>, <붕우소회가>, <애향곡>, <동긔별향가>, <한녀자유행원부모형제붕우>, <두견문답설화라>, <과부가>, <청승가>, <원별가>, <여자탄식가>, <원별이회곡>, <사친가>(70), <석별가라>(71), <붕우사모가>, <붕우원별가>, <붕우가라>, <동유리별가>, <석별가라>(77), <붕우가>, <붕우츈회곡이라>, <상명가> 등 28수.

357	고국의 도라갈 꿈	358	벽해랄 문이 밝고
359	옥누 놉흔 곳의	360	야야의 님을 뫼셔
361	일당우불의	362	슈답이 여향하니
363	젼셕의 문귀하던	364	가태부 이갓할가
365	어촌 원계셩이	357	긴 잠을 띡다르니
358	우리 님 옥음은	359	이변의 완연하고
360	우리 님 어로향이	361	의슈의 품여계라
362	<u>어나 날 이내 꿈을</u>	363	<u>진즌것 삼을손가</u>

　　이진유(李眞儒 ; 1669~1730)의 <속사미인곡>은 작자가 영조(英祖 ; 재위 1724~1776) 원년에서 동왕 3년 10월까지 일차 추자도(楸子島)에 유배되었을 때의 마지막 해인 영조 3년에 지은 것이다. 중국 사행(使行)에서 귀국 도중 나주(羅州)에 압송되었다가 후에 추자도로 유배[41]되어 가는 노정 및 절도(絶島)에서 천극(栫棘) 3년간의 온갖 회포 등을 퍽 실감나게 서술하면서 자기의 무죄와 왕에 대한 충정을 기술하고 있는데,[42] 안조원의 <만언사>와 함께 유배지까지의 노정, 유배지에서 생활상 등이 비교적 소상히 묘사되어 있어 주목된다. 정철의 <사미인곡>·<속미인곡>, 조우인의 <자도사>, 김춘택의 <별사미인곡>의 구성이 다같이 작자 자신의 심정을 젊은 여인에게 기탁(寄託)하여 서술하고 적강모티프를 통해 임과 이별한 사실을 제시하고 있는데 비해, <속사미인곡>은 적강모티프가 나타나 있지 않고, 기행체의 수법을 취하여 독백하는 형식으로 자신의 무죄를 주장하며 임을 향한 애틋한 충정을 표현했다는 점에서 차이가 난다. 또한 대상을 가리키는 '임'의 의미도 '왕'과 '님'을

---

41) 1724년 경종(景宗)이 죽자 이조참판이 되어 고부겸주청사(告訃兼奏請使)의 부사로 청나라에 갔다가 돌아오던 중 봉황성(봉천)에서, 영조 원년(1725) 정월 2일(辛丑)에 신축소하(辛丑疏下) 6인(이진유, 박필몽, 이명의, 정해, 윤성시, 서종하)이 삭탈관직(削奪官職)에 문외출송(門外出送)되고, 동월 12일 유명홍(兪命弘)의 상소 등으로 인해 25일 나주(羅州)로 정배(定配)되었다는 소식을 듣게 된다. 영조 원년 7월 2일에 다시 추자도(楸子島)에 원찬(遠竄) 천극(栫棘)의 명이 있었다.

42) 서원섭, 1979, 『가사문학연구』, 대구, 형설출판사, 228쪽.

함께 써서 함축성이 약화되었다.[43]

"삼년을 님을 떠나 / 해도에 뉴락하니"를 통해 창작 연대를 알 수 있다. 3년을 해도(海島)에 유락(流落)한 것은 오직 자신이 잘생겨 임(영조)의 총애를 독점한데서 오는 중녀(老論)의 질투와 참소 때문이라 했다. 중녀의 질투로 인해 해도에 유락하게 된 화자는 그곳에서 비참한 생활을 하며 살아가지만 임을 향한 일편단심은 변하지 않는다. 임에 대한 연주충군의 정이 간절하여 급기야는 꿈속에서 임을 모시게 되고, 깨어서도 아직 임의 음성이 귓가에 완연하고, 또 임의 향로에서 나는 향기가 옷과 소매에 스미어 있는 듯하다고 했다. "님 향한 일편정을 / 참고참아 떠나가니"나 "어나 날 이내 꿈을 / 진즌것 삼을손가" 등을 통해 대상을 잊지 못하며 그리워하는 연주충군의 정을 엿볼 수 있다.

나 상스곡

92	쳔지가 기벽젼이	93	우리들도 늘지말고
94	일월이 희명젼이	95	우리도 오리살아
98	쳔연만연 만슈무강	99	살아도 함개살고
100	죽어도 동혈되여	101	고락을 갓치ᄒ고
102	빅연히로 하여보시	135	어와 꿈이련가
137	계츅년 츄칠월이	138	그딕나이 십구셰라
139	십구셰 이별할쥴	140	요량이나 하엿든가
173	<u>봄이오고 꼿치피면</u>	174	<u>즈닉역시 꼿치되야</u>
175	<u>나를보고 웃난듯</u>	176	망월이 밝가오면
177	즈닉낫치 달이되여	178	닉창압히 비치난듯
179	비가오고 검은밤이	180	즈닉눈의 눈물되여
181	닉몸이 쑤리난 듯	194	심중의 남은소회

---

43) 최상은은 정철의 <사미인곡>과 이진유의 <속사미인곡>의 차이를 천상계를 설정하지 않았다는 점, 현실 문제를 직접적으로 보여주면서 자신의 정서를 나타내었다는 점, '왕'과 '님'을 함께 써서 님의 의미가 함축성을 잃었다는 점 등을 들었다(최상은, 1996, 「'연군'가사의 짜임새와 미의식」, 정재호 편저, 『한국가사문학연구』, 서울, 태학사, 367쪽 참조).

195 후싱에나 다시만나   196 닉외인연 굿게민자
197 이싱의 이룬한을   198 원만캐 호여보싀

<상스곡>은 부인과 사별하고 홀로 남은 슬픔과 어린 자식을 데리고 살아갈 일을 생각하며 지은 가사로, 작자·연대 미상이며, 『규방가사 － 신변탄식류』 소재 <망실이스>와 함께 아내를 잃은 남편의 노래이다.

양가 부모님께서 태중(胎中)부터 언약한 연분으로 동갑의 신부를 맞아 백년해로(百年偕老)하고자 약속하며 내외의 연을 맺고, 지극한 정성과 사랑으로 아내를 대면하며 글공부를 한다. 그러던 중에 뜻하지 않게 아내가 19세의 나이로 세상을 뜨게 된다. 이에 화자는 애통한 마음에 먼저 떠난 아내를 원망하며 그리워한다. 봄에 핀 꽃을 보고 아내를 본 듯 생각하고, 망월(望月)을 보고도 아내의 얼굴이 달이 되어 나의 창을 비춘다고 생각하며, 밤에 오는 비를 보고 아내의 눈물이 내 몸에 뿌리는 듯하다고 하며, 봄에 산에서 우는 뻐꾸기 소리를 듣고도 임을 생각하는 등 잠시도 잊지 못하고 그리워하며, 후생에서라도 다시 만나 내외의 인연을 굳게 맺어 이생에서 맺힌 한을 풀어보자고 했다.

이별을 노래한 가사 중에서 나의 불망과 사모를 노래한 작품은 20수로[44] 나의 신세 한탄(28수) 다음으로 많다. 나의 신세 한탄을 노래한 작품은 대부분 『규방가사 － 신변탄식류』 소재 작으로 출가 및 시집살이와 관련이 있는 여성의 노래인 반면, 나의 불망과 사모를 노래한 작품은 나의 신세 한탄을 노래한 작품에 비해 내용이 다채롭고 작자층도 다양하다.

---

44) <안인수가>, <북관곡>, <속사미인곡>, <석춘사>, <사미인곡>(작자 미상), <단장사>, <사랑가>, <관등가>, <상사진정몽가>, <규수상사곡>, <상사회답곡>, <사친가>, <사제가>, <달거리>, <소회가>(50), <상사몽>, <자탄가>, <망부회사가라>, <상스곡>, <망실이사> 등 20수.

(3) 대상에 대한 원망

<u>가</u> 恨別曲 ————————————————————

33	二姓之合 맺인 緣分	34	합활합자 비상터니
35	五倫에 夫婦有別	36	이별별자 뜻이드냐
37	희한하게 만난 인정	38	우연히 이별하니
39	千萬古 傳한 法을	40	내 이별에 더할소냐
60	생각하니 답답하다	114	누웠다가 다시 앉고
115	앉았다가 다시 서서	116	인간만사 무심하다
117	일단정영 기울여서	118	눈에는 낭군이요
119	귀에는 낭군음성	120	완연하고 정영하다
121	정신차려 다시보니	122	헛생각 뿐이로다
123	<u>여보여보 그리마오</u>	124	<u>사람 괄시 그리마오</u>
125	<u>삼천약수 머다해도</u>	126	<u>青鳥가 다녀오고</u>
127	<u>九萬長天 머다해도</u>	128	<u>白鶴타면 올 것이요</u>
129	<u>銀河水 광활해도</u>	130	<u>烏鵲橋 없으리까</u>

　　<한별곡(恨別曲)>은 우연한 기회에 정든 임과 생이별하고 언제 올지 기약없는 임을 학수고대하며 독수공방에 전전반측하는 여인의 애절한 사연을 노래한 작자·연대 미상의 가사이다. 하늘이 열리자 땅이 생기고 해가 나자 달이 뜨듯 "군자 나자 내가 나니" 임과 나의 인연은 천연 (天緣)이라 하고, 이성지합(二姓之合) 맺은 연분이 영원하기를 바랐으나 우연히 임과 이별하고 그리워한다. 양류(楊柳)와 도리(桃李)가 봄을 맞아 서로 마주보며 봄빛을 희롱하는 것을 보고 사람이 초목만도 못하다고 한탄하며, 기러기, 연자(燕子), 두견(杜鵑), 화조(花鳥) 등을 빌어 그리움을 호소하다 울화가 치밀어 임을 원망하기에 이른다. 삼천약수(三千弱水)가 멀다고 해도 청조(青鳥)가 다녀오고, 구만장천(九萬長天) 멀다 해도 백학 (白鶴)을 타면 올 수 있고, 은하수 광활해도 오작교(烏鵲橋)가 있어 내왕 이 가능하다고 했다. 그러나 임은 소식조차 없다. 기다려도 오지 않고 소식조차 끊겼기에 그리움에 지친 화자는 마침내 임을 원망하게 된 것

이다. 약수(弱水)는 신선이 살았다는 중국 서쪽의 전설적인 강으로, 길이가 삼천 리나 된다고 한다. "삼천약수"의 삼천이나 "구만장천"의 구만등은 임과의 이별로 인해 생긴 공간적 거리를 심리적으로 극대화하여표현한 것이다. 이별한 대상에 대한 그리움과 사모의 정, 기다림 등이혼합되어 있기는 하나, <한별곡(恨別曲)>이라는 제목이 암시하듯 소식조차 끊고 떠난 임에 대한 원망의 정서가 바탕을 이루고 있다.

이별을 노래한 가사 중 대상에 대한 원망을 노래한 작품은 모두 5수45)이다. 이들 작품은 모두 작자·연대 미상으로, 여성 화자가 떠난임을 그리워하다 원망으로까지 그 정서가 확대된다는 점에서 <한별곡(恨別曲)>과 유사하다.

(4) 매개체의 활용

가 만언사 ──────────────────────────────

787	새벽 서리 치는 날에	788	외기러기 슬피우니
789	孤客이 먼저 들고	790	임 생각이 새로와라
791	보고지고 보고지고	792	임의 얼골 보고지고
793	나래 돋힌 鶴이 되어	794	날아가서 보고지고
795	萬里長天 구름 되어	796	떠나가서 보고지고
797	落落長松 바람되어	798	불어가서 보고지고
799	梧桐秋夜 달이되어	800	비초여나 보고지고
801	粉壁紗窓 細雨되어	802	뿌려서나 보고지고
1441	내 苦生 한해함은	1442	남의 苦生 十年이라
1443	凶卽吉함 되올는가	1444	苦盡甘來 언제 할고
1445	하나님께 비나이다	1446	설은 願情 비나이다
1447	冊曆도 해 묵으면	1448	고쳐 쓰지 아니하고
1449	노호염도 밤이 자면	1450	풀어져서 버리나니
1451	世事도 묵어지고	1452	人事도 묵었으니
1453	千事萬事 蕩滌하고	1454	그만저만 敍用하사

───────────────────

45) <황계사>, <恨別曲>, <한별곡>, <여탄가>, <진정부> 등 5수.

1455 끊쳐진 옛 因緣을   1456 고쳐잇게 하옵소서

    <만언사>는 정조 때 대전별감을 지낸 안조원(安肇源)의 작으로, 그의
나이 34세 때 파렴치죄로 추자도에 유배되어 그곳에서 풀려 나오기까지
약 2년 동안 천신만고(千辛萬苦)한 생활상을 그린 유배가사이다. <만분
가>의 영향을 받은 다른 작품들46)이 사화(士禍)에 몰린 당쟁의 피해자
로 화자의 무고함을 대상(임금)에게 하소연하거나, 남녀 애정 형식을 빌
어 임금에 대한 충성을 나타낸 데 비해, <만언사>는 작자의 신분이
평민이라는 점, 유배를 당하게 된 동기가 당쟁으로 인한 피해자로서가
아니라 자신의 과오로 인해 저질러진 파렴치죄로 죄명이 명확하다는
점, 남녀 애정 형식을 빌지 않았다는 점 등에서 차이가 난다. 또한 내
용 면에서도 임을 신격화하지 않았으며, 천상계를 설정하지 않았다는
점 등이 다르다.

    유배지인 추자도(楸子島)에서 기한(飢寒)에 시달리며 모진 고역(苦役)을
겪고 천대를 받던 화자는 학, 구름, 바람, 달, 세우(細雨) 등이 되어서라
도 임을 보고자 하며, "내 고생 한 해 함이 남의 고생 10년"에 견줄만
하다고 하여 유배생활의 비참함을 직설적으로 토로하고, 이어서 고진감
래할 날을 기다리며 매개체인 하나님께 끊어진 옛 인연을 고쳐 잇게 해
달라고 소망했다. <만분가>의 영향을 받은 다른 작품 같으면 임에게
직접 호소할 것을 <만언사>에서는 하나님께 호소했다. 유배지 선정이
나 유형 기간은 따로 정해진 것이 아니라 군주의 관용이나 정권이 바뀜
에 따라 사면되거나 형량이 줄었다. 그러므로 유배를 당한 사람에게 군
주인 임금은 절대적인 존재였다. 그럼에도 불구하고 임(임금)에게 직접
소망을 호소하지 않은 것은 임을 천상적인 존재, 즉 "옥황상제 = 임(임
금)"으로 보지 않고 화자와 같은 지상적인 존재로 보았기 때문일 것이

---

46) <만분가>(1503) - <낙지가>(1523) - <원분가>(1536) - <사미인곡>·
    <속미인곡>(1588) - <별사미인곡>(1708) - <속사미인곡>(1727) - <만언
    사>(1777~1799)(이상보, 앞의 책, 90~91쪽, <만분가> 영향 관계도 및
    <만분가> 영향 계통표 참조).

다. 그러므로 화자는 절대적인 능력을 지닌 유일한 존재인 하나님에게 자신의 소망을 빈 것이다.

이별을 노래한 가사 중에서 매개체의 활용을 통해 화자의 소망을 표출한 작품은 <만언사>뿐이다.

2) 관계 회복의 추구

(1) 전생(변신)에 의한 접근

가 만분가 ___________________________________

1	天上 白玉京	2	十二樓 어듸매오.
3	五色雲 깁픈 곳의	4	紫淸殿이 ▽려시니
5	天門 九萬里를	6	쑴이라도 갈동말동
7	출아리 싀여지여	8	億萬번 變化ᄒ여
9	南山 늦즌 봄의	10	杜鵑의 넉시 되여
11	梨花 가디 우희	12	밤낫즐 못 울거든
13	三淸洞裏의	14	졈은 한널 구름 되여
15	ᄇ람의 흘리 ᄂ라	16	紫微宮의 ᄂ라 올라
17	玉皇 香案前의	18	咫尺의 나아 안자
19	胸中의 싸힌 말ᄉ	20	쓸커시 ᄉ로리라.

<만분가>는 조위(曺偉 ; 1454~1503)가 무오사화(戊午士禍) 때 유배지인 전라도 순천(順天)에서 지은 가사로 후대 정철의 <사미인곡>, <속미인곡>, 조우인의 <자도사>, 김춘택의 <별사미인곡> 등에 직·간접적으로 많은 영향을 끼쳤다.47)

---

47) 이 작품들의 공통점은 작품 외적으로 작가가 관직에서 타의에 의해 물러나거나 쫓겨난 상황에서 창작되었다는 것이고, 작품 내적으로는 구조적인 면에서 시·공간 배경(과거와 현재, 천상계와 지상계)이나 이념과 현실의 관계를 이원적으로 설정했다는 것이다(최상은, 앞의 책, 356쪽).

"천상 백옥경"은 도가적 천상세계로 옥황상제가 계시는 곳, 즉 궁궐을 뜻한다. 임금이 계시는 곳은 천상이며, 화자가 처해 있는 곳은 지상이다. 천상계는 임이 계시는 곳으로 행복과 충만함이 넘치는 무량하면서도 영원한 세계이다. 그러나 이와는 달리 화자가 처해 있는 지상계는 고난만이 충만한 세계이다. 이처럼 화자와 대상과의 거리를 천상과 지상의 메울 수 없는 아득한 거리에 비유함으로써, 유배를 당한 화자의 처지를 더욱 암담하며 처참하게 드러냈다. 이에 화자는 어느 누구에게도 호소할 길 없는 비분을 억만 번 변화하여 두견의 넋이 되거나 한점 구름이 되어서라도 옥황 향안전에 나아가 하소연하고자 했다. 천상과 지상으로 나누어진 대상과 화자의 거리는 곧 임금이 계시는 궁궐과 화자가 있는 유배지(순천)와의 거리로 단절된 공간의 은유적 표현이다. 화자와 임은 공간적으로 단절되어 있기에 정상적인 방법으로는 만나기가 어렵다. 그러므로 화자는 차라리 죽어서 억만 번이라도 변해서 두견의 넋이 되거나 구름이 되어서라도 임을 만나 자신의 무고함을 하소연하고자 했다.

나 망부석 이별곡

53	인간 세간 빅육천의	54	전장은 무삼일고
67	국사가 황급한이	68	사정인들 잇을손가
69	일자낭군 이별후의	70	소식조차 영결일새
121	전단만국 이내이별	122	이별로도 처량하다
123	이내몸이 달이대야	124	만관옥관 차자가서
125	우리학사 다시만나	126	무한소해 하여볼가
127	이내몸이 새가되야	128	두나래로 나라가니
129	우리학사 다시만나	130	만단회포 풀어보리
131	이내 몸이 구름되야	132	춘풍병락 써나가서
133	황든회루 전자중의	134	이리저리 보고올아
135	이내몸이 입히되야	136	상풍구월 써러저서
139	자고갈고 찾아가서	140	학사낭군 보고올가
141	이내몸이 꽃이되야	142	가지가지 피엿다가

143 화산빅볼 찾아가서	144 석양풍의 날고날아
145 찻저갈가	

<망부석 이별곡>은 작자·연대 미상의 규방가사이다. 전장(戰場)에 나간 임을 밤낮으로 그리다가 만나려는 뜻을 이루지 못한 채 망부석(望夫石)이 되었다는 내용의 노래이다. 서두에서는 남편의 인물과 재주를 극찬하고, 이어 혼인 후의 정이 두터움을 읊었다. 한림학사가 된 남편이 전쟁이 나자 만리 길을 떠났고, 그 후로 소식조차 없다. 이에 화자는 역대 중국의 이별고사를 인용하여 슬픔을 강조하였고, 달, 새, 구름, 잎, 꽃 등이 되어서라도 임을 만나고자 했다. 달, 새, 구름, 잎(나뭇잎), 꽃 등은 모두 자유로운 존재로 임이 있는 곳을 알며, 또한 마음만 먹으면 언제든지 그곳으로 갈 수 있기 때문이다.

임과의 공간적 거리라는 객관세계의 장애를 극복하기 위하여 공간적 이동을 실현하고자 할 때, 현실적인 방법으로는 불가능하고 실질적인 성과를 기대하기 어렵기 때문에 전생 혹은 변신의 길을 택하게 된다.[48] 전생 또는 변신의 대상으로는 달, 새, 구름, 잎, 꽃 등으로 다양하게 나타난다. 이것은 가사에서의 전생 혹은 변신 또한 시조에서와 마찬가지로 유(儒), 불(佛), 도(道)사상과 습합 내지는 접맥되어 있음을 의미한다.

이별을 노래한 가사 중에서 전생(변신)에 의한 접근을 노래한 작품은 7수[49]이다.

(2) 대상의 뒤를 따름

가 절명사 ___________________________________

1 슬푸다 秋風은	2 어느 곳으로 어나뇨

---

48) 박진태, 1998, 「애정시조의 유형구조」, 『한국고전가요의 구조와 역사』, 대구, 형설출판사, 109쪽 참조.

49) <만분가>, <사미인곡>, <속미인곡>, <자도사>, <별사미인곡>, <춘면곡>, <망부석 이별곡> 등 7수.

3	외로온 무음은	4	더옥 슬프고 슬푸도다
17	슬프다 景物이여	18	뎡히 나의 命을
19	재촉ᄒᄂᆫ 째로다	24	遠父母 離兄弟ᄂᆫ
25	女必從夫어늘	26	大滄 長橋
27	中道의 부러지니	28	悽悽 橋上
29	一身이 기우러졋도다	30	蒼海 외로온 비여
31	짐대 썩거지니	32	저배 어대로 힝ᄒ여
33	살길콜 어이 어들고	51	사라 百年이
52	혼 플긋 이싱이요	53	죽어 傳ᄒ기ᄂᆫ
54	千秋萬歲예	55	泯滅치 아일디라
104	네 호올노 ᄒᄂᆫ 양 말나	105	나도 願ᄒ여
106	째로 미쳐	107	급피 도라가리로다
108	郎君을 다시 만냐	109	이 비을 둘히 ᄐ고 쒸워노하
110	어디을 行ᄒᄂᆫ지	111	君이 길흘 쓰어
112	白蘋의 머무르고	113	瀟湘을 브라보며
114	옛 情을 못내 일니		

<절명사>는 전의 이씨(全義李氏 ; 1723~1748)의 작으로, 지은이가 25세 때인 영조 24년(1748) 9월 26일에 남편 곽내용(郭內容 ; 1723~1747)의 일주기(一週忌)를 맞아 남편 영전에 제사를 드리고 자진하기 직전에 지은 가사이다. 전의 이씨는 이명후(李命厚)의 딸로 18세 때인 영조 22년(1746) 12월에 망우당 곽재우(忘憂堂 郭再祐)의 8대 방손인 곽내용과 결혼하였다. 이듬해 남편이 병사하매 초종 장례(初終葬禮)를 마친 뒤 이 가사와 제문을 남기고 그 제일로 자진하여 영조 48년(1772)에 정려(旌閭)가 내려졌다.[50]

노래의 전반부는 남편과 사별한 화자의 외로운 심정을 원앙과 기러기를 빌어 심화·확대하고, 이어서 "슬푸다 경물(景物)이여 / 뎡히 나의 명(命)을 / 재촉ᄒᄂᆫ 째로다."고 하며 화자의 죽음을 예고하였다. 이어서 부모, 형제와 이별하고 여필종부(女必從夫)하였으나, 화자는 "짐대 썩거

---

50) 최강현, 앞의 책, 262쪽 참조.

진 창해(蒼海) 외로운 비(大滄 長橋 / 中道의 부러지니)"의 신세가 되었다고 하여 뜻하지 않게 대상과 사별했음을 나타내고, 후반부에서 "나도 원(願)ᄒ여 / 째로 미쳐 / 급피 도라가" 낭군을 만나 옛 정을 나누고자 했다. 후반부를 통해 죽음으로써 대상의 뒤를 따르고자 함을 알 수 있다.

사별을 노래한 가사로 사대부 부녀자가 쓴 글은 이 한 편뿐인데, 남편이 죽으면 아내도 따라죽어야 한다는 조선조 사대부가 여인의 순사(殉死) 의식이 나타나 있다.

이별을 노래한 가사 중에서 대상의 뒤를 따름을 노래한 작품은 <절명사> 1수뿐이다.

(3) 대상의 회귀 희망

가 이별가

19	야속하다 여자팔자	20	부모명영 엇지하야
21	십칠팔세 되여오이	22	혼인예절 하는구나
65	야릇하다 여자팔자	66	부모명영 엇지하야
67	무모형데 다버리고	68	일가친척 다버리고
69	고향산천 등을지고	70	지군자을 짜라가이
71	산천마다 눈선곳에	72	어이하야 간단말가
99	째조은 단오일에	100	이내신세 불길하야
101	생이별이 되얏구나	102	야속하다 여자팔자
103	누구밋고 사잔말고	141	애달도다 이팔청춘
142	생이별이 무삼일고	184	기력이야 기력이야
185	강산천지 가시걸랑	186	나의소리 들어다가
187	우리님께 전해다고	309	류수같은 세월이여
310	훌훌이 칠년이라	335	구경도 조컨마는
336	고만하고 도라오소	337	공산에 명월같치
338	원근이 돌아오소	339	꽃을 차저 가싯거든
340	봄철따라 도라오소	354	혼저라도 짐작커든
355	어서바비 도라오소	356	백년기약 다시매자

<이별가>는 여자로 태어난 신세를 한탄하며 남편과 생이별하고 혼자 살아가는 외로움을 읊은 가사로 작자·연대 미상이다. 야속한 여자 팔자이기에 "십칠팔세"가 되니 부모형제, 일가친척 다 버리고 고향산천 등을 지고 낯선 곳으로 시집을 갔으나, 천생연분이 아니어서인지 혼인 날이 불길해서인지 "째조은 단오일에 / 이내신세 불길하야" 남편과 생이별을 하게 된다. 쌍쌍이 다니는 원앙을 보고 자신의 신세를 한탄하며, 새벽서리 찬바람에 울고 가는 기러기를 보고 눈물 지으며 임에게 소식을 전해달라고 한다. 꽃을 보아도 임 생각뿐이며, 두견이 울음에도 수심에 잠기고 돌아오지 않는 무정한 임을 원망하기도 한다. 오늘 올까 내일 올까 손꼽아 기다린 날이 어느덧 칠 년이 지났으나 임은 돌아오지 않는다. 이에 화자는 "구경도 조컨마는" 그만하고 어서 바삐 돌아와 백년기약을 다시 맺자고 소망했다. 나의 신세 한탄과 대상에 대한 원망 등이 곳곳에서 보이기는 하나 전체적으로 보면 대상이 돌아오기를 갈망하는 내용이 중심을 이룬다. 이와 같은 내용의 작품 중에는 후에 남편이 돌아온다는 내용이 들어 있는 작품도 있으나, 이 작품은 남편이 돌아오기를 갈망하는 데서 끝난다.[51]

나 망부가 ______________________

57 야속하다 녀즈팔즈	58 부모형제 이별ᄒ고
59 일가친척 니별ᄒ고	60 일기군즈 짜라가니
61 산천마다 눈선곳에	62 어이ᄒ야 가잔말가
63 날수마는 녀자힝실	64 예필종부 구쳐업서
65 시퇵이라 ᄎᆞᄌᆞ간이	66 아난이 난군이라
67 만단셜화 다못타야	68 이별이 되엇더라
69 살아서 싱이별을	70 싱초목에 불이타고
71 죽어서 역니별은	72 남되도록 살건마는
73 <u>이팔청춘 녀자몸이</u>	74 <u>독수공방 어이ᄒ고</u>
251 <u>강산구경 가셨거든</u>	252 <u>사속히 돌아오소</u>

---

51) 권영철, 앞의 책, 418쪽 참조.

253	부귀하려 가셨느냐	254	유람하려 가셨거든
255	편지라도 전해주소	256	간해하려 가셨거든
257	순풍에 배를타고	258	순식간에 돌아오소
259	신선하려 가셨거든	260	불로초를 꺾어줘고
261	활을타고 돌아오소	262	도학하려 가셨거든
263	풍우를 잡아타고	264	잠시간에 돌아오소
318	이러구러 팔구년을	319	근근이 다보내고
320	십년만에 편지오고	321	편지오든 두달만에
322	어사낭군 돌아오네	353	팔도경사 마친후에
354	네곁으로 들어오니	359	부귀영화 한이업내

<망부가>는 부부간에 생이별하고 홀로 살아가야 하는 슬픔을 노래한 가사로 작자·연대 미상이다. 작품의 초반부는 여자로 태어났기에 부모형제와 일가친척을 다 버리고 남편을 따라 고향을 떠나야 한다고 하며 여자로 태어난 팔자를 한탄하고, 이어서 만단설화(萬端說話)를 다하기도 전에 남편과 생이별하고 이팔청춘에 독수공방해야 하는 신세를 한탄했다. 기러기 울음소리, 비오는 소리, 두견이 울음소리에도 잠 못 이루며 슬픔에 잠기고, 화전놀이에도 임 생각만 더해질 뿐이다. 이에 화자는 홀로 살아가는 자신의 신세를 한탄하면서 떠난 임이 하루빨리 돌아오기를 소망했다. 작품의 전반부는 출가로 인한 부모형제, 일가친척과의 이별과 남편과의 생이별이 제시되며, 이별을 겪어야 하는 원인이 여자로 태어난 탓이라고 하면서 신세를 한탄하나, 후반부는 떠난 임이 하루빨리 돌아오기를 소망하고, 마침내 "팔도경사 마친후에 / 네곁으로 들어오니" 부귀영화가 한이 없다고 했다.

대상의 회귀를 희망한 가사는 결말에 따라 두 유형으로 나누어진다. 하나는 <이별가>에서 본 바와 같이 대상이 돌아오기만을 갈망하는 것으로 끝나는 것이고, 다른 하나는 대상이 돌아와 행복을 구가하는 것으로 끝나는 것이다. 후자에 속하는 작품이 전자에 속하는 작품보다 완결미를 보이는데, 대상의 회귀를 희망한 가사 중에서 후자에 속하는 작품은 <망부가> 한 수뿐이다.

이별을 노래한 가사 중에서 대상의 회귀를 희망한 작품은 모두 5수[52]이다.

이상으로 가사에 나타난 이별의 수용 태도를 살펴보았는데, 이를 비율로 나타내면 다음과 같다.

1) 관계 파탄의 지속 ··· 54수(80.60%)
　(1) 나의 신세 한탄 ·· 28수(41.80%)
　(2) 나의 불망과 사모 ·· 20수(29.85%)
　(3) 대상에 대한 원망 ··· 5수(7.46%)
　(4) 매개체의 활용 ··· 1수(1.49%)

2) 관계 회복의 추구 ·· 13수(19.40%)
　(1) 전생(변신)에 의한 접근 ································ 7수(10.45%)
　(2) 대상의 뒤를 따름 ··· 1수(1.49%)
　(3) 대상의 회귀 희망 ··· 5수(7.46%)

지금까지 살펴본 바를 요약하면, 이별을 노래한 가사는 시조에서와 마찬가지로 관계 파탄의 지속에 해당하는 작품이 54수로 관계 회복의 추구를 노래한 작품(13수)에 비해 월등히 많았다. 관계 파탄의 지속 중에서 나의 신세 한탄을 노래한 작품은 대부분 규방가사로 출가 및 시집살이와 관련이 있는 여성의 노래인데 비해, 나의 불망과 사모를 노래한 작품은 내용 및 작자층이 나의 신세 한탄을 노래한 작품보다 다양했다. 이별의 수용 태도 면에서는 관계 파탄의 지속에서 나의 불변과 관계 연장의 희망에서 이별의 지연 소망이 나타나지 않음이 특징이다.

대체로 이별을 노래한 시조에서보다 가사, 특히 규방가사류의 작품에

---

52) <명월음>, <상사별곡>, <이별가>, <망부가>, <형제이별가> 등 5수. 이 중에서 최현 (崔睍)이 쓴 <명월음>은 임진왜란으로 몽진(蒙塵) 길에 오른 임금(宣祖)을 명월에 비기어 구름에 가려진 달을 바라보는 안타까운 심정을 노래한 것으로, 작품의 끝에 "우리도 丹心을 직희여 / 明月 볼 날 기드리노라"고 하여 대상의 회귀를 희망했다.

서 이별과 그에 따른 화자의 감정이 자연스럽게 표출되어 있음을 볼 수 있다. 이것은 시조와 가사의 형식상 특성에 기인한 것으로, 3장이라는 형식적 제한이 따르는 시조보다 이러한 형식적 제약으로부터 비교적 자유로운 가사가 화자의 감정을 표출하기에 적합하기 때문이다.

제7장 민요에 나타난 이별의 양상

1. 이별의 상황

문학은 언어예술이다. 이런 점에서 문학의 발생은 언어의 성립을 전제로 한다. 구비문학의 갈래로는 흔히 설화, 민요, 판소리, 무가, 민속극 등을 들거니와 그 중에서도 가장 서민적 문학 양식은 민요라 할 수 있다. 무가와 판소리는 전문적인 창자(唱者)에 의해서만 불려지고, 설화(주로 신화와 전설)는 서민층뿐만 아니라 귀족층도 참여하는 갈래이며, 민속극은 민중들의 소유이면서도 아무나 참여할 수 있는 것이 아니라 어느 정도는 그 방면에 소양을 가지고 있거나 훈련을 거친 사람이라야 가능하기 때문이다.[1]

그러나 민요는 특별한 요건 없이 누구나 향유하고 참여할 수 있는 갈래이다. 민요의 대부분은 일정한 생활상의 필요성 때문에 존재한다. 노동을 하거나, 의식을 거행하거나, 유희를 하면서 부른다. 그러나 설화·판소리·수수께끼 등에서는 생활상의 기능이 거의 존재하지 않는다. 설화·판소리·수수께끼 등은 창·화자와 청자의 관계에서만, 그리고 창·화자가 청자에게 들려주기 위해서 존재하나, 민요의 경우는 이와는 다르다. 민요는 창자만으로도 존재하는 자족적(自足的)인 성격을 지닌다. 즉 민요는 찾아 스스로의 필요성에서 부르고 창자가 스스로 즐기

---

[1] 이현수, 1990, 「한국 부요에 나타난 의식 연구」, 서울, 동국대학교 대학원 박사학위 논문, 2쪽.

기 위해서 부른다. 그러기에 민요는 언제나 창자 자신에게 충실할 뿐, 타자의 평가를 필요로 하지 않는다.[2]

구비문학을 서민의 문학, 민중의 문학이라고 정의할 때, 가장 전형적인 구비문학 갈래는 민요라고 할 수 있다. 구비문학이라는 이름으로 포괄되는 여러 갈래가 모두 민중의 의식을 반영하고 있다는 점에서 공통된다고 하겠지만 특히 민요에는 가장 순수하고 진솔한 민중의식이 표출되어 있기 때문이다.[3]

지금까지 민요를 채집하여 간행한 저서들은 많지만 그 중에서 대표적인 것으로는 먼저 임동권의 『한국민요집』(1~7)[4]을 들 수 있다. 『한국민요집』은 전국의 민요를 수집·정리한 방대한 자료집으로 요종(謠種)별로 노래를 분류했다. 또한, 한국정신문화연구원이 현장론적 방법론에 입각하여 전국의 설화, 민요, 무가 등을 조사한 『한국구비문학대계』[5]가 있으며, 음악적인 자료 채보와 함께 민요 수집이 이루어진 브리태니커 사의 『팔도소리』[6]가 있다. 최근 진행된 수집 작업으로는 문화방송이 1989년 겨울, 제주지역을 시작으로 사라져 가는 전국의 민요를 조사, 채록하여 구전 민요의 사설과 악보를 함께 담아 해설한 『한국민요대전』[7]이 있다. 『한국민요집』이 노래를 요종별로 분류한 데 비해, 『한국구비문학대계』, 『팔도소리』, 『한국민요대전』은 지역별로 노래를 분류한 차이가 있다.

여기서는 이들 자료집 중 『한국민요집』(1~5)을 주된 자료로 삼았다. 왜냐하면 본장에서는 사설(辭說)을 대상으로 한 문학적 연구방법을 택하였고, 민요에 나타난 이별의 양상을 살펴보기에는 지역별 분류보다는 요종별 분류가 더 적합하기 때문이다. 또한, 6~7권을 논의에서 제외한 이유는, 6권은 조선 총독부 조사자료를 입수하여 펴낸 것으로 요종별

---

2) 장덕순 외, 1971, 『구비문학개설』, 서울, 일조각, 76쪽.
3) 이현수, 앞의 논문, 같은 쪽.
4) 임동권, 1961~1992, 『한국민요집』 1~7, 서울, 집문당.
5) 한국정신문화연구원, 1980~1988, 『한국구비문학대계』 1-82.
6) 브리태니커, 1989, 『팔도소리』 1~3, 서울, 뿌리깊은 나무사.
7) 문화방송, 1992~1995, 『한국민요대전』, 제주·전남·경남·전북 편.

분류가 아닌 지역별 분류로 되어 있고, 7권은 특정지역(충남 예산)만을 대상으로 하였기 때문이다.

민요는 기능에 따라 노동요(勞動謠), 의식요(儀式謠), 유희요(遊戱謠) 등의 기능요(functional song)와 내방요(內房謠), 정연요(情戀謠) 등의 비기능요(non-functional song)[8]로 나눌 수 있다. 여기서는 연구의 범위를 제한하기 위하여 『한국민요집』(1~5)의 노래 중 비기능요를 대상으로 하였다. 민요에 나타난 이별의 양상을 살펴보기에는 기능요보다는 비기능요가 더 적합하기 때문이다.

한편, 민요는 문학이면서 음악이므로, 음악적인 고찰까지 갖추어져야 비로소 온전한 이해가 이루어질 수 있으나 본장은 비기능요의 사설을 대상으로 한 문학적 연구 방법을 택하므로 음악적 고찰은 제외하였음을 덧붙인다.

『한국민요집』(1~5)에 수록된 비기능요인 내방요와 정연요 1499수 중 이별을 노래한 작품은 339수로 전체의 22.6%를 차지한다. 이 중에서 사별을 노래한 작품은 170수로 이별을 노래한 작품 전체의 50.1%, 생이별을 노래한 작품은 169수로 49.9%를 차지한다. 사별을 노래한 작품 중 대상의 죽음을 노래한 작품과 나의 죽음을 노래한 작품은 각각 121수와 49수이고, 생이별을 노래한 작품 중에서 대상의 떠남을 노래한 작품과 나의 떠남을 노래한 작품은 각각 133수와 36수이다.

작품 분석은 시조나 가사에서와 마찬가지로 이별의 시기와 대상 등을 고려하여 전형적(典型的)인 것을 선택하여 다루기로 한다.

먼저, 사별을 노래한 작품부터 살펴보기로 한다.

---

8) 비기능요는 노래 자체의 즐거움 때문에 불려진다. 일정한 생활상의 기능은 없기에 비기능요라고 하지만, 노래의 즐거움 때문에 부른다는 기능은 있다. 기능요는 일정한 생활상의 소용(所用)과 노래 자체의 즐거움이라는 두 가지 기능을 다 가지고 있으나, 비기능요는 이 두 가지 기능 중 전자의 것이 부재하기에 기능요와 구별된다. 그러나 비기능요 중에는 기능요에서 전환(轉換)된 것이 많다. 기능요는 본래 기능을 떠나서도 부를 수 있는데, 본래의 기능을 떠나서 부르는 기회가 차츰 많아지다가 마침내 비기능요로 바뀌게 된다(장덕순 외, 앞의 책, 87쪽 참조).

1) 사 별

(1) 대상의 죽음

① 이별 이전

> 2-941[9)] 씨악궁 씨악궁   시아버지 일어나셔서
> 　　　　　조반잡숴
> 　　　　　씨악궁 씨악궁   시어마니 일어나셔서
> 　　　　　조반잡숴
> 　　　　　시집오든 삼년만에   시어마니가 죽었다네
> 　　　　　시어마니 죽고나니   시아버지가 또죽었네
> 　　　　　<u>집안식구 다죽어도</u>   <u>우리낭군 죽지마소</u>
> 　　　　　올라가는 올가마귀   내려오는 날가마귀
> 　　　　　이놈저놈 많이잡아   우리님상에 올려가세
>
> 　　　　　　　　　　　　　　　　　　　　●── 장흥 지방

2-941은 대상(남편)의 죽음 이전 상황을 노래한 민요이다. 첫머리의 "씨악궁 씨악궁"은 시아버지·시어머니의 의성어인 동시에 조흥구 역할을 한다. 시집온 지 3년 만에 시어머니·시아버지가 죽었으므로, 남편도 죽을지 모른다는 의구심이 든다. 여성 화자에게 있어서 임의 부재는 삶의 의미를 상실하는 것이므로 화자는 임의 죽음을 부정하며 대상에게 더욱 지극한 정성을 다한다.

일반적으로 우리 사회에서는 까마귀에 대해 좋지 않은 감정을 가지고 있다. 특히, 까마귀 울음소리는 죽음의 불길한 징조로 받아들이기까지 한다. 아침에 까마귀가 울면 아이가 죽을 징조이고, 오후에 까마귀가 울면 젊은이가 죽을 징조이며, 저녁에 까마귀가 울면 노인이 죽을 징조라고 한다.[10)] 그러므로 화자는 임의 무사안일을 빌며 또한 불길한 징조

---

9)『한국민요집』권수 표시 및 가번호(歌番號)임.
10) 까마귀의 상징적 의미는 매우 다양하다. 신화에서는 해와 달, 신의 사자,

에 대한 예방책으로 "올라가는 올가마귀 / 내려오는 날가마귀 / 이놈저 놈 많이잡아" 우리님 상에 올리겠다고 한다.

사별을 노래한 민요 170수 중 대상의 죽음 이전 상황을 노래한 것은 2-941뿐이다. 이별의 대상은 남편이다.

② 이별 이후

1-478	正月이라 대보름	답교하는 名節이라
	靑春男女 짝을지어	양양삼삼이 다니는데
	우리님은 어띨갔기에	답교가잔말이 어이없나

二月이라 寒食날은　　　계자취이 넜이로다
북망산촌을 찾어가서　　　무덤을안꼬 통곡을하니
無情하고 야속한님　　　왔느냐소리 왜없느냐

               - 중 략 -

十二月은 막달이라　　　벗긴사람 잘리는때
海東자시 지내고보니　　　그달그믐이 그데로다
복조리는 사라고하되　　　임건지는 조리는없구나

—— 제주 지방

국가, 무질서 등을 상징하며, 풍속에서는 흉조, 부정 등을, 종교적으로는 간신이나 사악한 무리의 표상, 늙은 어미를 봉양하는 반포조(反哺鳥), 부처의 사자 등으로 부정적인 면과 긍정적인 면을 동시에 지니고 있다(한국문화상징사전편찬위원회, 1992, 『한국문화상징사전』, 서울, 동아출판사, 110~114쪽 참조). 한편, 검은 까마귀는 악, 악의, 불운, 수지가 맞지 않는 흥정을 뜻하고 붉은 색이나 금색으로 그려진 까마귀는 태양, 효도를 뜻한다. 태양과 연관되어 그려진 까마귀는 오히려 수탉으로 여겨지는데, 그것은 양식화된 동물 그림은 혼동되기 쉽기 때문이다. 다리가 3개인 까마귀나 수탉은 태양에 산다. 검은 까마귀와 흰 따오기는 음과 양을 상징한다(진 쿠퍼, 이윤기 옮김, 1996, 『그림으로 보는 세계문화상징사전』, 서울, 까치, 92쪽 참조).

1-478은 젊은 과부의 한 많은 넋두리를 읊은 <청상요>이다. 남편이 죽어 과부가 되는 것을 "서리를 맞은 여인"에 비유해서 상부(孀婦)라 한다. 그러므로 청상(靑孀)이란 젊은 여인이 과부가 되었다는 것으로 청상과부(靑孀寡婦)를 말한다. 따라서 청상요(靑孀謠)란 청춘과부의 민요란 뜻이 된다. 청상요라는 민요가 우리나라에만 많은 것은 불사이부(不事二夫)를 강요한 우리의 사회제도와 윤리관이 낳은 부산물의 하나이다.[11] 이러한 제도와 윤리관이 나이 어린 과부에게 제이의 인생을 허용하지 않고 고독하게 살기를 강요했고 눈물로 긴긴밤을 지새우도록 했다.[12]

<청상요>는 정월부터 십이월까지 매월 풍속을 제시하는 형식을 취하며,[13] 대체로 죽은 남편을 생각하며 잊지 못할 추억에 사로잡히는 내

---

11) 남자가 상처(喪妻)를 하면 재취(再娶)가 허용되었으나 여자가 상부(喪夫)를 하면 재가(再嫁)가 금지되었다. 재가를 금지하는 제도는 고려 말부터 있었으나 이 법은 명부(命婦)와 판사 이하 육품(六品) 벼슬을 한 이의 처로서 과부가 된 이에 한하여 적용되었고, 일반 민부에까지는 미치지 아니하였다. 조선조에 이르러서 태종(太宗) 때에 법을 만들고 이르기를 "개가한 자의 자손에게는 현직(現職)을 서(敍)하지 않는다."고 했으며, 성종(成宗) 8년에 부녀의 재가를 금하는 명령을 내리어 재가한 자의 자손은 벼슬에 천거하지 말도록 하는 율령(律令)을 지었다(이능화 지음, 김상억 옮김, 1990, 『조선여속고』, 서울, 동문선, 230~231쪽 참조).
　　전(傳)에 이르기를, "신(信)은 부덕(婦德)이니, 한 번 함께하였으면, 종신토록 고치지 않는다."고 하였다. 이러므로 삼종지의(三從之義)가 있고, 한 번도 어기는 예(禮)가 없더니, 세도(世道)가 날로 비속(卑俗)하면서부터 여자의 덕이 부정(不貞)하여, 사족(士族)의 여자가 예의(禮義)를 돌보지 않고, 혹은 탈정(奪情)하기도 하고, 혹은 스스로 중매하여 사람을 따르니, 스스로 가풍(家風)을 무너뜨릴 뿐만 아니라, 진실로 이 명교(名敎)를 점오(玷汚)하게 함이 있으니, 만약 금방(禁防)을 엄히 세우지 않으면 음벽(淫僻)한 행실을 그치게 하기 어렵습니다. 이제부터는 재가(再嫁)한 여자의 자손(子孫)은 사판(仕版)에 나란히 하지 말라(傳云信婦德也 一與之齊終身不改是以 有三從之義 無一違之禮 自世道日卑 士族之女 不顧禮義 或奪情 或自媒 壞家風玷名敎 若不嚴立禁防 難以止淫僻之行 自今再嫁女子孫 勿齒仕版 『성종실록』 권 제82, 성종 8년 7월 18일(癸未)조).
12) 임동권, 1984, 『여성과 민요』, 서울, 집문당, 192~193쪽.
13) 매월 풍속은 지방에 따라 차이는 있으나 대체로 정월 보름 망월(望月)이나 답교(踏橋), 이월 한식(寒食), 삼월 삼짇날, 사월 초파일(初八日), 오월 단오(端午), 유월 유두일(流頭日), 칠월 칠석(七夕), 팔월 추석(秋夕), 구월 중양

용으로 되어 있다. 계절의 순환과 그에 따른 추억이 '대상의 죽음 → 명절의 순환 → 대상에 대한 나의 불망과 사모'의 구조로 시상이 전개된다. 1-472, 1-477, 2-859~865, 3-975, 4-553~556 등도 같은 구조를 취하고 있다.

<table>
<tr><td>2-912</td><td>인생이생 생겨날제</td><td>남자로 생겨나서</td></tr>
<tr><td></td><td>글배워 성공하고</td><td>활쏘아 등제하여</td></tr>
<tr><td></td><td>기린각 일편석에</td><td>제일공신 그려내면</td></tr>
<tr><td></td><td>부모님께 영화뵈고</td><td>자손에게 현달하여</td></tr>
<tr><td></td><td>장부의 쾌한이름</td><td>후세에 전할것을</td></tr>
<tr><td></td><td>전생의 무슨죄로</td><td>이내몸 여자되어</td></tr>
</table>

－ 중 략 －

일조에 우리낭군　　　우연히 득병하니
백약이 무효하고　　　일분효험이 없다
가련한 이내일신　　　흥복통이 일어난다
화타가 갱생하고　　　편작이 살았은들
일조에 우리낭군　　　죽을밖에 전혀없다
출가한지 보름만에　　청춘홍안 과부로다
만사에 뜻이없고　　　일신이 병이된다

－ 중 략 －

남다자는 긴긴밤에　　무슨일로 못자는고
슬프고 가련하다　　　이내팔자 어이할고
손꼽아 헤아리니　　　오실날이 망연하다
애고애고 서름지고　　실날같은 이내목숨
흐르나니 눈물이요　　터지나니 한숨이라

◉──── 대전 지방

절(重陽節), 시월 말날(馬日)이나 시제(時祭), 동짓달 동지(冬至), 섣달 그믐날(除夕) 등이며, 지역에 따라 섣달까지 가지 않고 시월이나 동지에서 끝나는 경우도 있다.

2-912는 남편의 죽음에 따른 여성 화자의 충격과 슬픔, 삶의 무의미함과 비애감이 잘 표출되어 있다. "가련한 이내 일신 / 흉복통이 일어난다", "만사에 뜻이 없고 / 일신이 병이된다"에서 볼 수 있듯이 임을 잃은 충격이 상당히 큼을 알 수 있다. 이러한 상실감과 좌절감이 "남다 자는 긴긴밤에" 잠조차 앗아간다. 이에 화자는 삶의 의미를 상실하고 "슬프고도 가련하다 / 이내팔자 어이할꼬", "흐르나니 눈물이요 / 터지나니 한숨이라"며 신세를 한탄한다. '임의 죽음→비탄·허무감→여성 화자의 삶의 존재의미 상실→신세 한탄'으로 시상이 전개되며 비극적인 세계 인식이 나타난다.

한편, 대상의 죽음을 노래한 <시집살이요>는 크게 세 종류로 나눌 수 있다.

첫째는 3-990과 같이 수많은 학대와 고통을 받은 며느리가 시집 식구들의 죽음 소식을 듣고 반가워하는 모습을 담은 노래이다.

3-990	요망하다 요시누야	너도너도 멀잖았다
	말탄서방 대잖았다	
	시집가던 사흘안에	죽었다고 부고왔네
	부고하인 점심하러	정지에 들어가여
	잘죽었네 잘죽었네	요망하든 요시누야
	옥식기에 밥을뜨니	오복소복 잘죽었네
	장종지기 장을뜨니	올랑출랑 잘죽었네

●── 마산 지방

3-990은 시누이의 부고를 받고 기뻐하는 며느리의 모습을 담고 있다. 시부모를 배경삼아 하는 일마다 사사건건 비판을 하며 고자질을 일삼던 "요망한" 시누이였기에 화자는 시누이의 죽음을 슬퍼하거나 동정하기는 커녕 "오복소복", "올랑졸랑" 잘 죽었다고 기뻐하는 것이다. 이를 통해 평소 시누이와 불화와 반목이 극심했음을 짐작할 수 있고, 시집 식구들

에 대한 원망과 저주가 얼마나 컸던가를 짐작하게 해 준다.

4-600	부음장왔네 부음장왔네	엄마죽어 부음장왔네
	사랑문을 반만열고	아배아배 시아배야
	큰방문을 반만열고	어마어마 시어마야
	갈라누마 갈라누마	예라요년 요망한년
	다짜놓고 가라하네	다짜놓고 갈라하니
	싯거놓고 가라하네	싯거놓고 갈라하니
	풀해놓고 가라하네	풀해놓고 갈라하니
	다듬어놓고 가라하네	

－ 후 략 －

● —— 선산 지방

    둘째는 4-600과 같이 친정 부모의 부음 소식을 듣고도 시집 식구의 방해로 바로 친정으로 갈 수 없는 시집살이의 고통을 노래한 것이다. 시집살이하는 며느리가 가장 서러움을 느낄 때가 바로 친정에 좋지 않은 일이 생겼을 때이다. 부모가 죽어 부고가 왔는데도 시집 식구들은 얼른 보내주지 않고 하던 일을 마치고 가라고 명령한다. 친정 부모님의 부음을 받고도 방적, 부엌일, 침선 등 삼중 사중의 노역을 강요받고 바로 친정으로 향하지 못한다. 힘든 노역을 끝내고 새벽같이 친정으로 향하나 이미 상여는 출발한 상태이다. 딸이 울며불며 달려가 상여를 붙잡으니, 이번에는 친정 식구들이 늦게 왔다고 야단을 칠 뿐이다. 이러한 내용의 노래는 1-528, 2-965~966, 2-969~970 등이 있다. 1-525~527, 2-967, 2-971~972 등의 노래에는 시부모의 방해는 직접적으로 나타나 있지 않으나 내용상 친정에 도착하기도 전에 상여소리를 듣는다는 것으로 보아 이를 미루어 짐작할 수 있다.

4-687	시어머니 죽었다고	좋다더니
	보리방아 물버놓고	생각나네
	시아버지 죽었다고	춤추더니 왕골자리

떨어지니 또생각나네　　시동생이죽었다고 좋다더니
나무깐을 쳐다보니　　　생각나네

　　　　　　　　　　　　　●──── 아산 지방

셋째로 4-687과 같이 시부모의 죽음과 시누이·시동생의 죽음 소식을 한편으로는 반기면서도 한편으로는 문득 생각난다는 증오와 연민의 감정 교차를 보이는 노래이다. 여기에 해당하는 작품은 1-556~559, 2-1058~1060 등이다.

이들 세 분류 작품의 공통점은 가족 구성원 중 다른 사람의 죽음을 통해 여성 화자의 시집살이 고통이 얼마나 심한가를 직·간접적으로 보여준 데 있다.[14] <시집살이요>에 나타난 사별의 세 유형 중 셋째 유형을 통해 한국 여인들에게 있어 삶은 비록 굴종과 인내의 고달픈 노정이었다 할지라도 '정'의 특성이 부각된 건전한 삶의 일면을 또한 지니고 있음을 확인할 수 있다.

사별을 노래한 민요 중에서 대상의 죽음을 노래한 작품은 모두 121수가 있는데, 이 중 이별 이전의 상황을 노래한 것은 2-941뿐이며, 나머지 120수는 모두 이별 이후의 상황을 노래했다. 이별 대상은 부부가 가장 많으며, 다음으로는 부모, 연인, 시집 식구, 시부모 등이다.[15]

---

14) 박태상, 1993, 「민요에 나타난 한국인의 죽음의식 및 한에 대한 고찰」, 『한국 문학과 죽음』, 서울, 문학과지성사, 250쪽 참조.

15) 부부 83수(1-472, 473, 474, 475, 476, 478, 491, 503, 504, 505, 528, 2-859, 860, 861, 862, 863, 864, 865, 867, 868, 869, 870, 872, 873, 874, 875, 877, 878, 879, 887, 912, 915, 918, 925, 926, 928, 930, 937, 941, 951, 952, 954, 955, 1189, 1248, 1254, 1278, 1407, 3-974, 975, 976, 985, 986, 4-541, 544, 545, 546, 547, 548, 550, 552, 553, 554, 555, 556, 557, 592, 599, 689, 692, 919, 958, 1014, 5-478, 481, 482, 483, 484, 486, 487, 488, 489, 504), 부모 20수(1-477, 524, 525, 526, 527, 688, 2-953, 965, 966, 967, 968, 969, 970, 971, 972, 3-1007, 4-600, 691, 5-505, 506), 연인 8수(1-617, 618, 619, 2-1269, 1271, 4-577, 978, 5-561), 시집 식구 7수(1-556, 557, 558, 559, 2-1060, 3-990, 4-687), 시부모 2수(2-1058, 1059), 부부·부모 1수(1-489) 등 121수.

(2) 나의 죽음

① 이별 이전

1-652   <u>나는죽어 맷돌밑짝이되고요</u>   <u>너는죽어 윗짝이되여라</u>
　　　　　　　어랑어랑 어랑내사랑아

●── 청양 지방

1-652는 죽어서 맷돌이 되어서라도 임과의 사랑을 지속하고자 하는 소망을 노래했다. 윗맷돌은 암맷돌이며, 아랫맷돌은 수맷돌이다. 그러므로 "나는죽어 맷돌밑짝이되고요"를 통해 이 노래의 화자가 남성임을 알 수 있다. 암맷돌과 수맷돌의 맞물림은 곧 음양의 결합으로, 남녀의 성적 결합을 상징하며, 그에 따른 풍요와 생산을 상징한다.[16] 이렇게 보면 이 노래는 죽어서까지 임과의 결합을 소망한 노래로, '죽음 가정 → 전생(轉生) → 사랑의 지속 희망'으로 시상이 전개된다. 1-659, 2-1238, 2-1240, 2-1244 등도 이러한 구조로 되어 있다.

2-983   집에 들어가면　　　시어머니가 원수
　　　　　　　부엌에 들어가면　　시누이가 원수
　　　　　　　밭에 나가면　　　　바래기가 원수
　　　　　　　논에 나가면　　　　가래가 원수
　　　　　　　이원수 저원수　　　<u>당사실로 목을매어</u>
　　　　　　　<u>요내맘에 맺힌한을</u>　　풀어나 보자

●── 구례 지방

---

16) 맷돌은 아랫돌과 윗돌을 한짝으로, 아랫돌 중심에 박은 중쇠에 윗돌 중심부의 구멍을 맞추어 회전하게 하고, 윗돌에 구멍을 꿰뚫어 곡류를 넣어 갈게 되어 있다. 윗맷돌을 암맷돌, 아랫맷돌을 수맷돌이라 하며, 수맷돌 가운데 박은 중쇠를 수쇠라 한다. 암맷돌과 수맷돌의 맞물림은 곧 음양의 결합으로, 남녀의 성적 결합을 상징하고, 맷돌질은 성행위를 상징한다. 맷돌질을 하면 갈아진 곡물이 쏟아져 나오듯이, 인간은 성행위를 함으로써 인간을 생산한다. 즉, 맷돌은 신의 의지를 점치는 주구(呪具)로써, 남녀 음양의 결합을 상징하며, 그에 따른 풍요와 생산을 상징한다(한국문화상징사전편찬위원회, 1995, 『한국문화상징사전』 2, 서울, 두산동아, 200쪽).

2-983은 시집 식구의 질시와 학대 그리고 힘에 겨운 노동을 이기지 못하고 결국 자살의 길을 택하여 "요내맘에 맺힌한을" 풀고자 하는 내용의 노래이다. 흔히 시집살이는 못된 시어머니와 시누이가 합작해서 며느리를 못살게 구는 것으로만 생각하기 쉽지만, 실상은 그보다 훨씬 심각했다. 조선시대 평민이나 노비층 여성들은 집안일은 물론이고 직접적인 생산노동에도 참여하지 않을 수 없었다. 당시 절대적으로 생산력은 낮고 노동력은 절대적으로 부족했기 때문이다. 농사일정은 종자를 준비하는 것, 밭갈이, 곡식 심기, 김매기, 수확의 순으로 짜여져 있다. 이 중에서 여성 노동력이 집중 투입된 것은 김매기이다. 농사의 성패는 김매기에 달려있다고 할 만큼 농사에 있어서 김매기는 중요하며, 일단 김매기를 할 때는 그 시기를 놓치면 안 되기 때문에 노동력이 집중적으로 투여되어야 했다.[17] 가사노동에 더하여 바랭이와 가래 따위의 농사일은 여성 화자에게 견딜 수 없는 고통이었을 것이다.

조선시대에 있어서 여성의 지위는 오직 의무만 있을 뿐 권리는 부여되지 않았다.[18] 이러한 중세 봉건적 가정의 제도상 모순이나 유습에 의해 며느리는 시집 식구의 구박과 학대에 맞서 좌절과 시련이라는 요소를 인내로 참아내기도 하는 한편 분투(끊임없는 노력)와 반항이라는 요소를 활용, 적극적이고 능동적인 행동 양상을 보이기도 한다. 하지만 대체적으로 눈물과 인고의 순응적인 태도를 취하며, 결국 심리적인 중압감을 이기지 못하여 목매달아 죽는 극단적인 방법을 취하기도 한다.[19] 이 노래는 '대상으로부터의 시련→자살 결심' 순으로 시상이 전개된다. 2-885, 2-1050 등도 이와 유사한 구조를 보인다.

나의 죽음을 전제로 이별 이전의 상황을 노래한 민요는 10수이다. 이별 대상은 연인, 부부, 시집 식구, 붕우, 부모 등이다.[20]

---

17) 이순구, 1999, 「조선시대 여성의 일과 생활」, 앞의 책, 203~206쪽 참조.
18) 윤태림, 1970, 『한국인』, 서울, 현암사, 168쪽.
19) 박태상, 앞의 책, 244쪽.
20) 연인 4수(1-652, 659, 2-1240, 1244), 부부 3수(2-885, 1253, 4-693), 시집 식구 1수(2-983), 붕우 1수(2-1238), 부모 1수(2-1050) 등 10수.

② 이별 순간

<table>
<tr><td>2-1273</td><td>오동나무 반반동에</td><td>먹감나무 발마치에</td></tr>
<tr><td></td><td>곱고곱은 이내서답</td><td>시불갓득 담아이고</td></tr>
<tr><td></td><td>준주난수 헌한물에</td><td>먹득끈 빗기놓고</td></tr>
<tr><td></td><td>옥돌에 걸어앉아</td><td>완앙청청 씻자하니</td></tr>
<tr><td></td><td>난데없는 역마소리</td><td>앉아봐도 역마소리</td></tr>
<tr><td></td><td>이내지은 칭사도포</td><td>짓만짓고 떨이없고</td></tr>
<tr><td></td><td>이내기은 삼성버선</td><td>깜동걸이 받치신고</td></tr>
<tr><td></td><td>지내가네 지내가네</td><td>울어서 해가지고</td></tr>
<tr><td></td><td>집으로 돌아가자</td><td>준주난수 헌한물에</td></tr>
<tr><td></td><td>임자한테 말한마디</td><td>들어보라고 준주난수</td></tr>
<tr><td></td><td>헌한물에 빨래왔더니</td><td>말한마디 못들었네</td></tr>
<tr><td></td><td>동창문은 돈아비고</td><td>열창문을 얼리리고</td></tr>
<tr><td></td><td>자고가네 자고가네</td><td>넘본듯이 자고가네</td></tr>
<tr><td></td><td><u>바늘같은 이내몸에</u></td><td><u>황소같은 병을실고</u></td></tr>
<tr><td></td><td><u>나는가네 나는가네</u></td><td><u>자는듯이 나는가네</u></td></tr>
</table>

●── 창녕 지방

2-1273은 자신의 존재를 알아주지 않는 대상에 대한 원망과 자신의 존재의미 상실, 그에 따른 자결을 노래한 민요이다. 예나 지금이나 가족의 옷을 세탁하는 일과 침선은 주부의 임무 중의 하나이다. 여성 화자는 오동나무와 먹감나무로 만든 빨래통에 세탁물을 담아 이고 개천에 빨래를 하러 갔다가 자신이 만들고 지은 옷을 입고 버선을 신고 말을 타고 지나가는 남편을 보게 된다. 그러나 남편은 화자를 못 본 채 지나쳐 버린다. 이에 화자는 서운한 마음에 울며 빨래를 해서 집으로 돌아오나 남편은 한마디 말도 않고 남 본 듯이 잠만 자고는 떠나버린다. 이에 화자는 남편에 대한 원망으로 "바늘같은 이내몸에 / 황소같은 병을실고" 죽을 수밖에 없다고 했다.

나의 죽음을 노래한 민요 중 이별 순간의 상황을 노래한 것은 2-1273뿐으로, 부부간의 이별을 노래했다.

③ 이별 이후

<table>
<tr><td>1-483</td><td>흰빨래는 희게씻고</td><td>검은빨래 검게씻어</td></tr>
<tr><td></td><td>집에라고 돌아오니</td><td>시어머니 하신말씀</td></tr>
<tr><td></td><td>얘야아가 며늘아가</td><td>진주양반 볼랴거든</td></tr>
<tr><td></td><td>아랫방 문열고봐라</td><td>아랫방 문열고보니</td></tr>
<tr><td></td><td>옥수같은 술을놓고</td><td>기생첩을 옆에끼고</td></tr>
<tr><td></td><td>건주개를 노는구나</td><td>웃방으로 올라와서</td></tr>
<tr><td></td><td>명주수건 썩찢어서</td><td>이가지 약을놓고</td></tr>
<tr><td></td><td>목을매어 죽었느라</td><td>진주양반 이말씀듣고</td></tr>
<tr><td></td><td>버선발로 뛰여나와</td><td>야 – 이사람 이사람아</td></tr>
<tr><td></td><td>기생첩은 석달이요</td><td>처녀사랑은 백년인데</td></tr>
<tr><td></td><td>말도없이 죽었는가</td><td>저퉁지통 죽었네</td></tr>
<tr><td></td><td>불쌍하고도 가련하다</td><td>가련하고도 불쌍하다</td></tr>
</table>

●── 하동 지방

<진주낭군요>나 <첩요> 등에 보이는 1-483과 같은 유형의 노래는 가난한 집에 시집을 와서 갖은 고생을 하며 남편만을 믿고 살아가는데, 시어머니의 말을 들으니 남편이 기생첩을 데리고 왔다는 것이며, 결국 바람을 피우는 현장을 목격하고는 목을 매달아 죽었다는 내용이다. 이는 시집살이에서 계속되는 '좌절 – 시련'을 극복하지 못한 패배적인 죽음이자, 어떤 의미에서는 남편에 의한 폭력적인 죽음이랄 수도 있다. 시집 식구들 중에서 여자가 믿고 의지할 사람은 남편밖에 없는데, 남편이 바람을 피우면 여자는 자신의 존재 의미나 가치에 대해 회의를 품을 수밖에 없다. 일부 작품에서 시어머니의 말이 시아버지의 말로 바뀌었다든지, 목을 매달지 않고 약을 먹고 죽었다든지, 첩 사랑이 석 달이 아니라 십 년으로 된 정도의 차이를 보이고 있으나, 대체적인 내용에서는 일치하고 있다. 이러한 <진주낭군요>나 <첩요>도 결국 <시집살이요>의 범주에 속하는 것이고 가정이라는 공동체내에서의 인간적 질서나 부부간의 동질감·유대감이 깨어진 데 대해 느끼게 된 며느리의 실

존적 의미 상실과 밀접한 관련이 있다. 이는 결국 봉건적 제도하에서의 사랑이 바탕이 되어 있지 않은 가정 내의 모순이 가져온 폭력적인 죽음의 한 양상이라고 할 수 있다.[21] 2-889, 2-1072~1079, 4-551, 4-559~567, 4-572, 4-695~701, 5-493 등도 이와 같은 유형의 노래이다.

<blockquote>

2-1247   <u>요내죽음 하원통해</u>   <u>강남가서 제비되어</u>
임이자는 처마마다   집을지어 새끼삼년
쳐내어도 무정한우리님   나올줄 모르도다
원수로다 원수로다   임이자는 방문앞에
신두켜레가 원수로다

— 합천 지방

</blockquote>

2-1247은 원통하게 죽은 자신의 한을 풀기 위해 제비로 전생(轉生)하여 임이 자는 처마에 집을 짓고 새끼까지 쳐서 울어보나 임은 알아주지 않는다는 내용으로, 대상에 대한 원망과 증오가 나타난다. 제비는 예부터 두루미, 까치, 원앙 등과 함께 자웅의 짝이 있어서 부부의 윤리를 지킨다는 점에서 부러움을 받아 왔다. 자웅의 짝이 없는 동물은 거의 없지만, 제비가 그 전형적인 것으로 인식되고 있음은, 사람이 쉬 볼 수 있는 위치에 있기 때문이다. 2-1247은 이와 같이 제비가 늘 사람과 가까운 곳에서 살며 자웅간의 애정이 돈독하게 보이므로, 임을 그리워하는 마음을 제비를 통해 나타내고 있다.[22] 그러나 "무정한우리님"은 임이 자는 처마마다 집을 지어 "새끼삼년 쳐내어도" 나올 줄을 모른다. 임이 자는 방문 앞의 "신두켜레"는 바로 임의 신 한 켤레와 다른 여자(첩)의 신 한 켤레일 것이다. 이 노래의 시간적 배경은 밤이다. 낮이 단성적(單性的)으로 활동하고 노동하는 시간이라면, 밤은 양성(兩性)이 교통하고 결합하는 시간이다. 따라서 밤은 자기를 잊고 잠든 대상에게 자신의 사랑을 하소연하기에 적합한 시간이면서 동시에 배신과 망각의 현장

---

21) 박태상, 앞의 책, 247~250쪽 참조.
22) 한국문화상징사전편찬위원회, 1992, 『한국문화상징사전』, 서울, 동아출판사, 533~534쪽 참조.

에서 한 맺힌 울음을 울어 자신의 억울함을 하소연하고 심지어는 대상을 원망하고, 저주하고, 복수를 꾀할 수 있는 시간이기도 하다.[23] "임이 자는 방문앞에"서 한 맺힌 울음을 운다는 것은 임의 숙면을 방해하는 것으로, 임의 뜻을 거스르고, 임에게 고통을 주며, 임을 손상시키는 행위로, 임을 원망하고 저주하며 나아가서는 복수를 꾀하는 것으로 볼 수 있다. 거제 지방의 민요 4-568도 2-1247과 같은 내용의 노래이다.

한편, 1-709는 임과 이별한 후, 임을 그리워하며 살기보다는 차라리 죽어서 청룡새가 되어 임을 그리워하는 울음을 울겠다는 내용으로, 대상에 대한 원망과 증오는 나타나지 않으나 전생의 방법으로 대상과의 공간적 거리를 극복하고자 했다.

4-688	꼬댁각씨 꼬댁각씨	한살먹어 어머니죽고
	세살먹어 아버지죽고	삼촌집에 들어가니
	삼촌은 들여차고	삼촌의댁은 나려차고
	동지섣달 설한풍에	다떨어진 베적삼
	다떨어진 베치마	입으라고 이걸주나
	우리어머니 어데가고	내가이렇게 되었나
	언장뎅이 언밥뎅이	접씨끝에 붙여주네
	이걸먹고 어찌사나	아이고답답 스럽지고
	그럭저럭 십오세라	중신아비 들랑날랑
	가네가네 시집가네	고제낭군 있었구나
	아구답답 스렁지고	이목숨 죽기나하야겠네
	연방죽에 빠져죽으러가서	한번가서 못빠져죽고
	두번째는 연방죽에	신을벗어놓고
	풍덩빠져 죽었다	있으라고 이슬비
	가라고 가랑비오거든	나의눈물인줄 알아주소
	꼬댁각씨 꼬댁각씨	숭없이 우리들이
	놀아보세	

●── 예산 지방

---

23) 박진태, 1998, 「애정시조의 유형구조」, 『한국고전가요의 구조와 역사』, 대구, 형설출판사, 114~115쪽 참조.

　　대부분의 <꼬댁각시요>는 4-688과 같이 "한살먹어" 어머니, "세살먹어" 아버지와 사별한 꼬댁각시가 삼촌 집에서 천덕꾸러기로 자라서 15세에 시집을 가나 고자 남편을 만나며, 그로 인해 삶을 비관한 끝에 자살을 한다는 내용으로, 비극미를 표상하는 가장 대표적인 여성 민요라 할 수 있다. <꼬댁각시>는 불운을 타고난 비극적 여인의 대명사로 예산, 전주, 거창, 진도, 영양, 서울, 대구 등 전국적으로 분포되어 통용되고 있는 공통적인 이름이다. 각 지방에 따라 고난의 양상에 다소 차이가 있으나 그 구조적 유형은 동일하며 비극의 정도도 대동소이한데, 보통 '조실부모→빈곤→불행한 결혼→비관 자살(혹은 중이 됨)' 순으로 시상이 전개된다.24) 4-689~693 등도 이와 유사한 구조로 되어 있다. 그러나 이 노래에서 흥미로운 것은, 이렇게 철저하리만큼 일관된 극단적 비극 가운데서도 그 종결은 비극을 벗어나 있다는 것이다. 연방죽에 빠져 죽은 주인공의 비극과는 관계없이 "꼬댁각시 꼬댁각시 / 숭없이 우리들이 놀아보세"와 같은 여흥적(餘興的) 분위기를 조성함으로써 그 비극성을 완화시키고 있다.25)

---

24) <꼬댁각시요>는 정초나 추석에 여성들이 한해의 운수나 궁금한 점 등을 알아보기 위해 점을 치면서 부른다. 명절이 아닌 농한기의 놀이에서도 불려졌다고 하는데, 이는 <꼬댁각시요>가 기능에서 멀어지면서 생긴 현상이다. <꼬댁각시요>를 의식요로 볼 것인가, 유희요로 볼 것인가는 전승자가 이를 어떻게 인식하느냐에 따라 달리 판단될 수 있다. 이렇게 볼 때 <꼬댁각시요>는 원래 의식요이던 것이 후대로 내려오면서 유희요로 변화했으리라 생각된다. <꼬댁각시요>는 서사민요 중 '삼촌 밑에서 자라 시집가나 신랑이 죽은 조카'유형에 속한다. 지역에 따라 다소 차이는 있으나 <꼬댁각시요>의 서사적 짜임을 살펴보면 다음과 같다(서영숙, 2002, 「<꼬댁각시 노래>의 연행양상과 제의적 성격」, 『우리 민요의 세계』, 서울, 역락, 119~123쪽 참조).
　　ㄱ. 어려서 부모를 여읜다.
　　ㄴ. 삼촌집에 찾아간다.
　　ㄷ. 삼촌·숙모에게 구박을 받는다.
　　ㄹ. 시집을 간다.
　　ㅁ. 신랑이 죽는다.
　　ㅂ. 시집살이가 심하다.
　　ㅅ. 자살을 한다(혹은 중이 된다).

나의 죽음을 노래한 민요 중, 이별 이후의 상황을 노래한 작품은 38
수이며, 이별 대상은 부부, 연인, 부모·부부 등이다.26)

이상에서 살펴본 바와 같이 사별을 노래한 민요는 대상의 죽음을 노
래한 것(121수)이 나의 죽음을 노래한 것(49수)보다 훨씬 많다. 대상의 죽
음을 노래한 민요 중 1수만이 이별 이전의 상황을 노래했고, 나머지
120수는 모두 이별 이후의 상황을 노래했다. 나의 죽음을 노래한 민요
는 이별 이후의 상황을 노래한 것이 가장 많으며(38수), 다음으로는 이별
이전의 상황을 노래한 것(10수)으로 나타난다. 이별 순간의 상황을 노래
한 것은 1수뿐이다. 사별의 대상으로는 부부가 가장 많으며, 다음으로는
연인, 부모, 시집 식구, 붕우 등으로 나타난다.

2) 생이별

(1) 대상의 떠남

① 이별 이전

<blockquote>

2-1266   님아님아 정든님아   날버려라 날버려라
네가싫어 날버리면   말도없고 숭도없고
내가싫어 널버리면   말도많고 숭도많다
님아님아 정든님아   싫은듯이 날버려라

———— 여천 지방

</blockquote>

2-1266에서는 "네가싫어 날버리면 / 말도없고 숭도없고 / 내가싫어

---

25) 이현수, 앞의 논문, 133쪽 참조.

26) 부부 34수(1-483, 484, 2-889, 1072, 1073, 1074, 1075, 1076, 1077, 1078,
1079, 1247, 3-984, 4-542, 543, 551, 559, 562, 563, 564, 566, 567, 568,
572, 695, 697, 698, 699, 700, 701, 897, 5-480, 493, 503), 연인 3수(1-614,
709, 4-568, 980), 부모·부부 1수(4-688) 등 38수.

널버리면 / 말도많고 숭도많다"는 사설을 통해 조선조 여성들에게 가해진 사회적, 법률적 제약과 남성 중심적 편견으로 인한 여성의 사회적 활동 금지 및 그 속박의 일면을 엿볼 수 있다. 고대 사회로부터 근대에 이르기까지 한국의 사회를 지배해 온 사상은 유교에 그 뿌리를 두고 있다. 유교에서 본 인간관은 사람을 하나의 독립된 인격자로 본 평등한 인간관이 아니고 종적 관계에서 본 불평등한 차별적 인간관계이다. 그곳에는 개성이 뚜렷한 자아의 존재를 인정함이 없고 양반과 상인, 주인과 하인의 신분적 계층 관계요, 남자와 여자라는 성적 차별관계며, 연장자와 연소자의 엄연한 상하 관계요, 아비와 자식간의 복종 관계이다.[27] 이러한 유가사상의 윤리규범에 의해 인간으로서의 자유와 권리를 속박당한 채 자폐적 삶을 살 수밖에 없었던 것은 그 누구보다도 그 시대의 여인들이었다.[28] 그러므로 화자는 어차피 이루어질 수 없는 사랑이라면 내가 임을 버리고 떠나는 것보다 임이 "싫은 듯이 나를 버리고" 떠나는 것이 더 현명하다고 판단했기 때문에 임에게 떠날 것을 요구한 것이다.

4-904	높은산에 눈날리고	야차산에 재날리고
	악수장마 비퍼붓듯	칠선바대 물밀린듯
	어제밤에 오신손님	재수사망 보십소서

●── 정읍 지방

4-904는 자연의 힘을 빌어서라도 떠날 임을 잡고자 하는 화자의 소망을 노래했다. 화자는 높고 험한 산에 눈 내리고 재 날리며 억수 같은 장마비가 와서 물이 바다같이 몰아쳐 주기를 바라며, 그리하여 어젯밤에 오신 손님이 그 사정을 짐작하고 영원히 이곳에 있어주기를 소망한다. 날이 새면 떠날 임이기에 임과 영원히 함께하고자 하는 화자의 간절한 소망이 과장적 표현을 통해 노래되었다. 이별이 공간적으로는 결합 상태에서 분리 상태로의 변화를 의미하고, 시간적으로는 지속되던

---

27) 윤태림, 앞의 책, 129쪽.
28) 이현수, 앞의 논문, 9쪽.

관계의 중단을 의미하는 것으로 규정한다면,[29] 4-904는 자연의 힘을 빌어서라도 임과의 공간적 결합의 지속과 시간적인 관계의 지속을 소망한 노래이다.

대상의 떠남을 전제로 이별 이전의 상황을 노래한 민요는 3수인데, 위에서 살펴본 2수 외에 남의 집 유부녀와의 사랑을 노래한 2-1282도 여기에 속한다. 이별의 대상은 모두 연인이다.[30]

② 이별 순간

2-924		
	인제가면 언제나오실라나	오실날이나 일러를주게
	조고마한 조약돌이	커드란 광석이되야
	서중맞거든 오실라나	대천이라 한가운데
	물이말러 논치고	밭갈거든 오실라나
	뒷산이 무너져	평지가되거든 오실라나
	태산이 평지가되고	평지가태산이 되거든오실라나
	평풍에 그린황계수탉	자른목을 질게빼어
	두날개를 툭탁치고	울거든 오실라나
	올날이나 일러주오	죽어서 영이별은
	남들도 다하거니와	생의생이별 생초목이
	불이 붙네	이내눈물이 악수되면
	불을 끄련마는	눈물을 흘리되
	간곳없고 회회리광풍	모진바람만이 일어난다

●── 정산 지방

2-924는 생이별의 쓰라림과 절망감을 노래했다. 죽어 이별하는 것은 체념할 수도 있으나, 생이별은 어딘가 살아있을 임이기에 행여나 하는 미련 때문에 죽어 이별하기보다 더 심각할 수 있다. 이제 가면 다시는 오지 않을 것 같기에 화자는 조그만 조약돌이 광석이 되고, 대천(大川) 한가운데 물이 말라 논농사를 짓고 밭을 갈거나, 뒷산과 태산이 무너져

---

29) 박진태, 1998, 「서경별곡의 합성가요적 특성」, 앞의 책, 93쪽.
30) 2-1266, 1282, 4-904 등 3수.

평지가 되거나, 병풍에 그린 닭이 날개를 퍼덕일 때나 오시겠느냐고 반문하고 있다. 조그만 조약돌이 커다란 광석이 된다거나, 대천이 말라 논밭이 되고, 태산이 무너져 평지가 되며, 병풍에 그린 닭이 살아 움직인다는 것은 현실적으로 불가능한 일이다. 이처럼 한 번 이별하면 영이별임을 화자는 알고 있다. 그러므로 화자의 마음속에는 생초목에 불이붙고 모진 바람이 일게 된다. 불가능한 가정을 전제로 삼아 이별 없는영원한 삶을 소망하는 과장적 표현법이 사용되었다는 점에서 고려속요<정석가>와 유사하다. 1-507도 불가능한 상황을 설정하여 생이별의 쓰라림을 노래했다.

4-857	가는놈아 가는놈아	샛자장개 가는놈아
	하늘같은 부모두고	바닥같은 전답두고
	더벅머리 자식두고	반달같은 각시두고
	셋자장개 가는놈아	한모퉁이 돌아가다
	가매우장 뽓어지고	두모탱이 돌아가다
	피석동이나 흘러주소	

- 중 략 -

울어머니 들으시면	오간머리 울리면서
아야불쌍 내자식아	여자의 입쌀에는
오뉴월 서릿발	지치단다
울아버지 들으시면	받은밥상 밀쳐놓고
아야불쌍 내자식아	요자가 요망하면
도장안에 범이든단다	서른성이 띠민생이
훗손이 띠며도	잘도간다

●── 해남 지방

4-857은 새장가를 가는 남편에 대한 원망과 저주가 노골적으로 표출된 노래이다. 하늘같은 부모도 있고, 풍족한 논밭과 처자식도 있는 남편이 새장가를 간다. 이에 화자는 한 모퉁이 돌아가다 가마가 부서지고,

두 모퉁이 돌아가다 피를 석 동이나 흘리라며 남편에게 무서운 저주를 퍼붓는다. 그러나 친정에 있는 부모님조차도 화자의 신세를 불쌍히 여기기는 하나 여자의 입놀림은 오뉴월 서릿발이 끼치며, 여자가 요망하면 집안에 범이 든다고 하여 화자의 인종을 은연중에 강요한다.

조선시대 결혼제도를 한마디로 규정한다면, 공식적으로는 일부일처제를 표방했으나 실상은 남자는 일부다처제, 여자는 일부일처제가 적용되었다. 고려 말의 다처풍속[31]은 조선 초에 유교적 이념을 바탕으로 한 정치·사회 개혁이 이루어지면서 비판의 대상이 되다가 태종 13년(1413)년에 유처취처(有妻娶妻)가 정식으로 금지되었다. 유처취처를 법으로 금하다보니 국가에서는 다처를 포기한 수많은 남성들에게 이를 대신할 반대급부를 제시해 주어야 했다. 그래서 탄생한 것이 축첩제도다. 축첩제도는 고려 말의 다처 풍속을 변형된 형태로나마 그대로 지속시켜준 결혼제도로서, 조선 사회가 남성 위주의 사회였음을 보여준다.[32] 이처럼 축첩제도는 가부장제 사회에서 고안된 남성들의 횡포로 조선조 여인들은 이를 감수하며 살아야만 했다. 2-1274·1275 등도 새장가를 가는 남편을 원망하고 저주한 내용의 노래이다.

<blockquote>

4-896   남포혈 기튼밤에   돗대치는 저사공아

<u>너는무슨 헐일없어</u>   <u>귀중심처 무침님을</u>

부질없이 실어다가   동서사방이 웬일인가

</blockquote>

●—— 정읍 지방

2-924와 4-857이 여성 화자의 노래임에 비해, 4-896은 남성 화자의 노래이다. 고려속요 <서경별곡> 제3연은 여성 화자가 임을 싣고 떠나

---

31) 고려의 결혼제도도 조선과 마찬가지로 일부일처제를 바탕으로 했다. 그러나 조선시대와 달리 남녀 모두에게 일부일처제가 적용되었으므로 남녀 구분 없이 결혼과 이혼 그리고 재혼이 자유로웠다. 그런데 고려 말에 사회 혼란이 거듭되고 여자 수가 남자 수를 능가하면서 일부일처제가 무너지고, 일부다처제가 널리 퍼지게 되었다.

32) 정성희, 1998, 『조선의 성풍속』, 서울, 가람기획, 20~24쪽 참조.

는 뱃사공을 원망한데 반해, 4-896은 남성 화자가 규중심처에 있는 임을 싣고 떠나는 사공을 원망했다. 사모했던 임이 배를 타고 어디론가 떠난다. 물을 건너면 둘 사이는 영원한 이별이 있을 뿐이다. 그러므로 화자는 배를 띄워 물을 건너게 한 사공을 원망하게 된다. 사공만 없다면 임은 물을 건너지 못할 것이고, 그러면 임과 영원히 함께할 수 있었으리라 믿기 때문이다.

생이별로 이별 순간에 대상의 떠남을 노래한 민요는 17수이다. 시집가는 딸과의 이별을 노래한 1-637, 자식을 두고 재혼하는 어머니를 원망하는 내용의 1-645, 임과 영원히 함께하기를 소망한 1-686, 떠나는 대상의 회귀를 소망한 2-1256, 떠나는 임을 잡고 매달리는 2-1288 등도 여기에 속한다. 이별 대상은 연인, 부부, 자식, 부모 등이다.[33]

③ 이별 이후

1-638	옥동쳐자 우리딸아	인물곱고 맵시좋고
	바늘사리 질삼사리	보기좋게 잘도하고
	살림살이 잘살기는	우리처자 밖에없네
	<u>작년이라 춘삼월에</u>	<u>시집이라 보냈드니</u>
	<u>쥬야장천 보고싶어</u>	<u>죽도사도 못하겠네</u>

●── 창원 지방

1-638은 어머니가 딸을 사랑해서 부른 노래인 <애녀요>이다. 딸자식이 너무 귀여우니 어릴 때는 빨리 성장시켜 혼수를 잘 마련해 남부럽지

---

33) 연인 12수(1-506, 507, 686, 2-924, 927, 935, 1256, 1288, 1432, 3-977, 978, 4-896), 부부 3수(2-1274, 1275, 4-857), 자식 1수(1-637), 부모 1수(1-645) 등 17수.

않게 시집을 보내고 싶으나, 한 번 보내고 나면 사무치게 그리워지는 것이 부모의 마음이다. 곱게 키워 인물 좋고 맵시 좋은 딸을 출가시키고 나서 밤낮으로 그리워하는 모정이 잘 나타나 있다. 남존여비사상은 딸보다 아들을 더 소중히 여겨왔으나 그것은 후사(後嗣)와 봉제사(奉祭祀)를 지극히 중요한 것으로 여기던 유가적 인생관에 의한 것이다. 그러나 아이를 기르는 과정에서 보면 아들의 무뚝뚝하고 퉁명스런 것보다는 딸의 애교 있고 상냥스런 점이 훨씬 귀엽고 마음이 끌린다. 따라서 의지하는 점에서 보면 아들이 믿음직스러우나 귀여운 점에서 보면 딸이 더하다. 그러므로 아들보다는 딸에게 더 애착이 간다. 민요에서 아들의 노래는 희소하나 딸의 귀여움을 노래한 <애녀요>가 전하는 것도 이와 같은 이유에서일 것이다.34)

2-1368   찢일년아 발길년아   대전통편 목빌년아
                병든가장 잠들여놓고   어린자식 젖떼놓고
                새벽단장 곱게허고   단보찜싸기가 웬말이냐
                너도청춘 나도청춘   누가나잘되나 두고보자

●── 정읍 지방

2-1268은 병든 남편과 어린 자식을 두고 정부(情夫)를 따라 떠난 여인을 원망하고 저주한 <부정요>다. 남성의 부정에 비해 여성의 부정은 많은 것은 아니다. 그러나 여성도 사람인지라 때로는 정이 앞서 탈선하는 일도 있었으니 <부정요>가 생긴 것이다. 부부는 인류의 근본이기 때문에 삼종의 의리(三從之義)는 있어도 개가(改嫁)하는 도리는 없다.35) 남편이 병들면 치료에 전력해야 한다. 더구나 어린 자식을 재워두고 정부를 따른다는 것은 모성으로 보아서도 있을 수 없는 일이다. 그러므로 남성 화자는 부인에 대한 원망으로 "너도청춘 나도청춘 / 누가나잘되나

---

34) 임동권, 1982,『한국부요연구』, 서울, 집문당, 175~176쪽 참조.
35) "夫婦人倫之本　故婦有三從之義　無更適之理"(『태종실록』 권 제11, 태종 6년 6월 9일(丁卯)조).

두고보자"며 저주하고 있다. 부정(不貞)이란 남녀에게 다 있을 수 있는 일이다. 그러나 여성의 부정은 조선시대 윤리관으로는 있을 수 없는 일이었다. 『대명률직해(大明律直解)』에는

> 무릇 화간(和姦)인 경우는 곤장 팔십을 치는 데, 남편이 있는 경우는 곤장 구십을 친다[36)]

고 하여 남편이 있는 유부녀의 화간을 더 엄하게 다스렸다. 또한 처가 남편을 버리고 도망했을 경우는

> 만약 처가 남편을 배신하고 도망하면 곤장 백을 치며, 남편은 처를 마음대로 방매할 수 있다. 도망간 여인이 개가를 하면 교수형에 처한다.[37)]

고 했으니, 부녀자의 부정에 대해 법률이 매우 엄했음을 알 수 있다. 병든 남편과 어린 자식을 두고 정부를 따라가는 경우는 교수형이 분명했고 사회에서 지탄의 대상이 되었을 것이며 부정의 극치로 비난받았다. 2-1369~1373 등도 2-1368과 같이 아내의 부정에 대한 남편의 원망과 저주가 나타나 있다. 그러나 이와는 반대로 4-591처럼 청실홍실 부부의 인연을 맺고 영원히 함께하자고 태산을 두고 맹세한 임이 그 약속을 깨뜨리고 떠나므로, "너도청춘 나도청춘 누가잘되나 두고보자"며 남편을 원망하고 저주한 아내의 노래도 희박하나마 찾아볼 수 있다. 또한 2-1382, 2-1386처럼 어린 자식을 팽개치고 간부를 따라 떠나버린 부정한 어머니를 원망한 자녀들의 노래도 있다.

3-1009   갈까보다 임시집간데로   멈살러 갈까보다
          왕백이신짝을 터덜털끌면서   임을따라서 갈까보다

---

36) 『大明律直解』 卷25, 犯姦, "凡和姦杖八十　有夫杖九十"
37) 『大明律直解』 卷6, 出妻, "若妻背夫在逃者杖一百　從夫嫁賣　因而改嫁者絞"

어찌살까나 정든임그리워　　임이날괄세 하더라도
불원천리 갈까보다　　　　　아무래도 임을위하여
병이 나리외다

●── 장연 지방

3-1009는 시집간 임을 그리워하며, 임이 시집간 곳으로 가서 그곳에 머물러 살고자 한 남성 화자의 노래이다. 민요에서는 보통 1-507이나 4-930처럼 떠나는(떠난) 임(남성)을 여성 화자가 따르는(따르고자 하는) 내용으로 되어 있으나, 3-1009는 이와는 반대로 떠난 임(여성)을 남성 화자가 따르고자 한 내용이다. 이로 보면 엄격한 사회제도 하에서도 남녀가 서로 사랑하는 일은 자연스러운 것이며, 사랑하는 임을 그리워하고 뒤를 따르고자 한 것도 여성이나 남성이나 마찬가지임을 알 수 있다.

5-558　　가실적에 하신말씀　　　명년춘삼월에 꽃이피고
　　　　잎이피며는 오시마더니　단풍이들고 눈이와도
　　　　아니오시네　　　　　　상사불견 그리던님
　　　　손목잡고서 만단설화　　다못하야
　　　　닭우는소리 놀라깨니　　허무한꿈 날속였구나

- 중　략 -

　　　　이세상에 서로만나서　　이별이 있거든
　　　　너는죽어서 꽃이되고　　나는죽어서 나비되어
　　　　널찾거든 난줄알아라

●── 양평 지방

5-558은 죽어서 "나비"로 전생해서라도 임을 만나고자 한 노래이다. 명년 춘삼월에 오겠다던 임은 단풍이 들고 눈이 와도 오지 않는다. 그리던 임을 꿈속에서나마 만나게 되나 만단설화를 다하기도 전에 닭의 울음소리에 잠을 깬다. 그리하여 더욱 허무함을 느낀 화자는 최후의 수단으로 죽음을 생각하게 되며, 죽어 "나비"가 되어서라도 임을 찾아가

겠다고 했다. 살아서는 임과의 재회가 불가능하므로 전생의 방법을 택한 것이다. 그러므로 "너는죽어서 꽃이되고 / 나는죽어서 나비되어"란 표현은 인간의 분리에 의한 불안 상태의 지속을 사랑에 바탕을 둔 합일 방안을 통해 해결하겠다는 의지의 표현이기도 하다.[38] 4-869도 5-558 동일한 노래로 '다시 오겠다는 약속→기다림→좌절→죽음에 의한 전생' 구조를 보이고 있다.

생이별을 노래한 것 중 대상의 떠남을 노래한 민요는 이별 이후에 불려진 것이 113수로 가장 많다. 이별을 노래한 시조나 가사에서도 이러한 현상을 볼 수 있는데, 이것은 대상과의 이별에 의해 자신의 처지가 불행하면 불행할수록 떠난 대상에 대한 '그리움→기다림 혹은 원망'의 정서가 짙어가기 때문이다. 그러므로 이별 이전보다는 이별 순간이, 이별 순간보다는 이별 이후가 대상에 대한 사모와 그리움의 정은 더해간다. 이별 대상은 연인, 부부, 부모, 자식, 이모 등으로 나타난다.[39]

(2) 나의 떠남

① 이별 이전

2-938	엄마엄마 우리엄마	날치워고 어이살래
	몸떠나고 짐떠나고	가마동동 다떠나고
	부산마산 다놔두고	먹지골짝 탐나드나

---

38) 박태상, 앞의 책, 261쪽 참조.
39) 연인 78수(1-508, 615, 616, 620, 648, 658, 662, 663, 673, 682, 692, 697, 702, 711, 728, 735, 2-933, 934, 1239, 1246, 1252, 1257, 1258, 1259, 1260, 1262, 1303, 1411, 1418, 1421, 1423, 1424, 1427, 1443, 1444, 1451, 1452, 1454, 1455, 1461, 1465, 1471, 1475, 1479, 1487, 3-979, 981, 1002, 1009, 4-583, 584, 586, 587, 589, 802, 869, 870, 879, 880, 882, 883, 892, 908, 915, 916, 922, 934, 952, 963, 965, 966, 981, 982, 5-495, 498, 499, 501, 558), 부부 30수(1-675, 676, 677, 708, 730, 733, 2-910, 922, 931, 1198, 1261, 1267, 1368, 1369, 1370, 1371, 1372, 1373, 1387, 1476, 3-987, 1001, 4-591, 801, 862, 874, 902, 907, 943, 5-500), 부모 3수(2-1382, 1383, 1386), 자식 1수(1-638), 이모 1수(4-917) 등 113수.

       골짝바람 내리불어   손발시러 어이살꼬

●── 함안 지방

   1-638이 시집간 딸을 그리워하며 부른 어머니의 노래라면, 2-938은 시집가는 딸이 어머니를 염려하며 부른 노래이다. 부모가 자식을 사랑하는 마음 간절하거니와 자식 또한 부모 사랑하는 마음 간절하다. 사친봉양(事親奉養)하는 것은 자식의 도리이며, 공손하게 섬기고 공경하고 위함은 은공에 보답하는 길이다. 그러나 딸자식인 까닭에 출가하면 그만이다. 같은 부모라도 어머니에 대한 고마움과 그리움이 아버지보다 더하다. 아버지의 고마움은 몰라도 어머니의 고마움은 누구나 다 안다. 아버지는 밖에서 지내는 일이 많으나 어머니는 늘 집안에 있어서 자식들과 접촉을 하며 따뜻한 온정을 베풀어주기 때문이다.[40] 아버지에 대한 그리움을 노래한 민요는 드문데 비해 어머니를 염려하고 그리워한 노래가 많은 까닭도 여기에 있다. 어머니와 함께 있는 동안은 그 고마움과 그리움을 모르고 지내지만 나이가 차서 시집을 갈 때가 되면 어머니에 대한 고마움은 더 커지며 연모의 정 또한 깊어진다. 특히 홀어머니일 경우는 그 정도가 더할 것이다. "엄마엄마 우리엄마 / 날치워고 어이살래"를 통해 나의 떠남 이전, 즉 화자가 시집가기 직전에 부른 노래임을 알 수 있다.

   나의 떠남을 노래한 민요 중 이별 이전의 상황을 노래한 것은 이 한 수뿐이다. 이별의 대상은 부모(母)이다.

② 이별 순간

  2-1420   <u>말은가자 울고</u>   <u>임은 날잡고</u>
              <u>놓지를 않네</u>   석양은 재를넘고요
              나의갈길은 천리로다   본님아 날잡지말고서
              지는해를 잡아매라   잡아서 될것같으면

---

40) 임동권, 앞의 책, 178쪽 참조.

그대잡을리 만무로다

●── 서울 지방

2-1240은 대상과의 이별 순간을 노래한 민요로, "잡아서 될것같으면 / 그대잡을리 만무로다"는 여성 화자의 화답이 첨가되었을 뿐 심재완의 『정본 시조대전』 992[41]와 유사하다. 대상의 떠남을 노래한 민요 4-904도 『정본 시조대전』 1118[42]과 유사한 것으로 보아 다수의 시조가 민요로 유입되어 불리어졌음을 알 수 있다.

갈 길은 천 리나 되는데 석양은 재를 넘는데 임은 말을 잡고 놓지를 않는다. 그러나 지는 해를 잡을 수 없듯이 떠나는 나도 잡는다고 해결될 일이 아니다. 떠나는 나와 지는 석양이 이별을 막고자 하는 임의 마음과 대조를 이루고 있다. 1-667도 2-1420과 유사한 내용의 노래이다.

3-982	신행갈 동무들아	석별가 들어보소
	인간세상 슬픈 것이	더있는가 이별밖에
	이별중에 설운 것이	생리별이 제일일세

－ 중 략 －

무심한 남자들은	성인하면 좋다하나
여자골몰 생각하니	춘하추동 사시절에
정성하기 골몰이오	토수버선 줌치등을
잔일하기 골몰이오	그중에서 여가나면
제옷하기 분주하다	

－ 중 략 －

잔잉하다 동생들아	형아형아 부르면서
소매끝 마주잡고	쉬이오라 우닌거동
차마어이 흩어질꼬	뜰아래 노비들아

---

41) 심재완, 1984, 『정본 시조대전』, 서울, 일조각, 255쪽, 992 참조.
42) 위의 책, 287쪽, 1118 참조.

두루다 잘있거라   온집안 전후면을
다시한번 둘러보고   동무이별 다다르니
어렵고도 애닯도다   언제다시 모여놀꼬
치마폭 다젖는다

− 중 략 −

어화우리 동무들아   이이별 어찌할꼬

●── 조선문학전집 가사편

3-982는 혼인 예식을 치른 여성 화자가 자신이 자란 친정집을 떠나 낯설고 까다로운 시집살이를 걱정하며 부모, 형제, 동무들과 헤어져 살아야 할 일을 읊은 노래이다. 부모자식 간의 윤리와 애정, 형제·붕우와의 이별의 애석함, 여자로 태어난 것에 대한 신세 한탄과 숙명적 비애감 등이 나타나 있다. 이 노래는 규방가사 <석별가>, <석별가라·71>, <석별가라·79>와 유사하다. 시조, 가사, 잡가와 민요는 발전 과정에 있어서 상호 부단한, 그리고 밀접한 관계에 있었으며 갈래의 교섭과 이동이 있었다. 규방가사는 부녀들이 읽는데 그치지 않고 암송하기도 하였다. 암송하려면 먼저 암송에 알맞은 운율과 세련된 문구를 필요로 한다. 운율과 세련된 문구가 구비되면 암송하기 쉽고, 암송이 성립되면 다음 단계인 노래로 전개하는 것은 용이한 일이다.[43] 그러므로 <석별가>와 같은 규방가사 또한 민요로도 불리어졌을 것이다. 여자로 태어났기 때문에 겪어야 하는 운명과 엄격한 사회제도 및 가족제도 속에서 지켜야 할 부덕(婦德)이 부모, 형제, 붕우와의 이별의 슬픔 속에 조화를 이루며 서술되어 있다. 이 노래에는 이별에 따른 난처함, 당혹스러움 등이 여성으로 태어난 슬픔과 교직(交織)되어 나타나 있으나 시집살이에 대한 저항이나 거부의 몸짓은 보이지 않는다. 그것은 우리의 오랜 전통 사회의 구조 속에 길들여진 한국 여인으로서 자연스러운 자세이기도 하

---

43) 임동권, 1964, 『한국민요사』, 서울, 집문당, 104~112쪽 참조.

다.[44] 3-983, 5-502도 이 노래와 대동소이하다.

4-656	시집간지 사흘만에	고추밭을 매러가서
	한골메고 두골메어	고추밭을 다매었구나
	집이라고 들어와보니	못살겠네 못살겠어
	안방문을 열고보니	암탉같은 시어머니
	가요가요 나는가요	갈려면 가려모나
	며느리없어서 못살겠니	사랑문을 열고보니
	숫탉같은 시아버지	가요가요 나는가요

– 중 략 –

	칠폭짜리 무명치마	두폭은 뜯어서
	바랑짓고 또한폭은	뜯어서 밀삐하고
	또한폭뜯어서 꼬갈접고	<u>가요가요 나는가요</u>
	<u>속리산절로 나는가요</u>	

●── 음성 지방

4-656은 전국적으로 광범위한 분포를 보이는 <시집살이요>이다. 시집살이는 며느리가 못나거나 시댁 식구들의 생각이 모자라서 생기는 일이 아니었다. 시집살이는 잘못된 하나의 관습일 뿐이다. 이런 관습이 생겨난 배경은 가부장적 대가족제도다. 여자가 남자의 집으로 시집을 간다는 것부터가 가부장적 제도를 뜻한다. 시집가는 혼인풍속은 유교식 중국 혼례인 친영(親迎)에서 비롯된 것으로, 신부가 시집 식구 전체에 들어가는 것이다. 요컨대, 자기 집안 식구들에게는 하지 않는 요구를 유일한 남의 집안 출신인 며느리에게만 요구하는 것이 시집살이다. 며느리는 남의 집안 출신이기 때문에, 그녀가 아무리 살림을 잘하고 시댁 식구들을 공경해도 그들 마음에 들지 않으면 헛일이었다.[45] 시집간 지 사흘 만에 고추밭의 김을 매는 등 고된 노동과 시부모, 시누이의 박해

---

44) 이현수, 앞의 논문, 127쪽.
45) 최상일, 2002, 『우리의 소리를 찾아서』 2, 서울, 돌베개, 257쪽 참조.

와 신랑의 무관심을 견디다 못한 여성 화자는 중이 되러 속리산으로 간다. 시집살이가 너무 심해 견딜 수 없다는 것은 말하자면 고난이다. 속리산으로 가서 중이 된다는 것은 해결의 시도이다. '중이 된다'는 표현 속에는 것은 세속적 생활을 마감하는 뜻이 내포되어 있으며, 그것은 하나의 이 세상과의 결별, 그리고 또 하나의 이 세상에서의 재생을 뜻하는 것이라고 볼 수 있다. 그러나 이것은 불행한 여인이 그 불행으로부터의 탈출을 위한 방편으로 고난 극복의 의지와는 거리가 멀다. 깊은 불심이 있어서 귀의하려는 것이 아님은 물론, 집을 떠나면 딱히 갈 곳이 없으므로 단순한 피난처로서 절을 생각하는 것이다. 여인들이 고통의 해소책으로 출가를 택했으면서도 후에 다시 친정이나 시가를 찾아가서 세속적인 정에 겨워 서러워하는 민요가 많은 것도, 그 여인들이 세상과 완전히 절연(絶緣)하려고 출가한 것이 아니라, 일시적으로나마 세상일에서 회피해보고자 하는 의식을 반영하는 출가라는 것을 설명해 준다.46)

나의 떠남을 노래한 민요 중에서 이별 순간의 상황을 노래한 작품은 18수이다. 이별의 대상은 연인, 부부, 부모·형제·붕우, 시집 식구 등으로 나타난다.47)

③ 이별 이후

1-521	달도밝고 별도밝다	청도밀양 가고지고
	울어머니 보고지고	어신매는 찰떡치고
	새벽에는 메떡치고	영게잡아 웃짐치고
	신게잡아 짝짐치고	친정으로 갈때에는
	오동나무 꺾어쥐고	오동오동 가고지고
	아이종아 말몰아라	어른종아 소몰아라

---

46) 이현수, 앞의 논문, 22~23쪽 참조.

47) 연인 13수(1-509, 647, 651, 667, 2-923, 932, 936, 1251, 1408, 1420, 3-980, 4-957, 967), 부부 2수(2-929, 4-582), 부모·형제·붕우 2수(3-982, 5-502), 시집 식구 1수(4-656) 등 18수.

활장같이 굽은길로　　　　설대같이 가고지고
시집으로 올때에는　　　　느름나무 꺾어쥐고
느름느름 오고지고

●── 영주 지방

　　1-521은 출가한 여인이 친정에 있는 어머니를 그리워하며 부른 노래이다. 친정을 노래한 민요는 크게 두 종류가 있다. 하나는 1-521과 같이 친정에 가고 싶다는 내용의 노래이다. 혈육을 같이한 부모형제가 있는 친정에 가고 싶은 것은 출가한 여인들의 상정(常情)이다. 이때에는 진미(珍味)한 음식물을 장만해 가는 것이 상례(常例)이다. "며느리 말미받아 본집에 근친갈제 개 잡아 삶아얹고 떡고리며 술병이라"[48)]는 풍속은 예로부터 있었거니와, 이 노래에서도 근친(覲親)가는 여인이 찰떡, 메떡, 영계를 가지고 친정으로 향하는 장면이 묘사되어 있다. 모처럼 가는 친정이기에 빈손으로 갈 수는 없거니와 학대받고 고생했을 망정 친정에 가서는 시가(媤家) 자랑을 하고 떳떳한 것을 보이고 싶은 것이 여인의 마음이니 가능한대로 성장(盛裝)에 성찬(盛饌)을 가지고 가는 것이다.[49)] 친정에 갈 때에는 "오동나무 꺾어쥐고 오동오동" 가고 싶지만 시가로 돌아올 때에는 "느름나무 꺾어쥐고 느름느름" 오겠다고 하여 돌아오기 싫은 마음을 친정으로 갈 때의 마음과 대조적으로 표현했다.

1-553　　새벽서리 찬바람에　　　　울고가는 외기러가
　　　　東南갓을 向해가나　　　　東海西山 向해가나
　　　　<u>우리집을 가거들랑</u>　　　　<u>이내말을 傳해주소</u>
　　　　<u>우리어매 묻거들랑</u>　　　　<u>옷을벗고 우드라소</u>
　　　　<u>우리아배 묻거들랑</u>　　　　<u>신을벗고 우드라소</u>

●── 의성 지방

---

48) 김소운, 1933, 『조선구전민요집』, 동경, 제일서방, 205쪽.
49) 임동권, 1982, 『한국부요연구』, 서울, 집문당, 26~27쪽 참조.

다른 하나는, 1-553에서처럼 친정에 자신의 소식을 전해달라고 호소하는 내용의 노래이다. 소식을 전해줄 대상은 기러기, 과객(過客), 구름 등이다.[50] 날아가는 기러기나 지나가는 과객, 구름 등을 통해 친정 부모님께 자신의 처량한 신세를 전해달라고 애소한다. 자신의 참상을 될 수 있는 대로 감추고 싶겠으나 극심한 빈곤에 견디다 못해 친정에 호소하는 것이다. 시집살이가 너무나 힘들고 어려운데 자신을 낳아서 길러준 친정에는 갈 길이 막연하고 부모님에 대한 그리움은 커져만 가니 할 수 없이 남쪽으로 날아가는 기러기에게 소식을 전하려고 한다. 시집살이를 하는 자신의 서러움과 힘겨움을 그래도 알아줄 사람은 자신을 낳아주고 길러준 부모밖에 없을 것인데, 직접적으로는 도저히 만날 수 없기 때문에 기러기가 소식을 전해주기를 바라는 것으로서 시집살이를 하는 여성의 어려움을 잘 나타낸 노래라고 할 수 있다.[51]

2-962	정선밤아 귀리감재는	숭풍년을 몰라도
	이내야 품안에	임숭년이 드네
	청산두메	아이삼밭 맬적에
	오신다던 님이	질쌈이 다끝나도
	소식이 돈절	시집아 살이가
	후하다도	꼬치야 당추같이도
	매울손가	

- 중 략 -

이슬아침에 밭매러가니	강낭잎에 이슬지도록
밭매라한다	그잎이 온종일
이실이 지나	점심참이 늦어오고
담배참이 참일런가	점심참을 늦어서
부모죽은 부음을 받어	양품에 품고서

---

50) 소식의 전달자로 기러기(1-553, 2-1052, 4-685)가 가장 많으며, 다음으로는 과객(1-554, 2-1054), 구름(2-1051, 1055) 등이다.

51) 손종흠, 1993, 「민요에 반영된 삶의 의식 연구」, 연세대학교 대학원 박사학위 논문, 117~118쪽 참조.

<table>
<tr><td>집으로 드니</td><td>지창고 삶은물에</td></tr>
<tr><td>밥범벅을 저야주는가</td><td>옆에앉은 대도줘라</td></tr>
</table>

- 중 략 -

<table>
<tr><td>친정에를 들어가니</td><td>오라바니는 마구치고</td></tr>
<tr><td>친정부친은 책을보는데</td><td>대사님요 절합네다</td></tr>
<tr><td>에데간 우리동상이</td><td>이비져따리</td></tr>
<tr><td>앞산뒷산도 낯이익는데</td><td>사람눈이 그렇게도</td></tr>
<tr><td>무디는가</td><td>사랑에를 달려가서</td></tr>
<tr><td>대사요 절합네다</td><td></td></tr>
</table>

- 후 략 -

●── 봉화 지방

2-962는 남편도 없는 시집에서 시집살이를 견디다 못해 중이 된다는 내용으로, 여성 화자의 신세 한탄과 친정에 대한 그리움을 노래했다. 청산 두메로 시집을 간 화자는 남편이 돌아올 날만을 기다리며 모진 고난을 감수한다. 그러나 그리던 남편은 삼 년이 지나도록 오지 않고, 시집살이의 고통은 날로 더해만 간다. 온종일 밭일을 하다가 점심때가 되어 부모 죽은 부음을 받고 가슴에 품고서 집에 오니 화자가 먹을 것이라고는 개밥만도 못한 음식뿐이다. 이에 화자는 저녁 늦게 뒷동산으로 올라가 중이 된다. 그러나 친정이 그리워 찾아가니 죽었다는 부모는 살아있으나 친정 식구 누구도 화자를 알아보지 못한다. 그러므로 화자는 "앞산뒷산도 낯이익는데 / 사람눈이 그렇게도 무디는가", "어데간 우리딸도 잊었다오"며 탄식한다. 시집살이가 너무 힘들어 견딜 수 없다는 것은 고난이다. 머리를 깎고 중이 된다는 것은 해결의 시도이다. 그러나 중으로만 살아갈 수 없기에 다시 좌절하게 된다. 그러므로 화자는 좌절에 대한 해결의 시도로 친정을 찾은 것이다. 그러나 친정에서도 알아보는 사람이 없다. 이것은 다시 좌절을 뜻한다. 이처럼 이 노래는 '고난→해결의 시도→좌절→해결의 시도→좌절'의 구조를 이룬다.[52]

생이별로 나의 떠남을 노래한 민요 중 이별 이후에 불려진 작품은 17수이다. 이별의 대상은 부모, 시집 식구, 부부, 부모·형제·붕우, 부모·처자 등이다.[53]

이상에서 살펴본 바와 같이 생이별을 노래한 민요는 대상의 떠남을 노래한 것(133수)이 나의 떠남을 노래한 것(36수)보다 월등히 많다. 이별의 시기는 이별 이후의 상황을 노래한 것(대상의 떠남 113수, 나의 떠남 17수)이 이별 이전(대상의 떠남 3수, 나의 떠남 1수)이나 이별 순간(대상의 떠남 17수, 나의 떠남 18수)보다 훨씬 많다. 이별의 대상은 연인이 가장 많으며, 다음으로는 부부, 부모, 시집 식구, 부모·형제·붕우, 이모 등이다.

민요의 이별 상황을 보면 사별을 노래한 것(170수)이 생이별을 노래한 것(169수)과 비슷하게 나타난다. 이것은 시조(500수 중 생이별을 노래한 것 470수, 사별을 노래한 것 30수)나 가사(67수 중 생이별을 노래한 것 50수, 사별을 노래한 것 17수)가 생이별을 노래한 것이 사별을 노래한 것보다 월등히 많다는 점과는 다른 면을 보인다. 그 이유는 시조나 가사가 유교의 인본주의(人本主義)를 바탕으로 현세 지향적인 성격을 지니며 죽음을 개아

---

52) 2-962와 같은 서사민요는 경북 각지에 광범위하게 분포되어 있다. 세부적인 표현은 노래마다 다르지만, 작품을 이루는 사건의 단락에는 기본적인 일치점이 있다.
  가. 시집살이를 살 수 없었다.
  나. 중이 되어 갔다.
  다. 친정으로 동냥 갔다.
  라. 시집에 돌아가 남편과 같이 살았다.
  단락들의 이러한 체계는 같은 유형에 속한 여러 각편(各篇)에서 두루 존재한다. 노래를 끝까지 부르지 않은 각편, 즉 중단편에서는 확인이 안 되겠지만, 노래를 끝까지 부른 각편, 즉 완료편에서는 확인이 가능하다. 그러므로 완료편에서는 '고난→해결의 시도→좌절→해결의 시도→좌절→해결'로 이루어져 있다. 그러나 2-962와 이 책 121쪽의 4-656은 중단편으로, 2-962는 (라), 4-656은 (다)와 (라)가 없을 뿐 그 외는 동일하다(조동일, 1970, 『서사민요연구』, 대구, 계명대학교출판부, 64~66쪽 및 조동일, 1976, 『경북민요』, 대구, 형설출판사, 117~119쪽 참조).
53) 부모 12수(1-521, 523, 553, 554, 555, 2-961, 1051, 1052, 1054, 1055, 3-1008, 4-685), 시집 식구 2수(2-962, 4-960), 부부 1수(2-1243), 부모·형제·붕우 1수(3-983) 부모·처자 1수(5-553) 등 17수.

적(個我的) 시간의 종말로 인식한데 비해, 민요는 죽음 자체를 현실적인 문제로 의식하는 가운데 이승과 저승을 연속적인 공간으로 인식한 서민들의 의식 세계가 반영되어 있기 때문으로 보인다.

이별을 노래한 민요의 창작 시기를 보면 이별 이후(사별포함 288수)가 이별 이전(사별 포함 15수)이나 이별 순간(사별포함 36수)보다 훨씬 많다. 또한 대상의 죽음이나 대상의 떠남을 노래한 작품(254수)이 나의 죽음이나 나의 떠남을 노래한 것(85수)보다 많다. 이것은 다른 갈래의 시가에서와 마찬가지 현상으로 화자의 처지가 불행하면 불행할수록 이별과 그에 따른 '그리움→기다림 혹은 원망'의 정서가 짙어가기 때문이며, 내가 떠날 때보다 대상이 떠날 때가 이별의 서러움이 더 절실하고 간절하기 때문이다.

한편, 민요는 주로 연인, 부부, 부모형제, 시집 식구, 붕우 등 현실과 밀접히 연관되는 인물들과의 이별이 주류를 이루는데, 이것은 민요의 향유계층이 주로 서민층이며, 그들의 삶이 현실에 바탕을 두고 있기 때문이다.

2. 이별의 수용 태도

민요에 나타난 이별의 수용 태도를 노래의 문맥에 자재하고 있는 언어의 모습에 따라 나누어보면, '관계 파탄의 지속', '관계 회복의 추구' 및 '관계 연장의 희망'이 모두 나타난다. 민요는 비전문적인 민중의 노래로 창자 스스로의 필요성에 의해, 창자가 스스로 즐기기 위해 부르는 노래이기 때문에 내용상 일관성이 결여된 작품이 많다. 이런 경우는 내용상 특징적인 면을 부각시켜 세부 항목에 포함시켰다. 작품 분석은 이별의 상황에서와 마찬가지로 각 항목별로 전형적(典型的)인 것을 선택하여 다루기로 한다.

1) 관계 파탄의 지속

(1) 나의 신세 한탄

1-489	이내팔자 기박해	상부를 했네
	이십안팎에	에레섯살에 출가를가니
	이팔은 십륙이	열살먹어 아버지가돌아가시고
	세살먹어 어머니돌아가시고	

●── 예산 지방

1-489는 남편과의 사별과 화자의 기막힌 팔자가 중요한 사건 위주로 비교적 간략하게 노래되었다. 민요에 표현된 시간은 현재와 과거가 복합되어 있는 경우가 많은데, 서사적인 내용을 담고 있는 민요는 과거의 일을 회상하는 형태로 순행적 구조를 보이는 것이 일반적이다. 그러나 이 노래는 역행적 구조를 취하고 있어 흥미롭다. 기박(奇薄)한 팔자를 타고난 화자는 세 살과 열 살 되던 해 각각 어머니와 아버지를 여의고, 열여섯에 시집을 가서 이십 안팎에 남편의 상고(喪夫)를 당한다. 상고를 당한 화자의 기막힌 팔자가 과거에 당한 부모의 상으로까지 이어져 있어 비극을 극에 달하게 했다. 믿고 의지해야 할 대상들이 모두 죽음으로 인해 화자의 앞날은 암담하기만 하다. 그러므로 화자는 스스로의 팔자를 탓하며 기막힌 자신의 신세를 한탄하기에 이른다.

5-489	저기가는 저선비야	우리낭군 오시든가
	오기는 오데만은	칠성판에 놓려오데
	아이고이게 왼말인가	님아님아 낭군님아
	무산일에 죽었는가	배가고파 죽었으면
	밥을보고 이러나고	임이기러 죽었으면
	나를보고 일어나소	아무리울고 통곡을해도
	대답이 없네	

●── 진도 지방

5-489는 남편의 죽음에 따른 여성 화자의 비애가 잘 표출되어 있다. 한양으로 과거를 보러 간 낭군이 죽어 칠성판(七星板)에 실려오니 팔자를 한탄하지 않을 수가 없다. 남편이 과거급제를 위해 글공부를 하는 경우 아내는 지아비의 출세를 위해 희생을 감수하며 살아야 했다. 남편이 장원급제를 해서 오면 가문의 영예는 물론 일신의 영달도 누릴 수 있다. 그러나 세상일은 뜻대로만 되는 것은 아니어서 한양으로 과거를 보러 간 낭군이 뜻하지 않은 사고로 죽어서 칠성판에 실려온다. 남편의 급제를 바라며 부귀영화를 꿈꾸던 화자의 기대는 "칠성판에 놓려오데"라는 말 한마디에 일순간 무너지고 만다. 아무리 울며 하소연을 해도 소용없는 일이므로 화자의 슬픔은 더해만 가고, 참고 기다리며 살아왔던 자신의 신세가 처량해질 뿐이다.

나의 신세 한탄을 노래한 민요는 111수[54]로 이별을 노래한 민요 중에서 가장 많은 수를 차지한다.

(2) 나의 불망과 사모

1-559	시아버님 죽으면아	좋다더니
	부드자러 떨어지니	생각나네
	시어머님 죽으면야	좋다더니
	삼베틀 걸어놓고	또생각나네
	맏동서 죽으면야	좋다더니

---

54) 1-473, 475, 489, 491, 503, 504, 505, 524, 525, 526, 527, 528, 648, 675, 688, 728, 730, 2-867, 868, 869, 870, 872, 873, 874, 875, 877, 887, 912, 915, 918, 922, 924, 925, 926, 933, 934, 937, 951, 952, 953, 954, 955, 961, 962, 965, 966, 967, 968, 969, 970, 971, 972, 983, 1189, 1198, 1246, 1252, 1271, 1411, 1423, 1432, 1471, 3-980, 981, 982, 983, 986, 4-541, 544, 545, 546, 547, 550, 552, 557, 577, 584, 586, 587, 592, 599, 600, 656, 685, 688, 689, 690, 691, 692, 801, 802, 892, 908, 915, 966, 5-478, 481, 483, 484, 486, 487, 489, 495, 499, 500, 501, 502, 504, 505, 506, 561 등 111수.

<u>보리방아 물떠놓고</u>　　　　<u>또생각나네</u>

●── 봉화 지방

　　1-559는 시부모와 맏동서의 죽음을 한편으로는 반기면서도 한편으로는 문득 생각난다는 증오와 연민의 감정의 교차를 보이는 작품이다. 지역에 따라 시동생, 시누이, 서방님 등이 등장하기도 한다. 한국의 며느리들은 가혹한 구박과 학대를 가한 시집 식구들일지라도 죽고 나면 그리워하기도 했다. "싸우면서 정이 든다"는 말이 있듯이 미워하고 증오한 사람일수록 역설적으로 그리움의 정은 더할 수 있다. 원(怨)과 탄(嘆) 등의 어두운 자락이 한국적 한(恨)의 내재적 가치 생성 기능인 '삭임'의 기능에 의해 정(情)과 원(願)의 밝은 자락에로 질적 변화를 이룬 것이다.55)

3-1001　　인간이별 만사중에　　　독수공방 더욱섧다
　　　　　상사불견 이내심정　　　어느누가 짐작하여
　　　　　이렁저렁 허튼근심　　　다풀쳐 두어두고
　　　　　<u>자나깨나 깨나자나</u>　　　<u>임못보아 가슴답답</u>
　　　　　<u>묘한태도 고운소리</u>　　　<u>눈에암암 귀에쟁쟁</u>
　　　　　<u>보고지고 임의얼굴</u>　　　<u>듣고지고 임의말씀</u>

－ 중　략 －

　　　　　전생차생 무슨죄로　　　우리둘이 생겨나서
　　　　　이별말자 굳은언약　　　천금같이 맺었더니
　　　　　임과나와 한번만나　　　세상일에 마가많다
　　　　　일조낭군 이별후에　　　소식조차 돈절하다

－ 중　략 －

　　　　　오동추야 밝은달에　　　이내생각 새로워라

●── 서울 지방

───────────────

55) 천이두, 1993, 『한의 구조 연구』, 서울, 문학과지성사, 115쪽.

3-1001은 일조(一朝)에 낭군과 이별하고 독수공방하며 떠난 임을 그리워하는 내용의 노래이다. "인간이별 만사 중에 / 독수공방 더욱섦다"는 말로 화자가 처한 현재의 상황을 제시하며, 임과 인연을 맺은 과거의 일을 간략히 서술하고, 떠난 임을 그리워했다. 임과 한 번 만나 천금같이 굳은 언약으로 부부의 연을 맺었으나 호사다마라고 일조에 임과 이별한 후 소식조차 끊어졌다. 나약한 여자의 몸이기에 임을 찾아나설 수도 없다. 화자가 할 수 있는 일이라고는 언제 올지도 모르는 임을 막연히 기다리며 그리워하는 수밖에 없다. 더욱이 은밀하고 정밀(靜謐)한 시간인 밤이 되면, 그것도 달까지 밝은 가을밤이면 화자의 고독은 극에 달하며, 떠난 임에 대한 화자의 그리움은 더욱 커진다.

3-1007	정월이라 십오일에	완월하는 소년들아
	흥풍도 보려니와	부모봉양 생각세라
	<u>신체발부 사대절은</u>	<u>부모님께 타났으니</u>
	<u>태산같이 높은덕과</u>	<u>하해같이 깊은정을</u>
	<u>어이하여 잊으리오</u>	천세 믿었더니
	봉래장 영누산에	불로초와 불사약을
	인력으로 얻을손가	

- 중 략 -

일년일도 구십춘광	덧없이 돌아오니
무정세월 약류과라	사천지일부 다하니
무슨봉양 힘을쓰고	부랑방탕 말지어다
이팔청춘 자제들아	부대부대 명심하대
슬프도다 우리부모	한번가면 다시살아생전
슬프도다 우리부모	극진봉양힘쓰고 힘쓰소서

●── 민요대전집

3-1007은 월령체로 된 <사친요>로 사별한 부모님을 그리워한 노래이다. 일 년 열두 달을 차례로 들고, 그 달의 명절을 중심으로 많은 고

사(故事)와 풍속을 열거하였다. 정월 완월(玩月), 이월 한식(寒食), 삼월 삼
짇날, 사월 초파일, 오월 단오(端午), 유월 유두(流頭), 칠월 칠석(七夕), 팔
월 추석(秋夕), 구월 중구일(重九日), 시월 천마일, 십일월 동지(冬至), 십
이월 제석일(除夕日)을 맞아도 부모 상봉은 망연(茫然)하다고 하며, 사별
한 부모를 애타게 그리워했다. 노래의 끝은 소년들에게 세월은 유수와
같으니 방탕한 생활을 하지 말고 부모님 살아생전에 효를 다하라는 교
훈을 담고 있다. 월령체로 된 민요 중에는 열두 달 모두를 노래하지 않
은 각편(各篇), 즉 중단편(中斷篇)도 있다. 열두 달을 모두 노래한 완료편
(完了篇)은 그리워하는 대상이 다를 뿐, 모두 유형 구조에서 동일하다.
중단편도 응당 동일한 유형 구조를 지닐 터이지만 중단되었기에 다 나
타나지 않을 뿐이다. 이별을 노래한 민요 359수 중 월령체로 된 노래
는 모두 19수[56]이다. 이 중에서 3-1007만이 사별한 부모님을 그리워한
<사친요>이고, 나머지 18수는 사별한 남편에 대한 그리움을 노래한
<청상요>이다.

　이별을 노래한 민요 339수 중 나의 불망과 사모를 노래한 작품은 80
수[57]이다.

(3) 나의 불변

1-472	正月이라 十五日에	새해로다 새해로다
	찬란한 오색옷을	갖추갖추 갈아입고
	떼를지어 노니는	正月이라 새해로다

---

56) 1-472, 477, 478, 2-859, 860, 861, 862, 863, 864, 865, 878, 879, 3-975, 976,
　　1007, 4-553, 554, 555, 556 등 19수.
57) 1-477, 478, 509, 521, 523, 556, 557, 558, 559, 615, 616, 637, 638, 647,
　　658, 676, 692, 697, 2-859, 860, 861, 862, 864, 865, 878, 879, 923, 928,
　　930, 931, 936, 938, 1058, 1059, 1060, 1239, 1248, 1251, 1254, 1258, 1259,
　　1260, 1282, 1408, 1424, 1427, 1443, 1444, 1451, 1452, 1465, 1479, 1487,
　　3-974, 975, 976, 1001, 1002, 1007, 1008, 4-548, 553, 554, 555, 556, 589,
　　687, 870, 879, 880, 907, 916, 917, 943, 952, 967, 982, 1014, 5-489, 553
　　등 80수.

山위에 높이올라   望月하는 少年들아
우리님은 어데가고   上元인줄 모르신고

- 중 략 -

그달그믐 겨우보내   섣달이라 除夕날에
雪寒風 모라치는   캄캄타 한밤이야
어이혼자 사잔말가   돌아오는 九十春光
눌과함께 맞으려오   슬프도다 이내정절
높이높이 지키리라

●── 鷺山文選

　　1-472는 월령체로 된 <청상요>로 정월부터 십이월까지 매달 풍속을
제시하고, 그 풍속을 즐기는 소년들의 행락을 부러워하며, 돌아가신 임
을 추회(追懷)한 노래이다. 정월부터 동짓달까지는 매달이 각 10구를 이
루고 있고, 섣달은 9구를 이루어 변화를 주었다. 매달 첫 구(句)는 "그달
그믐 겨우보내"로 시작하여 앞 달의 끝과 이어지며, 자연스럽게 다음달
로 이어지는 역할을 했다. 1-472의 세시풍속을 보면, 정월 상원, 이월
청명, 삼월 답청, 사월 관등일, 오월 추천절, 유월 유두절, 칠월 추오절,
팔월 추석절, 구월 중구일, 시월 천마일, 십일월 동짓날, 섣달 제석일
등으로 월령체로 된 다른 작품과 대동소이하다. 임과 사별을 했으니 차
라리 잊고 살아갈 수만 있다면 오히려 다행스런 일이겠으나, 정이란 어
쩔 수 없는 것이어서 일 년 열두 달 항시 생각나는 것이다. 더구나 화
자는 다달이 들어 있는 명절을 맞아 세시풍속을 즐기는 다른 가족과 소
년들을 보며 고독함을 느끼고 사별한 임을 그리게 된다. 임의 상실에
따른 화자의 고독은 임과 함께하고자 하는 욕구가 충족되지 못한 상태
에서 커진다. 임과 함께 있으면 모든 것이 충족되어 더 바랄 것이 없겠
으나, 임은 죽고 없으니 고독은 더욱 짙어가며 그리움 또한 더해 간다.
그러나 화자는 이러한 고독 속에서도 "슬프도다 이내정절 / 높이높이
지키리라"고 하며 자신의 마음을 다잡는다. 이것은 육체적인 고독을 정

신적으로 극복하겠다는 화자의 의지와 다짐의 표현이다.

월령체로 된 노래는 매달 명절에 비유해서 섣달까지 노래하므로 장편을 이룬다. 이러한 시형은 고려속요 <동동>에서부터 시작된 것으로 가사(특히 규방가사)나 민요에서 흔히 찾아볼 수 있다. 이로 보아 가사(특히 월령체로 된 가사나 혼인으로 인해 부모형제, 친척, 붕우 등과의 이별을 노래한 가사)와 민요간에 서로 넘나듦이 있었음을 알 수 있다.58) 민요는 가사뿐만 아니라 시조, 잡가 등과도 밀접한 관계에 있으며, 갈래간의 교섭과 이동이 있었다. 그 원인은 장(長)과 단(短), 그리고 귀족계급과 서민이라는 차이는 있을망정 모두 노래라는 점에서 동일하다. 역사적·사회적 변천 과정에서 상하계급의 기복 교체 속에서 노래 불려지는 동안에 그런 결과를 빚은 것이다. 또한 시조, 가사, 잡가는 대부분 조선 중기 이후에 편찬된 가집(歌集) 속에 기록되어 전하고 있다. 당시의 편자들은 그저 노래를 모아서 기록했을 뿐이므로 충분한 갈래의 구분을 하지 못했기 때문이기도 하다.59)

3-985   서울서방 유리색경   단둘이보자고 새걸어놓고
　　　　　　이십안짝 낭군잃고　　　　어떤잡놈 보려하고
　　　　　　내몸단장 개가하리

●── 진도 지방

---

58) 이 노래(1-472)는 『한국고전문학정선』(정병욱 외 4인, 서울, 아세아문화사, 1985, 338쪽)에 수록된 조선 후기 가사 <십이월가(청상요)>와 일치하며, 『주해 가사문학전집』(김성배 외 3인, 서울, 집문당, 1961)에 수록된 <관등가>, <과부가>, <사친가>, <달거리> 등과도 유사하다. 이것으로 볼 때, 가사(특히 규방가사)와 민요간에 서로 넘나듦이 있었음을 알 수 있다. 이러한 현상은 19세기에 와서 특히 심했던 것으로 보인다. 이처럼 갈래간에 서로 넘나드는 현상은 시조, 가사, 잡가, 판소리 단가, 민요 등에서 주로 발견된다. 넘나든 갈래에서 나타나는 세계관이라든가 현실 인식 같은 의식의 세계를 면밀히 고찰해보는 작업은 앞으로의 연구 과제가 된다(김대행, 1986, 『시조유형론』, 서울, 이화여자대학교출판부, 340~350쪽 참조).

59) 임동권, 1964, 『한국민요사』, 서울, 집문당, 104~105쪽 참조.

3-985는 일신의 영달을 위해 개가하지 않겠다는 여성 화자의 의지가 나타난 노래이다. 서울 서방이 사다주신 유리 거울을 둘이서만 보려고 벽에 걸어 놓았으나 화자의 나이 이십을 전후하여 낭군은 죽고 만다. 청상이 된 화자는 임의 추억이 깃든 거울을 보며 "어떤잡놈 보려하고 / 내몸단장 개가"하지는 않겠다고 다짐한다. 사별한 임과의 추억과 그리움이 거울을 통해 드러나며, 그 결과 개가하지 않고 홀로 살아가겠다는 화자의 의지로까지 이어져 있다.

이별을 노래한 민요 339수 중에서 나의 불변을 노래한 작품은 3수뿐인데, 위에서 든 2수 외에 어떤 일이 있더라도(모래둥이 변하여 / 개울장이 될지라도) 두 사람 사이에 든 정은 변치 말자고 노래한 2-935도 여기에 속한다.

(4) 대상에 대한 원망

대상에 대한 원망을 노래한 민요는 크게 두 유형으로 나누어볼 수 있다. 하나는 1-702나 4-922와 같이 떠난(떠나는) 대상의 무정함(혹은 부정)에 따른 원망이다.

1-702	우리님네 가신곳이	몇백리나 되옵긴데
	한분가면 못오시나	산이좋아 못오시면
	봉봉이 쉬어오고	물이깊어 못오시면
	배를타고 오시련만	어찌그리 못오시나

●── 달성 지방

1-702는 오지 않는 임을 원망했다. 임이 가신 곳이 얼마나 먼 곳이기에 "한분가면 못오시나"고 하면서, 산이 높아 못 오시면 쉬어서라도 오고 물이 깊어 못 오시면 배를 타고라도 오시기를 소망했다. 그러나 기다려도 오지 않는다. 화자의 대상과의 합일에 대한 희망과 사랑의 지속에 대한 갈망은 이루어질 수 없다. 이에 화자는 "어찌그리 못오시나"며

대상을 원망하기에 이른다.

4-922　　<u>무정하고 야속한님</u>　　　<u>서울양반밖에 또있느냐</u>
　　　　　서울올라 가실적의　　　　은조롱 놋조롱
　　　　　사무조롱 연지분통　　　　고리까장 사다주마고
　　　　　허시더니　　　　　　　　한번올라 가닝개로
　　　　　편지일장 돈절하네

●—— 정읍 지방

4-922는 1-702에 비해 대상에 대한 원망이 보다 구체적으로 나타난다. 임이 "서울올라 가실적의" 노리개며 연지분을 사주겠다고 약속했다. 노리개와 연지분은 화자를 유혹하는 도구에 지나지 않았을지 모르지만 화자에게는 그것이 임의 사랑을 확인하는 신표(信標)가 된다. 그러나 화자의 기대는 무참히 깨어져 버린다. 그러므로 화자는 임의 신의 없는 행동을 비난하며 원망하기에 이른다.

대상에 대한 원망을 노래한 다른 하나는 2-1076과 같이 믿었던 대상의 배신과 무관심으로 인한 화자의 자결로 원망과 원한의 감정을 표출하는 것이다. 이러한 노래는 진주낭군의 난봉과 관련된 것이 주종을 이룬다.

2-1076　　울도담도 없는집에　　　시집삼년 살고보니
　　　　　시어머니 하신말씀　　　자야아가 며늘아가
　　　　　네낭군을 볼라거든　　　진주남강 빨래가라
　　　　　진주남강에 빨래가니　　물도좋고 돌도좋고
　　　　　오동동이 다좋구나　　　난데없는 발짝소리
　　　　　옆눈으로 슬쩍보니　　　하늘같은 말을타고
　　　　　구름같은 갓을쓰고　　　못본듯이 지나가네

　　　　　　　　　　　- 중 략 -

　　　　　집이라고 돌아오니　　　시어머니 하신말씀
　　　　　자야아가 며늘아가　　　네낭군을 볼라거든

<table>
<tr><td>사랑방으로 들어가라</td><td>사랑방에 들어가니</td></tr>
<tr><td>오색가지 술을놓고</td><td>기생첩을 옆에끼고</td></tr>
<tr><td>못본들이 술만먹네</td><td>사랑방을 헤쳐나와</td></tr>
<tr><td>건너방으로 들어가서</td><td>명주석자 목에걸고</td></tr>
<tr><td>잠든듯이 죽었노라</td><td></td></tr>
</table>

- 후 략 -

●── 대전 지방

2-1076은 믿었던 남편의 외도와 그로 인해 존재의미를 상실한 새댁이 남편에 대한 원망과 반항의 수단으로 자결을 한다는 내용의 노래이다. 일부다처제의 사회에서 어쩌면 첩의 존재는 당연할 수도 있다. 그러나 남편만을 믿고 의지하며 살아온 본처에게 첩의 존재는 또 다른 고통이며 시련이다. 시집을 간 지 삼 년밖에 되지 않아서 생긴 일이다. 시어머니에게서 남편이 돌아온다는 소식을 들은 새댁은 얼른 만나고 싶은 마음에 시어머니가 일러준 대로 남편이 오는 길목인 진주 남강으로 빨래를 간다. 하지만 말을 탄 남편은 마누라를 보고도 못 본 체 지나가 버린다. 정작 문제는 새댁이 빨래를 마치고 집으로 돌아오고 나서였다. 그새 사랑방에 주안상을 차린 남편은 기생첩을 옆에 끼고 보란듯이 술잔치를 벌이고 있다. 남편이 첩을 옆에 끼고 노는 모습을 본 새댁은 그만 분통이 터진다.[60] 남편에 대한 기대가 두 번 거듭 무너지는데, 두 번째는 더욱 처참하게 무너진다. 그러기에 죽음을 택할 수밖에 없다. 새댁의 죽음은 남편의 배신과 부당한 횡포에 대한 원망과 증오이며 강한 저항이기도 하다.[61] 대상에 대한 원망을 노래한 민요는 전자가 후자보다 더 많으며 내용 또한 다양하다.

이별을 노래한 민요 중 대상에 대한 원망을 노래한 작품은 75수[62]이다.

---

60) 최상일, 앞의 책, 242~243쪽.
61) 조동일, 1970, 『서사민요연구』, 대구, 계명대학교출판부, 77쪽 참조.
62) 전자에 해당하는 작품은 46수(1-617, 618, 619, 620, 645, 673, 677, 702,
    708, 711, 733, 2-927, 932, 1262, 1267, 1274, 1275, 1368, 1369, 1370,

(5) 매개체의 활용

1-554   저건너저건너 연단안에   절로피는 봉선화도
매디매디 숭있는데   항차물로생긴 사람이야
한숭조차 없을소냐   저기가는 저남자야
우리집 지나거든   우리엄마 보거들랑
맨발벗고 살드라고   배고프고 살드라고
그말쪽간 전해주소

●── 목포 지방

1-554는 말도 많고 탈도 많은 시집살이의 고통과 극심한 빈곤에 허덕이는 처참한 자신의 모습을 과객(저기가는 저남자)을 통해 친정에 전하고자 한 노래이다. 건너편에 피어 있는 무정물인 봉선화에도 흥이 있는데 하물며 사람에게야 흥이 없을 수 있겠느냐며 시집살이의 혹독한 고통에 소극적으로나마 저항하고, 굶주리고 헐벗은 자신의 참상을 친정에 하소연하고자 했다. 화자의 참상을 전할 매개물체는 과객(1-554, 2-1054) 외에, 기러기(1-553, 1-555, 2-1052), 구름(2-1051, 2-1055), 바람새·구름새(2-1050) 등이 있다. 한편, 아산 지방의 민요 1-735는 떨어져 있는 대상에 대한 그리움을 매개체인 기러기를 통해 전하고자 한 것으로 시집살이의 참상과는 거리가 멀다.

2-1303   창밖에 오는비   산란도 하구나
비끝에 돋는달   유정도 하더라

1371, 1372, 1373, 1382, 1386, 1387, 1421, 1461, 1475, 1476, 3-978, 987, 4-543, 583, 591, 693, 857, 862, 874, 882, 883, 902, 922, 963, 965, 981)가 있다. 이 중에서 7수(2-1368, 1369, 1370, 1371, 1372, 1373, 4-862)는 대상의 부정(不貞)에 따른 화자의 원망과 저주가 나타난다. 후자는 모두 진주낭군의 난봉과 관련된 노래로 27수(1-483, 484, 2-889, 1072, 1073, 1074, 1075, 1076, 1077, 1078, 1079, 1273, 4-551, 559, 562, 563, 564, 566, 567, 572, 695, 697, 698, 699, 700, 701, 5-493)가 있다. 이외에 말 많은 시누이를 원망하며 저주한(3-990) 노래와 임의 무정함을 원망하며 화자의 떠남(4-957)을 노래한 것도 있다.

<u>달아달아 밝은달아</u>　　　　<u>임의사창에 비친달아</u>
우릿님이 홀로누웠드냐　　　어떤 잡년을 품었드냐
본대로 일러도라　　　　　　사생결단 할챙이다

　　　　　　　　　　　　　●── 김천 지방

2-1303은 화자의 감정을 비와 달을 통해 표출한 노래이다. 사람들은 흔히 비는 눈물로, 달은 마음을 호소하는 대상으로 여겼다. 그러므로 사랑하는 사람끼리 달을 보며 그리움을 호소하기도 하고 애상(哀傷)에 잠기기도 했다. 달은 아름다움과 충만감을 내포하고, 죽음과 재생을 거듭하는 영생성을 지니고 있다. 더구나 보름달은 원만구족(圓滿具足)의 표상(表象)이다. 인간은 이러한 달에게 외경과 선망과 찬탄의 마음을 품지 않을 수 없으며, 그 결과 기도의 대상으로 삼기도 한다. 그러나 이 노래는 양상이 다르다. 달은 하늘 높이 떠 있기에 임의 창문을 엿볼 수 있었을 것이고, 임이 화자를 배신하였는지 안 했는지도 알 수 있을 것이다. 이런 상정(想定) 아래 마치 죄인을 문초하듯 달에게 임의 사정을 묻는다. 숨김이 있으면 사생결단을 내겠다고 위협한다. 임에 대한 절대적 믿음과 존숭(尊崇)은 찾아볼 수 없고, 의혹과 불신과 그로 인한 불안과 초조만이 나타나 있을 뿐이다. 달과 사생결단을 내면서까지 임을 의심하고 질투심으로 번민하는 여인의 모습을 통해 인종(忍從)을 미덕으로 삼던 조선조 여인의 이면을 엿볼 수 있다.63) 달을 통해 화자의 감정을 표출한 노래는 1-662, 1-663, 2-1407, 2-1418 등이 있다. 한편, 이 노래는 2연으로 구성되어 있는데, 제2연은 심재완의 『정본 시조대전』 774와 대동소이하다.64) 시조, 가사, 잡가 등은 민요와 서로 넘나들며 원형 그대로 혹은 부분적인 개작을 통해 가창되기도 했음을 이 노래를 통해서도 확인할 수 있다.

이별을 노래한 민요 339수 중 매개체의 활용을 통해 화자의 감정을 표출한 작품은 26수65)이다.

---

63) 박진태, 앞의 책, 105～106쪽 참조.
64) 심재완, 앞의 책, 199쪽, 774번.

(6) 기타

여기에 해당하는 노래는 내용으로 보아 관계 파탄의 지속에 속하는데 민요에서만 나타난다. 기타에 해당하는 작품을 구체적으로 살펴보면 다음과 같다.

① 대상의 부정에 따른 체념

<table>
<tr><td>2-929</td><td>가요가요 나는가요</td><td>오늘봤던 새장모요</td></tr>
<tr><td></td><td>오든길로 나는가요</td><td>어제봤던 새사우야</td></tr>
<tr><td></td><td>오늘봤던 새사우야</td><td>무엇나빠 갈라하노</td></tr>
<tr><td></td><td>앵두같은 붉은술에</td><td>녹주같은 맑은술에</td></tr>
<tr><td></td><td>술이나빠 갈라하나</td><td>안주나빠 갈라하나</td></tr>
<tr><td></td><td>외씨같은 전이밥에</td><td>밥이나빠 갈라하나</td></tr>
<tr><td></td><td>밥을바래 내가왔소</td><td>술을바래 내가왔소</td></tr>
<tr><td></td><td>홍초비단 이불밑에</td><td>일구난방 꽃이피서</td></tr>
<tr><td></td><td>날간다고 원망마오</td><td>마린가리 물볼때는</td></tr>
<tr><td></td><td>누구바래 부었어요</td><td>어제오신 새서방님</td></tr>
<tr><td></td><td>영영으로 갈라히네</td><td>영영으로 가실라면</td></tr>
<tr><td></td><td>이름이나 짓고가소</td><td>내어떻다 이름지리</td></tr>
<tr><td></td><td>내가영영 가고나면</td><td>이름질이 따로있소</td></tr>
</table>

●── 의성 지방

2-929는 4-582와 동일한 내용의 노래로 '신랑→장모→신랑→신부→신랑'의 교환창(交換唱)으로 되어 있다. 옛날에는 시집 장가갈 때 당사자들이 얼굴 한번 못보고 결혼을 했다. 이런 불합리한 결혼 풍속 때문에 여러 가지 사건들이 일어나기도 했다. 신혼 첫날밤 신방 안에는 신부가 아이를 낳는 사건이 벌어졌다. 정숙해야 할 신부가 다른 사내와

---

65) 1-474, 506, 508, 553, 554, 555, 662, 663, 735, 2-1050, 1051, 1052, 1054, 1055, 1261, 1278, 1303, 1407, 1418, 1454, 1455, 3-797, 4-896, 919, 5-482, 488 등 26수.

놀아난 부정한 여인이었던 것이다. "홍초비단 이불밑에 / 일구난방 꽃이 피어서"는 신부가 아이를 낳느라 어지러워진 방안의 정경을 묘사한 대목이다. 그러므로 신혼 첫날밤을 보낸 신랑은 처가의 융숭한 대접에도 불구하고 떠나겠다고 한다. 이 노래는 신부의 부정(不貞)에 따른 신랑의 체념과 떠남을 노래한 것인데, 타 갈래의 시가에서는 찾아볼 수 없는 내용이다. 시집갈 딸이 임신을 했는데도 그것을 숨기고 결혼을 치렀다는 것이나, 신혼 첫날밤에 아이를 낳았다는 것은 이해하기 어려운 대목이다. 그러나 이런 내용의 노래가 있는 것으로 보아 옛날에는 더러 이런 일이 있기도 했던 것 같다.

② 대상의 떠남 희망

2-1266	<u>님아님아 정든님아</u>	<u>날버려라 날버려라</u>
	네가싫어 날버리면	말도없고 슝도없고
	내가싫어 널버리면	말도많고 슝도많다
	님아님아 정든님아	싫은듯이 날버려라

●──── 여천 지방

일반적으로 이별을 노래한 민요는 대상과의 이별과 그에 따른 아쉬움과 그리움, 재회에의 희망, 혹은 화자를 버리고 떠난 대상에 대한 원망 등의 정서를 담고 있는 것이 보통이다. 그러나 이 노래는 임에게 자신을 버리고 떠날 것을 요구하고 있다. 어차피 이루어질 수 없는 사랑이라면 내가 싫어 널 버리면 말도 많고 흉도 많지만, 네가 싫어 날 버리면 말도 없고 흉도 없겠기 때문이다. "네가싫어 날버리면 / 말도없고 슝도없고 / 내가싫어 널버리면 / 말도많고 슝도많다"는 사설을 통해 봉건사회 하에서 여성들에게 가해진 사회적 법률적 제약과 남성 중심적 편견으로 인한 여성의 사회적 활동 금지 및 그 속박의 일면을 엿볼 수 있다.

③ 체념과 유락

4-958 에해야 데야   에해야 데야
     마음껏 놀고보제   님없는 이세상
     일해서 무엇하랴   에해야 데야
     어정청 뛰고노세

●── 하동 지방

4-958은 임의 상실에 따른 화자의 체념과 유락(遊樂)이 나타나 있다. 임이 없는 이 세상이기에 화자는 괴롭게 일을 하며 살 필요가 없다. 그러므로 화자는 "님없는 이세상 / 일해서 무엇하랴"고 하며 마음껏 놀아보자고 했다. 임의 죽음에 따른 화자의 삶의 의미 상실이 체념과 유락으로까지 이어지게 된 것이다.

위에서 보는 바와 같이 기타에 해당하는 작품에는 대상의 부정에 따른 체념, 대상의 떠남 희망, 체념과 유락을 노래한 것이 있다. 이별을 노래한 민요 339수 중 기타에 해당하는 작품은 4수[66]이다.

2) 관계 회복의 추구

(1) 전생(변신)에 의한 접근

전생 혹은 변신의 방법으로 대상에게 접근을 시도한 민요는 세 유형으로 나눌 수 있다. 첫째는 2-1238과 같이 화자와 대상이 함께 죽어 전생 혹은 변신하여 서로에게 접근하는 것이다.

2-1238 살령살령 나의살령   나의 동무들
     너는죽어 강안에서   연꽃이 되고

---

66) 대상의 부정에 따른 체념 2수(2-929, 4-582), 대상의 떠남 희망 1수(2-1266), 체념과 유락 1수(4-958) 등 4수.

<u>나는죽어 펄펄나는</u>　　　　<u>봄나비 되자</u>

●── 장성 지방

2-1238은 동무들과의 사랑과 우정이 영원하기를 소망한 노래로, 화자와 대상이 함께 죽어 전생하는 것으로 나타난다. 인간의 가장 절실한 욕구는 분리 상태를 극복해서 불안의 원천을 봉쇄하는 일이다. 여기서 "너는죽어 연꽃이 되고 / 나는죽어 봄나비"가 되겠다는 표현은 바로 인간의 분리에 의한 불안 상태의 지속을 사살에 바탕을 둔 합일 방안을 통해 해결해 보겠다는 의지의 표현이다. 특히 이승에서의 충만한 사랑을 통한 진정한 통합과 조화의 상태를 저승까지 이어가서 숙명적이며 필연적으로 따를 죽음에 의한 분리 상태를 전생의 방법으로 극복해 보겠다는 논리가 담겨있다.[67)

둘째는 2-1253과 같이 화자가 죽어서 전생(변신)하여 대상에게 접근하는 것이다.

2-1253　　뒷문뒤에 앵도라심어　　　주지주지 연가지는
　　　　　저그자식 다따묵어도　　　네따묵었다 세우더라
　　　　　쪼그마한 재피방에　　　　아홉가지 약을두고
　　　　　잠든듯이 죽어지야　　　　<u>이내하나 죽어지매</u>
　　　　　<u>여롱산 노비되어</u>　　　　임으자는 방무우에
　　　　　쬐그만한 집을지어　　　　밤중밤중 정밤중에
　　　　　임의품에 날아들어　　　　다헐라네 다헐래요
　　　　　전에전장을 다헐래요

●── 남해 지방

2-1253은 억울한 누명을 쓰고 죽은 화자가 나비로 전생하여 무정한 임을 원망하며, 자신의 억울함을 하소연하겠다는 노래이다. 가지마다 열린 앵두를 시동생과 시누이들이 다 따먹었는데도 시부모로부터 화자

---

67) 박태상, 앞의 책, 261쪽.

가 따먹었다는 억울한 누명을 쓰게 된다. 분하고 억울한 마음에 최후의 수단으로 죽음을 생각하고, 나비로 전생하고자 했다. 나비는 억울하게 죽은 영혼의 환생물이며, 부부간의 금실(琴瑟)을 소망하는 상징물이기도 하다.

셋째는 4-978과 같이 대상이 죽어서 전생(변신)하여 화자에게 접근하는 것이다.

<blockquote>
4-978   <u>임은죽어야 재비가되서</u>   <u>의문전에 집을지었네</u>
             둘리보고 달려봐도   임인줄 나는몰랐네

●—— 달성 지방
</blockquote>

4-978은 죽은 임이 제비로 전생하여 화자를 찾아왔으나 화자는 임인 줄을 몰랐다는 자탄의 노래이다. 전생을 노래한 민요는 대부분 화자가 죽어서 다른 사물이나 혹은 동물로 전생하여 임을 찾는다는 내용이다. 그러나 이 노래는 반대로 임이 죽어서 제비로 전생하여 화자를 찾았다는 내용으로 전생의 주체가 화자가 아니라 임이라는 점에서 흥미롭다.

전생 혹은 변신의 대상은 나비가 가장 많고, 다음이 제비이다. 이외에도 약쑥, 주사(紬絲), 나무, 봄배추, 붕어, 칡, 대나무 속의 분(粉), 맷돌, 동정, 담뱃대, 허리끈, 대님, 신, 꽃, 새(청룡새, 원조) 등으로 다양하여 개성적이고 독창적인 소재 선택을 보인다.

이별을 노래한 민요 339수 중 전생에 의한 접근을 노래한 작품은 16수[68]이다.

(2) 대상의 뒤를 따름

대상의 뒤를 따름을 노래한 민요는 보통 이별 순간이나 이별 이후에

---

68) 첫째 유형 5수(1-652, 659, 2-1238, 1240, 1244), 둘째 유형 10수(1-476, 709, 2-863, 885, 1247, 1253, 1257, 4-568, 869, 5-558), 셋째 유형 1수(4-978) 등 16수.

부르는데, 살아서 대상의 뒤를 따르는 것과 죽어 대상의 뒤를 따르는 것으로 나눌 수 있다.

1-507 님아님아 우리님아   이제가면 언제올지
      평풍에 그린닭이   꼭교울면 다시올래
      옹솥에 삶은밤이   싹이나면 다시올래
      고목나무 새쌌돋아   꽃이피면 다시올래

− 중 략 −

      <u>용가는데 구름가고</u>   <u>비가는데 바람가고</u>
      <u>님가는데 나는가오</u>

                — 대구 지방

1-507은 이별 순간에 부른 노래로, 살아서 대상의 뒤를 따르고자 했다. 이제 가면 언제 올지 기약할 수 없는 임이다. 어쩌면 임이 다시 돌아온다는 것은 병풍에 그린 닭이 날개를 치고, 삶은 밤에 싹이 나며, 고목에 새싹이 돋아 꽃이 피는 것과도 같이 불가능할 수도 있다. 그러므로 화자는 "용가는데 구름가고 / 비가는데 바람" 가듯이 "님가는데" 나도 가고자 했다. 용과 구름, 비와 바람은 불가분의 관계이다. 그렇듯이 임과 나도 불가분의 관계로 영원히 함께 있고자 했다.

5-480 <u>떠나노라 삼각산아</u>   <u>다시보자 한강수야</u>
      갈때보니 청산이고   올때보니 화산이네

      엄마엄마 울거들랑   밥을줘서 달래시오
      동지섯달 긴긴밤에   <u>독수공방 내못하여</u>
      <u>임을찾아 나는가오</u>   <u>고대광실 높은집과</u>
      <u>문전옥답 다버리고</u>   <u>임을쫓아 나는가오</u>[69]

---

69) 『한국민요집』 V에는 '입을쫓아'로 되어 있는데, '입'은 '임'의 오기로 보인다(임동권, 『한국민요집』 V, 112쪽).

舍廊앞에 칙기화야　　　누구에게 전장할가
칙기花야 잘있거라　　　오늘밤 三更初에
자최없이 나는가네

—— 칠곡 지방

5-480은 대상과 사별한 이후에 부른 노래로, 죽어서 대상의 뒤를 따르고자 했다. 동지섣달 긴긴밤 독수공방을 견디다 못한 화자는 죽음으로써 임의 뒤를 따르기로 결심한다. "떠나노라 삼각산아 / 다시보자 한강수야"는 이 세상과의 절연(絕緣)을 의미한다. 임이 없는 상황에서는 "고대광실 높은집"과 "문전옥답"도 아무런 소용이 없다. 그러므로 화자는 울며 슬퍼할 친정어머니를 뒤로하고, 사랑 앞의 꽃과 이별을 고하며 "오늘밤 삼경초(三更初)"에 자취없이 죽겠다고 했다. 사회제도나 외부의 압력에 의한 죽음이 아니라 외로움을 견디다 못해 스스로 자결의 길을 택한 것이다.

이별을 노래한 민요 339수 중 대상의 뒤를 따름을 노래한 작품은 모두 12수[70]이다.

(3) 대상의 회귀 희망

2-1256　　모란꽃이 피거들랑　　　다시오려마 다시오렴
　　　　　연지곤지 단장하고　　　다시오려마 다시오렴
　　　　　초가삼간 집일망정　　　금실좋면 그만이지
　　　　　호강없이 살지라도　　　마음만은 너를주마
　　　　　모란바람 고이피해　　　다시오려마 다시오렴
　　　　　소금반찬 밥일망정　　　맘맞으면 그만이지
　　　　　백년해로 살지라도　　　사랑만은 너를주마

- 후　략 -

—— 평택 지방

---

70) 살아서 대상의 뒤를 따르는 노래가 4수(1-507, 651, 3-1009, 4-934)이고, 죽어서 대상의 뒤를 따르는 노래가 8수(1-614, 2-1269, 3-984, 4-541, 897, 980, 5-503, 480)이다.

2-1256은 다른 남자에게 시집가는 임이 내게로 다시 돌아오기를 소망한 남성 화자의 노래이다. 모란꽃이 필 때 연지곤지 단장하고, 족두리를 고이 쓰고, 색 가마에 올라앉아 내게로 오라고 했다. 다른 남자에게 시집가는 모습 그대로 화자에게 돌아올 것을 소망한 것이다. 사람은 나이가 차면 누구나 혼인을 한다. 성장 환경과 개성이 다른 두 남녀가 한마음 한뜻이 되어 가정을 이루게 되는 것이다. 화자의 소망은 임과 가정을 이루어 "초가삼간 집일망정" 금실 좋게 사는 것이다. 임이 화자에게 와주기만 한다면 호강 없이 살지라도 마음만은 너를 주며, 백년해로 살지라도 사랑만은 너를 주며, 호사(好事) 없이 살지라도 가슴은 너를 주겠다고 했다. 이별을 아쉬워하며 떠나는 임이 다시 내게로 돌아오기를 소망하는 화자의 마음이 반복과 열거를 통해 직설적으로 표출되어 있다.

2-1383	아배아배 우리아배	반달같은 우리아배
	온달같은 첩데리고	구운천둥 너른방에
	자망하시러 가셨는가	사하상국 너른들녘
	몰달리러 가셨는가	구운천둥 너른들녘
	활을쏘러 가셨는가	

- 중 략 -

<u>오다오다 못오시면</u>　　　<u>배를타고 오시라요</u>

●── 진도 지방

2-1383은 첩을 데리고 어디론가 떠나버린 아버지가 하루빨리 돌아오시기를 소망한 자녀의 노래이다. 아버지는 가장으로서의 권위와 경제적인 힘을 가진다. 그렇기 때문에 비록 부족함이 많은 아버지일지라도 자녀들에게는 절대적인 존재이다. 그런 아버지가 첩을 데리고 어디론가 가버렸으므로 자녀들은 믿고 의지할 곳이 없다. 그러므로 자식들은 "오다가 못오시면 / 배를타고"서라도 꼭 돌아오시라고 했다.

이별을 노래한 민요 339수 중 대상의 회귀를 희망한 작품은 6수[71]이다.

3) 관계 연장의 희망

(1) 이별의 지연 소망

이별의 지연 소망은 화자의 태도에 따라 두 유형으로 나눌 수 있다. 하나는 2-1288과 같이 화자의 행위가 적극적이며 표현이 직설적인 것이다.

2-1288	에라놓아라 못놓겠다	죽었으면죽었지 못놓겠네
	에라놓아라 못놓겠다	상투가빠져도 못놓겠네
	에라놓아라 못놓겠다	내손목이빠져도 못놓겠네

●── 양평 지방

2-1288은 떠나는 임을 잡고자 하는 화자의 마음이 적극적인 행동을 통해 드러나 있다. 지금 떠나면 다시는 볼 수 없는 임이기에 화자는 "죽었으면죽었지", "상투가빠져도", "내손목이빠져도" 못 놓겠다며 결사적으로 매달린다. 떠나는 임을 잡고자 하는 화자의 의지가 반복과 열거를 통해 직설적으로 표출되었다.

다른 하나는 4-904와 같이 간접적이며 완곡하게 임의 떠남을 만류하는 것이다.

4-904	높은산에 눈날리고	야찬산에 재날리고
	악수장마 비퍼붓듯	칠선바대 물밀린듯
	어제밤에 오신손님	재수사망 보십소서

●── 정읍 지방

---

71) 1-682, 2-910, 1243, 1256, 1383, 3-977 등 6수.

4-904는 자연의 힘을 빌어서라도 임과의 이별을 지연시키고자 하는 화자의 마음이 간접적이며 완곡(婉曲)하게 드러나 있다. 날이 새면 떠날 임이기에 화자는 높고 험한 산에 "눈날리고 재날리"기를 바라며, 그것만으로는 부족하여 장마가 들어 억수 같은 비가 쏟아지고 파도치듯이 물이 밀려오기를 소망한다. 그렇게만 된다면 "어제밤에 오신손님"은 떠나지 못하고 머물게 될 것이다. 하룻밤을 보내고 임과 이별하기에는 너무도 아쉬웠을 것이다. 그러므로 화자는 자신의 힘으로는 떠날 임을 막을 수 없음을 알고 자연의 힘을 빌어서라도 임과의 이별을 지연시켜 보고자 한 것이다.

이별을 노래한 민요 339수 중 이별의 지연을 소망한 작품은 6수[72]이다.

이상으로 민요에 나타난 이별의 수용 태도를 살펴보았는데, 이를 비율로 나타내면 다음과 같다.

1) 관계 파탄의 지속 ······································· 299수(88.2%)
  (1) 나의 신세 한탄 ································· 111수(32.7%)
  (2) 나의 불망과 사모 ······························· 80수(23.6%)
  (3) 나의 불변 ··· 3수(0.9%)
  (4) 대상에 대한 원망 ······························· 75수(22.1%)
  (5) 매개체의 활용 ··································· 26수(7.7%)
  (6) 기타 ·· 4수(1.2%)

2) 관계 회복의 추구 ································· 34수(10.0%)
  (1) 전생(변신)에 의한 접근 ······················· 16수(4.7%)
  (2) 대상의 뒤를 따름 ······························· 12수(3.5%)

---

72) 이별의 지연을 소망한 노래는 모두 6수(1-667, 686, 2-941, 1288, 1420, 4-904)인데, 이 중에서 4수(1-667, 2-941, 1288, 1420)는 이별을 지연시키고자 하는 화자의 행위가 적극적으로 나타난 데 비해, 2수(1-686, 4-904)는 간접적이며 완곡하게 나타난다.

지금까지 살펴본 바를 요약하면, 민요에 나타나는 이별의 수용 태도 중 가장 많은 수를 차지하는 것은 관계 파탄의 지속 중 나의 신세 한탄(111수)과 나의 불망과 사모(80수)이다. 민요에 나타난 이별의 수용 태도 중 관계 파탄의 지속이 차지하는 비율은 시조나 가사보다 더 많은 88.2%이다. 또한 대상의 부정에 따른 체념, 대상의 떠남 희망, 체념과 유락은 민요에서만 나타나는 이별의 수용 태도이다. 이것은 임·병 양란 이후 상공계급의 사회적 진출에 따른 서민의식의 변화로 보이며, 민요의 특성과 관련이 있다고 본다. 민요는 비전문적인 민중의 노래로 창자 스스로의 필요성에 의해 불리어지며, 창자 스스로 즐기기 위해 부르는 노래이기 때문에 시조나 가사에 비해 개인의 감정에 보다 충실할 수 있으며, 그 결과 이별의 수용 태도 또한 보다 다양하게 나타날 수 있었던 것이다.

제8장 고전 이별시가의 사적 전개 양상

　인간의 사상과 감정은 사람에 따라 각기 다르겠지만, 좀더 범위를 넓혀 생각한다면 같은 지리적 조건과 통치 아래 생활을 영위하고 언어를 교환하는 한 민족이나 국민 사이에는 그 사상과 감정에 공통성이 있을 것이다. 따라서 사상과 감정을 표현한 문학에도 공통적인 특색이 있을 것은 당연한 일이다.[1] 같은 의미에서 고전 이별시가에 나타난 이별의 상황과 수용 태도도 개별 작품에 따라서는 각기 다르게 나타나겠지만 묶어서 보면 시대와 갈래에 따른 공통점과 차이점도 드러날 것이다.

　그러므로 이 장에서는 고전 이별시가의 사적 전개 양상을 구체적으로 살펴보기 위해 이별의 상황과 이별의 수용 태도가 갈래별로 어떻게 나타나는지를 통계를 통해 제시하고, 이를 토대로 각 갈래별 이별시가의 특징을 밝혀서 고전 이별시가의 전통성(지속성)과 시대성(변모성)을 살펴보기로 한다. 어떤 면에서 본다면, 고대가요·향가·고려속요의 경우는 현전하는 작품의 수가 소수에 불과하기 때문에 소표본(小標本)의 일단을 추지(推知)하여 전체를 추정하기에는 문제가 있을 수 있다. 그러나 서론에서 밝힌 바와 같이 이별의 양상이 시대별로 어떤 특징을 지니고 있는지를 알아보기 위해서는 현재 남아있는 작품을 대상으로 고전시가 전 갈래에 걸쳐 동일한 방법을 적용했음을 밝힌다.[2]

　지금까지의 논의에서 드러난 고전 이별시가의 변모 양상을 이별의 상황과 이별의 수용 태도로 나누어 백분율로 제시하면 다음과 같다.

---

1) 김준영, 1979, 『국문학개론』, 대구, 형설출판사, 54쪽.
2) 이 책의 29쪽, 각주 50 참조.

【표 Ⅷ·1】 이별의 상황 변모 양상

이별의 상황	갈래별	고대가요	향 가	고려속요	시 조	가 사	민 요
사 별	대상의 죽음	50	66.7	9.09	4.0	25.37	35.7
	나의 죽음	·	·	27.27	2.0	·	14.4
	소 계	50	66.7	36.36	6.0	25.37	50.1
생이별	대상의 떠남	50	33.3	63.64	88.8	46.27	39.3
	나의 떠남	·	·	·	5.2	28.36	10.6
	소 계	50	33.3	63.64	94.0	74.63	49.9
	합 계	100	100	100	100	100	100

【표 Ⅷ·2】 이별의 수용 태도 변모 양상

이별의 상황	갈래별	고대가요	향 가	고려속요	시 조	가 사	민 요
관계 파탄의 지속	나의 신세 한탄	·	·	6.25	15	41.80	32.7
	나의 불망과 사모	·	·	6.25	36	29.85	23.6
	나의 불변	·	·	12.5	2.4	·	0.9
	대상에 대한 원망	·	33.3	6.25	11.4	7.46	22.1
	매개체의 활용	50	·	18.75	17.2	1.49	7.7
	기 타	·	·	·	·	·	1.2
	소 계	50	33.3	50	82	80.60	88.2
관계 회복의 추구	전생에 의한 접근	·	·	·	3.6	10.45	4.7
	대상의 뒤를 따름	50	66.7	18.75	1	1.49	3.5
	대상의 회귀 희망	·	·	12.5	7.8	7.46	1.8
	소 계	50	66.7	31.25	12.4	19.40	10.0
관계 연장의 희망	이별의 지연 소망	·	·	18.75	5.6	·	1.8
	소 계	·	·	18.75	5.6	·	1.8
	합 계	100	100	100	100	100	100

【표 Ⅷ·1】에서 보는 바와 같이 고전 이별시가의 이별 상황은 고려속요를 기점으로 변모됨을 볼 수 있다. 즉, 고대가요와 향가는 사별과 생이별이 같은 비율을 보이거나 오히려 사별이 생이별보다 높게 나타난다. 그러나 고려속요를 기점으로 시조·가사에서는 사별보다 생이별의 비율이 월등히 높다. 또한 고려속요에서만 나의 죽음이 대상의 죽음보다 높게 나타날 뿐, 타 갈래에서는 사별과 생이별 모두 대상의 죽음이나 대상의 떠남이 나의 죽음이나 나의 떠남보다 높은 비율을 보인다. 고려속요에서 나의 죽음이 대상의 죽음보다 높게 나타난 이유는 분연체의 작품인 경우 사별로 분류할 수 있는 연이 있어 이를 독립시켜 보았기 때문이다.

한편, 민요의 이별 상황과 비교해 보면, 민요는 사별과 생이별이 거의 같은 비율을 보이고 있어 생이별이 월등히 높은 고려속요나 시조·가사와는 다른 모습을 띤다. 또한 민요는 대상의 죽음이나 대상의 떠남이 나의 죽음이나 나의 떠남보다 높은 비율을 보인다는 점에서는 타 갈래(고려속요는 제외)의 이별시가와 공통적이다.

이별의 상황이 고려속요를 기점으로 변모된 것과 마찬가지로 이별의 수용 태도 또한 【표 Ⅷ·2】에서 보는 바와 같이 고려속요를 기점으로 변모되는 모습을 보인다. 즉, 고대가요와 향가는 관계 파탄의 지속에서 대상에 대한 원망과 매개체의 활용, 관계 회복의 추구에서 대상의 뒤를 따름만이 나타나나, 고려속요에 와서 각각 다양하게 확대된다. 고대가요와 향가의 특징은 샤머니즘적 내세관 내지는 불교의 윤회사상을 바탕으로 사별한 대상의 뒤를 따르거나 혹은 따르고자 하는 희망 내지는 의지를 보인다는 점이다. 그러나 고려속요를 기점으로 내세보다는 현세를 중시하는 사상을 보이며, 그 결과 생이별에 따른 관계 파탄의 지속이 관계 회복의 추구나 관계 연장의 희망보다 월등히 높게 나타난다. 관계 연장의 희망은 고려속요나 시조·민요에서만 볼 수 있으며, 관계 회복의 추구에서 전생(변신)에 의한 접근은 시조에서 처음 보인다. 또한, 관계 파탄의 지속에서 기타(대상의 부정에 따른 체념, 대상의 떠남 희망, 체념과 유락)는 민요에만 나타난다.

한편, 이별의 수용 태도 면에서 민요는 관계 파탄의 지속과 관계 회복의 추구 및 관계 연장의 희망이 모두 나타나나, 관계 파탄의 지속이 관계 회복의 추구나 관계 연장의 희망에 비해 월등히 높은 비율을 보인다는 점에서 고대가요나 향가보다는 시조나 가사와 유사한 모습을 띤다.

이상으로 【표 Ⅷ·1】과 【표 Ⅷ·2】의 통계자료를 바탕으로 고전 이별시가의 이별 양상(이별의 상황, 이별의 수용 태도)을 시대별로 구분해보면 다음과 같이 나누어진다.

1. 고대가요·향가 시대 : 사별이 우세한 시기
2. 고려속요 시대 : 생이별이 우세한 시기
3. 시조·가사 시대 : 전생(轉生) 모티프의 출현 시기

요컨대, 고대가요·향가 시대는 사별을 노래한 작품이 생이별을 노래한 것보다 많고, 관계 회복의 추구가 관계 파탄의 지속이나 관계 연장의 희망을 노래한 것보다 많다. 고려속요 시대는 생이별을 노래한 작품이 사별을 노래한 것보다 많고, 이별의 수용 태도 또한 다양하게 확대되어 나타나는데, 그 중에서 관계 파탄의 지속이 관계 회복의 추구나 관계 연장의 희망에 비해 높은 비율을 보인다. 시조·가사 시대는 이별의 상황에서는 생이별이, 이별의 수용 태도에서는 관계 파탄의 지속이 월등히 많으며, 전생(轉生)에 의한 접근이 나타난다는 점에서 타 갈래의 이별시가와 차이가 난다.

이제 각 시대별로 이러한 현상이 왜 일어났는지를 알아보며, 이를 바탕으로 고전 이별시가의 전통성(지속성)과 시대성(변모성)을 살펴보기로 한다. 한편, 민요는 고대가요·향가·고려속요·시조·가사 등에 폭넓게 영향을 끼친 시가 형식으로 보고, 민요에 나타난 이별의 상황과 수용 태도는 각 시대별 특징과 어떤 면에서 유사한지를 간략히 비교하는 것으로 그친다.3)

1. 고대가요·향가 시대 : 사별이 우세한 시기

고대가요에 나타난 이별의 상황은 사별과 생이별이 같은 비율을 보이며, 이별의 수용 태도는 관계 회복의 추구에서 매개체의 활용과 관계 파탄의 지속에서 대상의 뒤를 따름이 같은 비율을 보인다.

제2장에서 살펴본 바와 같이 고대가요가 불려진 시대는 문학사적으로 신화 시대 혹은 신화 시대에서 전설·민담 시대로의 이행기에 속한다. 신화 시대는 자아와 세계가 실제로 동질적이거나 상호 보완적인 관계를 갖도록 대결하며, 그러한 관계가 강조되던 시대였으나 신화적 질서 내지는 주술적 숭고가 흔들리기 시작하면서 이러한 관계는 파괴되기 시작하였고, 그 결과 <공무도하가>와 <황조가> 같은 작품을 낳게 된다. <공무도하가>와 <황조가>는 '결손'4)에 따른 '슬픔'5)이 작품 전체

---

3) 민요와 타 갈래의 관계에 대해서는 이 책의 35쪽 각주 1 참조.

4) 김대행은 정서 유발의 유형을 크게 둘로 나누어 본 바 있는데, 하나는 갖추어져 있음으로써 평정을 유지할 수 있는 상황으로부터 무엇인가를 앗아가 버림으로써 평정을 깨뜨리는 '결손(缺損)에 의한 평정 깨기'이며, 다른 하나는 어떤 상황이 이루어져 있는데 거기에 무엇인가를 추가적으로 추구함으로써 평정이 깨어지는 '잉여(剩餘)에 의한 평정 깨기'이다(김대행, 1996, 「고려 시가의 문학적 성격」, 성균관대학교 인문과학연구소 편, 『고려가요 연구의 현황과 전망』, 서울, 집문당, 29~30쪽).

5) 정서(emotion)가 체계적으로 연구된 것은 빌헬름 분트(Wilhelm Wundt)가 1879년 라이프치히에서 심리학 실험을 창설한 이후로부터 보고 있으며, 그 이후 현대 심리학에서는 인간의 정신 활동을 성격, 정서, 인지적 측면으로 나누어 접근하고 있으며, 이 가운데 정서는 특히 1980년 이후에 다시 활발한 연구 과제로 대두되었다. 정서는 주관적이고 개인적이어서 정의하기도 어렵고, 따라서 측정하기는 더욱 어렵다. 심리학에서는 이러한 정서를 측정해보기 위해 질문지, 투사법, 정보통합법 등의 방법을 사용하고 있는데, 이 중에서 투사법에 의한 심리학적 정서 측정법은 1924년 헤르만 로샤(Hermann Rorchach)에 의해 처음 개발된 이후 오늘날 플라칙(Plutchik)과 켈러만(Kellerman)에 의해 정교화되었다. 플라칙과 켈러만은 플라칙이 제안한 여덟 가지 정서 가운데 네 가지, 즉 기쁨, 수용, 분노, 놀람을 로샤의 외향적 범주로, 그리고 공포, 슬픔, 혐오, 기대를 내향적 범주로 보았다(Robert Plutchik, 1991, 「The Emotion, University Press of America」, 113쪽 및 김경희, 1995,

의 주된 정서를 이루고 있다. 즉, <공무도하가>의 제4구 "이에 님을 어찌할꼬(當奈公何)"나 <황조가>의 제4구 "그 뉘와 함께 돌아가리(誰其 與歸)"는 모두 대상의 결손에 따른 화자의 탄식으로 슬픔이 주된 정서를 이루고 있다. 만약에 신화적 질서 내지는 주술적 능력이 절대적인 것으로 받아들여졌던 시대의 작품이었다면 <공무도하가>에서 백수광부는 죽음을 초월하여 물을 건넜을 것이며, <황조가>에서는 화희와 치희의 다툼이 애당초 발생하지 않았거나 또 발생했다 하더라도 유리왕의 신적 권능에 의해 쉽게 해소, 극복되었을 것이기 때문에 사별이나 생이별의 상황은 발생하지 않았을 것이며, 그 결과 슬픔의 정서는 표출되지 않았을 것이다. 이를 통해서 볼 때 <공무도하가>와 <황조가>는 '신 중심의 시대'에서 '인간 중심의 시대'로 변모되는 과정을 보여주는 작품이라 할 수 있다.6)

한편, 이별의 수용 태도 면에서 볼 때 <공무도하가>는 배경설화의 "곡을 마치자 그녀도 또한 남편을 따라 물에 빠져 죽었다(曲終 自投河而 死)."는 부분을 통해 알 수 있듯이 아내의 순사(殉死)가 나타난다. 아내의 순사는 남편의 익사와 더불어 당시 사람들의 내세관을 엿보게 한다. 즉, 당시 사람들은 죽음을 두려워하거나 회피의 대상으로만 여기지는 않았던 것 같다. 무속의 내세관은 영혼의 존재를 전제로 하여, 사람이 죽으면 목숨은 끊어지고 육체는 썩어 없어지나 영혼만은 없어지지 않고 저승으로 가서 영원히 존재한다고 믿는 영혼불멸관(靈魂不滅觀)을 기초로 한다. 그러므로 백수광부의 아내도 남편을 따라 주저함 없이 순사할 수 있었던 것으로 보인다.

<공무도하가>가 영혼불멸관을 기초로 한 샤머니즘적 내세관에 의해 이별을 수용하고 있는 것과는 달리 <황조가>는 꾀꼬리를 애정의 상징

『정서란 무엇인가』, 서울, 민음사, 197쪽 참조).

6) 김학성은 <황조가>의 미적 표현 원리를 밝히면서, <황조가>는 '우주론적 자연 철학'이 점차 쇠퇴하고 '인간론적 사고 체계'로 방향 전환을 하는 시대의 부산물이라 하였다(김학성, 1980, 「상대시가의 표현미학」, 『한국고전시가의 연구』, 익산, 원광대학교출판국, 277쪽).

물로 보고, 짝을 잃은 자신의 처지를 이상적인 부부 관계의 상징이라 할 수 있는 매개체인 꾀꼬리를 개입시켜 짝을 잃은 화자의 고독을 표현했다. <공무도하가>와 <황조가>의 향유계층을 보면, <공무도하가>는 뱃사공인 곽리자고의 처 여옥에 의해 전파되었고 <황조가>는 민요적인 성향을 띤다는 점으로 보아,[7] 일반 서민층임을 짐작할 수 있다. 그러나 작자의 측면에서 볼 때, <공무도하가>와 <황조가>는 각각 무부의 아내(백수광부의 처)와 왕(유리왕)이 부른 노래로 일반 서민층의 노래는 아니다. 사후의 세계에 대한 믿음은 서민층보다는 지배계층이나 지식인층이 보다 확고했던 것으로 추정된다. 이러한 사실은 샤머니즘적 내세관에 바탕을 둔 <공무도하가>에서도 드러나지만, 불교의 내세관을 바탕으로 사후의 세계를 인정하며 사별한 대상의 뒤를 따르고자 한 향가 <제망매가>와 <모죽지랑가>에서도 드러난다. <제망매가>와 <모죽지랑가>의 작자층도 승려와 화랑으로 지배계층이며 지식인층이다. 반면에 <황조가>는 비록 왕에 의해 불려진 노래이기는 하나 자연물(꾀꼬리)에 의탁해서 화자의 정서를 단순하고 소박하게 표출함으로써 민요 일반의 성향을 그대로 보여주고 있어 작자층에 따른 특징이 드러나지 않았다.

향가에 나타난 이별 상황은 사별이 생이별보다 높게 나타나며, 이별의 수용 태도는 관계 회복의 추구에서 대상의 뒤를 따름이 관계 파탄의 지속에서 대상에 대한 원망보다 높은 비율을 보이는데, 이것은 시가 속에 형상화된 신앙과 관련이 있을 것이다. 향가가 불려진 시대는 원시신앙사상(한국의 경우는 주로 무속을 중심으로 한 샤머니즘 사상)과 유가 사상이 불교사상과 함께 교호(交互)한 시대이기는 하나 문무왕(文武王 ; ?~681) 이후 불교가 차차 융성해져서 불교사상이 중심을 이루게 된다. 이때 불교는 교학(敎學)의 면에서 한층 발달하여 사상체계로서 성립되었고, 신앙의 면에서도 일반 민중에까지 널리 확산되어 사회의 지배이

---

7) 김학성, 1992, 「<황조가>의 작품 성격」, 백영 정병욱선생 10주기추모기념논문집간행위원회 편, 『한국고전시가 작품론』1, 서울, 집문당, 29쪽.

넘이 되었던 것이다. 이러한 사실은 향가의 내용 및 작가의 분석에서도 드러난다.[8]

<제망매가>, <모죽지랑가>는 불교적 내세관이 사상체계를 이루고 있는 노래이다. 그러므로 대상과의 사별을 노래한 <제망매가>와 <모죽지랑가>에 보이는 이별의 수용 태도는 관계 회복의 추구로 사별한 대상의 뒤를 따르겠다는 의지 내지는 저승에서라도 다시 만나겠다는 기대로 나타난다. <제망매가>의 제1~8구는 누이와의 사별과 그에 따른 화자의 감정이 비교적 진솔하게 표현되어 있다. 사람은 나서(生), 고생하다(苦), 죽는다(死). 이 세 가지는 인류의 공통된 역사이다. 사람의 몸뚱이는 바위틈에 뿌리박은 풀잎과 같고 사람의 목숨은 그 풀잎에 엉긴 이슬과 같다. 옛 사람이 말하기를, 사람은 다 죽는다(人皆有死)라고 하면서 죽을 때 죽는 것이 어렵다(死於死難矣)고 하였다. 생·노·병·사의 사고(四苦)가 중생들의 공통적인 운명임을 깨달아 인생 전체를 일장춘몽(一場春夢)의 허무한 것으로 보기도 한다.[9] 그러므로 화자는 비탄에 잠기게 되며 삶에 대한 허무감과 무상감에 잠기게 된다. 그러나 화자는 인생이 허무하다 하여 허무주의에 빠지지는 않는다. 그것은 제9~10구에 와서 "미타찰"의 서방정토에서 다시 왕생(往生)하리라는, 그곳에서 다시 죽은 누이와 재회할 것이라는 믿음을 바탕으로 도를 닦으며 기다리는 것으로 극복된다. 즉, 정토신앙에 의해 죽음이 극복되며, 이별의 노래가 만남을 기약하는 노래로 바뀐 것이다. 정토신앙(淨土信仰)은 현세의 고해에서 벗어나 내세에 극락왕생하기를 비는 내세 신앙으로, 통일 후 특히 원효(元曉 ; 617~686)에 의해 크게 성행하게 되었다.[10]

---

8) 현재 남아있는 향가는 대부분 화랑이나 승려, 혹은 불교신자의 작으로, 그 내용이 송도적(頌禱的)이거나 불교의 정토사상(淨土思想)을 담고 있다. 아울러 향가의 성격에 관한 지금까지의 논의를 종합해보면 주술적 측면과 종교적(불교적) 측면의 양 성격을 복합적으로 포괄하고 있다는 데 의견의 일치를 보이고 있다.

9) 김주곤, 1993, 「한국불교가사에 나타난 불교사상연구」, ≪어문학≫ 54, 한국어문학회, 153쪽.

10) 변태섭, 1986, 『한국사통론』, 서울, 삼영사, 135쪽.

<모죽지랑가>에서도 <제망매가>와 마찬가지로 불교의 내세관을 바탕으로 사별한 대상과의 만남을 기대하고 있다. <모죽지랑가>는 득오(得烏)가 죽지랑(竹旨郞)을 추모하고 사모하여 부른 노래로, 인간이 인간을 사모하고 존경하는 것이 어느 경지에까지 이를 수 있는가를 잘 보여준 작품이다.11) 죽지랑과 득오의 신분은 화랑이다. 그러나 『삼국사기』에 보이는 세속오계(世俗五戒)에 이미 유·불 사상이 혼합되어 있는 것으로 보아, 화랑의 노래에 불교적 내세관이 스며있는 것은 이상할 것이 없다. <모죽지랑가>의 제1~4구는 대상의 죽음을 제시하고, 해가 갈수록 기억 속에서 사라져가는 임의 모습에 대한 화자의 비통한 심정이 표출되어 있다. 그러나 제5~6구에 와서는 피안의 세계에서 낭(죽지랑)과의 재회가 그려져 있어 제1~4구에서 보여준 비통하고 무상한 현실은 극복된다. 즉, 낭과의 사별은 영원한 이별이 아니라 화자가 죽어서라도 언젠가는 다시 만날 것이라는 회자정리(會者定離)의 불교적 깨달음을 통한 극복이다.

한편, 생이별을 노래한 <황조가>가 왕이 부른 노래로 매개체(꾀꼬리)의 활용을 통해 짝을 잃은 화자의 고독을 나타낸 것과 같이, <원가>도 진골귀족의 노래로 "왕 = 백수"의 관계를 설정하여 대상(효성왕)에 대한 원망을 잣나무에 전이(轉移)시켜 부른 노래이다. 두 작품 모두 작자의 신분이 높고 개인의 감정에 충실한 노래라는 점에서 공통적이다. 그러나 <황조가>와는 달리 <원가>는 향가가 왕왕 귀신을 감동시키고(往往能感動天地鬼神), 재앙을 물리치는(除厄祓禳) 주술적 기능이 있음을 보여준 작품이다. 이를 통해 고대가요의 창작소로서 혹은 정신구조의 원천으로 작용한 주술성이 후대에까지 영향을 미쳤음을 알 수 있다.

이상에서 살펴본 바와 같이 고대가요·향가 시대의 이별 상황은 사별이 생이별보다 우세하며, 사별과 생이별에서는 대상의 죽음과 대상의 떠남만이 나타난다. 이별의 수용 태도는 사별인 경우 영혼불멸관을 기

---

11) 이인복, 1979, 『한국문학에 나타난 죽음의식의 사적 연구』, 서울, 열화당, 97쪽.

초로 한 샤머니즘적 내세관이나 정토사상 같은 불교의 내세관을 바탕으로 한 관계 회복의 추구로 대상의 뒤를 따름이 나타난다. 생이별인 경우 관계 파탄의 지속에서 매개체의 활용을 통해 화자의 고독을 나타내거나, 대상에 대한 원망을 다른 사물에 전이시키는 모습을 보인다. 또한 관계 파탄의 지속을 '나→대상→매개체 활용'의 관계로 볼 때, '나'와 관련되는 요소가 나타나지 않는다는 점이 특징이다.

2. 고려속요 시대 : 생이별이 우세한 시기

고려속요에 나타난 이별의 양상을 살펴보면, 먼저 이별의 상황은 고대가요・향가 시대에 비해 상대적으로 생이별을 노래한 작품이 사별을 노래한 작품보다 높은 비율을 보이며, 사별에서 나의 죽음이 나타난다. 이별의 수용 태도는 관계 파탄의 지속에서 고대가요・향가에서는 보이지 않던 '나'와 관련된 요소인 나의 신세 한탄, 나의 불망과 사모, 나의 불변이 나타나며, 관계 회복의 추구에서는 대상의 회귀 희망이 나타나고, 관계 연장의 희망에서 이별의 지연 소망이 보인다는 점에서 고대가요・향가 시대와 변별되는 시대성을 지닌다. 아울러 관계 파탄의 지속에서는 매개체의 활용과 대상에 대한 원망이, 관계 회복의 추구에서는 대상의 뒤를 따름이 고대가요・향가 시대와 이어져 전통성을 지닌다.

고려속요에 나타난 이러한 변모와 지속의 양상은 생이별을 노래한 작품의 비율이 높다는 점과 관련이 있으며, 이는 고려속요가 불려진 당대의 시대상황과 밀접한 연관이 있다.

국문으로 채록되어 정착된 고려속요 21수 중에서 이별시가로 분류할 수 있는 작품은 8수인데, 이 중에서 작자와 창작 연대를 알 수 있는 작품은 의종(毅宗 ; 재위 1146~1170) 때 정서(鄭敍)가 지은 <정과정>뿐이고, 나머지 작품들은 모두 작자・연대 미상이다. 작자와 연대를 알 수 없는

작품은 대체로 고려 전기보다는 중기나 후기에 지어졌거나 향악으로 정
재(鄕樂呈才)되어 궁중에서 춤과 함께 공연되었다. 향악정재는 그 전에는
없었고 고려에 들어와서 생겨났다.[12] 작가와 연대를 알 수 없는 대부분
의 노래들을 고려 중기 이후로 보는 이유로는 첫째, 고려속요에서 유추
해낼 수 있는 사회적, 사상적인 상황에서 찾을 수 있고, 둘째로 숙종(肅
宗)을 지나 예종(睿宗) 11년 10월에 완성한 송나라 대성악의 수입으로
기존의 전통적인 고려 제악(祭樂)에 일대 변혁을 가져왔다는 점을 들 수
있다.[13]

고려왕조는 태봉국(泰封國)의 장수 왕건(王建 ; 877~943)이 918년 임금
인 궁예(弓裔)를 몰아내고 송악(松嶽 : 開城)에 도읍하여 나라를 세운 이
후 이성계(李成桂)에게 망하여 조선이 서기까지 34대 475년간(918~1392)
지속되었다. 고려왕조는 초기 76년간, 곧 11대 문종(文宗)으로부터 16대
예종(睿宗) 때까지(1047~1122)는 정치제도가 완비되고 문화가 발달하여
문물제도가 절정기에 이르렀다. 그러나 권신 이자겸(李資謙)의 전횡(專橫)
과 묘청(妙淸)의 서경내란(西京內亂)을 겪은 인종조(仁宗朝)를 지나, 의종
(毅宗) 이후는 벌써 쇠퇴기에 들게 되었다.[14] 의종 24년(1170) 정중부(鄭仲
夫)를 중심으로 한 무신정변을 경계로 잇따른 외적들의 침입이 있었으
며, 안으로는 왕의 세력이 약화되고 최씨 4대의 군사전제적(軍事專制的)
집권이 계속되어 고려시대 중기 이후로는 말할 수 없는 민생고 속에서
정부와 백성이 모두 도탄에 빠지게 되었다. 그 중 가장 극심했던 것은
1231년부터 28년 동안 7차례에 걸친 원(元)나라의 침입이었다.[15] 뿐만

---

12) <정읍사>는 백제에서 유래한 노래인데, 이 노래를 포함한 정재 <무고(舞
鼓)>는 충렬왕 때 시중 이혼(李混)이 영해에 귀양갔다가 얻은 뗏목으로
북을 만들었던 데서 유래한다고 『고려사』 악지에 밝혀놓았다(조동일, 1993,
『한국시가의 역사의식』, 서울, 문예출판사, 102쪽 참조).
13) 최정여, 1985, 「고려의 속악가사론고」, 국어국문학회 편, 『고려가요연구』,
서울, 정음문화사, 132쪽.
14) 박성의, 1980, 『한국문학배경연구』(상), 서울, 반도출판사, 43쪽.
15) 처음 왕건이 신라 말에 나라를 세워 분립된 후삼국을 통일하고, 성종 때
중앙집권적인 국가 기반을 확립시킨 후 문종 때에 이르러 귀족 정치의 최
전성기를 이루었다. 고려 왕조의 개창은 하나의 역성혁명일 뿐 아니라 새

아니라 원나라에 굴복한 이후에도 50여 년이나 외국에 시달려야 했으며
또 일본 원정군에 동원되기까지 하였다. 그러면서 홍건적과 일본 해적
들에게도 시달리게 되었다. 이처럼 내우외환의 연속 속에서 생존을 위
해 몸부림쳐야만 했던 고려시대 사람들에게 있어서 사상적 공백기는 어
쩌면 당연한 것일지도 모른다. 어떤 사상도, 이념도, 제도도 현실적 생
존을 보장해 줄 수 없었기 때문이다.[16] 그러므로 이와 같은 사회적 혼
란에 의해 고려 중기 이후에 불려진 것으로 추측되는 고려속요에는 사
상의 통일이 이루어지지 않았기에 내세 지향적(來世 志向的) 혹은 내세
적(來世的) 표현이 결여될 수밖에 없었으며, 정치적·사회적으로 안정을
구축하지 못했던 시기였기에 생이별을 노래한 작품이 흔했고, 그 결과
고려속요의 전반적인 주제가 자신(自身)의 하소나 영탄으로 흐른 것으로
보인다.[17]

　이러한 사회적 배경을 바탕으로 고려속요에 나타난 이별의 양상이
전대 시가에 비해 어떻게 지속되고 변모되는지 작품을 통해 구체적으로
알아보기로 한다.

　먼저 지속을 지닌 작품은, 사별로 대상의 죽음을 노래한 <이상곡>과
생이별로 대상의 떠남을 노래한 <만전춘별사> 제4·5연, <정읍사>,
<동동> 2·4월령, <서경별곡> 제3연이다. <이상곡>에 보이는 이별
의 수용 태도는 대상의 뒤를 따르는 것인데, 이는 "고대셔 싀여딜 내모
미 / 내님 두숩고 년뫼룰 거로리 / 아소 님하 훈디 녀졋 기약(期約)이이
다"를 통해 알 수 있다. 여기서 "훈디 녀졋 기약"은 사별한 임과의 저

로운 호족 세력에 의한 고대적 체제의 극복이라 하겠다. 그러나 고려 중기
(1170년)에 일어난 무신란(武臣亂)은 고려사에서 하나의 분수령을 이루는
커다란 사건이었다. 무신란의 발생과 무신정권의 성립은 문신 귀족 정치를
붕괴시키고 새로운 사회로의 전환을 가져오게 하였다. 그러나 1백년간 계
속된 무신집권기는 집권 무신 내부의 분열과 원나라의 침략으로 막을 내리
고 이어서 원의 간섭기에는 새로운 권문세족(權門勢族)이 사회의 지배 세
력으로 등장하였다(변태섭, 앞의 책, 155~156 참조).

16) 이계양, 1991, 「고려속요에 나타난 시간현상 연구」, 광주, 조선대학교 대학
　　원 박사학위 논문, 26쪽.
17) 김대행, 1976, 『한국시가구조연구』, 서울, 삼영사, 133쪽.

승에서의 합일을 뜻한다. 그러므로 이 말은 결국 임을 따라 무간지옥에라도 가겠다는 화자의 적극적인 의지의 표출이 된다. 이것은 <공무도하가>나 <제망매가>, <모죽지랑가>에서와 같이 죽음으로써 대상의 뒤를 따르는 혹은 죽어서라도 대상의 뒤를 따르겠다는 내용을 담고 있다는 점에서 전대 시가에서 보이는 이별의 수용 태도와 연속선상에 놓인다. <만전춘별사> 제4·5연은 오리로 대표되는 남성의 여성편력(여흘란 어듸 두고 소해 자라 온다)과 사향각시를 안고 누워 인생의 봄을 만끽하는 남성의 기회주의적이고 이기적인 사랑(금수산 니블 안해 사향각시를 아나 누어)을 풍자적으로 비판하며 신의 없는 대상을 원망했다는 점에서 향가 <원가>와 이어져 있다. 또한 <정읍사>, <동동> 2·4월령, <서경별곡> 제3연은 "달", "꾀꼬리", "등불", "사공" 등의 매개체를 활용하여 화자의 감정을 표출했다는 점에서 고대가요 <황조가>와 이어져 있다.

그러나 이러한 지속성에도 불구하고 고려속요는 전대 시가에 비해 변모된 모습을 많이 지닌다. 그것은 첫째, 사별에서 나의 죽음이 나타난다는 점이며, 둘째, 관계 파탄의 지속에서 나의 신세 한탄, 나의 불망과 사모, 나의 불변 등 '나'와 관련되는 요소가 나타나며, 셋째, 관계 회복의 추구에서 대상의 회귀 희망과, 관계 연장의 희망에서 이별의 지연 소망이 나타난다는 점이다.

사별에서 나의 죽음이 나타난 작품은 <정석가> 제6연, <서경별곡> 제2연, <만전춘별사> 제3연이다. 이들 작품에 나타난 나의 죽음은 실제로 작품 속에서의 화자의 죽음이 아니라, 작품 속 화자인 나의 죽음이 전제되어 있다는 점이 특징이다. 즉, <만전춘별사> 제3연에서 "넉시라도 님을 혼디 녀닛경(景) 너기다니"는 "넋이라도 함께 가자고 우기던 사람이 누구였느냐"는 내용으로, 나의 죽음을 전제로 "내가 죽으면 넋이라도 함께하겠다던 사람이 누구였습니까?"라는 말이다. 이것은 곧 살아서 임과 함께 살지 못한다면 죽어서도 임과 함께하겠다는 생사를 초월한 절대적인 영원불변의 사랑을 임에게 하소연한 것으로, 나의 죽음을 전제로 죽은 넋의 동행(동거)을 임에게 요구한 것이다. 이와 같은 나의 죽음을 전제로 한 노래는 후대 '단심가'류의 시조로 이어진다.

관계 파탄의 지속에서 '나'와 관련되는 작품으로는 "몸하 호올로 녈셔"라 하여 홀로 살아가야 하는 자신의 고독한 신세를 한탄(나의 신세 한탄)한 <동동> 1월령(8·10·11·12월령도 포함)과 이별한 대상에 대한 사모와 그리움(나의 불망과 사모)으로 전전불매(耿耿孤枕上애 어느즈미 오리오)하는 <만전춘별사> 제2연, 나의 죽음을 전제로 어떤 일이 있어도 대상에 대한 나의 믿음은 변치 않을 것(나의 불변)을 노래한 <정석가> 제6연과 <서경별곡> 제2연이 있다.

관계 회복의 추구에서 대상의 회귀를 희망한 작품으로는 <정과정>와 <가시리>가 있다. 대상의 회귀 희망은 <정과정>의 "아소 님하 도람 드르샤 괴오쇼셔"와 <가시리>의 "가시는듯 도셔오쇼셔"를 통해서 알 수 있듯이, 어미 "~오쇼셔"의 소망형에 의해 직설적으로 드러난다. 그러나 고려 전기인 의종 10년(1156)을 전후해서 불려진 노래로 추정되는 <정과정>은 유가적 충의사상을 담고 있어 고려 중기 이후에 불려진 작자·연대 미상의 여타 고려속요와는 내용면에서 차이가 난다. 관련 기록만을 본다면 <정과정>은 향가 <원가>와 유사하며, 이별의 상황과 이별의 대상 또한 일치한다. 그러나 <원가>는 대상에 대한 원망이 잣나무에 주부(呪符)를 붙이는 행위로 나타낸 반면, <정과정>은 화자 자신의 무죄와 결백을 호소하며 대상이 다시 화자인 나를 사랑해주기를 바라고 있다는 점에서 차이가 난다. <정과정>은 자기 자신을 낮추고 왕을 높인 노래로 조선조 시가에서 흔히 볼 수 있는 충신연주지사(忠臣戀主之詞)의 원류가 된다. 고려시대는 유교가 정치이념으로 채용되어 크게 발달하였다. 광종(光宗)이 과거제도를 실시하고 성종(成宗)이 유신(儒臣) 최승로(崔承老 ; 927~989)의 보필을 받아 숭유정책(崇儒政策)을 실시하였으니 유교는 정치의 사상체계로 성립되고 학문적으로 크게 발달하게 되었는데,[18] <정과정>에 보이는 충신연주는 이러한 사실과 관련된다. 관계 연장의 희망에서 이별의 지연을 소망한 작품으로는 <동동> 5·7월령(즈믄힐 長存호샬, 니믈 호디 녀가져 / 願을 비옵노이다), <만전

---

18) 변태섭, 앞의 책, 197쪽.

춘별사> 제1·3·6연(情둔 오눐밤 더듸 새오시라, 넉시라도 님을 훈디 녀닛景, 遠代平生에 여흴술 모르읍새), 절대적으로 불가능한 상황을 설정하여 불가능의 현실화가 영원히 불가능하듯 대상과의 이별도 영원히 실현되지 말기를 노래한 <정석가> 제2·3·4·5연이 있다.

고려속요에 나타난 이별은 기다리기 위한 이별이며, 대상의 뒤를 따르거나 대상의 회귀를 희망하며 이별의 지연을 소망하는 등 현세 중심적인 이별이다. 이것은 샤머니즘적 내세관을 바탕으로 한 이별이나, 죽음 후의 세계를 긍정하며 내세에서라도 반드시 다시 만난다는 불교적 이별과도 구별된다. 다시 말하자면 <공무도하가>와 <제망매가>·<모죽지랑가>에서의 이별은 다시 만날 수 있다는 내적 확신 위에 기초되어 있지만, 고려속요에서의 이별은 결코 다시 만날 수 없으리라는 불안한 미래를 내포하고 있다.

고려 중기 이후는 정치적·사회적으로 안정을 구축하지 못한 시대였다. 때문에 사회가 불안하고 변동이 잦았다. 남자들은 징병에 뽑혀가거나 부역을 나가며 또는 장삿길을 떠나서 다시는 만날 수 없게 되거나 오랫동안 떨어져 있어야 하는 상황에 놓이면서 미래를 예측할 수 없게 되었다. 그러므로 여성들은 자연히 이별의 지연을 소망하거나 순간적인 향락을 추구하게 되며, 떠난 대상의 회귀를 희망하거나, 대상을 그리워하며 자신의 신세를 하소연하게 된다. 이와 같은 이유로 관계 파탄의 지속에서 '나'와 관련된 요소 중 나의 신세 한탄이나 나의 불망과 사모를 노래한 작품은 대체로 화자의 처지에 대한 독백이나 탄식으로 슬픔의 정서를 담게 된다. 아울러, 나의 불변에서 볼 수 있는 신념이나 대상의 회귀 희망이나 이별의 지연 소망에서 볼 수 있는 기대의 정서 또한 귀의 대상에 대한 흠모와 찬양, 내세에서의 만남 기약과는 다른 일면을 보인다. 사회적 혼란에 따른 미래에 대한 불안과 내세의 몰락이 현실에서의 직정적(直情的)인 기대와 소망의 형태로 표출된 것이다.

3. 시조·가사 시대 : 전생(轉生) 모티프의 출현 시기

시조·가사에 나타난 이별 양상의 특징은, 먼저 생이별의 비율이 사별에 비해 월등히 높으며, 나의 떠남이 나타난다는 점이다. 다음으로 관계 파탄의 지속에서 나의 신세 한탄과 나의 불망과 사모를 노래한 작품이 많으며, 관계 회복의 추구에서 전생에 의한 접근이 나타난다는 점이다. 시조·가사에 나타난 이러한 현상은 조선조의 유가적 현세주의 및 작자나 향유층과 관련이 깊다고 본다.

이성계(李成桂 ; 1335~1408)에 의한 조선왕조의 창업은 역성혁명(易姓革命)으로 이루어졌다. 그러므로 대내외적인 명분의 획득과 지지기반의 확보가 최우선 과제였다. 대내적으로는 전 왕조의 폐단[19]을 직시하고 그

---

19) 이러한 사실은 『고려사』 및 『조선왕조실록』을 통해 확인할 수 있다. 기록을 보면 다음과 같다.

이상 두 노래(삼장·사룡)는 충렬왕 때에 지은 가사인바 왕이 소인 무리들과 좋아하고 잔치와 놀이를 즐겼으므로 행신(倖臣) 오기, 김원상과 내료(內僚) 석천보, 석천경 등이 기악(妓樂)과 여색(女色)으로 왕의 환심을 사기에 힘썼다. 관현방(管絃房)의 태악재인(太樂才人)으로는 부족해서 행신들을 각 도에 파견하여 관기(官妓)로서 얼굴이 아름답고 기예를 가진 여자를 선발하고 또 노래와 춤을 잘하는 여자들을 선발하여 궁중에 적을 두게 하였으며 비단 옷을 입히고 말총갓을 씌워 가지고 따로 한 대열을 짓게 하였으며 이것을 남장(男粧)이라 불렀다. 그리고 이 노래를 가르치고 검열하며 소인 무리들과 더불어 밤낮으로 이런 가무를 하고 음탕하게 놀아서 더는 군신의 예절을 찾아볼 수 없었으며 여기에 주는 경비와 상 주는 비용은 일일이 기록할 수 없으리만큼 많았다(『고려사』 卷 第71 樂志 樂2 俗樂條, <三藏>, <蛇龍>).

"후전진작(後殿眞勺)은 그 곡조는 좋지만, 가사만은 듣고 싶지 않다."고 하니, 맹사성 등은 아뢰기를, "전하의 분부는 당연하옵니다. 지금 악부에서 그 곡조만을 쓰고 그 가사는 쓰지 않습니다. 진작(眞勺)은 만조(慢調)·평조(平調)·삭조(數調)가 있는데, 고려 충혜왕(忠惠王)이 자못 음탕한 노래를 좋아하여, 총애하는 측근들과 더불어 후전에 앉아서 새로운 가락으로 노래를 지어 스스로 즐기니, 그 시대 사람들이 후전진작이라 일컬었던 것입니다. 그 가사뿐만 아니오라, 곡조도 쓸 수 없는 것입니다."고 하였다(『세종실록』 권 제3, 세종 1년 1월 1일(丙午)조).

요인을 제시하고 척결하며, 혁명의 당위성을 강조하여 국민의 지지기반을 확보해야 했으며, 대외적으로는 역성혁명의 불가피성과 자주성의 확보를 통해 국제적인 승인을 얻어야 했다. 당시는 중화 중심의 국제적 질서 속에 사대적인 외교관계가 성립되었음으로 태조(이성계)는 즉위 직후 친명사대의 정책노선에 입각하여 명 태조에게 즉위에 대한 승인과 함께 조선(朝鮮) · 화령(和寧) 중 어느 하나로 국호를 정해줄 것을 요청하였다.[20] 이에 국호는 조선으로 채택되어 태조 2년부터 사용되었다.[21]

고려 말 신흥사대부는 권문세족의 횡포를 제어하고 일반 백성을 보호하기 위해서 이념적 긴장을 다지고, 현실을 바르게 인식하고 개조하는 데 필요한 사물과 심정의 원리를 제시하고자 하였다. 그러므로 그들은 주자학을 바탕으로 한 신유학을 이념으로 채택하여 일상생활의 문제를 객관적인 사물 또는 사실과 마음의 조화로운 관계를 통해서 해결하고자 하였다.[22] 시조와 가사는 이 같은 사실을 바탕으로 신흥사대부들에 의해 고려 중엽과 말엽에 각각 발생하여 조선시대에 와서 단·장 두 시형으로 크게 번창하였다.[23]

---

20) 조선이란 고조선에서 유래된 국호이고, 화령은 이성계의 출생지인 화령부(和寧府 : 영흥)에서 비롯된 것이다.

21) 왕위 승인건은 당시 여진 문제와 세공 문제로 양국의 관계가 순조롭지 못하였기 때문에 명은 조선 국왕의 금인(金印)과 고명(誥命)을 보내지 않았다. 이 문제는 태조가 즉위한 지 8년이 지난 뒤인 1400(태종 즉위년)년에 가서야 겨우 해결되었다(변태섭, 앞의 책, 256쪽 참조).

22) 조동일, 1993, 『한국시가의 역사의식』, 서울, 문예출판사, 81쪽.

23) 시조의 형성 계층과 시기를 밝히는 일은 그리 쉽지 않고 이론도 많다. 그러나 시조의 형성 계급을 신흥사대부라 할 때, 그 형성의 직접적인 모태는 속요와 연관지어진다. 또한 정몽주, 우탁, 이색, 길재 등의 시조 작자가 등장한 시기가 고려 말이라는 점을 고려한다면 시조의 형성 시기는 빠르면 고려 중엽, 늦게는 고려 말엽에는 시조 형식이 정제된 것으로 보인다(김대행, 1986, 『시조유형론』, 서울, 이화여자대학교출판부, 87쪽). 가사의 발생 시기는 조선 초기 정극인의 <상춘곡>에서 잡는 견해와 고려 말의 승려 나옹화상의 <서왕가>에서 잡는 견해가 대립되어 왔으나, 근자에 김종우 교수가 이두로 된 나옹화상의 <승원가> 필사본을 학계에 소개하고 고려 말 발생 설을 확고히 함으로써 이 문제는 일단락되었다고 할 수 있다(김종우, 1974, 「나옹과 그의 가사에 대한 연구」, ≪논문집≫ 제17집, 부산대,

조선의 건국주체인 신흥사대부들은 전왕조의 폐단을 인식하며,[24] 고려 후기에 우리나라에 들어온 주자학을 정치사상으로 받아들여 불교를 배격하였다. 따라서 조선조의 정치이념이나 그 방향은 이미 확실히 정해져 있었으니, 그것은 곧 유교정치의 추진이었다. 반복되는 정변, 국도의 거듭되는 이전 등 정치적 불안 속에서도 이 방향은 끊임없이 추구되었으며, 특히 세종(世宗 ; 재위 1419~1450) 이후에는 이러한 정치체계를 사상적으로 뒷받침하려는 시책을 강구함으로써 유교문화의 획기적인 발전을 보게 되었으며, 이러한 사실을 바탕으로 유교는 학문적·사상적으로 지배적 위치를 차지하고 일반 국민의 일상생활의 규범이 되었다.[25]

유교는 불교와 달리 생사문제, 사후세계문제보다는 현실세계의 윤리도덕적인 문제를 중시한다. 이러한 사실은 고려의 최승로(崔承老 ; 927~989)가 성종(成宗) 원년에 올린 상서(上書)에서 불교와 유학의 차이를 지적한 것에서도 드러난다.

> 신이 듣건대 사람의 화복과 귀천은 모두 날 때부터 타고난 것이라 하오니 마땅히 순순히 받아들여야 할 것이요, 하물며 불교를 숭상하는 이는 다만 내생의 인과를 심고 견보(見報)에 이익됨이 적다 하오니 나라를 다스리는 요체는 저어하건대 여기에 있지 않을까 합니다.
>
> - 중 략 -
>
> 석교(釋教)를 봉행함은 수신의 근본이요, 유교를 봉행함은 이국의 근원이니 수신은 이 미래의 자(資)요, 이국은 이에 금일의 요무라. 금일은 지극히 가깝고 내일은 지극히 머니 가까움을 버리고 먼 것을 구함은 또한 그릇됨이 아니리요.[26]

1~23쪽).

24) 불교의 타락, 왕실의 문란과 공녀 제도 및 전란으로 인한 사회의 타락상, 토지 제도의 문란과 권문세족에 의한 겸병 등의 폐단 등(김영수, 1988, 「조선 초기 시가론 연구」, 서울, 연세대 대학원 박사학위 논문, 7쪽 참조).

25) 변태섭, 앞의 책, 260쪽 참조.

26) 臣聞人之禍福貴賤皆稟於有生之初當順受之況崇佛教者只種來生因果鮮有益於見報理國之要恐不在此 … (중략) … 行釋教者修身之本行儒教者理國之源

이 말은 불교는 "수신의 근본(修身之本)"이요, 유교는 "나라를 다스리는 근원(理國之源)"이라는 점과 유교는 내세보다는 현세를 중심으로 한다는 말로 요약된다. 유교는 인본주의적 사상이다. 후생에 대해 부정을 하는 것은 아니나 다분히 회의적이다. 공자도 역시 죽음에 대해 완전히 불가지론(不可知論)을 표명한 것은 아니었으나 죽음에 되도록 적은 관심을 보이려고 노력하였다.[27] 그에게 있어서 종교적 관심은 '하늘(天)'에 있었는데, 그 하늘의 이론은 현실적으로는 세상을 지배하는 임금을 통하여 실현되는 것이라는 주대(周代) 이래의 사상을 재강조하였다. 그러나 유교는 조상숭배를 의식으로 표현하는 제사를 매우 엄격한 제도로 발달시켰다. 이러한 제사의식을 통하여 우리는 유교에서 죽음을 하나의 필연적인 사실로 인정하였음을 알 수 있다. 그러나 그 필연적인 사실은 현세의 삶을 도덕적으로 완성된 것으로 하려는 하나의 계기로 삼는 데 의의가 있었다. 즉 생명이 있는 곳에는 죽음이 있고, 시초가 있으면 종말이 있는 것, 이것은 자연의 이치이므로 죽음은 그 자연현상의 일부일 뿐이고, 인간은 우주자연의 원리에 순응하는 것만이 올바른 도리라고 주장하는 것이다.[28] 이러한 사실은 이별을 노래한 시조와 가사 중에서도 사대부들의 작품에서 쉽게 발견된다.

시조와 가사에서 생이별을 노래한 작품이 사별을 노래한 작품보다 월등히 많은 이유는 위에서 언급한 바와 같이 유가적 현세주의에 따른 결과로 보인다. 내세 지향적인 불교가 정신적 기저를 이루었던 시대의 문학에서는 종교적 힘에 의해 피안의 세계에 도달함으로써 유한한 현세

修身是來生之資理國乃今日之務. 今日至近來生至遠舍近求遠不亦謬乎(『高麗史』卷 第93 列傳 第6 崔承老條).

27) 계로가 공자에게 귀신의 일을 물으니, 공자가 말하기를, 인간의 일도 능히 알지 못하는데 어찌 귀신의 일을 알겠느냐. 또 죽음에 대해서 물었더니, 삶을 모르는데 어찌 죽음을 알겠느냐(季路問事鬼神 子曰 未能事人 焉能事鬼 曰敢問死 曰未知生 焉知死, 『論語』선진편, 11장)고 하였다. 이것은 죽음에 대한 정확한 인식이 없었다는 것도 되고, 그런 것은 현실 생활과는 아무런 관련이 없는 것이니 알 필요가 없다는 것을 의미하기도 한다(윤태림, 1970, 『한국인』, 서울, 현암사, 263쪽 참조).

28) 이인복, 앞의 책, 20쪽.

적 삶을 초월하려는 의지가 나타난다. 그러나 시조·가사는 유교가 통치이념을 이루었던 시대의 산물이므로 현세 중심적인 특성이 강하게 드러난다. 시조와 가사가 현세 중심적인 특성을 지닌다는 점에서는 고려속요 시대와 유사하다. 그러나 고려속요 시대가 사회의 혼란에 따른 사상적 공백기였음에 비해 시조·가사 시대는 유가사상이 통치이념으로 작용했다는 점에서 다르다.

또한 생이별에서 나의 떠남을 노래한 작품이 보이는 데, 시조에서의 나의 떠남은 주로 기녀와의 사랑을 노래한 작품이나 남성 화자의 떠남을 노래한 작품에서 나타나며, 더러는 유배지에서 어버이를 그리는 작품이나 나라의 부름을 받고 싸움터로 가면서 부모와의 작별인사를 하는 작품에서도 볼 수 있다. 반면, 가사에 나타난 나의 떠남은 주로 규방가사에서 발견되는데, 주로 여성 화자의 출가 및 시집살이와 관련된 내용으로, 여자로 태어난 것을 한탄하는 내용으로 되어 있다. 이것은 이별의 수용 태도 면에서 나의 신세 한탄으로 이어지며, 현실을 체념적으로 수용함으로써 이별의 지연 소망을 보이는 작품이 나타나지 않는 원인이 되기도 한다.

사별을 노래한 시조는 크게 두 종류로 나눌 수 있는 데, 하나는 삼강오륜을 바탕으로 사별한 대상을 그리워하며 비탄에 잠긴 내용을 담은 것이고, 다른 하나는 사별한 대상에 대한 개인적인 감정과 슬픔을 진솔하게 담은 것이다. 전자의 경우는 대체로 양반 사대부를 중심으로 한 조선 전기의 작품이며, 후자의 경우는 평민층을 중심으로 한 조선 후기의 작품이다. 그러므로 사별을 노래한 시조라 할지라도 전자의 경우는 유가적 통치이념에 충실한 작품인 반면, 후자의 경우는 개인의 감정에 보다 충실했다는 점에서 전자와는 이질적인 면을 보인다. 이러한 사실은 사별을 노래한 가사에서 더욱 잘 드러난다. 사별을 노래한 가사는 모두 규방가사인데, 그 중에서 사대부 부녀자가 쓴 작품은 <절명사> 한 편뿐이다. <절명사>는 남편이 죽으면 아내도 따라 죽어야 한다는 조선조 사대부가 여인의 순사의식을 담은 것으로, 유가적 윤리관에 충실한 노래이다. 그러나 나머지 작품들은 대체로 홀로 남은 자신의 신세를 한탄하거나 사별한 대상을 그리워하는 내용을 담고 있어 개인의 감정 표출에 치중하고 있다. 그러므로 사별을 노래한 작품이라 할지라도 조선 전기와 후기, 사대부 계층과 평민 계층의 작품이 각기 다른 모습을 보인다.

한편, 이별의 수용 태도 중에서 나의 불변이나 전생에 의한 접근을 노래한 작품이 있는데, 전자는 <만전춘별사> 제3연과 같이 나의 죽음을 전제로, 비록 내가 죽더라도 임을 향한 마음은 변함이 없다는, 넋이라도 임과 함께 있고자 하는 소망을 표출한 이른바 충신연주지사류의 노래이며, 후자는 현실적인 애정의 좌절감에 기인하여 새로운 가능성의 지평을 열기 위해 죽음을 택하는 내용을 담고 있다. 나의 불변이나 전생에 의한 접근을 노래한 작품은 대체로 '신념'이나 '의지'의 정서를 표출하고 있는 바, 이것은 고대 중국인들이 인간의 육체를 혼과 백으로 구분한 사상과, 어떤 하나의 생명체가 다른 종류의 생명체로 변신하는 것이 충분히 가능하다는 신앙29)이 불교의 윤회사상이나 도교의 변신(둔갑)사상과 혼합되어 나타난 결과로 보인다. 그러나 이들 작품은 결국 사후의 세계인 내세를 말하는 것이 아니라 현세를 문제삼고 있다. 즉, 대상에 대한 나의 마음은 변하지 않을 것임을 강조하기 위해, 죽어서 다른 사물로 전생 혹은 변신하여서라도 다시 현실로 돌아와 현세의 문제는 현세에서 해결하겠다는 화자의 강한 신념 내지는 의지를 드러내기 위한 수단으로 사용된다.

이상으로 고전 이별시가의 사적 전개 양상을 파악해 보기 위해 이별의 상황과 수용 태도를 중심으로 갈래의 특징을 밝혀 시대 구분을 해보고, 이를 바탕으로 전통성(지속성)과 시대성(변모성)을 고찰해 보았다.

한편, 각 시대별 특징을 민요와 비교해 보면 다음과 같다.

먼저, 이별의 상황에서 민요는 사별과 생이별의 비율이 비슷한데, 이것은 생이별이 월등히 높게 나타나는 고려속요 시대나 시조·가사 시대

---

29) 마이클로이 저, 이성규 역, 『고대중국인의 생사관』, 서울, 지식산업사, 42쪽 및 88~89쪽 참조.

와는 다른 모습을 보인다. 이것은 민요가 죽음 자체를 현실적인 문제로 의식하는 가운데 이승과 저승을 연속적인 공간으로 인식한 서민들의 의식 세계가 반영되었기 때문이다. 그러나 나의 죽음과 나의 떠남이 나타난다는 점에서는 고려속요 시대나 시조·가사 시대에 가깝다.

다음으로, 이별의 수용 태도에서 민요는 관계 파탄의 지속이 높은 비율을 보인다는 점에서 시조·가사 시대와 유사하다. 현전하는 민요의 대부분은 영·정시대부터 그 이후의 노래이다. 그러나 조선시대의 모든 민요가 현대까지 그대로 그 모습을 지니고 있다는 것이 아니다. 갑오개혁 이후로 신사조(新思潮)가 들어와 사회의 변화와 아울러 민요도 변한 것만은 사실이다. 조선시대의 민요는 유교사상의 영향을 많이 찾아볼 수 있다. 조선조의 척불숭유정책 영향도 있었겠지만, 유교 교리가 일반 백성들의 머릿속에 파고들어 가서 백성들의 자연스런 노래 속에서도 삼종지도(三從之道), 칠거지악(七去之惡), 삼강오륜(三綱五倫)이 강조되고 이에 부합하는 생활 태도가 요망된 것이 민요에도 영향을 주었기 때문이다.[30) 한편, 민요에만 나타나는 특징은 관계 파탄의 지속에서 기타(대상의 부정에 따른 체념, 대상의 떠남 희망, 체념과 유락)인데, 이것은 임·병 양란 이후 상공계급의 사회적 진출에 따른 서민의식의 변화에 기인하며, 창자 스스로의 필요성에 의해 불리어지고 창자가 스스로 즐기기 위해 부르는 민요의 갈래적 특성과도 관련이 있다.

---

30) 임동권, 1964, 『한국민요사』, 서울, 집문당, 231~232쪽 참조.

제9장 결 론

　　이별시가의 개념을 '인격체와 공간적으로 혹은 심리적으로 서로 헤어짐, 또는 서로 갈리어 떨어짐을 노래한 것으로 이별에 따른 그리움과 기다림, 그로 인한 대상에 대한 원망의 정서까지를 포함한 작품'으로 규정하고, 고대가요·향가·고려속요·시조·가사·민요에 나타난 이별의 양상을 유형론적으로 접근하고, 이를 바탕으로 통계적 방법에 의해 고전 이별시가의 사적 전개 양상을 고찰한 결과를 요약·정리하면 다음과 같다.

　　고대가요에 나타난 이별의 양상을 살펴본 결과, 이별의 상황에서는 신화적 혹은 주술적 숭고가 흔들리면서 사별과 생이별이 나타났다. 사별에 따른 이별의 수용 태도는 관계 회복의 추구로 대상의 뒤를 따름이 나타났는데, 영혼불멸관에 기초한 샤머니즘적 내세관이 존재함을 볼 수 있었다. 생이별에서는 관계 파탄의 지속으로 매개체의 활용이 있었다. 또한, 고대가요에서의 이별은 대상의 죽음으로 인한 사별과 대상의 떠남으로 인한 생이별만 나타날 뿐, 나의 죽음과 나의 떠남을 노래한 작품은 찾아볼 수 없었다. 노래가 불려진 시기는 이별 순간과 이별 이후만 보였으며, 이별의 대상은 부부간이었다.

　　향가에 보이는 이별의 양상은 사별을 노래한 작품의 비율이 생이별을 노래한 것보다 높게 나타났다. 생이별에 따른 이별의 수용 태도는 관계 파탄의 지속으로 대상에 대한 원망이 나타났는데, 그 원망은 주문 내지는 주술적 행위로 표출되었다. 사별에 따른 이별의 수용 태도는 관계 회복의 추구로 귀의대상에 대한 흠모와 찬양 그리고 귀의에의 기약을 주된 정서로 하였는데, 이것은 불교의 정토사상 내지는 윤회사상을 바탕으로, 사후의 세계를 긍정하며 내세를 기약하는 신라인들의 정신세계를 나타낸 것이었다. 고대가요에서와 마찬가지로 향가에서의 이별도 대상의 죽음으로 인한 사별과 대상의 떠남으로 인한 생이별만 나타났다. 노래가 불려진 시기는 이별 이후였고, 이별의 대상은 화랑과 낭도, 남매, 군신간으로 고대가요에 비해 보다 다양해졌다.

고려속요는 분연체의 작품인 경우 각 연을 독립시켜 고찰했다. 그 결과 이별의 상황에서는 생이별을 노래한 작품이 많았으며, 나의 죽음을 노래한 작품이 새롭게 나타났다. 나의 죽음을 노래한 작품은 후대 '단심가' 혹은 '충신연주지사'류의 작품으로 계승되었다. 이별의 수용 태도에서는 관계 파탄의 지속에서 '나'와 관련되는 요소가 나타났으며, 관계 회복의 추구에서 대상의 회귀 희망이, 관계 연장의 희망에서 이별의 지연 소망이 나타나서 전대에 비해 매우 다양하게 확대되었다. 고려속요의 이별 양상이 전대에 비해 다채로워진 것은 당시의 사회가 불안하고 변동이 잦았기 때문이었다. 그리하여 고려속요는 전대 시가에 비해 직정적(直情的)인 정서 노출이 많았으며, 현세 지향적인 성격을 띠게 되었던 것이다.

시조에 나타난 이별의 상황을 살펴본 결과 생이별이 절대다수를 차지했고, 사별은 극소수였다. 이것은 절대적인 구원이나 사후의 세계에 대해서는 일절 관심을 보이지 않은 채 현실적 사회윤리의 선(善)을 추구한 유가적 현세 중심 사상에 그 원인이 있었다. 조선시대는 내세를 향한 신념보다는 현세에 대한 집착이 강하였으며, 죽음은 곧 개아적(個我的) 시간의 종말이며 의미의 끝으로 생각하는 경향이 짙었다. 그리하여 이별을 노래한 시조에서도 몇 작품만이 내세(후세)를 긍정적으로 보았을 뿐이다. 이별시조의 창작 시기를 볼 때 이별 이후가 이별 이전이나 이별 순간보다 훨씬 많았다. 이것은 작자의 처지가 불행할수록 더욱 이별과 그에 따른 '그리움 → 기다림 혹은 원망'의 정서가 짙어갔기 때문이다. 시조에 와서 생이별에서 '나의 떠남'이 나타났는데, 주로 기녀와의 사랑을 노래한 작품이나 나라의 부름을 받고 싸움터로 나가는 작품에서 발견되었다. 시조에 보이는 이별의 수용 태도 중 전대 시가에서 볼 수 없던 특징적인 것은 관계 회복의 추구에서 전생(轉生) 내지는 변신(變身)

에 의한 접근이 보인 점이다.

　가사에 나타난 이별의 상황을 살펴본 결과 생이별을 노래한 것이 사별을 노래한 것보다 훨씬 많았다. 사별을 노래한 작품은 모두 대상의 죽음을 다루었으며, 이별 이후에 창작된 것으로 규방가사에 속했다. 사별을 노래한 가사 중에서 유가적 윤리관에 따른 순사를 노래한 작품은 <절명사>뿐이었고, 나머지 작품은 모두 홀로 남은 자신의 신세를 한탄하거나 사별한 대상을 그리워하는 내용으로 개인의 감정 표출에 치중했다. 이별의 수용 태도를 살펴본 결과 가사는 시조와 마찬가지로 관계 파탄의 지속에 해당하는 작품이 관계 회복의 추구를 노래한 작품에 비해 월등히 많았는데, 이는 유가적 통치이념에 따른 불평등과 한국적 한의 독자성인 '삭임'의 기능이 작용했기 때문이다. 관계 파탄의 지속에는 나의 신세 한탄이 가장 많았으며, 관계 연장의 희망에는 이별의 지연을 소망한 작품이 보이지 않았는데, 이것은 이별을 노래한 가사의 작자나 향유층과 관련이 있을 것이다. 이별을 노래한 가사는 대부분 작자 미상이거나 혹은 규방가사에 속했다. 규방가사는 주로 여성 화자의 출가 및 시집살이와 관련된 내용으로, 여자로 태어난 것에 대한 신세 한탄이 주류를 이루었으며 모든 것을 팔자소관으로 돌렸다. 이러한 태도가 나의 신세 한탄으로 이어졌고, 한편으로는 현실을 체념적으로 수용함으로써 이별의 지연을 소망하지 않게 되는 원인이 되었다.

　민요에 나타난 이별의 상황은 사별을 노래한 것이 생이별을 노래한 것과 비슷하게 나타났다. 이것은 시조나 가사가 유교의 인본주의를 바탕으로 현세 지향적인 성격을 지닌 것과는 다른 면으로, 민요에는 죽음 자체를 현실적인 문제로 의식하는 가운데 이승과 저승을 연속적인 공간으로 인식한 서민들의 의식 세계가 반영된 데 기인한다. 또한 민요는 주로 연인, 부부, 부모형제, 시집 식구, 붕우 등 현실과 밀접히 연관되는 인물들과의 이별이 주류를 이루었는데, 이것은 민요의 향유계층이 주로 서민층이었으며, 그들의 삶이 현실에 바탕을 두고 있었기 때문이다. 한편, 민요에만 나타나는 이별의 수용 태도로 특징적인 것은 관계 파탄의 지속에서 대상의 부정에 따른 체념, 대상의 떠남 희망, 체념과 유락이 새롭게 나타났다는 점이다.

고전 이별시가의 사적 전개 양상에 대해서는 통계적 방법을 통해 이별시가의 시대 구분을 시도했고, 이를 바탕으로 전통성(지속성)과 시대성(변모성)을 살펴보았다. 각 시대별 특징으로 고대가요·향가 시대는 사별을 노래한 작품이 생이별을 노래한 것보다 많았고, 관계 회복의 추구가 관계 파탄의 지속이나 관계 연장의 희망을 노래한 것보다 많았다. 고려속요 시대의 특징은 생이별의 비중이 높아졌으며, 이별의 수용 태도도 전대에 비해 보다 다양하게 확대되어 나타났다는 점이다. 시조·가사 시대는 이별의 상황에서는 생이별이, 이별의 수용 태도에서는 관계 파탄의 지속이 월등히 많았다는 점에서 타 갈래의 이별시가와 차이가 났다. 이러한 현상이 생긴 원인으로 고대가요·향가 시대는 샤머니즘적 내세관·불교적 내세관의 존재를 들 수 있겠고, 고려속요 시대에서는 고려 중엽 이후의 사회적 혼란에 의해 사상의 통일이 이루어지지 않았기 때문에 내세 지향적 혹은 내세적 표현이 결여될 수밖에 없었으며, 정치적·사회적으로 안정을 구축하지 못한 시기였기에 고려속요의 전반적인 주제가 자신(自身)의 하소나 영탄으로 흘렀던 것으로 이해된다. 시조·가사 시대에서 생이별을 노래한 작품이 사별을 노래한 작품보다 월등히 많은 이유는 유가적 현세주의에 따른 결과였다. 시조·가사 시대가 현세 중심적인 특성을 지닌다는 점에서는 고려속요 시대와 유사하지만, 고려속요 시대가 사회적 혼란에 따른 사상적 공백기였음에 비해 시조·가사 시대는 유교사상이 통치이념으로 작용했다는 점에서 차이가 났다. 시조·가사 시대에서 나의 불변이나 전생에 의한 접근을 노래한 작품은 대체로 신념이나 의지의 정서를 표출했다.

본 연구를 통해 지금까지 구체적으로 논의되지 않았던 고전 이별시가의 전면모와 특징이 확연히 드러났다. 흔히 우리 문학의 특질 중의 하나로 '한'의 문제를 이별과 관련시켜서 부정적이며 소극적으로 논의해왔던 것과는 달리 우리 선인들은 이별을 수동적으로만 수용하지 않고, 대상의 뒤를 따른다든지 대상의 회귀를 희망하거나 혹은 이별의 지연 소망 등을 통해 그것을 극복하고, 내세나 혹은 미래를 긍정하며 확신하는 모습을 보였다. 그리고 한과 밀접한 연관이 있을 것으로 생각되어온 나의 신세 한탄이나 나의 불망과 사모에서도 삭임의 기능이 존재했으며, 이것을 통해 한국적 한의 고유한 내재적 가치 생성의 기능이 작용했음을 알 수 있었다. 그러므로 본 연구는 우리 시가문학의 전통성과 특질을 밝히는데 도움이 되었으며, 나아가 지속과 변화의 측면에서 고전 이별시가와 현대의 이별시를 연계시켜 연구할 수 있는 계기가 마련된 셈이다.

한편, 지금까지 현대시에서 이별에 관한 연구는 주로 김소월, 한용운, 김영랑, 서정주, 박재삼의 시를 중심으로 여성적 정조 내지는 여성 편향성에 관해 논의하거나, 혹은 한국인의 기층정서를 한(恨)으로 보고 이들 시에 나타난 한의 구조분석이나 한의 계보를 찾고자 하는 노력이 주축을 이루었다.[1] 또한 소재적인 측면에서 고전시가와 현대시의 연관성을 찾거나 고려속요에 나타난 상실의식이 현대시에 어떻게 변용되어 나타나는지를 구명해 보고자 하는 작업이 있었다.[2] 그뿐만 아니라 통시적인

---

1) 하희주, 1960, 「전통시와 한의 정서」, ≪현대문학≫ 통권 72호.
   김종은, 1974, 「소월의 병적」, ≪문학사상≫ 5월호.
   백승철, 1974, 「한의 시학」, ≪심상≫ 10월호.
   박철석, 1980, 「한국시와 이별의 의미」, ≪시문학≫ 4월호.
   오세영, 「소월 김정식 연구」, 『한국낭만주의시 연구』, 서울, 일지사.
   김재홍, 1988, 「한국시의 한과 극복양상」, 『현대시와 역사의식』, 인천, 인하대학교출판부.
   천이두, 1993, 『한의 구조 연구』, 서울, 문학과지성사.
   김영철, 1994, 『김소월 – 비극적 삶과 문학적 형상화』, 서울, 건국대학교출판부.
   이정자, 1996, 『한국시가의 아니마 연구』, 서울, 백문사.
2) 최동호, 1981, 「한국현대시에 나타난 물의 심상과 의식연구」, 고려대학교 대학원 박사학위 논문.
   조동민, 1989, 「한국시가에 나타난 새의 상징성 연구」, 건국대학교 대학원 박사학위 논문.
   강연호, 1998, 「속요의 이별이미지와 현대시」, 박노준·이창민 외, 『현대시의 전통과 창조』, 서울, 열화당.
   박노준, 1998, 「속요와 현대시로 본 화자와 자연과의 거리」, 위의 책.
   이광호, 1998, 「<춘향전> 현재화의 의의와 한계」, 위의 책.
   이혜원, 1998, 「한국시에 나타난 '접동새'에 대하여」, 위의 책.

측면에서 고전시가와 현대시에 보이는 '임'의 실체를 밝히려는 연구[3]와 한용운과 서정주의 시를 대상으로 불교의 윤회사상 내지는 정토사상의 표출 양상이 향가와 어떻게 연관되는지를 파악해 보려는 논의도 있어왔다.[4] 그러나 이들 논의는 주로 특정 작자나 특정 시에 국한되어 있어서 현대 이별시 전반에 관한 본격적인 논의로까지는 나아가지 못했고, 고전 이별시가 전 갈래에 걸친 이별의 상황과 수용 태도를 현대시와 연관시켜 논의하지 못한 한계점을 보였다. 그러므로 고전 이별시가와 연관시켜 현대시 전반에 걸친 이별의 상황과 수용 태도를 면밀히 고찰해 보는 작업이 다음 과제로 떠오른다.

---

3) 박노준·구인환, 1960, 『한용운 연구』, 서울, 통문관.
　조동일, 1978, 「김소월·이상화·한용운의 님」, 『우리문학과의 만남』, 서울, 홍성사.
　김흥규, 1980, 『문학과 역사적 인간』, 서울, 창작과비평사.
　신상철, 1983, 『현대시와 '님'의 연구』, 서울, 시문학사.
4) 이인복, 1979, 『한국문학에 나타난 죽음의식의 사적연구』, 서울, 열화당.
　조병기, 1993, 『한국문학의 서정성 연구』, 서울, 대왕사.
　김재홍, 1998, 「미당 서정주시의 전통과 연원성」, 박노준·이창민 외, 앞의 책.
　오형엽, 1998, 「불교적 역설의 시적 구현」, 위의 책.

제 2 부
고전 이별시가의 유형성과 현대 이별시와의 관련 양상

제 1 장 고전 이별시가의 정서 유형

1. 머리말

이별시가에 관한 연구는 선학들에 의해 어석 및 문헌 연구, 개별 작품 연구, 형식과 내용 연구 등으로 다양하게 논의되어 왔으나 정서(情緒)에 관한 연구는 아직 미흡한 형편에 있다.

정서(emotion, gemütsbewegung)가 체계적으로 연구된 것은 빌헬름 분트(Wilhelm Wundt)가 1879년 라이프치히에 심리학 실험실을 창설한 이후부터라고 보는데, 그 이후 현대 심리학에서는 인간의 정신활동을 성격, 정서, 인지적 측면으로 나누어 접근하고 있으며, 이 가운데에서 정서는 특히 1980년 이후에 다시 활발한 연구 과제로 대두되었다.[1]

정서의 사전적 의미는 "사람의 마음에 일어나는 여러 가지 감정, 또는 감정을 불러일으키는 기분이나 분위기"[2]로 보기도 하며, 달리는 다음과 같이 설명되기도 한다.

비교적 강하게 단시간 동안 계속되는 감정. 비교적 약하고 장시간 계속되는 정취(情趣)와 구분한다. 정서는 마음이 움직이고 감동된다는 점에서 정동

---

1) 김경희, 1995, 『정서란 무엇인가』, 서울, 민음사, 5~11쪽 참조.
2) 국립국어연구원, 1999, 『표준국어대사전』, 서울, (주)두산동아, 5440쪽. 이희승 편저 『국어대사전』(1981, 서울 민중서림, 3250쪽)에서도 "어떤 사물 또는 경우에 부딪쳐 일어나는 갖가지 감정·상념. 또, 그러한 감정을 불러일으키는 기분·분위기"라 하였다.

(情動)이라고도 한다. 희노애락(喜怒哀樂) · 애증(愛憎) · 공포 · 쾌고(快苦) 등
이 정서이며, 의식적으로는 강한 감정이 중심이 되며, 신체적으로는 내장적
(內臟的)인 생활기능의 변화를 수반하는 경우가 많다.[3]

위의 사전적 정의에서 보는 바와 같이 정서는 동양에서 말하는 칠
정(七情)[4]과 유사한데, 일반적으로 20세기 초까지는 감정(affect, feeling,
Gefühl)과 동일한 것으로 또는 혼동되어 사용되었다. 감정이란 용어는 여
러 다른 용어들, 예컨대 불안 · 분노 · 사랑 등으로 사용되고 있어서 이
를 일정한 범주로 분류하고 통합할 필요가 생기게 되었다. 현재 정서는
여러 가지 감정들을 포괄하는 상위 개념으로 사용되고 있다.[5]

전통적으로 정서는 일반심리학, 임상심리학, 정신분석학, 정신의학 및
동물생태학에서 연구되었으나 최근에는 사회생물학, 유전학, 신경생리
학, 정신약물학 그리고 인류학과 문학 등 다방면에서 중요한 개념으로
다루어지고 있다. 국문학에 있어서 정서에 관한 연구는 비교적 최근의
일로 김대행, 윤성현, 박노준 등에 의해 이루어지기 시작했다.

김대행은 정서의 본질을 "모순되는 충동의 갈등이며 그것을 조화해
나가는 작용"[6]으로 보았다. 이에 따라 그는 시조에 나타난 정서의 유형
을 갈등의 성격과 갈등 해소의 방식을 통해 살펴보는[7] 한편, 고려시가
의 정서 유형에서 정서 유발의 유형을 '결손'과 '잉여'로, 질서화의 유
형을 '표현'과 '전달'로 나누어 살펴본[8] 바 있다. 김대행의 선행 연구는

---

3) 동아출판사 백과사전부, 1982, 『동아원색세계대백과사전』 제24권, 서울, 동아
   출판사, 593쪽.
4) 칠정(七情)은 희(喜) · 노(怒) · 애(哀) · 낙(樂) · 애(愛) · 오(惡) · 욕(慾) 또는
   희 · 노 · 우(憂) · 사(思) · 비(悲) · 경(驚) · 공(恐)인데, 불교에서는 희 · 노 ·
   우 · 구(懼) · 애(愛) · 증(憎) · 욕이라고도 한다.
5) 김경희, 앞의 책, 12쪽.
6) 김대행, 1985, 「정서의 본질과 구조」, 김대행 외, 『고려시가의 정서』, 서울,
   개문사.
7) 김대행, 1986, 『시조 유형론』, 서울, 이화여자대학교출판부, 271~280쪽.
8) 김대행, 1996, 「고려시가의 문학적 성격」, 성균관대학교 인문과학연구소 편,
   『고려가요 연구의 현황과 전망』, 서울, 집문당, 23~39쪽.

문학적 정서의 본질을 체계적으로 밝힌 한편, 국문학에서 정서의 문제를 유형화시켜 작품을 규명할 수 있는 길을 열었다는 점에서 높이 평가된다.

윤성현[9]은 속요에 나타난 화자의 내면 정서를 기준으로 속요의 서정성을 '만남의 서정 - 기쁨', '이별의 서정 - 아쉬움', '체념의 서정 - 한(恨)'으로 분류하여 유형화하였다. 이를 통해 내용이나 주제에 있어 일관된 흐름을 잡기 까다로운 <청산별곡>, <만전춘별사>, <동동>, <서경별곡> 등의 노래에 관통하는 정서의 흐름을 한 가지로 잡아내어 각 연마다 조금씩 다를 수 있는 내용의 복잡함이나 그로 인해 파생되는 주제상의 혼란스러움을 해소할 수 있는 길을 열었다.

박노준[10]은 속요에 나타난 정서 표출의 양상을 향가와의 대비를 통해 살핀 바 있다. 그 결과 향가는 차분한 정서를 바탕으로 한 노래인 반면, 속요는 감정의 폭발적인 분출을 그 특징으로 한다는 점을 밝혔다. 이 논문에 의해 정서적 측면을 통한 각 시가갈래의 특징 파악 및 각각의 작품에 투영된 인생관과 세계관의 차이, 사고방식의 차이 등을 시가문학사의 변천 과정과 결부시켜 고찰할 수 있는 길이 제시되었다.

여기서는 고전 이별시가의 정서 유형을 고찰해 보기로 하는데, 정서유발의 유형 분류는 김대행의 선행 연구[11]가 있기에 이를 수용하고, 정서 표출의 유형은 켈러만(Kellerman)과 플라칙(Plutchik)에 의해 정교화된 정서진단 상태의 원형모델이론[12]을 동양의 사상인 칠정(七情)과 연관시켜 본다.

---

9) 윤성현, 1994, 「고려속요의 서정성 연구」, 서울, 연세대학교대학원 박사학위논문.
10) 박노준, 1995, 「시가문학사의 관점에서 본 고려속요의 정서 - 신라 향가와의 대비를 중심으로」, ≪모산학보≫ 제7집, 대구, 모산학술연구소, 109~142쪽.
11) 김대행, 1996, 「고려시가의 문학적 성격」, 앞의 책, 23~39쪽.
12) 김경희, 앞의 책, 192~198쪽 참조.

2. 정서의 유형

정서의 본질을 '모순되는 충동의 갈등이며 그것을 조화해 나가는 작용'이라고 한다면, 이별에 따른 정서 유형은 크게 정서 유발의 유형과 정서 표출의 유형으로 나누어볼 수 있다. 먼저 정서 유발의 유형을 살펴보기로 한다.

1) 정서 유발의 유형

정서 유발의 유형은 다시 둘로 나눌 수 있는데, 하나는 갖추어져 있음으로써 평정을 유지할 수 있는 상황으로부터 무엇인가를 앗아가버림으로써 평정을 깨뜨리는 '결손(缺損)'이며, 다른 하나는 어떤 상황이 이루어져 있는데 거기에 무엇인가를 추가적으로 추구하는 '잉여(剩餘)'이다.[13] 모순되는 충동의 갈등에 의해 생기게 되는 정서 유발의 두 유형인 결손과 잉여는 시가 작품의 문맥이 내보이는 언어의 모습에 자재(自在)하고 있다.[14] 그러므로 이별시가 작품의 문맥 속에 이러한 결손과 잉여가 어떠한 모습으로 나타나는지를 살펴보기로 한다.

(1) 결손

가 공무도하가

公無渡河	님더러 물 건너지 말래도,
公竟渡河	님은 건너고 말았네.
墮河而死	물에 빠져 죽었으니,
當奈公何[15]	이에 님을 어찌할꼬

---

13) 김대행, 「고려시가의 문학적 성격」, 앞의 책, 29~30쪽.
14) 위의 책, 같은 쪽.

<공무도하가>는 배경설화의 "마침내 물에 빠져 죽었다. 이때 그의 아내는 공후를 끌어안고 그것을 타며 공무도하가를 지어 불렀다."[16]에서 확인할 수 있듯이 남편과의 사별을 노래한 고대가요로 이별 순간에 불려졌다. 한역된 노래에서 보는 바와 같이 화자인 아내가 대상인 남편에게 이상적으로 바라는 것은 "님더러 물 건너지 말래도(公無渡河)"이다. 그러나 현실은 아내의 바람과는 달리 남편의 익사로 나타난다. 그러므로 화자는 살아서는 다시 만날 수 없는 임이기에 "이에 님을 어찌할꼬.(當奈公何)"라는 탄식으로 애달프고 원통한 마음을 표출하기에 이른다. 이와 같이 <공무도하가>는 임의 익사에 따른 결손이 나타남을 볼 수 있다.

아내 치희(雉姬)와의 생이별을 노래한 <황조가> 또한 배경설화의 "왕이 그 소문을 듣고 말을 달려 따라갔으나, 치희는 노하여 돌아오지 않았다. 왕이 일찍이 나무 밑에서 쉬고 있는데, 마침 꾀꼬리가 모여 정답게 날고 있는 것을 보고, 느낀 바 있어 이 노래를 지어 불렀다."[17]는 부분과 한역된 노래 3・4구 "나의 외로움을 생각하니(念我之獨) / 그 뉘와 함께 돌아가리(誰其與歸)"에서 대상의 결손을 확인할 수 있다.

|나| **원가** ________________________________

物叱好支栢史　　　　　　　質좋은 잣이
秋察尸不冬爾屋支墮米　　가을에 말라 떨어지지 아니하매,
汝於多支行齊教因隱　　　너를 重히 여겨 가겠다 하신 것과는
　　　　　　　　　　　　　달리
仰頓隱面矣改衣賜乎隱冬矣也　낯이 변해 버리신 겨울에여.
月羅理影支古理因淵之叱　달이 그림자 내린 연못 갓

---

15) 한치윤, 『해동역사』 제47권, ≪예문지≫ 6, 김용수 엮음, 1996, 『한국고시가』, 서울, 태학사, 9쪽에서 재인용.

16) 『海東繹史』 第二十二 樂歌 樂舞條, "遂墮河水死 於時 援箜篌而鼓之 作 公無渡河之歌"

17) 『三國史記』 高句麗 本紀 瑠璃王條, "王聞之 策馬追之 稚姬怒不還 王嘗 息樹下 見黃鳥飛集 乃感而歌曰"

行尸浪 阿叱沙矣以支如支
兒史沙叱望阿乃
世理都 之叱逸烏隱第也
後句亡

지나가는 물결에 대한 모래로다.
모습이야 바라보지만
세상 모든 것 여희여 버린 處地여.[18]

    <원가>는 효성왕(孝成王 ; 재위 737~742) 1년에 신충(信忠)이 지은 것으로, 현존하는 향가 중 진골귀족의 작으로는 유일하다. 배경설화의 "왕이 즉위하여 공신들에게 상을 주었으나 신충을 잊고 등용하지 않았다. 이에 신충은 왕을 원망하여 노래를 지었다."[19]를 통해 약속을 지키지 않은 효성왕에 대한 원망으로 이 노래를 불렀음을 알 수 있다. 이 노래는 현재 8구만 전하고 있으며, 노래의 끝에 '후구망(後句亡)'이라 해서 낙구(落句)가 소실되어 전하고 있지 않다. 처음 4구는 효성왕이 잠저시(潛邸時)에 잣나무를 두고 작자를 잊지 않겠다고 맹세하던 때의 일을 회상하였으며, 다음 4구는 자기가 그 후에 겪고 있는 고난과 허탈한 심정이 진솔하게 술회되어 있다. 낙구(제9·10구)가 남아있다면 거기서는 효성왕과 자기가 다시 화합해야 할 앞날의 희망을 제시했을 것으로 생각된다.[20] 존귀한 대상(효성왕)이 화자인 나를 버림으로써 불려진 이 노래는 당시 정치적 패배자로 밀려나 있던 작자의 배신감, 울분, 실의, 낙담, 원통함 등의 뒤섞인 감정을 함께 나타내고자 하였으니 속요 <정과정>과 유사한 노래임을 알 수 있다.[21] 노래의 표면에 드러나 있는 바와 같이 작자가 바라는 이상은 '너를 중히 여겨 가겠다'는 약속에 대한 믿음이다. 그러나 현실은 '낯이 변해버린 겨울'로 인해 '세상 모든 것 여희여 버린' 자신의 처지만이 남는다. 이로 볼 때, '너를 중히 여겨 가겠다'는 약속이 깨어짐으로써 결손이 생기게 된다.

    이밖에 낭도(郎徒)와의 사별을 노래한 <모죽지랑가>에서도 '살아 계

---

18) 김완진, 1980, 『향가해독법연구』, 서울, 서울대학교출판부, 137쪽.

19) 『三國遺事』 卷 第五 信忠掛冠條, "王卽位賞功臣 忘忠而不第之 忠怨而作歌"

20) 조동일, 1982, 『한국문학통사』 1, 서울, 지식산업사, 143쪽.

21) 박노준, 앞의 책, 3쪽.

시지 못하여 우올 이 시름'을 통해 결손을 확인할 수 있으며, 죽은 누이를 추모한 노래인 <제망매가>에서도 배경설화의 "월명사가 또 일찍이 죽은 누이를 위하여 재를 올릴 때"[22]나 노래에 나타난 "나는 간다(제3구)"는 문구를 통해 결손이 드러난다.

［다］ 가시리 ______________________________

> 가시리 가시리잇고
> ㅂ리고 가시리잇고
>
> 날러는 엇디살라ㅎ고
> ㅂ리고 가시리잇고
>
> 잡ᄉ와 두리어마ᄂ는
> 선ㅎ면 아니올셰라
>
> 셜온님 보내ㅿ노니
> 가시ᄂ듯 도셔오쇼셔[23]

<가시리>는 이별의 정한을 노래한 것으로 소박하고 꾸밈없는 표현을 사용하였으며, 어석상 난해구를 거의 포함하고 있지 않다. 전체적으로는 '기·승·전·결'의 구분을 이루면서 가식이 없고 소박한 속에서도 함축미가 넘치고 있다.[24] '가시리'의 반복으로 대상인 임의 떠남을 새삼 확인하면서, 떠나는 임을 잡고 싶으나 서운하게 생각하여 다시는 돌아오지 않을 것을 염려하며 임이 '가시는듯' 돌아오기를 소망하였다. 임을 떠나보내는 여성 화자의 이상은 임이 떠나지 않는 것이며, 또한 떠나는 임을 잡고자 하는 마음이다. 그러나 현실적으로는 나의 이상과

---

22) 『三國遺事』 卷 第五 月明師兜率歌條, "明又嘗爲亡妹營齋"
23) 『악장가사』(영인), 서울, 대제각, 1973, 46~47쪽. 이하 고려속요는 『악장가사』(영인), 『악학궤범』(영인)의 자료를 이용함.
24) 박병채, 1994, 『새로고친 고려가요의 어석 연구』, 서울, 국학자료원, 321쪽.

는 상반되게 '날러는 엇디살라ᄒ고 / ᄇ리고' 임은 떠나게 된다. 제1연의 'ᄇ리고 가시리잇고'나 제4연의 '셜온님 보내ᅌᆞ노니'를 통해 결손을 확인할 수 있다.

이별을 노래한 고려속요 <정과정>, <정읍사>, <이상곡>, <동동>, <서경별곡> 등에서도 결손이 나타난다. 충신연주지사(忠臣戀主之詞)로 알려진 <정과정>에서는 '내님믈 그리ᅀᆞ와 우니다니'에서 결손이 드러나며, <정읍사>에서는 배경설화의 "고을사람이 행상을 나가 오래도록 돌아오지 않았다(縣人爲行商久不至)."와 노래의 '둘하 노피곰 도ᄃᆞ샤 / 어긔야 멀리곰 비취오시라'에서 볼 수 있듯이 '달'에 의탁한 불안의 청원[25]에서, 청상의 번민을 노래한[26] <이상곡>에서는 '잠 ᄯᅡ간 내 니믈 너겨'나 '아소 님하 ᄒᆞᆫ디 녀졋 期約이이다'를 통해 결손을 확인할 수 있다. 또 <동동>에서는 정월의 '누릿 가온ᄃᆡ 나곤 / 몸하 ᄒᆞ올로 녈셔'나 4월의 '므슴다 錄事니믄 / 녯나ᄅᆞᆯ 닛고 신뎌' 등 상당수의 달노래에서 결손에 따른 외로움의 표출을 볼 수 있으며, <서경별곡>에서는 내용상 첫째 단락[27]에 해당하는 '여ᄒᆡ므론 질삼뵈 ᄇ리시고 / 괴시란ᄃᆡ 우러곰 좃니노이다'를 통해 결손에서 유발된 화자의 심리 상태를 확인할 수 있다.

▣ 시조 · 1151[28] ______________

盤中早紅감이 고아도 보이ᄂ다
柚子 아니라도 품엄즉 ᄒ다마는
품어가 반기리 업슬ᄉ 글로 셜워ᄒᄂ이다.

---

25) 박병채, 위의 책, 49쪽.

26) 위의 책, 295쪽. 이임수(1988, 「이상곡에 대한 문학적 접근」, 『여가연구』, 대구, 형설출판사)도 이 노래를 임을 잃고 수절하는 여인의 노래로 보았다.

27) <서경별곡>은 음악적으로는 14연이지만, 유의어(有意語)만을 추출하면 14구가 되므로 일반적으로 통사론적, 문학적 관점에서 3단락으로 분절한다(박진태, 1998,『한국고전가요의 구조와 역사』, 대구, 형설출판사, 84쪽).

28) 심재완의 『정본 시조대전』(일조각, 1984)을 대본으로 하였으며, 일련번호는 이 책의 것을 따랐음.

노계 박인로(蘆溪 朴仁老 ; 1561~1642)의 작인 위의 시조는 일명 '조홍시가(早紅柿歌)'라 불리는 것으로, 사별한 어머니에 대한 그리움을 담은 노래이다. 진본 청구영언에서 보는 바와 같이 "한음이 쟁반에 있는 조홍감을 보고 박인로에게 노래 3장을 짓게 하였는데 어버이를 사모하는 지극한 정성이 잘 나타나 있다(漢陰 見盤中早紅 使朴仁老命作三章 盡出於思親至誠)"고 평한 노래이다. 중장에 보이는 '유자(柚子)'는 귤의 한 종류로, 옛날 중국 오나라 사람 육적(陸績)이 여섯 살 때 구강(九江)에 사는 원술(袁術)의 집에 갔다가 접대로 내놓은 유자 세 개를 어머니께 드리려고 품에 감추었다가 발각되었다는 '육적회귤(陸績懷橘)'의 고사와 연관된다. 종장의 '품어가 반기리 업슬싀 글로 셜워ᄒᆞᄂᆞ이다.'는 구절에서 결손이 확인된다.

이밖에 유배지나 혹은 은거지 등에서 선조(宣祖) 임금에 대한 그리움을 노래한 정철(松江 鄭澈 ; 1536~1593)의 시조, 사랑하는 임에 대한 사무치는 그리움을 노래한 황진이(黃眞伊)의 시조 등 이별 순간이나 이별 이후의 상황을 노래한 대부분의 작품들에서도 결손이 나타난다.

마 규원가 _______________________________

1	엇그제 졈엇더니	2	하마 어이 다 늙거니
3	少年行樂 생각하니	4	닐러도 쇽졀업다
5	늙거야 설운 말삼	6	하쟈하니 목이 멘다
27	내 얼골 내 보거니	28	어느 님이 날 필소냐
29	스사로 慙愧하니	30	누구를 怨望하랴
57	아마도 모딘 목숨	58	죽기도 어려올샤
81	天上의 牽牛織女	82	銀河水 막혀셔도
83	七月七夕 一年一度	84	失期치 아니커든
85	우리 님 가신 後난	86	무슴 弱水 가렷관듸
87	오거니 가거니	88	消息조차 ᄭ쳣난고[29]

____

29) 김성배 외3인, 1961, 『주해가사문학전집』, 서울, 집문당, 140~143쪽에서 인용함. 가사 작품의 인용은 이 책 외에 권영철 편저, 『규방가사 – 신변탁식류』(효성여자대학교출판부, 1985)의 자료를 주로 이용하였음.

허난설헌(許蘭雪軒 ; 1562~1590)의 가사 <규원가>는 소식조차 끊고 가버린 임(남편)을 만나고자 하는 의지의 좌절을 드러냄으로써 인간의 자연스런 욕망에 기초한 비극을 읊은 노래이다.[30] 노래의 전반부는 늙음을 한탄하며 덧없는 과거를 회상하는 것으로, 임과의 결합과 이별이 빠른 속도로 전개되어 있으며, 후반부는 이별로 인한 임에 대한 그리움과 홀로 살아가는 화자의 서러운 처지가 나타나 있다. 화자가 이상적으로 바라는 것은 '임과의 재회'이다. 그러나 현실은 '우리 님 가신 후(後)난 무슴 약수(弱水) 가렷관듸 / 오거니 가거니 소식(消息)조차' 돈절된다. 그러므로 화자는 자신의 처량한 신세를 한탄하게 되며 나아가 임을 원망하기도 한다. '우리 님 가신 후(後)난'을 통해 결손이 확인되며, 이러한 결손은 끝내 충족되지 않는다.

유배가사에 속하는 일련의 작품들이나 규방가사 중, 이별 순간이나 이별 이후에 불려진 노래에서도 결손이 나타난다.

바 민요 · 2-1383[31] ____________________________

아배아배 우리아배	반달같은 우리아배
온달같은 첩데리고	구운청등 너른방에
자망하시러 가셨는가	사하상국 너른들녘
몰달리러 가셨는가	구운천등 너른들녘
활을쏘러 가셨는가	

- 중 략 -

오다오다 못오시면	배를타고 오시라요

●── 진도 지방

---

30) 김학성, 1980, 「한국고전시가의 미의식 체계론」, 『고전시가의 연구』, 익산, 원광대학교출판국, 226쪽 참조.

31) 임동권의 『한국민요집』(1~5), (집문당, 1961~1980) 권수 표시 및 가번호(歌 番號)임.

이 민요는 첩과 함께 떠나버린 아버지에 대한 그리움을 노래했다. 이상적인 것은 '아버지와 함께' 화목하게 살아가는 것이다. 그러나 현실은 '온달같은 첩데리고' 어디론가 떠나서는 돌아올 줄을 모른다. 그러므로 화자는 '배를 타고'라도 하루빨리 돌아오기를 소망하였다. 집을 떠난 아버지에 대한 간절한 그리움을 반복의 수법을 통해 표현한 '아배아배 우리아배'나 '온달같은 첩데리고' 집을 떠남을 나타낸 부분 및 '~러 가셨는가'라는 통사 구조의 반복을 통해 결손이 확인된다.

민요에서도 이별 순간이나 이별 이후에 불려진 대다수의 노래에서 결손이 나타난다.

(2) 잉여

가 만전춘별사의 제1연

어름우희 댓닙자리 보와 님과 나와 어러주글만뎡
어름우희 댓닙자리 보와 님과 나와 어러주글만뎡
情둔 오늜밤 더듸 새오시라 더듸 새오시라[32]

<만전춘별사>의 제1연은 시간적으로 볼 때 이별 이전의 상황이 제시되어 있다.[33] 화자는 '정(情)둔 오늜밤'이 새면 임과 헤어져야 한다는 절박감과 불안감에 비록 댓닙자리 깐 얼음 위에서 동사(凍死)할지라도

---

32) 『악장가사』는 "오늜밤"이 "오늜범"으로 표기되어 있는데, '범'은 '밤'의 오기로 보인다(『악장가사』, 영인, 65쪽).

33) <만전춘별사> 제1연을 이별 이전(혹은 이별)의 노래로 볼 수 있느냐는 의문이 제기될 수 있다. 그러나 제1연의 "더듸 새오시라"는 내용상 강한 청유형이나 소망형으로, 날이 새면 임과 헤어져야 하는 절박한 상황을 나타낸다고 봄이 옳을 것이다. 이 같은 관점에서 <만전춘별사> 제1연을 논의한 대표적인 논문을 들면 다음과 같다.
전규태, 1982, 「만전춘별사고」, 김열규·신동욱 편, 『고려시대의 가요문학』, 서울, 새문사, Ⅰ-108~109쪽.
최 철, 1996, 『고려국어가요의 해석』, 서울, 연세대학교출판부, 246쪽.
박진태, 1998, 『한국고전가요의 구조와 역사』, 대구, 형설출판사, 73~74쪽.

임과 함께 있는 지금 이 순간이 영원하기를 소망하고 있다. 그 소망은 행의 중첩에 의해 더욱 강렬하게 느껴진다. 임과 함께하는 시간 속에서 동사라는 극한 상황을 가상하면서까지 이별의 시간을 연장하고자 했다는 점에서 잉여를 확인할 수 있다.

한편, 불가능한 가정을 전제로 삼아 이별 없는 영원한 삶의 구가를 소망한 노래 <정석가>의 제2·3·4·5연에서도 잉여가 나타난다. <정석가>의 제2·3·4·5연은 모두 절대적으로 불가능한 상황을 조작해서 불가능의 현실화가 영원히 불가능하듯이, 임과의 이별도 영원히 현실화되지 말기를 비는, 다시 말해서 불가능이 현실화될 때가지 영원한 시간을 임과 함께 살고 싶다는 소망을 통해 잉여를 확인할 수 있다.

나 시조 · 2054 ____

오늘도 져무러지게 져믈면은 새리로다 새면 이님 가리로다
가면 못 보려니 못 보면 그리려니 그리면 病들려니 病곳 들면 못살리로다
病드러 못살 줄 알면 자고 간들 엇더리.

위의 시조는 작자 미상으로, 날이 새면 떠날 임을 잡고자 한 노래이다. 초장의 '오늘도 져무러지게'를 통해 이 노래의 시간적 배경이 저녁임을 알 수 있다. 하루해가 저무는 것을 보고 화자는 밝아올 새벽을 생각하게 된다. 새벽이 오면 임은 떠날 것이다. 그러면 화자는 임에 대한 그리움으로 상사병이 들 것이고, 상사병이 들고나면 못 살 것이니 '자고 간들 엇더리'라며 임과 함께하는 현재의 시간이 영원하기를 소망하였다. 종장의 '병(病)드러 못살 줄 알면 자고 간들 엇더리'를 통해 잉여를 확인할 수 있다.

시조에서는 보통 이별 이전에 불려진 노래로, 임과 함께하는 시간 속에서 임이 떠날 것을 가정하며 현재의 순간이 영원하기를 소망한 노래에서 잉여가 나타난 작품을 찾아볼 수 있다.

다 민요 · 2-941 ________________________________

<table>
<tr><td>씨악궁 씨악궁</td><td>시아버지 일어나셔서</td></tr>
<tr><td>조반잡숴</td><td></td></tr>
<tr><td>씨악궁 씨악궁</td><td>시어마니 일어나셔서</td></tr>
<tr><td>조반잡숴</td><td></td></tr>
<tr><td>시집오든 삼년만에</td><td>시어마니가 죽었다네</td></tr>
<tr><td>시어마니 죽고나니</td><td>시아버지가 또죽었네</td></tr>
<tr><td>집안식구 다죽어도</td><td>우리낭군 죽지마소</td></tr>
<tr><td>올라가는 올가마귀</td><td>내려오는 날가마귀</td></tr>
<tr><td>이놈저놈 많이잡아</td><td>우리님상에 올려가세</td></tr>
</table>

●──── 장흥 지방

이 민요에서는 시어머니와 시아버지가 죽은 상황에서 남편마저 죽을 지도 모른다는 의구심을 가진 화자가 남편과 함께하는 시간이 영원하기를 소망하며, 임에게 정성을 다하는 모습이 나타나 있다. 남녀간의 애정을 노래한 대다수의 민요에서 볼 수 있듯이, 여성 화자에게 있어 임의 부재는 삶의 의미 상실을 뜻한다. 그러므로 위 작품에서 화자는 '올라가는 올가마귀 내려오는 날가마귀 / 이놈조놈 많이잡아 우리님상에 올려'서라도 임과의 이별을 막고자 했다. '집안식구 다죽어도 우리낭군 죽지마소'를 통해 잉여를 확인할 수 있다.

시조에서와 마찬가지로 민요에서도 임과 함께하는 시간 속에서 임이 떠날 것을 가정하며 현재의 순간이 영원하기를 소망한 노래에서 잉여가 나타난 작품을 볼 수 있다.

2) 정서 표출의 유형

정서는 주관적이고 개인적이어서 정의하기도 어렵고, 따라서 측정하기는 더욱 어렵다. 심리학에서는 이러한 정서를 측정해 보기 위한 방법으로 질문지, 투사법, 정보통합법 등의 방법을 사용하고 있다. 이 중 투사법에 의한 심리학적 정서 측정법은 1924년 헤르만 로샤(Hermann Rorchach)에 의해 처음으로 개발되었다. 로샤에 의해 개발된 투사법은 오늘날 로샤검사라 불린다. 로샤는 성격 구조를 변하기 쉽고 통제 불능인 외향성(extratensive type)과 엄격하고 통제된 내향성(introversive type)으로 양분한 바 있다. 이 이론은 그후 켈러만(Kellerman)과 플라칙(Plutchik)에 의해 정교화되었다. 켈러만과 플라칙은 플라칙이 제안한 여덟 가지 정서 가운데, '기쁨 – 수용 – 분노 – 놀람'을 로샤의 외향적 범주로, '공포 – 슬픔 – 혐오 – 기대'를 내향적 범주로 보고 이를 바탕으로 정서와 진단과의 연결 모델을 발달시켰는데, 이를 소개하면 아래와 같다.[34]

【그림 1】 정서와 진단 상태의 원형 모델

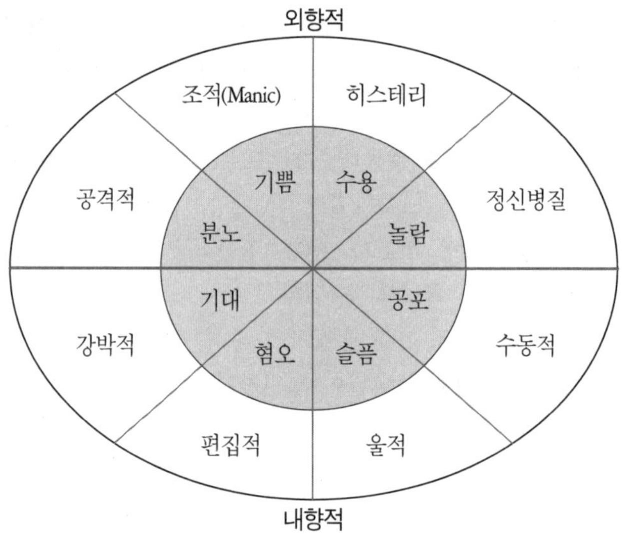

---

34) 김경희, 앞의 책, 183~200쪽 및 Robert Plutchik, 1991, The Emotion, University Press of America, 113쪽 참조.

위의 그림 내부 원에 제시되어 있는 바와 같이 일반적으로 심리학에서는 인간의 기본 정서를 여덟 가지로 유형화시켜 분류하고 있는데, 이 중에서 고전 이별시가에 나타나는 정서 표출 유형은 '슬픔, 기대, 분노, 수용'이다. 이것을 동양의 칠정과 연관시켜보면 슬픔은 애(哀), 기대는 욕(慾), 분노는 오(惡)와 대응된다.

그러나 슬픔, 기대, 분노와는 달리 수용은 적절히 대응할 용어를 찾기 어렵다. 고전 이별시가 중에서 수용의 정서가 나타나는 작품은 대체로 이별을 담담하게 받아들이는 내용을 담고 있으므로, 이는 우리가 흔히 말하는 슬프기는 하나 겉으로는 슬픔을 자제한다는 애이불비(哀而不悲)와 연관시켜 볼 수 있을 것 같다. 이외에 여덟 가지 기본 정서 중 어디에도 포함시키기가 곤란한 화자의 의지 표명이나 내적 다짐을 노래한 작품이 있는데, 이것은 대상에 대한 애착으로 인해 생긴 것이므로 칠정 중 애(愛)에서 파생된 애착으로 보고자 한다. 이렇게 보면 고전 이별시가에 나타나는 정서 표출의 유형은 슬픔[哀], 기대[慾], 분노[惡], 수용[哀而不悲], 애착[愛]이 있는데, 이 중에서 기대는 욕(慾)으로부터 생겨나는 것이므로 욕망으로, 분노는 일상생활에서 싸움·짜증·언어적 공격 등과 같은 공격성과 연합되어 증오로까지 나아가는 경향이 있으므로[35] 증오로 봄이 옳을 것 같다. 그러므로 본 장에서는 정서 표출의 유형을 슬픔, 욕망, 증오, 수용, 애착으로 나누어 이들이 고전 이별시가에 어떻게 표출되어 나타나는지를 각 갈래별로 대표적인 작품들을 예로 들어 개괄적으로 살펴보기로 한다.

(1) 슬픔[哀]

- 나의 외로움을 생각하니(念我之獨) <황조가>
- 누릿 가온디 나곤 / 몸하 ᄒ올로 녈셔
  것거 ᄇ리신 後에 / 디니실 ᄒ부니 업스샷다 <동동>
- 西山에 히지다 ᄒ니 눈물겨워 ᄒ노라 <시조·1478>

---

35) 임능빈 역, 1973, 『동기와 정서』, 서울, 익문사, 90쪽 참조.

- 人間離別 萬事中에 / 獨守空房 더욱 섧다 <상사별곡>
- 남다자는 긴긴밤에 / 무슨 일로 못자는고 / 슬프고 가련하다 / 이내팔자
  어이할고 <민요·2-912>

  이별시가에 나타나는 정서 중 가장 흔하게 볼 수 있는 것이 슬픔의
정서이다. 슬픔의 정서는 보통 짝을 잃은 화자의 내면 심리 상태를 독
백이나 탄식을 통해 드러내는 노래에서 찾아볼 수 있다. <황조가>에서
는 짝을 잃은 화자의 처지를 '꾀꼬리'와 대조시킴으로써 '외롭다'는 심
리 상태를 극대화시키고 있다. <동동>에서는 임과 이별하고 홀로 살아
가는 자신의 처지를 정월령에서 '몸하 ᄒ 올로 녈셔'로 제시하면서, 쓸모
없이 버려진 화자의 처지가 '별해 ᄇ 론 빗'(6월령), '져미연 ᄇ 룻'(10월령)
등에 비유되어 슬픔의 정서를 고조시키고 있다. 시조 1478에는 임(중종)
의 죽음을 슬퍼하는 화자의 심리가 '서산(西山)에 힌지다 하니 눈물겨워
ᄒ노라'를 통해 직접적으로 드러난다. <상사별곡>과 민요 2-912에서도
임과 이별하고 독수공방해야 하는 화자의 처지가 제시되며, 그에 따른
슬픔의 정서가 '독수공방 더욱 섧다', '슬프고 가련하다'는 사설을 통해
직접적으로 드러난다.

(2) 욕망[慾]

- 아아, 彌陀刹에서 만날 나 / 道 닦아 기다리겠노라 <제망매가>
- 아소 님하 ᄒ 듸 녀젓 期約이이다 <이상곡>
- 져님아 꿈이라말고 ᄌ 로ᄌ 로 뵈시쇼 <시조·335>
- 도학하려 가셨거든 / 풍우를 잡아타고 / 잠시간에 돌아오소 <망부가>
- 모란꽃이 피거들랑 / 다시오려마 다시오렴 / 연지곤지 단장하고 / 다시
  오려마 / 다시오렴 <민요·2-1256>

  욕망[慾]의 정서는 보통 이별의 수용 태도 중에서 '대상의 뒤를 따름'
이나 '대상의 회귀 희망', '나의 불망과 사모' 등을 보이는 작품에서 찾
을 수 있다. <제망매가>에서는 누이와의 예기치 못한 사별과 그에 따

른 슬픔이 피안(彼岸)의 세계인 미타찰에서 만남을 기약하는 것으로 극복되고 있다. 청상의 번민을 노래한 <이상곡>은 죽은 임을 애타게 그리면서 저승에서라도 재회하고자 하는 화자의 간절한 마음을 노래하면서, 이룰 수 없는 사랑을 죽음과 업보의 사생관에 접목하여 승화시키고 있다.36) 마지막 구(句) '아소 님하 혼디 녀젓 기약(期約)이이다'에서 임과의 재회를 기대하는 화자의 심리 상태를 엿볼 수 있다. <시조·335>는 임을 대상으로 하고 있는 상사몽으로, 꿈을 매개로 하여 그리던 임을 만나기를 기대하고 있다.37) 남녀간의 애정 갈등에서는 현실에서 상위(相違)되었던 관계를 반전시켜 보려는 소망이 강렬하게 표현되며 현재의 갈등이나 상황의 모순이 크면 클수록 역전에의 소망도 커지게 된다.38) 그러나 그 역전의 성취가 현실적으로 불가능할 때 꿈이나 혹은 죽음의 방법을 생각하게 된다. <시조·335>는 꿈의 방법을 택한 것으로, 현실적으로는 그리워하면서도 만나볼 수 없는 임을 꿈에서나마 '즈로즈로 뵈'기를 소망하며 기대하는 것으로 현재의 갈등이나 모순된 상황을 해소하려 하였다. 꿈(상사몽)의 방법을 통해 임과의 재회를 기대하는 것과는 달리 <망부가>나 <민요·2-1256>에서는 떠난(떠나는) 임의 회귀에 대한 기대가 '잠시간에 돌아오소', '다시오려마 다시오렴'과 같이 직접적으로 드러나 있다. 욕망의 정서는 위의 예에서 볼 수 있듯이 일반적으로 소망형을 통해 나타난다.

---

36) 박병채, 앞의 책, 305쪽.

37) 이규호(1985, 「'夢遊時調'의 형성과 장르적 성향」, 『한국고전시학론』, 서울, 새문사)는 시조에 수용된 꿈의 유형을 그 꿈 소재가 드러내는 주제 의식을 중심으로 상사몽, 무상몽, 원망(願望)몽, 흠모몽, 연군몽, 사향몽, 개세몽 등 7가지 유형으로 분류하면서, 인접 장르와의 대비를 통해 몽유록 시조의 형성 단계를 4단계로 나누어 고찰한 바 있다.

38) 정혜원, 1986, 「고시조에 나타난 내면의식 연구」, 서울, 서울대학교 대학원 박사학위 논문, 85쪽.

(3) 증오〔惡〕

- 大洞江 너븐디 몰라셔 / 비내여 노흔다 샤공아 / 네가시 런난디 몰라셔 / 널비예 연즌다 샤공아 <서경별곡>
- 두어도 다 셕는 肝腸 드는칼노 버혀니여 / 珊瑚床 白玉函에 졈졈이 담 앗다가 / 아모나 가느니 잇거든 님겨신듸 보너리라 <시조·921>
- 가는놈아 가는놈아 / 샛자장개 가는놈아 / - 중 략 - / 한모퉁이 돌아 가다 / 가매우장 뿟어지고 / 두모탱이 돌아가다 / 피셕동이나 흘려주소 <민요·4-857>

이별시가에 있어서 증오[惡]의 정서는 대상에 대한 원망 내지는 분노의 심리 상태가 극대화되었을 때 표출된다. 글로 쓰인다거나 노래로 불려진다는 것은 일차적으로 어느 정도의 감정의 정화상태를 의미한다고 볼 수 있다. 그러므로 이별을 노래한 시가에서도 원망이나 분노의 극대화에 따른 감정의 직접적인 분출인 증오의 정서가 나타난 작품은 그리 흔하지 않다. 언어적으로 표출되어 있는 양상을 중시하여 증오의 정서가 나타난 작품을 살펴보면, 먼저 <서경별곡> 제3연을 들 수 있다. <서경별곡> 제3연에서 화자는 뱃사공을 질타함으로써 자신의 거친 감정을 숨김없이 드러내고 있다.[39] 떠나는 임을 차마 붙잡지도 못하고, 그에게 분노와 공격을 직접 퍼붓지도 못하고 화자는 애꿎은 사공에게 임에 대한 증오와 분노를 대신 표출한다. 임과의 영원한 이별은 화자에게 극심한 불안을 가져다주고 그로 인해 화자는 이성에 반대되는 혼란스럽고 불안한 심리 상태를 유발하게 된다. 그러므로 격정에 사로잡힌 화자는 자기감정을 스스로 처리하지 못하고 원한과 노여움을 사공에게 대신 퍼붓게 된 것이다.[40] <서경별곡> 제3연과 같이 대상에 대한 분노가 사공에게 전이되어 나타나 있는 것과는 달리, <시조·921>이나 <민요·4-857>은 대상에 대한 분노가 직접적으로 표출되어 있다. <시

---

39) 박노준, 앞의 책, 123쪽.
40) 김충실, 1985, 「서경별곡에 나타난 이별의 정서」,『고려시가의 정서』, 서울, 개문사, 60~61쪽 참조.

조·921>은 '다 셕는 간장(肝腸)'을 '졈졈이 담앗다가' '님겨신듸 보니'겠다는 것에서 드러나듯이, 야속하고 무정한 임에 대한 원망의 마음이 자학과 가학의 극을 이루는 행위로 나타나 있다. 이것은 자기 파괴와 자기 부정을 통하여 임의 마음에 상처를 주고, 손상을 끼치려는 저주심과 복수심의 발로에서 생긴 분노의 표출이 된다.[41] <민요·4-857>은 재혼하는 남편을 원망하며 저주한 노래이다. '샛자강개 가는놈'을 원망하며 '가매우장 뿟어지고', '피석동이나' 흘려달라며 저주하는 것에서 드러나듯이 대상에 대한 분노가 직접 분출되어 있다.

(4) 수용〔哀而不悲〕

- 간밤의 자고 간 그놈 아마도 못 이져라 / 瓦얏놈의 아들인지 즌흙에 씀니드시 沙工놈의 덩녕인지 沙於씨로 지르드시 두더쥐 녕식인지 곳곳지 뒤지든시 平生에 처음이오 흉중이도 야룻지라. / 前後에 나도 무뎐이 겪거시되 춤 盟誓호지 감밤 그 놈은 춤아 못니져 호노라. <시조·71>
- 君恩도 다 못갑고 어버이 죽으신이 / 忠孝事業이 오로다 虛事ㅣ로다 / 두어라 四時 佳興에 남은 히를 보니쯧 <시조·322>
- 님아님아 정든님아 / 날버려라 날버려라 / 네가싫어 날버리면 / 말도없고 슝도없고 / 내가싫어 널버리면 / 말도많고 슝도 많다 / 님아님아 정든님아 / 싫은듯이 날버려라 <민요·2-1266>

수용〔哀而不悲〕의 정서는 '못니져 하노라'라든가 '두어라' 같은 어구를 지닌 시조에서 찾아볼 수 있을 뿐, <민요·2-1266>을 제외한 다른 장르에서는 거의 보이지 않는다. 수용의 정서가 나타나는 작품들은 대체로 담담하게 이별을 받아들이는 내용을 담고 있으며, 이별에 따른 슬픔이 나타나지 않거나 혹은 비교적 약하게 나타난다. <시조·71>은 '진흙을 반죽하듯 하는 솜씨', '가려운 곳을 모두 긁어 주는 듯한 솜씨', '뱃사공이 노 젓는 것 같은' 솜씨를 한꺼번에 갖춘 남자의 성을 그리워하는 여성의 육담(肉談)을 노래한 시조로, 어떤 책임을 대상에게 떠넘기

---

41) 박진태, 앞의 책, 104쪽.

지 않고 있는 것으로 보아 이별을 조용히 수용하면서도 대상을 그리워
하는 정서를 엿볼 수 있다. <시조·322>는 충효사업을 이루고자 하는
욕구와 그것이 어버이의 죽음으로 허사가 된 상황 사이의 갈등이 '사시
가흥(四時佳興)에 남은 해'를 보내는 것으로 수용되어 있어, 어버이의 사
별에 따른 화자의 슬픔은 거의 보이고 있지 않다. <민요·2-1266>에서
는 이별의 상황에서 '님아님아 정든님아 / 싫은듯이 날버려라'며 이별을
수용하고 있음을 볼 수 있다. 물론 여기에서의 이별의 수용은 '내가싫
어 널버리면 / 말도많고 슝도 많다'에서 드러나듯이, 봉건사회제도하의
남녀 신분 차별에 의한 것임을 알 수 있다. 그러나 화자는 이러한 사회
제도에 저항하고 대항하는 모습은 볼 수 없고 그것을 수용함으로써 조
화를 시도하고 있음을 볼 수 있다.

(5) 애착[愛]

> • 이몸이 주거주거 一百番 고쳐 주거 / 白骨이 塵土되여 넉시라도 잇고
>   업고 / 님向ᄒᆞᆫ 一片丹心이야 가실줄이 이시랴 <시조·2325>
> • 찰하리 싀여디여 범나비 되오리라 / 곳나모 가지마다 간 대족족 안니다
>   가 / 향 므든 날애로 님의 오새 올므리라 / 님이야 날인 줄 모라셔도 /
>   내 님 조차려 하노라 <사미인곡>
> • 그달그믐 겨우보내 / 섣달이라 除夕날에 / 雪寒風 모라치는 / 캄캄타 한
>   밤이야 / - 중 략 - / 슬프도다 이내정절 / 높이높이 지키리라 <민
>   요·1-472>
> • 너는죽어 꽃이되고 / 나는죽어 나비되어 / 양춘가절 호시절에 / 오면은
>   꽃핀너를 / 찾아가 반기리라 <민요·1-659>

애착[愛]의 정서는 화자의 의지 표명이나 내적 다짐을 노래한 시가에
서 볼 수 있는데, 이별의 수용 태도 중 '나의 불변'이나 '전생에 의한
접근'을 보인 작품에서 주로 발견된다. <시조·2325>는 한 번밖에 없
는 죽음을 백 번을 되풀이해도, 한 번 굳힌 마음에는 털끝만큼도 변화
가 있을 수 없다는 선언적인 태도를 취하고 있다. 반복법과 점층법을

사용하여 자신의 내적 의지를 다지고 있으며, 어떤 것에도 굴하지 않을 충절의식을 다짐함으로써 '일편단심은 변하지 않는다'는 단호한 결론을 내리고 있다. 이와 같은 '충신연주지사'의 내용을 지닌 작품은 시조나 가사 등 양반문학에서 많이 발견되는데, 주로 나(화자)의 죽음을 전제로 한다는 점이 특징이다. <사미인곡>은 차라리 죽어 범나비가 되어서라도 임을 따르고자 하는 화자의 의지가 나타나 있다. 살아서는 임과의 공간적 거리를 좁힐 수 없기에 화자는 최후의 방법으로 죽음을 생각한 것이다. 여기서의 죽음은 '이몸이 죽어가서', 혹은 '이몸이 싀어져서'로 공식화 되어 있는 단심충절(丹心忠節)의 시조와 맥을 같이 하는 것으로 볼 수 있다. <민요·1-472>에서는 임과 사별하고 홀로 살아가야 하는 자신의 처량한 신세를 한탄하면서도 끝내는 '슬프도다 이내정절 / 높이 높이 지키리라'고 하여 정절을 지킬 것을 스스로에게 다짐하고 있다. 충신연주지사란 어떤 의미에서 볼 때 일방적인 연모의 노래라 할 수 있다. 상호 교감이 아닌, 오로지 한 쪽만의 바치는 것, 드러내는 것, 변함 없음을 노래하는 것이다. 이것은 은연중에 그 시대 여성에게도 그대로 전이되어 부(婦)의 부(夫)에 대한 윤리로 받아들여졌을 것으로 생각된다.42) 그러므로 <민요·1-472>도 위에서 든 <시조·2325>나 <사미인곡> 등과 같은 맥락에서 이해해야 할 것이다. <시조·2325>, <사미인곡>, <민요·1-472>가 유교적 윤리 규범인 충(忠)과 열(烈)에 바탕을 둔 노래임에 비해, <민요·1-659>는 현실적인 남녀간의 애정 문제를 노래하고 있다. 이승에서의 인연을 죽어서 다른 사물로 전생 혹은 변신하여서라도 지속하고자 하는 염원 속에, 양춘가절(陽春佳節) 호시절이 오면 꽃으로 핀 너를 '찾아가 반기리라'는 사설로 화자의 의지를 표출하고 있다.

위에서 보는 바와 같이 애착의 정서는 주로 '나의 불변'이나 '전생에 의한 접근'을 노래한 작품에서 나타나는데, 화자의 의지 표명이나 내적 다짐

---

42) 김영수, 1988, 「조선 초기 시가론 연구」, 서울, 연세대학교 대학원 박사학위
   논문, 144쪽.

은 주로 '~리라'나 '~노라'의 형식을 취하고 있음을 확인할 수 있다.

3. 맺음말

정서는 동양에서 말하는 칠정(七情)과 유사한데, 일반적으로 20세기 초까지는 감정과 동일한 것으로 또는 혼동되어 사용되었는데, 현재는 여러 가지 감정들을 포괄하는 상위 개념으로 사용되고 있다. 정서의 본질을 "모순되는 충동의 갈등이며 그것을 조화해 나가는 작용"으로 보고, 정서 유발의 유형을 살펴본 결과, 이별이란 갖추어져 있음으로써 평정을 유지할 수 있는 상황으로부터 무엇인가를 앗아가 버림으로써 평정을 깨뜨리는 결손만이 나타나는 것이 아니라, 어떤 상황(임과 함께 있는 상황)이 이루어져 있는데 거기서 다시 무엇을 추가적으로 추구하거나 요구하는 잉여도 나타나고 있음을 보았다. 잉여는 주로 이별 이전의 상황에서 불려진 노래에서 찾아볼 수 있었다.

한편, 정서는 주관적이고 개인적이어서 정의하기도 어렵고, 따라서 측정하기도 어려운 까닭에 정서 표출의 유형을 나누어본다는 것은 쉬운 일이 아니다. 일반적으로 심리학에서는 인간의 기본 정서를 여덟 가지로 유형화시켜 분류하고 있는데, 이 중에서 고전 이별시가에 나타나는 정서 표출 유형은 '슬픔, 기대, 분노, 수용'이다. 이것을 동양의 칠정과 연관시켜보면 슬픔은 애(哀), 기대는 욕(慾), 분노는 오(惡)와 대응된다. 고전 이별시가 중에서 수용의 정서가 나타나는 작품은 대체로 이별을 담담하게 받아들이는 내용을 담고 있으므로, 이는 우리가 흔히 말하는 슬프기는 하나 겉으로는 슬픔을 자제한다는 애이불비(哀而不悲)와 연관시켜 보았다. 이외에 여덟 가지 기본 정서 중 어디에도 포함시키기가 곤란한 화자의 의지 표명이나 내적 다짐을 노래한 작품이 있는데, 이것은 대상에 대한 애착으로 인해 생긴 것이므로 칠정 중 애(愛)에서 파생된 애착으로 보았다. 이렇게 보면 고전 이별시가에 나타나는 정서 표출의 유형은 슬픔[哀], 기대[慾], 분노[惡], 수용[哀而不悲], 애착[愛]이 있는데, 이 중에서 기대는 욕(慾)으로부터 생겨나는 것이므로 욕망으로, 분노는 일상생활에서 싸움·짜증·언어적 공격 등과 같은 공격성과 연합되어 증오로까지 나아가는 경향이 있으므로 증오로 보았다.

이러한 사실을 바탕으로 고전 이별시가에 나타난 정서 표출의 유형을 살펴본 결과, 거기에는 내적 독백이나 탄식에 바탕을 둔 슬픔[哀]의 정서만이 나타나는 것이 아니라 소망형을 내포한 욕망[慾], 대상에 대한 원망 내지는 분노의 심화 상태에서 파생되는 증오[惡], '못니져 하노라'나 '두어라' 같은 어구를 사용하여 이별을 담담히 받아들이는 수용[哀而不悲], '～리라', '～노라'의 형식을 통해 화자의 의지 표명이나 내적 다짐을 노래한 애착[愛]의 정서 등이 나타나고 있음을 보았다.

❖ ❖ ❖

제2장 미인곡계 가사의 유형 구조

1. 머리말

　문학 작품에서 하나의 유형을 갖는다거나 또는 작품군을 이룬다고 할 때에는 무엇보다 작품의 내적인 측면에서 갖는 공통성이 요구된다. 이런 의미에서 본 연구는 미인곡계 가사의 내적 공통성을 추출하여 유형 구조를 밝혀봄으로써, 내적 특질을 추출해보는 데 목적이 있다.

　미인곡(美人曲)계 가사란 아름다운 여인이나 임금을 제재(題材)로 하여 '미인'이라는 낱말을 복합시켜 만든 일군의 가사 작품을 말한다.[1] 한국 가사문학 작품에서 미인이란 용어는 크게 두 가지 의미로 사용되고 있다. 하나는 용모가 단정하고 수려한 여자(佼人, 美姬, 美女)를 일컬음이요, 다른 하나는 임금(君主)을 지칭할 때이다.[2] 용어의 해석상으로 볼 때 미

---

[1] 흔히 미인곡류 가사 혹은 사미인계 가사, 사미인곡계 가사 등으로도 불린다. 본 논의에서는 아름다운 여인이나 임금을 제재로 하여 '미인'이라는 낱말을 복합시켰다는 의미에서 미인곡계 가사라는 용어를 사용하기로 한다.

[2] 국어사전(국립국어연구원, 1999, 『표준국어대사전』, 서울, 두산동아, 2357쪽)에 정의된 미인의 의미를 살펴보면

　　미인¹(美人) ① 용모가 아름다운 여자 = 교인(佼人)·미녀(美女)·여인(麗人).
　　　　　　 ② 재덕(才德)이 뛰어난 사람.
　　　　　　 ③ (역) 중국 한(漢)나라 때에 둔, 궁녀의 관직.
　　미인²(美人) = 미국인.

인이란 전자가 직서적 표현이요, 후자가 비유적 표현이라 하겠다. 이로 볼 때 전자를 연정(戀情)계 가사[3]로, 후자를 연군(戀君)계 가사로 대별해 볼 수 있다.[4]

미인곡계 가사에 대한 초기 연구는 새로운 자료가 발굴됨으로써 작품의 해제(解題), 작가와 창작 연대, 그리고 내용을 감상하는 등의 연구[5]

와 같다. 이 중 가사문학 작품에서 사용된 미인의 의미는 미인[1]의 ① '용모가 아름다운 여자'이다.

한편, 미인의 의미를 『中文大辭典』(중문대사전편찬위원회, 1973, 『중문대사전』, 中華民國 台北, 11427~11428쪽)에서는

> ① 容貌美好之婦女 ② 容貌美好之男子 ③ 謂君主也 ④ 碩人也 ⑤ 謂司命也 ⑥ 騷客詩人自況也 ⑦ 漢代女官名 ⑧ 虹之別名 ⑨ 梅之別名 ⑩ 美國人之略稱

와 같이 풀이하고 있다. 이 중 가사문학 작품에서 사용된 미인의 의미는 ①의 容貌美好之婦女와 ③의 謂君主也이다. 이로 보건대 한국 가사문학 작품에서 사용된 미인의 의미는 일차적으로는 용모가 단정하고 수려한 여자이며, 이차적으로는 임금(군주)임을 알 수 있다.

3) 사전적 의미로 보아 애정(愛情)과 연정(戀情)은 서로 유사한 면이 있다. 그러므로 남녀간의 사랑을 읊은 가사를 '애정가사'로 볼 것인지 아니면 '연정가사'로 볼 것인지에 대해서는 이견이 있을 수 있다. 그러나 본 논의에서는 '이성(異性)을 그리고 사모하는 마음'(국립국어연구원, 『표준국어대사전』, 4364쪽)에 주안점을 두어 '연정'이라는 용어를 사용하기로 한다.

4) 미인곡계 가사의 계통을 연정가사와 연군가사로 나눈 업적은 정익섭, 김팔남에 의해 시도되었다.
정익섭, 1963~1964, 「미인가사고」(상)·(하), ≪호남문화연구≫ 제1·2집, 전남대 호남문화연구소
김팔남, 1996, 「'미인곡' 계열 연정가사 연구」, ≪어문연구≫ 제28집, 어문연구학회, 178쪽.
김팔남, 1999, 「조선조 연정가사 연구」, 충남대학교 대학원 박사학위 논문, 1~2쪽.

5) 고경식, 1961, 「매호별곡과 자도사」, ≪자유문학≫ 제49호, 자유문학사, 247~251쪽.
김동욱, 1962, 「허강의 서호별곡과 양사언의 미인별곡」, ≪국어국문학≫ 제25호, 국어국문학회, 47~66쪽.
김영만, 1963, 「조우인의 가사집 <이재영언>」, ≪어문학≫ 제10집, 한국어문학회, 78~97쪽.

에서 시작되었다. 이후 정옥희,[6] 서원섭,[7] 박춘우,[8] 최상은,[9] 최규수[10] 등에 의해 미인곡계 가사에 대한 비교 연구가 본격적으로 이루어지기 시작한 이래 여러 학자들에 의해 다양한 측면에서 많은 업적물이 집적되었다. 그러나 지금까지의 연구는 주로 정철(鄭澈 ; 1536~1593)의 <사미인곡>과 <속미인곡>에 초점이 맞추어졌으며, 또한 '미인'의 의미를 임금으로 파악한 연군계 가사의 비교 연구에 치중해 왔다는 한계점이 있다.

한편, 미인곡계 가사가 연군을 읊은 것만이 아니라 '사랑하는 임'을 표상한 남녀간의 사랑노래이기도 하다는 사실에 주목한 논의는 정익섭,[11] 김팔남[12]에 의해 시도된 바 있다. 정익섭은 그의 논문에서 미인가사의 계보를 A형과 B형으로 분류하여, A형은 '군주 = 미인'으로, B형은 '미녀 = 미인'으로 파악하였다. 이 논의는 한국 가사문학 사상 미인곡계 가사가 두 가지 양상으로 계보를 형성해 왔음을 밝혔다는 점에서

이병기, 1956, 「별사미인곡과 속사미인곡에 대하여」, ≪국어국문학≫ 제15호, 국어국문학회, 116~123쪽.

이상보, 1989, 「곤과 류도관의 시가 연구」, ≪어문학논총≫ 제8집, 국민대학교, 7~46쪽.

최강현, 「미발표 사미인가를 소개」, ≪홍대학보≫ 제512호, 홍익대학교, 1985. 11. 7.

6) 정옥희, 1970, 「가사문학의 미인곡류 연구」, ≪한국어문학연구≫ 제10집, 한국어문학회, 104~117쪽.

7) 서원섭, 1978, 「사미인곡계 가사의 비교 연구」, 『가사문학연구』, 대구, 형설출판사, 247~296쪽.

8) 박춘우, 1991, 「유배가사 연구」, 대구대학교 석사학위 논문.

9) 최상은, 1983, 「유배가사의 작품구조와 현실인식」, 정신문화원 부설 학국학대학원 석사학위 논문.

최상은, 1996, 「유배가사의 연구현황과 과제」, 정재호 편저, 『한국가사문학연구』, 서울, 태학사.

10) 최규수, 1994, 「적강 모티프 유배가사 작품에 나타난 표현 방식의 특징과 시적 효과」, ≪이화어문논집≫ 제13집, 이화여자대학교 이화어문학회.

최규수, 1998, 「김춘택의 <별사미인곡>에 수용된 <미인곡>의 어법적 특질과 효과」, ≪온지논총≫ 제4권, 온지학회.

11) 정익섭, 앞의 논문.

12) 김팔남, 앞의 논문.

중요한 의미를 지닌다. 그러나 각 계보에 속하는 작품들의 깊이 있는 분석에는 이르지 못한 아쉬움이 있다. 연정계 가사에 대한 보다 심도 있는 논의는 김팔남에 의해 이루어졌다. 김팔남은 '미인'을 '아름다운 여인'으로 파악하여 미인곡 계열 연정가사의 존재 양상과 그 특질을 밝혔다. 이 논문의 의의는 지금까지 '미인'을 임금으로 보고 연군가사의 분석에 관심이 모아지던 연구 풍토에서 벗어나, 진정한 남녀 사이의 사랑을 노래한 연정가사에 관심을 집중시켰다는 점에서 의의를 찾을 수 있다.

여기서는 지금까지 이루어진 기존 논의를 참조로 하여 미인곡계 가사의 유형을 연정계와 연군계로 분류하고 두 유형의 구조를 파악해 보고자 한다. 이를 통해 미인곡계 가사의 존재 양상과 내적 특질이 드러날 것으로 본다. 이 장에서 주목하는 작품은 다음 두 계열의 아홉 작품이다.

- 연정계 가사 : <미인별곡>(양사언), <사미인곡>(작자 미상)
- 연군계 가사 : <사미인곡>, <속미인곡>(정철), <자도사>(조우인),[13]
  <별사미인곡>(김춘택), <속사미인곡>(이진유),
  <사미인곡>(류도관), <사미인가>(장현경)

해당 작품의 출전은 김성배 외『주해 가사문학전집』,[14] 이상보『한국가사선집』,[15]『17세기 가사전집』,[16]『18세기 가사전집』[17]이다.

---

13) 제명(題名)만으로 볼 때 조우인의 <자도사>는 여타의 미인곡계 가사와는 차이가 있다. 그러나 작품의 내적 구조 및 조사(措辭) 등으로 보건대 정철의 <사미인곡>에서 영향을 받은 것이 확실함으로 본 논의에 포함시켜 보기로 한다.
14) 김성배 외 3인, 1961,『주해 가사문학전집』, 서울, 집문당.
15) 이상보, 1979,『한국가사선집』, 서울, 민속원.
16) 이상보, 1987,『17세기 가사전집』, 서울, 교학연구사.
17) 이상보, 1991,『18세기 가사전집』, 서울, 민속원.

2. 미인곡계 가사의 유형과 구조

가사문학 작품에서 시적 화자인 '나'와 대상인 '임'의 관계로 설정된 사랑의 표현은 두 양상으로 나타난다. 하나는 남녀간의 애정 내지는 연정을 노래한 '연정'계 가사이며, 다른 하나는 신하가 임금을 그리워하는 '연군'계 가사이다. 그러므로 미인곡계 가사는 연모의 대상이 누구냐에 따라 연정계와 연군계로 대별(大別)해 볼 수 있다.

1) 연정계 가사

연정은 인간의 삶 속에서 보편적으로 체험하게 되는 상황으로서 죽음의 문제와 더불어 시대와 양식을 초월하여 문학의 주요한 제재가 되어왔다. 그러므로 인간의 이성적 판단과 규범을 실천적 윤리로 삼던 조선조의 새로운 유교 통치권 아래에서도 남녀의 사랑 구현은 문학을 통해 실현되어 왔는데, 미인곡계 가사도 예외는 아니다. 미인곡계 가사 중에서 이 부류에 속하는 작품으로는 조선 전기에 창작된 양사언(揚士彦 ; 1517~1584)의 <미인별곡>과 작자·연대 미상의 <사미인곡>이 있다. 이 두 가사는 다시 작품의 중심 내용과 결사 방식에 따라 자족형과 전달자형으로 나누어볼 수 있다.

(1) 자족형(自足型)

자족형이란 말 그대로 화자의 현재의 삶이 지극히 만족스럽다는 내용을 노래한 것으로, 양사언의 <미인별곡>이 여기에 속한다.

1	그디롤 내 모르랴	2	巫山의 神女로다
3	塵寰을 내이 너겨	4	눌 위히여 느려온다
5	양즈는 梨花 一枝예	6	돐 비치 절로 흘러 드는 둣

68 謝安石 携妓東山을   69 블랴 말랴 ㅎ노랴

● —— 양사언, 〈미인별곡〉

현존하는 미인곡계 가사의 첫 작품은 양사언의 〈미인별곡〉이다. 이 작품은 미인곡계 가사에 절대적인 영향을 끼친 정철의 〈사미인곡〉·〈속미인곡〉이 '미인'이라는 표제를 임금(군주)을 가리키는 은유적 의미로 사용한 것과는 달리 아름다운 여인을 가리키는 직서적 의미로 사용하였다.

양사언의 〈미인별곡〉은 애초에는 제명이 붙지 않았는데, 김동욱이 〈미인별곡〉이란 가제(假題)를 붙여 학계에 소개하면서 이 명칭이 굳어진 상태이다. 이 작품은 어느 향연의 자리에서 예쁜 얼굴에 곱게 치장하고 가악과 가무를 즐기며, 온갖 교태로 뭇 남성들을 유혹하는 어느 기녀의 모습을 직유와 열거의 수법을 사용하여 직관적으로 묘사하면서 화자의 자족적 삶의 태도를 표명한 노래이다. 특히 결사에서 "사안석(謝安石) 휴기동산(携妓東山)을 / 블랴 말랴 ㅎ노랴"라고 하여, 진(晉)나라 때 사안석이 젊어서 벼슬에 나가지 않고, 동산에 은거하면서 기녀를 벗삼아 지내던 풍류의 세월[18]도 자신의 삶에는 미치지 못할 것이라고 하여 현재의 삶에 자족해하는 작가의식이 표출되어 있다.

(2) 전달자형(傳達者型)

화자가 대상(임)에게 애정을 전달할 때 화자는 발신자, 대상은 수신자, 애정은 전달물, 전달행위를 대신하는 사람(또는 사물이나 동물)은 전달자가 된다.[19] 이와 같이 화자의 애정을 전달자를 통해 대상에게 전하는 내용

---

18) 사안(謝安 ; 320~385)은 중국 동진(東晋) 중기의 재상으로 자는 안석(安石) 이다. 오랫동안 회계(會稽)에서 은둔 생활을 하면서 왕희지(王羲之)·지둔(支遁) 등과 교유, 풍류를 즐기다가 40세가 넘은 중년에 비로소 중앙정계에 투신하였다고 한다(동아출판사 백과사전부, 1982, 『동아 원색세계대백과사전』 15, 서울, 동아출판사, 579쪽 참조).

19) 박진태, 1998, 「애정시조의 유형구조」, 『한국고전가요의 구조와 역사』, 대

이 전달자형이다. 이 유형에 속하는 작품으로는 작자 미상의 <사미인곡>이 있다.

7	絶代佳人을	8	寤寐에 求하더니
9	城同　一美人을	10	偶然히 만나보니
25	佳期를 屈指하고	26	宿緣만 믿었더니
27	三春에 깊은 病이	28	骨髓에 맺혔세라
73	이 내 懷抱 그려내어	74	임 계신 데 傳하고저
81	<u>靑天의 기러기</u>	82	<u>이 내 消息 가져다가</u>
83	深深 玉欄干에	84	임의 잠을 깨오련마는
89	眞實로 傳키 곧 傳하면	90	임도 나를 슬퍼하리라

●── 작자 미상, 〈사미인곡〉

　　<사미인곡>은 조선조 말기의 가사로 추측되나 작자·연대 미상이다. 같은 제목의 정철의 <사미인곡>이 임금에 대한 노래인데 비해 이 작품은 남녀간의 연정을 읊은 사랑노래이다. 내용은 오매불망 그리던 절대가인을 우연히 만났으나 가연(佳緣)도 맺지 못한 채 여인과 이별하고 상사에 시달리며 괴로워하는 화자의 애끓는 심정을 '기러기'를 통해 전하고자 하는 것으로 되어 있다. 여기서 기러기는 화자의 애정을 전달하는 매체(전달자)가 된다. 동양문화에서 기러기는 행복한 결혼이나 지조와 절개 등을 상징하기도 하지만, 시조나 가사 등에서는 주로 임에게 소식을 전하는 전령사 내지는 소식이나 서신 그 자체를 뜻하는 상징물로 나타난다.[20]

　　이와 같이 이성을 그리워하며 사모하는 마음을 읊은 연정계 가사는 인간의 이성적 판단과 규범을 실천적 윤리로 삼던 조선조의 유교 통치권 아래에서도 '미인'이라는 직서적인 의미의 제명 아래 양반 사대부층에 의해서도 창작·향유되었음을 알 수 있다. 또한 연정계 가사는 내용

구, 형설출판사, 104쪽.
20) 한국문화상징사전편찬위원회, 1992, 『한국문화상징사전』, 서울, 동아출판사, 104~105쪽.

상 현재의 삶에 만족을 표명한 자족형과 화자의 애정을 전달자를 통해 대상에게 전하고자 하는 전달자형의 두 양상으로 나타나며, 작중화자는 모두 남성임을 알 수 있다.

이상에서 살펴본 연정계 가사의 서사구조를 핵심 내용만 추출하여 제시하면 【표 1】과 같다.

【표 1】 연정계 가사의 서사구조

계열	서 사 구 조	자족형 미인별곡 (양사언)	전달자형 사미인곡 (작자 미상)	특　징
연정계	1. 대상과의 만남	+	+	1. <사미인곡>에서 미인이 사모하는 여인임에 비해 <미인별곡>에서 미인은 무녀(舞女)이다. <미인별곡>에서는 무녀의 등장을 무산의 신녀가 하강한 것으로 설정하여 작품 서두에 적강모티프가 나타나 있다.
	2. 대상의 외양 묘사	+	+	
	① 눈썹 모양	+	+	
	② 머리 모양	+	+	
	③ 웃는 모습	+	+	
	④ 앉은 모습	+	−	
	⑤ 옷차림새	+	+	
	⑥ 행동(동작)	+	−	
	3. 현재의 삶에 만족	+	−	
	4. 대상과의 이별	−	+	
	5. 대상에 대한 그리움	−	+	
	6. 대상에게 소식을 전하고자 함	−	+	

2) 연군계 가사

미인곡계 가사 중에서 연군계 가사는 신하가 임금을 그리워하는 내용을 담고 있는데, 연정계 가사에서 '미인'이 직서적 의미의 여인으로 사용된 데 비해 연군계 가사에서 '미인'은 비유적 의미로 임금을 뜻한다. 이처럼 '미인'의 의미가 직서적인 것에서 비유적인 것으로 변용된 가장 중요한 요인은 작품 자체 내의 이중적 의미 표상에 기인한 것으로 보인다. 이것은 현전하는 고려속요 대다수가 궁중무악으로 정착된 민요로 '남녀상열지사(男女相悅之詞)'에 속한다는 사실과도 연관이 있는데, 이러한 부류의 노래는 그 주제의 성격상 쉽사리 이른바 '충신연주지사(忠臣戀主之詞)'로 전용될 수 있기 때문이다.21) 연군의 상황은 군(君)과 떨어져 있고, 그런 상황은 경국제민(經國濟民)을 이상으로 여기는 사대부들에게 충격이 아닐 수 없다. 그러므로 현실적 문제 가운데 가장 심각한 것은 시적 자아인 화자(시인 자신을 허구적 자아인 여성 '나'로 설정)와 대상인 임과의 이별이다. 이런 의미에서 이들 가사는 충심으로 임금을 생각하는 심정을 노래한 '연군'가사라고 해석할 수 있을 뿐만 아니라, 사랑하는 임을 그리워하는 여인의 노래로도 해석할 수 있는 요건을 갖추고 있는 것이다.22)

연군계 가사의 선구적 작품은 정철의 <사미인곡>·<속미인곡>인데, 이 작품은 후대 연군계 가사에도 지대한 영향을 미쳐 조우인의 <자도사>, 김춘택의 <별사미인곡>, 이진유의 <속사미인곡>, 류도관의 <사미인곡>, 장현경의 <사미인가> 등으로 이어진다. 이들 작품은 내용상 전생형, 체념형, 소망형, 탄식형의 4가지 양상으로 나타난다.

(1) 전생형(轉生型)

생전의 원망(願望)이나 목적을 달성하지 못했을 때 혹은 마음속에 품고 있는 욕망이나 소망 등을 이루고자 할 때 화자는 지금과는 다른 모습으로 전생 혹은 전신하기를 소망하게 되는데,23) 이러한 내용을 담고 있는 작품이 전생형이다. 여기에는 정철의 <사미인곡>·<속미인곡>, 조우인의 <자도사>, 류도관의 <사미인곡>이 있다.

---

21) 김명호, 1984, 「고려가요의 전반적인 성격」, 김학성·권두환 편, 『고전시가론』, 서울, 새문사, 208쪽 참조.
22) 최상은, 1996, '연군'가사의 짜임새와 미의식, 정재호 편저, 『한국가사문학연구』, 서울, 태학사, 355~367쪽 참조.
23) 박춘우, 2002, 「변신모티프 시조의 유형분석」, ≪우리말글≫ 제24집, 우리말글학회, 97쪽.

<table>
<tr><td>13 엇그제 님을 뵈셔</td><td>14 廣寒殿의 올낫더니</td></tr>
<tr><td>15 그 더대 엇디하야</td><td>16 下界예 나려오니</td></tr>
<tr><td>17 올적의 비슨 머리</td><td>18 열킈연디 三年이라</td></tr>
<tr><td>55 鴛鴦衾 버혀노코</td><td>56 五色線 플텨내여</td></tr>
<tr><td>57 금자해 견화 이셔</td><td>58 님의 옷 지어내니</td></tr>
<tr><td>63 님의게 보내오려</td><td>64 님 겨신 대 바라보니</td></tr>
<tr><td>65 산인가 구롬인가</td><td>66 머흐도 머흘시고</td></tr>
<tr><td>105 꿈의나 님을 보려</td><td>106 택 밧고 비겨시니</td></tr>
<tr><td>107 鴛鴦衾도 차도 찰샤</td><td>108 이 밤은 언제 샐고</td></tr>
<tr><td>119 찰하리 싀여디여</td><td>120 범나비 되오리라</td></tr>
<tr><td>125 님이야 날인 줄 모라셔도</td><td>126 내 님 조차려 하노라</td></tr>
</table>

●──── 정 철, 〈사미인곡〉

    〈사미인곡〉은 정철(鄭澈 ; 1536~1593)이 50세 되던 선조(宣祖) 18년 (1585)에 사간원과 사헌부 양사의 논척을 받고 창평(昌平)에 내려와 4년 간 머무를 때 지은 것(본문의 "올적의 비슨 머리 / 열킈연디 三年이라"는 표현 으로 보아 이 작품은 은거지 창평에서 1588년에 창작된 것임을 알 수 있다)으로, 〈속미인곡〉과 함께 후대 미인곡계 가사에 절대적 영향을 끼친 작품이 다. 논자에 따라 〈사미인곡〉은 〈속미인곡〉과 함께 비록 논척을 받기 는 했지만 법망에 걸리지 않고 정계를 떠나 은거하면서 지은 작품이라 하여 은둔가사(혹은 은일가사)로 보기도 하나, 내용에 있어 유배의 성격을 띠고 있으므로 유배가사로 보는 것이 일반적인 경향이다.

    작자는 양사의 논척을 받고 창평에 은거한 사실을 천상계(廣寒殿)와 지상계(下界)의 이원적 공간을 설정하여 적강모티프를 통해 제시하고 있 다. '적강(謫降)'은 천상에 살던 존재가 자기가 지은 죄과로 말미암아 타 의에 의해 지상으로 유배오는 것으로,[24] 이러한 상황 설정을 통해 화자 (여성 화자)와 대상과의 이별이 비유적으로 형상화되어 있다. 적강모티프 속에 나타나 있는 천상계는 옥황상제가 다스리는 세계로 행복과 충만함

---

24) 성현경, 1981, 『한국소설의 구조와 실상』, 경산, 영남대학교출판부, 179쪽.

이 넘치는 무량하면서도 영원한 곳임에 비해, 지상계는 고난만이 충만한 세계로 제시된다. 그러므로 적강모티프가 나타나 있는 작품은 대체로 '적강→천상계의 상실→상실에 따른 고난→천상계로의 복귀 희망'의 구조를 지니는데, 이것은 궁극적으로 충군연주(忠君戀主)의 마음을 피력하는 것으로 모아진다.

엊그제 임을 뫼셔 광한전에 올랐던 화자는 그 동안에 어찌하여 하계에 내려오게 된다. 여기서 천상계의 광한전은 궁궐을, 하계는 작자의 은거지 창평을 비유한 것이다. 천상계를 상실한 화자는 유배지에서 사계절 내내 고난을 당하게 되는데, 그 고난은 다름 아닌 사모하는 임을 그리워하는 것이다. 그러므로 화자는 정표(情表)로 봄에는 매화, 여름에는 임의 옷, 가을에는 청광(淸光), 겨울에는 양춘(陽春)을 임에게 보내고자 하며, 꿈에서나마 임을 만나뵙기를 소망한다. 그러나 임에게 정표를 보내는 것도, 꿈에서나마 임을 만나는 것도 현실적으로 어렵다는 것을 깨달은 화자는 드디어 상사병이 들게 된다. 이 병은 중국의 전설상의 명의인 편작(扁鵲)도 고칠 수 없을 정도라 하며, 살아서 임의 곁에 못 갈 바에는 차라리 죽어서 범나비로 전생(轉生)해서라도 임을 따르고자 한다. 이때 죽음은 화자의 의지를 적극적으로 나타내기 위한 방법이나 수단으로서 천상계로의 복귀를 소망한 것이다.

1	뎨 가는 뎌 각시	2	본듯도 한뎌이고
3	天上 白玉京을	4	엇디하야 離別하고
5	해 다 뎌 져믄 날의	6	눌을 보라 가시난고
41	님다히 消息을	42	아므려나 아쟈 하니
43	오날도 거의로다	44	내일이나 사람 올가
47	잡거니 밀거니	48	놉픈 뫼해 올라가니
49	구롬은카니와	50	안개난 므사 일고
71	져근덧 力盡하야	72	픗잠을 잠간 드니
73	情誠이 지극하야	74	꿈의 님을 보니
83	오뎐된 鷄聲의	84	잠은 엇디 깨덧던고
91	찰하리 싀여디여	92	落月이나 되야 이셔

93 님 겨신 窓 안해   94 번드시 비최리라
95 각시님 달이야카니와   96 구잔비나 되쇼셔

●── 정 철, 〈속미인곡〉

<속미인곡>은 <사미인곡>의 속편으로, 독백체로 된 <사미인곡>과는 달리 두 여성 화자를 등장시켜 문답형식을 취한 대화체 가사이다. <속미인곡>에 등장하는 두 여성 화자(천상 백옥경을 이별하고 길을 가는 화자와 그 여인에게 대화를 유도하는 화자)는 각기 독립된 존재라기보다는 작자의 내면의식을 나누어 표출하는 이중적 인격체로서 작중화자의 또 다른 분신이다.

<속미인곡>에서 제1의 화자(갑녀)는 제2의 화자(을녀)의 하소연을 유도하는 구실을 한다. 제1의 화자의 문사에 의해 제2의 화자가 "천상 백옥경"을 이별했다는 사실이 드러나며, 제2의 화자의 답사에 의해 임과 이별한 이유가 제시되며, 이별한 후 화자의 충군연주의 마음이 피력되어 있다. 제2의 화자는 임과 떨어져 있으면서도 사시사철 임을 뫼시는 일은 물론 '죽조반 조석뫼'와 '기나긴 밤의 잠'까지도 걱정하기를 주저하지 않는다. 그러나 심정적으로는 임과 늘 가까이 있지만 현실적으로는 임이 부재하고 있기 때문에 제2의 화자는 임과의 거리를 좁혀보려는 노력을 멈추지 않는다.25) 임의 소식을 기다리다 지친 화자는 '놉픈 뫼'에 오르거나 '믈가의 가 배길'이라도 보려고 하나 '구름과 안개'·'바람과 믈결'에 의해 좌절되고 만다. '구름과 안개'·'바람과 믈결'은 화자와 임 사이를 가로막는 장애물로써 화자의 절망적인 심정을 부각시키는 소재이다. 임과의 만남이 현실적으로는 불가능하기에 화자는 꿈을 통해 현실적 소망을 실현시킨다. 그러나 그것은 어디까지나 꿈속에서의 일로 꿈처럼 허무할 뿐이다. 그러므로 화자는 임과의 거리를 좁힐 수 있는 최후의 방법으로 죽음을 생각하게 되고, 죽어서 달이나 비로 전생해서라도 임을 만나고자 한다. 제2의 화자가 전생하기로 소망한 '달'은 임에

---

25) 이문규, 1992, 「속미인곡 소고」, 백영 정병욱선생 10주기추모논문집간행위원회 편, 『한국고전시가작품론』 2, 서울, 집문당, 661쪽.

대한 화자의 애정(사랑)과 그리움이 승화된 것이고, 제1의 화자가 권유한 '비'는 남녀간의 사랑을 비유적으로 표현한 것으로 보다 세속적이며 인간적인 감정의 표출이다.[26]

1	임 향한 一片丹心	2	하늘끠 틋 나시니
3	三生 結緣이오	4	지은 마음 안녀이다
43	因緣이 업지 안여	44	하눌이 아르신가
45	一隻 靑鸞으로	46	廣漢宮 노라 올라
47	듯고 못 뵈던 님	48	쳔 늧치 좀간 뵈니
49	니 님이 잇쑨이라	50	반갑기를 가을홀가
63	옥경을 여희옵고	64	下界예 노려 오니
65	人生 薄命이	66	이더도록 삼길시고
133	銀針을 싸야 내야	134	五色실 쭤여 노코
135	님의 싸딘 오슬	136	깁고져 호건마는
137	天門九重에	138	갈길히 아득호니
139	兒女 深情을	140	님이 언제 술피실고
177	朱絃이 그처뎌	178	子規의 넉시 되여
179	夜夜 梨花의	180	피눈물 우러내야
181	五更에 殘月을 섯거	182	님의 좀을 씨오리라

— 조우인, 〈자도사〉

조우인(曹友仁 ; 1561~1625)의 <자도사>는 임금에게 버림받아 억울하게 감옥살이를 하는 신하의 애절한 심정을 남녀 관계에 의탁하여 읊은 가사로, 작자가 광해군 때 필화(筆禍)를 입고 옥중에서 3년간(1621~1623) 감옥살이를 하면서 지은 것으로 추측된다. "임 향한 일편단심(一片丹心) / 하늘끠 틋 나시니 / 삼생(三生) 결연(結緣)"이라는 임과 화자의 관계 설정이나, 적강모티프의 사용, 전생에 의한 접근 시도 등이 정철의 <사미인곡>과 유사한 것으로 보아 송강가사의 영향을 받은 것으로 보인다.

---

26) 박춘우, 1996, 「<속미인곡> 연구」, ≪대구어문론총≫ 제14집, 대구어문학회, 343쪽 참조.

　내용은 작자가 광해군 때 처음 벼슬한 일, 함경도 경성판관으로 내려간 일, 다시 내직으로 복직하였다가 무고를 입어 감옥살이를 하기까지의 일을 선녀와 옥황상제의 관계에 비유하여 표현하고, 옥중에서 참담한 생활을 하면서도 연군의 마음은 변치 않을 것임을 나타내며, 마지막으로 죽어서라도 화자의 결백과 충정을 증명하려 하였다.

　<자도사>에서 흥미로운 것은 선계로 올랐다가 하강하고 다시 귀환했다가 하강하는 순환적 공간 구조를 보이고 있다는 점이다. 즉, 임과의 가약을 기다리던 끝에 벼슬길에 올라 임을 모시던 일을 “일척(一隻) 청란(靑鸞)으로 / 광한궁(廣漢宮) 느라” 오른 것으로, 외직(外職)으로 나간 일을 “옥경을 여희옵고 / 하계(下界)예 느려”온 것으로, 다시 내직으로 복직되었으나 “옥상 靑蠅(청승)이 / 온갖 허믈”을 지어내어 하옥된 일로 비유하여 형상화하고 있다. 이것을 정철의 <양미인곡>과 비교하여 도식으로 나타내면 다음과 같다.

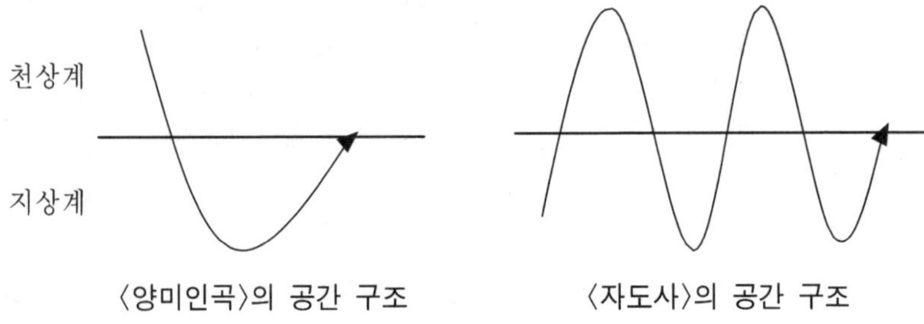

　옥상의 청승으로 비유되는 조정 소인배들의 참소로 하옥된 화자는 옥중에서 임에게 보내는 정표로 “님의 짜딘 오슬 / 깁고져”하지만 그것도 임에게 전할 길이 없음을 깨달은 화자는 드디어 죽어서 자규의 넋이 되어 자신의 결백을 임에게 하소연하고자 한다. “子規의 넉시 되여 / 피눈물 우러내야 / 님의 좀을 찌오리라”는 것은 임에 대한 화자의 변함없는 단심(丹心)을 청각을 통해 표백한 것임과 동시에 자신의 결백을 알아달라는 애절한 호소이다.

1	天地 삼긴 후의	2	(人)倫이 삼겨시니
3	君臣大義도	4	夫婦와 一體로다
13	(北)方의 고은 님이	14	(玉)樓의 계시는디
21	삼싱의 연분인가	22	빅년을 뫼시과져
73	(대)고리 엽페 끼고	74	(미)나리 킥여내니
75	술지고 연혼 마시	76	님의게 드리고져
77	밧들고 브라보니	78	千里예 뉘 젼홀(고)
81	紗窓 지는 둘의	82	첫줌을 잠간 드니
83	胡蝶 靑鳥되여	84	引導호야 가고 나니
91	(精)誠을 다 기우려	92	(말)슴을 엿즈올 졔
151	(平)生에 仰望홈이	152	(진)실노 所天이라
153	두어라 天命과 天時가	154	정혼 째 이시니
155	秋塘의 晩芙蓉되여	156	守紅호야 기드리려 호노라

●── 류도관, 〈사미인곡〉

류도관(柳道貫 ; 1741~1813)의 <사미인곡>은 유배가사가 아닌 사미인계 가사로서 서울에서 멀리 떨어져 있는 창평에서 벼슬길이나 유배생활과는 아무런 상관이 없는 상태에서 오직 초야에 묻혀 사는 한 선비로서 임금을 그리워하는 마음을 노래한 것이 특징이다. 그러므로 주제의식의 면에서 보면 충신연주지사임이 틀림없고, 그 연원은 정철의 <사미인곡>에 두고 있는 사대부 가사이다.[27]

내용은 군신대의(君臣大義)가 부부와 일체임을 말하고, 해를 향해 피는 해바라기(葵花)처럼 평생을 임을 상사하며 그리워한다고 했다. 일생의 모든 것이 임의 은덕이므로 그 은혜를 갚을 길 없다고 하고, 임의 안위를 걱정하며, 미나리를 캐어 임에게 드리고 싶다고 했다. 꿈속에서 호접(胡蝶)이 청조(靑鳥)되어 인도하여 가니 옥루에서 임을 뵙고 정성을

---

27) 이상보, 1989, 「곤파 류도관의 시가 연구」, 《어문학논총》 제8집, 서울, 국민대학교, 17쪽. 곤파 류도관의 집안과 송강의 후손들과는 여러 대를 두고 도타운 교분을 맺어 왔는데, 이를 통해서 볼 때 곤파의 <사미인곡>는 송강의 <사미인곡>에서 영향을 받은 것으로 추측해 볼 수 있는데, 짜임새와 결사 방식이 송강의 <사미인곡>과 맥을 같이 하고 있다.

다하여 말씀을 여쭈고, 가을바람이 차니 임의 옷을 지어 금상자에 넣어 두고 가을밤과 긴긴 겨울에 잠 못 들고 임을 그리워한다. 무릎 위에 거문고를 올려두고 상사곡을 슬피 타는데 그 소리가 임의 귀에까지 들리기를 소망하며, 천명과 천시가 정한 때가 있음을 깨닫고 추당에 만부용이 되어 정절을 지키며 임이 불러줄 날을 기다리겠다고 했다.

연(芙蓉)은 태양의 모체이다. 일출과 함께 피어나며, 일몰과 함께 지는 연은 태양의 재생을 나타내며 부활, 창조, 재생, 불멸 등을 상징하는 한편, 아름다움의 완성을 상징하기도 한다.[28] 그런데 여기서의 연은 여름에 일출과 함께 피어나는 꽃이 아니라 "추당(秋塘)의 만부용(晩芙蓉)"이다. 이것은 곧 계절과 시간을 초월한 화자의 변함없는 사랑의 표현으로, 언제까지나 지조를 지키며 일편단심으로 임(임의 소식)을 기다리고자 하는 화자의 소망과 의지의 표출로 보인다.

이상에서 본 바와 같이 전생의 대상은 '범나비', '궂은 비·낙월', '자규의 넋', '만부용'으로 다양하게 나타난다. 죽음은 생명의 절대적 종언이 아니라 다른 생명체나 사물로 전생 내지는 전신하기 위한 수단이나 과도기적 단계이다. 이것은 곧 영혼분리의 이원론적 세계관을 바탕으로 한 영혼불멸사상에 기초한 것으로, 외형적인 모습은 변했다고 할지라도 그 생각이나 행동은 원래 존재의 정신적 속성을 그대로 유지하고 있다는 믿음이 작용한 것이다.

(2) 체념형(諦念型)

체념형이란 어떻게 해서라도 임과 합일하고 싶으나 그것이 불가능함을 깨닫고 스스로를 달래는 것으로 되어 있는 작품을 말한다. 김춘택의 <별사미인곡>이 이 유형에 속한다.

---

28) 진쿠퍼, 이윤기 옮김, 1996, 『그림으로 보는 세계문화 상징사전』, 서울, 까치, 202쪽.

1	이보소 저 각시님	2	설운 말삼 그만 하오
7	광한전 백옥경의	8	님을 뫼셔 즐기더니
9	니래랄 하엿거니	10	재앙인들 업살손가
11	해 다 저문날의	12	가난 줄 설워마소
65	산호지게 백옥함의	66	님옷도 잇내 마난
67	뉘려셔 가져가며	68	가저간들 보실손가
103	차라리 싀어저	104	구름이나 되여이셔
105	상광오색이	106	님 계신대 덥헛고저
107	그도 마소하면	108	바람이나 되야 이셔
109	하일청음의	110	님 계신대 부러고저
147	어와 이 각시님	148	그려도 그러한다
149	팔자를 어이하며	150	천눈인들 도망할가
153	구람이나 바람이나	154	되여난들 무엇할고
155	각시님 잔가득 부으시고	156	한시람 이자소셔

—— 김춘택, 〈별사미인곡〉

김춘택(金春澤 ; 1670~1717)의 <별사미인곡>은 작자가 37세 되던 해 (1706)에 당시 세자로 있던 경종(景宗)을 모해한다는 모함을 받고 제주도로 유배가서 지은 것으로, 송강의 양미인곡에 영향을 받은 작품이다. 이러한 사실은 그의 문집『북헌집』에

> 내가 제주도에 가서 속언으로 <별사미인사>를 지었는데, 송강의 양사를 추화한 것이다.[29]

는 기록을 통해서 확인할 수 있다.

작품의 서두는 '저 각시님'에게 광한전 백옥경을 이별하고 해저문 날에 가는 것을 서러워 말라는 발화로 적강모티프를 통해 임과의 이별을 드러내고 있다. 상황 설정으로 보아 '저 각시'는 송강의 <속미인곡>에 나오는 화자(제2의 화자)와 같은 인물로, 화자의 하소연을 들어주는 상대

---

29) "予來濟州又以諺作別思美人詞　追和松江兩詞"(김춘택, 『북헌집』 卷之四 論詩文條).

인 동시에 화자 자신의 또 다른 분신이 된다. 임과 이별한 화자는 뼈가 가루가 된 후라도 나의 마음은 변치 않는다는 사설로 충성심을 강조한 다음, 내침을 당한 이유를 조물이나 귀신의 탓으로 돌리면서 자신의 무죄를 은연중에 역설한다. 임 계신 곳은 꿈에라도 갈 수 없는 곳이기에 "산호지게 백옥함의 / 님옷"이 있지만 아무 소용이 없다. '임의 옷'은 화자의 정표이다.

정표조차 무의미하게 된 상황에서 화자는 일상기거(日常起居)에 생각하는 것은 오직 임뿐이며 그 결과 전생을 소망하게 된다. 전생의 소망은 소망과 금지의 두 행위를 근간으로 하여 여러 가지 전생물(轉生物)을 나열하는 방법을 취하고 있다. 곧 '차생(此生)'에 대한 비판적 절망으로 죽음을 결심하는 화자에게 '후생'에 가능한 존재를 소망하고 열거하는 것은 연군의 심정을 강하게 피력하는 한 방편이 된다. 전생의 대상으로는 '구름·명월' 등 천체의 일부에서부터 '노목·정지초'와 같은 식물과 '금옥명주·오현금·화류마·새와 짐승'처럼 임이 즐길 만한 애완도구는 물론 '티끌'에 이르기까지 다양하다. 이것은 앞에서 살펴본 전생형 가사에서 전생의 대상이 하나 아니면 둘로 나타나는 것과는 다른 모습으로 다양한 존재를 열거하면서 화자의 소망을 강렬하게 환기시켰다는 점에서 흥미롭다.[30]

그러나 '팔자나 천륜은 어찌할 수 없다'고 하면서, "구람이나 바람이나 / 되여난들 무엇할고 / 각시님 잔가득 부으시고 / 한시람 이자소서"라는 말로 결말을 맺고 있다. 이는 화자 자신을 스스로 달래는 것으로 체념 의식이 나타나 있는 부분이다. 임과 이별한 후 일상기거에 생각하는 것이 오직 임뿐이어서 전생을 통해서라도 임과 합일하고자 하나, 인연이 없는 상황에서 맞이하게 된 이별의 상황은 그 인연 없음 때문에 재회로 해결될 수 없음[31]을 알고 스스로를 책망하며 체념의 지경에 이르고 있다. 여기서 술은 체념의 수단이 된다.

---

30) 최규수, 1998, 「김춘택의 <별사미인곡>에 수용된 <미인곡>의 어법적 특질과 효과」, ≪온지논총≫ 제4권, 온지학회, 75쪽.
31) 위의 논문, 84쪽.

　체념형은 작품의 결말부가 전생형에서 보이는 의지(~하노라 / ~하리라) 내지는 권유(~되소서)와는 또 다른 모습으로 주목할 만하다. 이 유형은 대체로 '임과의 이별 → 임에 대한 그리움 → 전생을 통한 접근 시도 → 인연 없음으로 인한 체념'의 구조를 지닌다.

(3) 기원형(祈願型)

　기원형은 신하로서의 위치를 지키며 왕의 처분을 따르겠다는 것으로, 왕의 은혜로 유배에서 풀려나기를 간절히 소망하는 내용을 담고 있다. 이진유의 <속사미인곡>이 이 유형에 속한다.

1	삼년을 님을 떠나	2	해도의 뉴락하니
3	내 언졔 무심하여	5	님의게 득죄한가
7	내 얼골 곱돗던지	8	질투할산 즁녀로다
123	해도도 하고한대	124	원악디랄 골나내여
125	백년형극을	126	츄자도의 처음 여니
127	골육도 구시거든	128	남이야 니랄손가
307	듕야의 잠이 업셔	308	옹금하고 니러안쟈
309	신셰랄 자탄하고	310	평생을 무럼하니
339	우직하기 본셩이오	340	광망함도 내 죄오나
341	근본을 생각하니	342	님 위한 정성일새
357	고국의 도라갈 꿈	358	벽해랄 문이 밟고
359	옥누 놉흔 곳의	360	야야의 님을 뫼셔
365	어촌 원계셩이	366	긴 잠을 띡다르니
367	우리 님 옥음은	368	이변의 완연하고
369	우리 님 어로향이	370	의슈의 품여계라
371	<u>어나 날 이내 꿈을</u>	372	<u>진즌 것 삼을손가</u>
373	<u>두어라 왕셔긔개지랄</u>	374	<u>여일망지 하노라</u>

●── 이진유, 〈속사미인곡〉

　이진유(李眞儒 ; 1669~1730)의 <속사미인곡>은 작자가 영조(英祖) 원년에서 동왕 3년 10월까지 일차 추자도(楸子島)에 유배되었을 때의 마지막 해인 영조 3년에 지은 것이다. 중국 사행(使行)에서 귀국 도중 나주(羅州)에 압송되었다가 후에 추자도로 유배되어 가는 노정 및 절도(絶島)에서 천극(栫棘) 3년간의 온갖 회포 등을 퍽 실감나게 서술하면서 자기의 무죄와 왕에 대한 충정을 기술하고 있는데,32) 안조원의 <만언사>와 함께 유배지까지의 노정, 유배지에서 생활상 등이 비교적 소상히 묘사되어 있어 주목된다.

정철의 <사미인곡>·<속미인곡>, 조우인의 <자도사>, 김춘택의 <별사미인곡>의 구성이 다같이 작자 자신의 심정을 젊은 여인에게 기탁하여 서술하고 적강모티프를 통해 임과 이별한 사실을 제시하고 있는데 비해, <속사미인곡>은 적강모티프가 나타나 있지 않고, 기행체의 수법을 취하여 독백하는 형식으로 자신의 무죄를 주장하며 임을 향한 애틋한 충정을 표현했다는 점에서 차이가 난다. 또한 대상을 가리키는 '임'의 의미도 '왕'과 '임'을 함께 써서 함축성이 약화되었는데, 이것은 '임'을 왕의 의미로 사용하는 것이 관습화되었기 때문이다. 이러한 사실은 장현경의 <사미인가>에서 더욱 뚜렷이 나타난다.

작품의 서두는 3년을 해도(海島)에 유락(流落)한 것은 나의 얼굴이 곱기 때문에 중녀(衆女)의 질투와 참소가 있었고, 그로 인해 죄 없이 유배되었음을 여인의 처지에서 술회하고 있다. 임과 이별한 상황의 제시 이후에는 유배지까지의 여정과 유배지로 가는 중에 있었던 일 등이 소상히 기록되어 있다. 유배지까지의 행로는 '서하→봉황성→구연성→압록강→청천강→패수(대동강)→근기(近畿)→벽제역→나주(남주)→강진(월남촌)→니진항구→추자도'로 나타난다. 중국에서 귀국하던 도중 봉황성에서 나주 유배의 명이 내렸다는 소식을 듣고 근기(서울 가까이)에서 압송되고, 유배지인 나주에 이르러 정사군(鄭使君)의 도움을 받으며 지내다가 곧이어 추자도로 유배지 옮기게 된다.

나주와 추자도에 이르는 곳곳에 임이 나를 굽어 살펴주기를 고대하

---

32) 서원섭, 1979, 『가사문학연구』, 대구, 형설출판사, 228쪽.

며 연군충정을 토로하며, 최종 유배지인 추자도에 이르러서도 임을 향한 화자의 충정에는 변함이 없다. 유배지(추자도)에서 화자는 꿈에서나마 고국으로 돌아가 임을 섬기기를 소망하며, 드디어는 꿈속에서 임을 만나게 된다. 그러나 <속미인곡>에서처럼 그것은 어디까지나 꿈속에서의 일로 꿈처럼 허무할 뿐이다. 그러므로 화자는 꿈에서 깨어난 후 그 꿈이 현실에서 실현되기를 소망하며, 죄 없이 유배를 당한 것이니 왕께서는 이것을 알고 고쳐, 유배에서 풀려날 날을 간곡히 기원한다고 했다. 현재가 암담하기에 미래도 희망적으로 보이지는 않지만 불가능한 상황 설정은 하지 않고 간절한 기원으로 끝을 맺고 있다. 신하로서의 위치를 엄격히 지키면서 왕의 처분에 따르겠다는 사대부의 충군의식이 기원형을 통해 드러나고 있다. 그러므로 이 작품은 유가적 성격이 강한 노래로 소재 선택에서부터 현실 인식에 이르기까지 유가적 세계관을 벗어나지 않고 있다.[33]

(4) 탄식형(歎息型)

탄식형은 임금을 가까이서 모실 수 없음을 안타까워하며, 화자의 현재의 처지를 탄식하는 내용의 노래이다. 장현경의 <사미인가>가 여기에 해당한다.

1	그리울셔 우리 님금	2	뵈옵고져 우리 님금
9	고신 일촌침이	10	눈물이 바다히다
15	서교 뉵참의	16	마관을 ᄒᆞ이시니
17	군은을 슉샤ᄒᆞ고	18	옥폐를 하직ᄒᆞ니
19	창문 구즁의	20	거롬거롬 눈물이라
39	거연히 줌이 드러	40	일침을 일워시니
41	의연ᄒᆞᆫ 구일모양	42	입시예 드럿고나
49	촌계 ᄒᆞᆫ 솔의예	50	홀연히 깨돌으니
57	계셩은 무삼 일노	58	꿈조차 ᄭᅵ오ᄂᆞᆫ고

---

33) 최상은, 「'연군'가사의 짜임새와 미의식」, 정재호 편저, 앞의 책, 373쪽.

59 방황 종야의	60 이 ᄆᆞᆷ 경경ᄒᆞ다
63 슬푸다 이 내 생각	64 어느 때 그치일고

●—— 장현경, 〈사미인가〉

장현경(張顯慶 ; 1730~1805)의 〈사미인가〉는 필사본 『독역차기(讀易箚記)』에 실려 있는 것을 최강현이 처음 소개한 연군가사이다.[34] 이것은 장현경이 전북 삼례역승(三禮驛丞)으로 있을 때 지은 작품으로, 외직에 나가 있어 임금을 가까이 모시지 못하는 안타까움을 노래하고, 다시금 임금의 은혜를 받고자 기약하는 충신연주의 노래이다.[35]

작품의 서두는 임금을 그리워하는 화자의 마음을 도치법을 사용하여 표출하였다. 이어서 외직으로 나가게 되어 더 이상 임금을 가까이서 모실 수 없음을 안타까워하고, 꿈속에서나마 종일을 근시(近侍)하게 된다. 그러나 닭의 울음소리에 꿈을 깨고 보니 슬픔뿐이라고 하면서, 이 슬픔이 언제나 끝나서 다시 임금의 은애(恩愛)를 받을 수 있을 것인지 그 기약없음을 탄식하고 있다.

작품의 대상이 되는 '미인'은 '임금'으로 의미의 함축성을 잃었으며, 유가의 충과 개인적 입신 문제만을 사실적으로 다루고 있을 뿐 현실의 문제는 전혀 드러내지 않고 시종 임금에 대한 그리움만을 피력하고 있다. 또한 연군계 가사가 모두 여성 화자의 시각에서 대상인 임을 노래하고 있는데 비해, 이 가사는 남성 화자의 시각으로 되어 있어 차이가 난다.

연정계 가사가 두 편 모두 남성 화자의 시각에서 임(여인)을 노래한 것임에 비해, 연군계 가사는 남성 작가의 것임에도 불구하고 〈사미인가〉를 제외한 6편의 작품이 모두 여성 화자의 시각으로 임(임금)을 노래하고 있다. 이것은 조선조의 지배 이념인 유교사상과 연관이 있다고 본다. 유교는 개인의 자유보다는 권위를 먼저 앞세운 사상이다. 유교의 도덕은 통치자를 위한 윤리로, 피지배자가 지배자에게 굴복하는 것을 요구하며

---

34) 최강현, 「미발표 사미인가를 소개」, 《홍대학보》 제512호, 홍익대학교, 1985. 11. 7.
35) 이상보, 1991, 『18세기 가사전집』, 서울, 민속원, 52~53쪽.

신분적 사회질서를 중시한다. 그러므로 우리나라에서 말하는 유교적이란 말은 부자·부부 등 작은 집단이나 사회에서 통용되는 것이고, 그 다음 통치자와 피치자 간의 정치적 도의를 말한 것으로,[36] 열녀불경이부(烈女不更二夫)는 충신불사이군(忠臣不事二君)으로 연결되며, 이때 부부 관계는 자연스럽게 군신 관계로 대치된다. 이와 같은 이유로 인해 연정계 가사에서 나타나는 남녀의 사랑은 그 주제의 성격상 자연스럽게 이른바 연군충신지사로 전용되어 사대부들에게 수용·향유되었을 것이다.

이상으로 살펴본 연군계 가사의 서사구조를 핵심적인 사건을 중심으로 요약하여 제시하면 【표 2】와 같다.

【표 2】 연군계 가사의 서사구조

계열	서사구조	전생형				체념형	기원형	탄식형	특 징
		A	B	C	D	E	F	G	
연군계	1. 화자와 대상과의 관계	+	+	+	+	+	+	+	1. 적강모티프는 대체로 유배나 옥중 경험과 관련된 작품에서 보인다. 2. 이별의 이유는 관념적이며 추상적으로 간단하게 제시되어 있다. 3. 정표로는 '임의 옷'이 주류를 이루며, 이외 봄볕(햇빛), 매화, 미나리 등이 있다.
	① 부부 관계	+	+	+	+	+	+	−	
	② 군신 관계	−	−	−	−	−	−	+	
	2. 대상과의 이별	+	+	+	−	+	+	+	
	① 적강모티프의 유무에 따라	+	+	+	−	+	−	−	
	② 이별 이유 제시 유무에 따라	−	+	+	−	+	+	−	
	3. 대상에 대한 그리움	+	+	+	+	+	+	+	
	① 정표의 유무에 따라	+	−	+	+	+	−	−	
	4. 소식이 오기를 기다림	−	+	+	+	−	+	−	
	5. 대상과의 합일 추구	+	+	+	+	+	+	+	
	① 꿈을 통한 만남 시도	+	+	−	−	−	+	+	
	② 전생(轉生)을 통한 만남 시도	+	+	+	+	+	−	−	
	6. 체념	−	−	−	−	+	−	−	
	7. 탄식	−	−	−	−	−	−	+	

---

36) 윤태림, 1970, 『한국인』, 서울, 현암사, 127~128쪽 참조.

* A. <사미인곡>(정철) B. <속미인곡>(정철) C. <자도사>(조우인) D. <사미인곡>(류도관) E. <별사미인곡>(김춘택) F. <속사미인곡>(이진유) G. <사미인가>(장현경)

3. 맺음말

미인곡(美人曲)계 가사란 아름다운 여인이나 임금을 제재로 하여 '미인'이라는 낱말을 복합시켜 만든 일군의 가사 작품이다. 한국 가사문학 작품에서 미인이란 용어는 크게 두 가지 의미로 사용되고 있다. 하나는 용모가 단정하고 수려한 여자를 일컬음이요, 다른 하나는 임금(君主)을 지칭할 때이다. 용어의 해석상으로 볼 때 전자가 직서적 표현인데 비해, 후자는 비유적 표현이다. 이로 볼 때 미인곡계 가사는 연정(戀情)계 가사와 연군(戀君)계 가사로 대별해 볼 수 있게 된다.

연정은 인간의 삶 속에서 보편적으로 체험하게 되는 상황으로, 인간의 이성적 판단과 규범을 실천적 윤리로 삼던 조선조의 새로운 유교 통치권 아래에서도 문학을 통해 구현되었다. 연정계 가사는 내용에 따라 자족형과 전달자형으로 나눌 수 있다. 자족형이란 현재의 삶에 지극히 만족해하는 작가의식이 표출된 노래이며, 전달자형은 화자가 대상(임)에게 애정(물)을 전달할 때 전달자(사람 혹은 사물이나 동물)를 통해 전하고자 하는 내용의 노래이다. 양사언의 <미인별곡>은 자족형에, 작자 미상의 <사미인곡>은 전달자형에 속한다. <사미인곡>에서 전달자는 기러기이다.

연군계 가사의 선구적 작품은 정철의 <사미인곡>·<속미인곡>이다. 이 작품은 후대 연군계 가사에도 지대한 영향을 미쳐 조우인의 <자도사>, 김춘택의 <별사미인곡>, 이진유의 <속사미인곡>, 류도관의 <사미인곡>, 장현경의 <사미인가> 등으로 이어진다. 연군계 가사는 전생형, 체념형, 소망형, 탄식형으로 나타난다.

　전생형은 생전의 원망이나 목적을 달성하지 못했을 때 혹은 마음속에 품고 있는 욕망이나 소망 등을 이루고자 할 때 지금과는 다른 모습으로 전생 혹은 전신하기를 소망하는 내용을 담고 있다. 정철의 <사미인곡>·<속미인곡>, 조우인의 <자도사>, 류도관의 <사미인곡>이 여기에 속한다. 전생의 대상은 '범나비', '궂은 비·낙월', '자규의 넋', '만부용'으로 다양하다. 전생형에서 죽음은 생명의 절대적 종언이 아니라 다른 생명체나 사물로 전생 내지는 전신하기 위한 수단이나 과도기적 단계이다. 이것은 영혼 분리의 이원론적 세계관을 바탕으로 한 영혼불멸사상에 기초한 것으로, 외형적인 모습은 변했다고 할지라도 그 생각이나 행동은 원래 존재의 정신적 속성을 그대로 유지하고 있다는 믿음이 작용한 것이다.

　연군계 가사 중에서 정철의 <사미인곡>·<속미인곡>, 조우인의 <자도사>, 김춘택의 <별사미인곡>은 임과 이별한 사실을 적강모티프를 통해 제시하고 있다. 적강모티프가 내재되어 있는 작품은 대체로 '적강→천상계의 상실→상실에 따른 고난→천상계로의 복귀 희망'의 구조를 보이는데, 특히 <자도사>에서는 선계로 올라갔다가 하강하고 다시 귀환했다가 하강하는 순환적 공간 구조를 보이고 있다.

　체념형은 어떻게 해서라도 임과 합일하고 싶으나 그것이 불가능함을 깨닫고 스스로를 달래는 것으로 되어 있다. 김춘택의 <별사미인곡>이 여기에 속한다. <별사미인곡>은 '임과의 이별→임에 대한 그리움→전생을 통한 접근 시도→인연 없음으로 인한 체념'의 구조를 지닌다.

　기원형은 신하로서의 위치를 지키며 왕의 처분을 따르겠다는 것으로, 왕의 은혜로 유배에서 풀려나기를 간절히 소망하는 내용을 담고 있다. 이진유의 <속사미인곡>이 여기에 속한다. <속사미인곡>은 소재 선택에서부터 현실 인식에 이르기까지 유가적 세계관이 강하게 표출되어 있다.

　탄식형은 임금을 가까이서 모실 수 없음을 안타까워하며, 화자의 현재의 처지를 탄식하는 내용의 노래로, 장현경의 <사미인가>가 여기에 속한다. <사미인가>에서 대상이 되는 '미인'은 '임금'으로 의미의 함축성을 잃었으며, 유가의 충과 개인적 입신 문제만을 사실적으로 다루고 있을 뿐 현실의 문제는 전혀 드러내지 않고 있다. 또한 연군계 가사가 모두 여성 화자의 시각에서 대상을 노래하고 있는데 비해, 이 가사는 남성 화자의 시각으로 되어 있다.

연정계 가사가 남성 화자의 시각에서 임(여인)을 노래한 것임에 비해, 연군계 가사는 여성 화자의 시각으로 임(임금)을 노래한 것은 조선조의 지배 이념인 유교사상과 연관이 있다. 유교의 도덕은 통치자를 위한 윤리로, 피지배자가 지배자에게 굴복하는 것을 요구하며 신분적 사회 질서를 중시한다. 그러므로 열녀불경이부(烈女不更二夫)는 충신불사이군(忠臣不事二君)으로 연결되며, 이때 부부 관계는 자연스럽게 군신 관계로 대치된다. 이와 같은 이유로 남녀의 사랑은 그 주제의 성격상 자연스럽게 이른바 연군충신지사로 전용되어 사대부들에게 수용·향유되었을 것이다.

제3장 고전 이별시가와
현대 이별시의 관련 양상

1. 머리말

　인간의 사상과 감정은 시대에 따라 각기 다르게 나타나겠지만 같은 민족이나 국민들 사이에는 그 사상과 감정에 공통적인 특색이 있다. 이런 의미에서 전통적, 자생적으로 생겨나 오늘에 전하고 있는 고전시가와 외래적인 시형식에 영향을 받아 형성된 현대시 사이에도 내면에 흐르는 시정신이나 시의식에 공통되는 정신적 바탕이 있을 것이다.

　또한, 시인의 정서는 그 시대상과도 밀접한 관계가 있음을 알 수 있다. 곧 내우외환으로 정치적·사회적으로 안정을 구축하지 못했던 고려시대의 속요(고려속요)가 여성 정조로 일관된 이별의 정서가 주조를 이루는 것이나, 당쟁으로 밀려나 유배지에서 창작된 조선조의 시조나 가사가 여성 정조의 이별의 아픔을 읊은 것이 일제 강점기의 조국 상실을 '임'과의 이별로 보고 그 슬픔을 노래한 시인의 정서와 맥이 이어져 있음을 볼 수 있다.[1]

　필자는 고대가요·향가·고려속요·시조·가사·민요에 나타난 이별의 양상을 이별의 상황과 수용 태도로 이대별(二大別)하여 살펴보고, 이를 토대로 각 갈래별 이별시가의 특징을 밝혀서 고전 이별시가의 전통

---

1) 이정자, 1996, 『한국시가의 아니마 연구』, 서울, 백문사, 178쪽 참조.

성(지속성)과 시대성(변모성)을 고찰해본 바 있다.2) 그리고 후속 작업으로 고전 이별시가의 정서 유형을 고찰해본 바 있는데,3) 이 장은 이러한 작업의 연장선상에 있다.

지금까지 현대시에서 이별에 관한 연구는 주로 김소월, 한용운, 김영랑, 서정주, 박재삼의 시를 중심으로 '여성적 정조' 내지는 '여성 편향성'에 관해 논의하거나, 혹은 한국인의 기층정서를 '한(恨)'으로 보고 이들 시에 나타난 한의 구조 분석이나 한의 계보를 찾고자 하는 노력이 주축을 이루었다.4) 또한 소재적인 측면에서 고전시가와 현대시의 연관성을 찾거나 고려속요에 나타난 상실 의식이 현대시에 어떻게 변용되어 나타나는지를 탐색해 보고자 하는 작업이 있었다.5) 그뿐 아니라 통시적인 측면에서 고전시가와 현대시에 보이는 임의 실체를 밝히려는 연구6)

---

2) 박춘우, 1999, 「고전 이별시가 연구」, 대구, 대구대학교 대학원 박사학위 논문.
3) 박춘우, 2000, 「고전 이별시가의 정서유형 연구」, 《우리말글》 제19집, 우리 말글학회, 65~89쪽.
4) 하희주, 1960, 「전통시와 한의 정서」, 《현대문학》 통권 72호.
   김종은, 1974, 「소월의 병적」, 《문학사상》 5월호.
   백승철, 1974, 「한의 시학」, 《심상》 10월호.
   박철석, 1980, 「한국시와 이별의 의미」, 《시문학》 4월호.
   오세영, 1980, 「소월 김정식 연구」, 『한국낭만주의시 연구』, 서울, 일지사.
   김재홍, 1988, 「한국시의 한과 극복양상」, 『현대시와 역사의식』, 인천, 인하 대학교출판부.
   천이두, 1993, 『한의 구조 연구』, 서울, 문학과지성사.
   김영철, 1994, 『김소월 - 비극적 삶과 문학적 형상화』, 서울, 건국대학교출판부.
   이정자, 앞의 책.
5) 최동호, 1981, 「한국현대시에 나타난 물의 심상과 의식 연구」, 고려대학교 대학원 박사학위 논문.
   조동민, 1989, 「한국시가에 나타난 새의 상징성 연구」, 건국대학교 대학원 박사학위 논문.
   강연호, 1998, 「속요의 이별이미지와 현대시」, 박노준·이창민 외, 『현대시의 전통과 창조』, 서울, 열화당.
   박노준, 1998, 「속요와 현대시로 본 화자와 자연과의 거리」, 위의 책.
   이광호, 1998, 「<춘향전> 현재화의 의의와 한계」, 위의 책.
   이혜원, 1998, 「한국시에 나타난 '접동새'에 대하여」, 위의 책.
6) 박노준·구인환, 1960, 『한용운연구』, 서울, 통문관.

와 한용운과 서정주의 시를 대상으로 불교의 윤회사상 내지는 정토사상의 표출 양상이 향가와 어떻게 연관되는지를 파악해 보려는 논의도 있어왔다.[7]

여기서는 지금까지 이루어진 기존 논의를 토대로 1920년대 임의 상실을 노래한 대표적인 시인인 김소월(金素月 ; 1903~1934), 한용운(韓龍雲 ; 1879~1944), 이상화(李相和 ; 1900~1941)와 1930년대 문단에 등단하여 한국인의 정서를 다양하게 표출했다고 평가받고 있는 서정주(徐廷柱 ; 1915~2000) 시에 한하여 고전 이별시가에 보이는 이별의 수용 태도가 이들 시에 어떻게 지속되고 변모되어 나타나는지를 살펴보려는 데 목적이 있다.

2. 현대 이별시에서의 지속과 변모

고전 이별시가에 보이는 이별의 상황은 대상의 죽음으로 인한 사별과 이와 대립되는 생이별로 나눌 수 있으며, 이별의 수용 태도는 시적 화자인 '나'와 '대상' 사이의 관계가 어떠한 상태인가를 기준으로 할 때 크게 '관계 파탄의 지속'과 '관계 회복의 추구' 및 '관계 연장의 희망'으로 나눌 수 있다. '관계 파탄의 지속'은 '나'와 '대상' 사이의 관계가

조동일, 1978, 「김소월・이상화・한용운의 님」, 『우리문학과의 만남』, 서울, 홍성사.

김흥규, 1980, 「님의 소재와 진정한 역사」, 『문학과 역사적 인간』, 서울, 창작과비평사.

신상철, 1983, 『현대시와 '님'의 연구』, 서울, 시문학사.

7) 이인복, 1979, 『한국문학에 나타난 죽음의식의 사적연구』, 서울, 열화당.

조병기, 1993, 『한국문학의 서정성 연구』, 서울, 대왕사.

김재홍, 1988, 「미당 서정주시의 전통과 영원성」, 박노준・이창민 외, 앞의 책.

오형엽, 1988, 「불교적 역설의 시적 구현」, 위의 책.

깨어졌을 때 이를 극복하기 위해 서로가 아무런 노력도 보이지 않고 이를 기정사실로 수용하며 인정하는 태도를 보이는 것으로 나타난다. 이것은 나의 신세 한탄, 나의 불망과 사모, 나의 불변, 대상에 대한 원망, 매개체의 활용으로 세분된다. '관계 회복의 추구'는 '나'와 '대상' 사이의 단절된 관계를 회복하기 위해 시적 화자인 '나'가 어떤 행동을 하거나 혹은 떠난 '대상'이 어떤 행동을 하도록 촉구하거나 기대하는 것으로 나타난다. 이것은 전생(변신)에 의한 접근, 대상의 뒤를 따름, 대상의 회귀 희망으로 세분된다. '관계 연장의 희망'은 이별 이전이나 이별 순간에 보이는 것이 보통인데, 주로 대상과 함께 있는 순간이 영원하기를 희망하거나 대상이 떠나는 것을 만류하는 것으로 나타나는데, 이것은 이별의 지연 소망으로 분류된다.[8]

고전 이별시가에 보이는 이별의 수용 태도가 현대 이별시에서는 어떻게 지속되고 변모되어 나타나는지를 구체적으로 살펴보기로 한다.[9]

---

8) 박춘우, 1999, 「고전 이별시가 연구」, 대구, 대구대학교 대학원 박사학위 논문, 11~13쪽 참조.
9) 이 책에서 인용한 시는 아래 자료를 이용하였다.
   1980, 『김소월』, 한국현대시문학대계 6, 서울, 지식산업사.
   1994, 『미당 시전집』 1, 서울, 민음사.
   1973, 『악장가사』(영인), 서울, 대제각.
   1973, 『악학궤범』(영인), 서울, 대제각.
   1984, 『이상화 박종화 외』, 한국현대시문학대계 3, 서울, 지식산업사.
   1981, 『한용운』, 한국현대시문학대계 2, 서울, 지식산업사.
   권영철, 1985, 『규방가사 - 신변탄식류』, 경산, 효성여자대학교출판부.
   김성배 외 3인, 1961, 『주해 가사문학전집』, 서울, 집문당.
   심재완 편저, 1984, 『정본 시조대전』, 서울, 일조각.
   임동권, 1974, 『한국민요집』 II, 서울, 집문당.

1) 관계 파탄의 지속

(1) 나의 불망과 사모

떠난 대상을 그리워하며 전전불매하거나 혹은 대상에 대한 막연한 그리움으로 몸부림치는 작품이 있는데, 이를 '나의 불망과 사모'로 본다.

> ① 耿耿孤枕上애 어느 즈미 오리오
> 　　西窓을 여러ᄒ니 桃花ㅣ 發ᄒ두다
> 　　桃花ᄂ 시름업서 笑春風ᄒᄂ다 笑春風ᄒᄂ다
>
> 　　　　　　　　　　　　　　　—— 〈만전춘별사〉의 제2연

①은 <만전춘별사> 제2연이다. 제2연 제1구 "경경고침상(耿耿孤枕上) 애 어느즈미 오리오"를 통해 화자는 이별한 대상에 대한 사모와 그리움의 정으로 잠을 이루지 못함을 알 수 있다. 임이 떠난 빈자리가 너무나 큰 나머지 밤이 빨리 새기를 바라며 잠을 청하나 임에 대한 사모와 그리움의 정 때문에 잠이 올 리 없다. 임과 이별한 후에 느끼는 화자의 외로움과 고독은 "도화(桃花)ᄂ 시름업서 소춘풍(笑春風)ᄒ"는 상황과 대비되어 대조를 이루고 있다.

> ② 겨울날 다스한 벼츨 님 계신듸 비최고쟈
> 　　봄 미나리 술진 마슬 님의게 드리고쟈
> 　　님이야 무어시 업스리마ᄂ 내 못니저 ᄒ노라.

②는 작자 미상의 시조로, 겨울의 따스한 햇볕과 봄 미나리를 애정의 징표로 임에게 보내고 싶다는 내용을 노래했다. 완전구족(完全具足)의 임에게 햇볕과 미나리를 보내는 것은 임을 못 잊어 사모하는 마음의 극한 표현이다. 종장의 "내 못니저 ᄒ노라"를 통해 대상에 대한 사모와 불망이 드러난다.

③ 1 正月 上元日에   2 달과 노난 少年들은
    3 踏橋하고 노니난대   4 <u>우리 임은 어듸 가고</u>
    5 <u>踏橋할 줄 모로난고</u>   6 二月 淸明日에
    7 나무마다 春氣들고   8 잔디 잔디 쇽입 나니
    9 萬物아 化樂한듸   10 우리 임은 어듸가고
   11 春氣든 줄 모로난고

●── 관등가

③은 『청구영언』(대학본) 권말에 붙은 노래로 작자·연대 미상의 가사이다. 노래의 내용을 살펴보면 정월부터 오월까지 매달 풍속을 제시하고, 그 풍속을 즐기는 소년들의 행락(行樂)을 부러워하며, 돌아가신 임을 추회(追懷)하였다. 관등(觀燈)은 음력 4월 8일 밤에 등불을 달고 석가모니의 탄생을 기리는 날로, 이날의 관등놀이는 철저히 배불(排佛) 정책을 쓰고 승려의 도성(都城) 출입을 금했던 조선시대에도 휘황찬란하게 대성황을 이루었다고 한다.[10] 그러므로 이날은 사별한 임이 더욱 그리웠을 것이고, 임 없이 홀로 명절을 맞아야 하는 화자의 신세가 한층 더 처량했을 것이므로, 이 노래를 불러 스스로의 마음을 위로했을 것이다.

고전 이별시가에서 보이는 이와 같은 '나의 불망과 사모'는 현대시에서 김소월과 이상화로 이어진다.

④ <u>꿇어앉아 올리는 향로의 향불.</u>
    내 가슴에 조고만 설움의 덩이.
    초닷새 달 그늘에 빗물이 운다.
    내 가슴에 조고만 설움의 덩이.

●── 설움의 덩이

④는 김소월의 <설움의 덩이>로, 캄캄한 어두운 밤, 낯모를 딴 세상에서 임을 찾아 헤매는 화자의 슬픔이 곧 '설움의 덩이'로, 이 설움의

---

10) 한국문화상징사전편찬위원회, 1992, 『한국문화상징사전』, 서울, 동아출판사, 469쪽.

덩이가 임의 상실에 따른 한(恨)[11]으로 나타난다. 임의 상실에 따른 한의 정서는 가신 임에 대한 연모의 정으로 나타나는 데, 소월의 <금잔디> 또한 이와 같은 맥락에 있다.[12]

> ⑤ 잔디,
> 잔디,
> 금잔디,
> 심심산천에 붙는 불은
> 가신 님 무덤가엣 금잔디.
>
> ●── 〈金잔디〉 일부

④에서는 "꿇어앉아 올리는 향로의 향불"을, ⑤에서는 "가신 님 무덤가엣 금잔디"를 통해 화자는 임과 사별한 상황임이 드러나며, 사별한 임에 대한 잊지 못할 그리움의 정서, 즉 고전 이별시가에서 주로 볼 수 있는 '나의 불망과 사모'와 연결된다.

> ⑥ 내 가슴의 도장에 숨어사는 어린 신령아!
> 세상이 둥근지 모난지 모르던 그날 그날
> 내가 네 앞에서 불던 노래를 아직도 못 잊노라.
>
> － 중 략 －
>
> 오늘은 임자도 없는 무덤 － 쓰러져가는 美術館아
> 잠자지 않는 그날의 記憶을 안고 안고
> 너를 그리노라 우는 웃음으로 살다 죽을 나를 불러라.
>
> ●── 〈쓰러져가는 미술관〉 일부

⑥은 이상화의 <쓰러져가는 미술관(美術館)>으로, 부제(어려서 돌아간 「인순」의 신령에게)를 통해 알 수 있듯이 쓰러져가는 미술관을 보며 어려

---

11) 하희주, 앞의 논문, 67쪽.
12) 백승철, 앞의 논문, 34~35쪽.

서 여읜 '인순'을 못 잊고 그리워하는 내용으로 고전 이별시가에서 보이는 '나의 불망과 사모'와 연속선상에 있음을 알 수 있다.

한편, 이와는 달리 '나의 불망과 사모'가 화자의 '자학적 회한과 자책'으로 변모된 모습을 서정주의 <귀촉도(歸蜀途)>에서 볼 수 있다.

> ⑦ 눈물 아롱 아롱
> 피리 불고 가신님의 밟으신 길은
> 진달래 꽃비 오는 西域 三萬里.
> 흰옷깃 염여 염여 가옵신 님의
> 다시오진 못하는 巴蜀 三萬里.
>
> 신이나 삼아줄걸 슲은 사연의
> 올올이 아로색인 육날 메투리.
> 은장도 푸른 날로 이냥 베허서
> <u>부즐없는 이머리털 엮어 드릴걸.</u>

●── 〈歸蜀途〉 일부

⑦에서 "피리 불고 가신님"의 길은 "흰옷깃 염여", "다시오진 못하는"을 통해 죽음의 길이다. "파촉 삼만리"의 길로 임을 떠나보낸 화자의 회한은 "부즐없는 이머리털"을 엮어드리지 못한 자책으로 이어진다. 육신의 일부인 머리털이 부질없다는 것은 임의 부재에 따른 결과이다.[13] 그러므로 살아서 임을 위해 머리털을 엮어드리지 못한 화자의 회한이 자책으로까지 이어지게 된 것이다. 이렇게 보면 이 시는 사별한 임에 대한 그리움이 '임의 상실→회한과 탄식→자책'의 구조를 띤 것으로 '나의 불망과 사모'가 '자학적 회한과 자책'으로 이어짐을 알 수 있다.

---

13) 강연호, 1998, 「속요의 이별이미지와 현대시」, 앞의 책, 102쪽.

(2) 매개체의 활용

이별을 수용함에 있어 이별 당사자인 '나'와 '대상' 사이에 매개물이 개입하거나 대상(물)에의 투사(投射, projection)에 의해 시적 화자인 '나'의 감정이 표출되는 경우가 있는데, 이를 '매개체의 활용'으로 본다.

> ① <u>돌하 노피곰 도드샤</u>
>   어긔야 머리곰 비취오시라
>
> ●─── 〈정읍사〉 일부

①은 고려속요 <정읍사>로 행상 나가서 오래도록 돌아오지 않는 남편의 무사귀환을 호소한 노래인데, 나와 대상 사이에 "달"이 개입되었다. 달은 사물을 어둠에서 드러나게 하되, 사물과 사물을 외따로 구획하지 않으며, 달이 비치는 동안, 사물들은 고립되지 않는다.[14] 이처럼 달은 나와 대상을 이어주는 역할을 하며, 동시에 화자인 나의 소망이 전이된 매개물로써 임에 대한 그리움을 드러낸다.

> ② <u>悠悠이 가는 구름 반갑고 불워의라</u>
>   滿腔愁懷를 가져 들어 붓치느니
>   가다가 긋치는 곳이여든 任을 보고 傳ᄒ시쇼.

②는 작자 미상의 시조로, 유유히 흘러가는 구름을 부러워하며 "구름"을 통해 화자의 임에 대한 그리움의 회포를 전하고자 하는 내용인데, 화자와 대상 사이에 구름이 개입되어 있다.

> ③ 空山에 우는 졉동 너는 어이 우지는다.
>   <u>너도 날과 갓치 무슴 離別 ᄒ얏느냐</u>
>   아무리 피나게 운들 對答이나 ᄒ더냐

---

14) 김열규, 1996, 달의 미학,『한국문학사 — 그 형상과 해석』재판본, 서울, 탐구당, 263쪽.

③은 박효관(朴孝寬)의 작으로, "공산에 우는 접동 = 이별한 나"의 관계가 성립된다. 접동새는 곧 두견이로 그 울음소리가 처량해 중국 촉(蜀)나라 망제(望帝)의 죽은 넋이 붙어 있다는 전설이 있으며, 이 전설과 울음소리가 상보적 작용을 하여 비애감을 더욱 높여 주기에 예로부터 시가에 자주 언급되었다. 이 시조에서도 접동새는 헤어진 임에 대한 그리움과 이별에 따른 비애를 부각, 심화시키는 역할을 하며, 접동새를 의인화하여 화자의 내면을 비유적으로 표현했다.

④ <u>창밖에 오는비</u>　　　　산란도 하구나
　　<u>비끝에 돋는달</u>　　　　유정도 하더라

　　달아달아 밝은달아　　　　임의사창에 비친달아
　　우릿님이 홀로누웠드냐　　어떤잡년을 품었드냐
　　본대로 일러도라　　　　　사생결단 할챙이다

　　　　　　　　　　　　　　　　　　　●── 김천 지방

④은 김천 지방의 민요로 대상에 대한 화자의 감정을 비와 달을 통해 표출한 노래이다. 사람들은 흔히 비는 눈물로, 달은 마음을 호소하는 대상으로 여겼다. 그러므로 사랑하는 사람끼리 달을 보며 그리움을 호소하기도 하고 애상(哀傷)에 잠기기도 했다.

달은 아름다움과 충만감을 내포하고, 죽음과 재생을 거듭하는 영생성을 지니고 있다. 더구나 보름달은 원만구족(圓滿具足)의 표상(表象)이다. 인간은 이러한 달에게 외경과 선망과 찬탄의 마음을 품지 않을 수 없으며, 그 결과 기도의 대상으로 삼기도 한다. 그러나 이 노래는 양상이 다르다. 달은 하늘 높이 떠 있기에 임의 창문을 엿볼 수 있었을 것이고, 임이 화자를 배신하였는지 안 했는지도 알 수 있을 것이다. 이런 상정(想定) 아래 마치 죄인을 문초하듯 달에게 임의 사정을 묻는다. 숨김이 있으면 사생결단을 내겠다고 위협한다. 임에 대한 절대적 믿음과 존숭(尊崇)은 찾아볼 수 없고, 의혹과 불신과 그로 인한 불안과 초조만이 나타나 있을 뿐이다. 달과 사생결단을 내면서까지 임을 의심하고 질투심으로 번민하는 여인의 모습을 통해 인종(忍從)을 미덕으로 삼던 조선조 여인의 이면을 엿볼 수 있다.15)

달, 비, 구름, 두견새 등의 자연물을 매개로 하여 시적화자의 감정을 표출한 작품으로는 김소월의 <예전엔 미처 몰랐어요>, <왕십리> 등과 한용운의 <달을 보며>, <두견새>, 이상화의 <달아!> 등이 있다.

⑤ 봄 가을 없이 <u>밤마다 돋는 달도</u>
　「예전엔 미처 몰랐어요.」

이렇게 사무치게 그리울 줄도
　「예전엔 미처 몰랐어요.」

　　　　　　　　　　　　●── 〈예전엔 미처 몰랐어요〉 일부

⑥ <u>비가 온다</u>
　오누나
　오는 비는
　올지라도 한 닷새 왔으면 좋지.

　　　　　－ 중　략 －

　비가 와도 한 닷새 왔으면 좋지.
　구름도 산마루에 걸려서 운다.

　　　　　　　　　　　　●── 〈往十里〉 일부

⑤에서는 밤마다 돋는 "달"을 통해, ⑥에서는 "비"와 "구름"을 통해 떠나간 임에 대한 그리움을 드러내고 있다.

⑦ 달은 밝고 당신이 하도 기루었읍니다.
　자던 옷을 고쳐입고 뜰에 나와 퍼지르고 앉아서 달을 한참 보았읍니다.

---

15) 박진태, 1998, 『한국고전가요의 구조와 역사』, 대구, 형설출판사, 105～106쪽 참조.

달은 차차차 당신의 얼골이 되더니 넓은 이마 둥근 코 아름다운 수염
이 역력히 보입니다.
<u>간 해에는 당신의 얼골이 달로 보이더니 오늘 밤에는 달이 당신의 얼
골이 됩니다.</u>

●── 〈달을 보며〉 일부

⑧ 두견새는 실컷 운다
울다가 못 다 울면
피를 흘려 운다

<u>이별한 恨이야 너뿐이랴마는</u>
울래야 울지도 못하는 나는
두견새 못 된 恨을 또다시 어찌하리

●── 〈두견새〉 일부

⑦과 ⑧ 또한 "달"과 "두견새"라는 매개체에 화자의 감정을 이입시켜
이별한 임에 대한 그리움을 드러내고 있는데, 이런 수법은 이상화의 시
<달아!>에서도 찾아볼 수 있다.

⑨ <u>달아!</u>
<u>하늘 가득히 서러운 안개속에서</u>
<u>꿈 모닥이같이 떠도는 달아!</u>
나는 혼자
고요한 오늘 밤을 들창에 가대어
처음으로 안 잊히는 그이만 생각는다.

●── 〈달아!〉 일부

이처럼 자연물을 매개로 하여 화자의 감정을 표출한 작품은 위에서
볼 수 있듯이 고려속요, 시조, 민요 등에서 볼 수 있는 데, 이것은 떠나
간 임에 대한 간절한 그리움을 자연물에 감정을 이입한 것으로 '매개체
의 활용'이라는 측면에서 고전 이별시가와 그 맥이 닿아있다.

한편, 이와는 달리 '꿈'을 매개로 하여 임과의 이별이라는 단절된 시간을 극복하고자 노래한 작품도 있다.

> ⑩ 꿈아 도겨 온다 님의 房의 도겨 온냐
> 　어엿분 우리 님이 안자더냐 누어더냐
> 　져 꿈아 본대로 닐러라 가슴 짭짭하여라

⑩은 작자 미상의 시조로 '꿈'을 매개로 하여 이별한 임의 소식을 알고자 하는 화자의 심정이 표출되어 있다. 임과의 시간적·공간적 단절에 의한 거리감을 꿈을 통해 극복하고자 했다.

> ⑪ 나이 차지면서 가지게 되었노라
> 　숨어 있던 한 사람이, 언제나 나의,
> 　다시 깊은 잠 속의 꿈으로 와라

●── 〈꿈으로 오는 한 사람〉 일부

⑪은 김소월의 시 <꿈으로 오는 한 사람>이다. ⑪에서는 "다시 깊은 밤 속의 꿈으로 와라"는 시구를 통해 대상과의 이별이 드러난다. '숨어 있던 한 사람'이라는 시어를 통해 대상과 단절된 시간 의식이 나타나는데, 이러한 단절된 시간 의식은 '꿈'이라는 관념적인 시어를 통해서 현재의 시간과 연속된다. 현실적으로는 만날 수 없는 임이기에 화자는 꿈에서라도 임을 만나기를 원하고 있다. '꿈'을 통해 이별한 대상을 만나고자 시도한 것은 시조에서 흔히 볼 수 있는 수법으로 '나의 불망과 사모'가 '꿈'이라는 '매개체의 활용'을 통해 나타나고 있다는 점에서 고전 이별시가에 나타난 이별의 수용 태도와 유사하다.

(3) 나의 체념

떠나는 임을 원망하거나 자신의 신세를 한탄하기보다는 임과의 이별이 아쉽기는 하지만 눈물로 체념하겠다는 내용의 노래가 있는데, 이를 '나의 체념'으로 보고자 한다. '나의 체념'을 노래한 시는 김소월의 <진달래꽃>인데, 흔히 <진달래꽃>은 전통 논의와 관련하여 한국적 한의 특성을 밝히려는 작업의 일환으로 고려속요 <가시리>와 비교된다. 그러나 <가시리>와 <진달래꽃>은 이별의 수용 태도 면에서 이질적인 면을 지니고 있다.

① 가시리 가시리잇고
　 브리고 가시리잇고

　 날러는 엇디살라ㅎ고
　 브리고 가시리잇고

　 잡스와 두리어마ᄂᆞᆫ
　 선ᄒᆞ면 아니올셰라

　 <u>셜온님 보내ᄋᆞᆸ노니</u>
　 <u>가시ᄂᆞᆫ듯 도셔오쇼셔</u>

　　　　　　　　　　　　　　　　　　　　●── 가시리

② <u>나 보기가 역겨워</u>
　 <u>가실 때에는</u>
　 말없이 고이 보내드리우리다

　 寧邊에 藥山
　 진달래꽃
　 아름 따다 가실 길에 뿌리우리다

　 가시는 걸음걸음
　 놓인 그 꽃을
　 사뿐히 즈려밟고 가시옵소서

　 <u>나 보기가 역겨워</u>

가실 때에는
죽어도 아니 눈물 흘리우리다

— 진달래꽃

①은 이별 순간의 상황을 노래한 시로 전혀 예상하지 못했던 이별에 당황해하며, 임의 떠남을 인정하고 이를 받아들일 수밖에 없는 화자의 심리가 제시되어 있는 한편, 임과의 이별을 운명으로 받아들이고, 임이 가시는 것처럼 다시 돌아오기를 간절히 소망하였다. 그러므로 이 노래는 어쩔 수 없이 임을 떠나보내야만 하는 화자의 안타까운 심정이 나타나 있는 동시에 슬픔의 감정을 억제하며, 임이 다시 나에게로 돌아오기를 간절히 희망한 '대상의 회귀 희망'이 나타나 있다.

그러나 ②는 앞으로 다가올 이별에 대한 안타까움을 가정하여 쓴 시이다. 이별의 원인을 자신에게 있다고 보고, 진달래꽃을 한아름 따다가 임의 앞에 뿌려서 임의 떠남을 아름답게 해주겠다는 내용으로, 임의 떠남에 따른 '나의 체념'이 드러난다.

주제 면에서는 <가시리>와 <진달래꽃>이 정든 임과의 이별을 못내 아쉬워하는 화자의 심리를 표출했다는 점에서 공통적이지만, <가시리>가 '대상의 회귀'를 희망한 반면, <진달래꽃>은 눈물로 체념하겠다는 좌절의 양상을 드러낸다는 점에서 고전 이별시가에서 보이는 이별의 수용 태도와는 다른 변모된 모습을 보인다.

이상에서 보는 바와 같이 고전 이별시가에서 보이는 관계 파탄의 지속은 김소월, 한용운, 이상화, 서정주의 시에서 '나의 불망과 사모'와 '매개체의 활용'으로 지속되어 나타나는데, 떠난 대상에 대한 그리움을 노래한 '나의 불망과 사모'는 주로 김소월의 작품에서 보이며, 이상화의 시 <쓰러져가는 미술관>에서도 볼 수 있다. 한편, '나의 불망과 사모'가 서정주의 <귀촉도>에서 '자학적 회한과 자책'으로까지 이어짐을 보았다. 달, 구름, 비, 두견 등의 '매개체의 활용'을 통해 화자의 감정을 표출한 시는 김소월, 한용운, 이상화의 시에서 찾아볼 수 있으며, 김소월의 시에서는 "꿈"을 매개로 하여 임과의 단절된 시간을 극복하고자 한 의식을 엿볼 수 있다. 한편, '대상의 회귀'를 희망한 <가시리>와는 달리 김소월의 <진달래꽃>에서는 '나의 체념'의 정서가 나타나 있어 고전 이별시가와는 변모된 모습을 보인다.

2) 관계 회복의 추구

(1) 대상의 회귀 희망

어쩔 수 없이 보낸 혹은 떠난 대상이 하루라도 빨리 나에게로 돌아오기를 소망하거나 떠난 임이 돌아올 것을 믿으며 기다림을 노래한 작품을 '대상의 회귀 희망'으로 본다.

> ① 내니믈 그리ᄉ와 우니다니
>   山 졉동새 난 이슷ᄒ요이다
>
>   － 중 략 －
>
>   니미 나롤 ᄒ마 니ᄌ시니잇가
>   <u>아소 님하 도람 드르샤 괴오쇼셔</u>
>
> ●── 〈정과정〉 일부

①에서는 대상의 회귀 희망은 "아소 님하 도람 드르샤 괴오쇼셔"를 통해 직설적으로 드러난다. <정과정>을 통해서 볼 때 화자가 가장 두려워하는 것은 "니미 나롤 ᄒ마 니ᄌ시"는 일, 즉 임의 사랑을 상실하는 일이다. 그러므로 화자는 임에 대한 충성을 노래하고 자기의 결백을 하소연하며 끝으로 자신의 소망을 드러냈다. 그 소망은 다름 아닌 임이 나를 다시 사랑해 주는 일, 즉 사랑 회복이다.

> ② 늙이라 님을 안이 두랴 思郎도 밧쳣노라
>   梨花에 나간 님이 走馬鬪鷄 노니다가 霽月風光 졉근 날에 黃菊丹楓

다 盡토록 金鞍白馬猶未還이라
두어라 님이 비록 니젓시나 紗窓 긴긴 밤의 幸혀 올가 기드린다.

②는 작자 미상의 사설시조이다. 임에게 자신의 모든 것을 바쳤으나 이화(梨花)에 나간 임은 돌아올지 모른다. 화자가 현재 처해있는 상황은 시간적으로는 밤이며 공간적으로는 "사창" 안이다. 공간은 시간과 더불어 화자의 존재를 현실적으로 규정해주는 조건이다.16) ②에서 "밤 / 사창 안"이라는 시간과 공간은 임의 부재에 따른 화자의 공허함을 조장, 심화시키는 역할을 한다. 그러나 창은 또한 밖으로 향하는 통로이기도 하다. 창 안은 내가 있는 곳으로 임이 부재하는 공간이나 창 밖은 임이 있는 곳으로, 임을 향해 열려있는 공간이다. 그러므로 화자는 "사창"을 사이에 두고 대상과의 이별에 따른 상실감과 공허감을 느끼기도 하지만 동시에 대상의 회귀를 기다리며 희망을 잃지 않게 된다. 종장의 "긴긴 밤의 幸혀 올가 기드린다"를 통해 대상의 회귀 희망을 알 수 있다.

이와 같이 떠난 대상을 그리워하며 임의 회귀를 소망한 노래는 한용운과 이상화의 시에서 찾아볼 수 있다.

③ 님은 갔읍니다. 아아 사랑하는 나의 님은 갔읍니다.
푸른 산빛을 깨치고 단풍나무 숲을 향하야 난 적은 길을 걸어서 참어 떨치고 갔읍니다.

- 중   략 -

우리는 만날 때에 떠날 것을 염려하는 것과 같이 떠날 때에 다시 만날 것을 믿읍니다.
아아 님은 갔지마는 나는 님을 보내지 아니하얏읍니다.
제 곡조를 못 이기는 사랑의 노래는 님의 沈默을 휩싸고 돕니다.

●—— 〈님의 沈默〉 일부

---

16) 신은경, 1997, 「기녀의 언술과 페미니즘」, 『고전시 다시 읽기』, 서울, 보고사, 350쪽.

조동일은 ③의 시를 분석하면서, 이 시에서의 임은 과거에는 있었고, 현재에는 없으나 미래에는 있을 임이라 하여, 현재에 임이 없다고 하는 점에서는 절망적이지만, 과거의 임을 현재의 임으로 만들고 현재의 임을 미래의 임으로 만들 수 있다고 믿는 점에서 희망적이라 하였다.17) 박철석은 만해의 시집『님의 침묵』을 임과의 이별을 노래한 시집으로 보고, <님의 침묵>을 분석하면서 만해시의 특징을 지적한 바 있다. <님의 침묵>은 불교의 반야사상(般若思想)에 기초를 두었기에 끝내 감상주의에 빠지지 않고 거자필반(去者必反)을 믿는 희망의 시가 되었다고 하였다.18) 조병기는 <님의 침묵>을 분석하면서, <님의 침묵>은 기·승·전·결의 4단 구성으로 되어 있고, 전에서 낙구를 사용하여 시상을 전환했으며, 어둠에서 밝음으로의 방향성을 표출한 시간 의식이 나타난 점을 들어 향가의 맥을 이은 작품으로 보고, <제망매가>와 비교한 바 있다.19) 오형엽 또한 이 시를 분석하면서『님의 침묵』전편은 한마디로 이별한 임에 대한 사랑과 그 사랑을 새롭게 발견하려는 인식을 노래한 것이라고 하면서,『님의 침묵』에 일관된 사유방식을 추출하면 '이별의 슬픔 → 각성 → 임의 발견'이라고 요약할 수 있다고 하였다.20)

이로 볼 때, 한용운의 시는 임과의 이별을 노래하였지만 그것을 뛰어넘어 언젠가는 다시 만날 것이라는 확신 내지는 믿음 위에 현재의 절망을 미래의 희망으로 바꾸어 놓았음을 알 수 있다. 이렇게 보면 한용운의 시는 분명 이별을 노래한 향가 <제망매가>나 <모죽지랑가>, 더 나아가서는 고려속요 <이상곡>과 맥을 잇고 있다. 그러므로 이별의 수용 태도 또한 '관계 회복의 추구'로 볼 수 있다는 점에서 지속적인 측면에 놓인다. 그러나 작품을 면밀히 검토해 보면 <제망매가>나 <모죽지랑가>, <이상곡>이 이별한 대상과의 관계 회복 추구를 이승이 아닌

---

17) 조동일, 앞의 책, 266~271쪽.
18) 박철석, 앞의 논문, 113~116쪽.
19) 조병기, 앞의 책, 58~62쪽.
20) 오형엽, 앞의 책, 244~259쪽.

저승에서 기약했으며, 나(화자)의 죽음으로써 대상의 뒤를 따르고자 한데 비해, 한용운의 시는 이와는 달리 저승이 아닌 이승에서 대상과의 만남을 기약하며, 나의 죽음으로 대상의 뒤를 따르기보다는 떠난 대상이 다시 나에게로 돌아오기를 믿고 희망하고 있다는 점에서는 차이가 있다. 그러므로 그의 시는 '대상의 뒤를 따름'보다는 '대상의 회귀 희망'과 연결된다. 이점은 일제 강점기라는 현실 인식의 반영 때문일 것이다.

> ④ 「마돈나」 지금은 밤도, 모든 목거지에, 다니노라 疲困하야 돌아가려는도다.
> 아, 너도 먼동이 트기 전으로, 水蜜桃의 네 가슴에, 이슬이 맺도록 달려오느라.
>
> 「마돈나」 오려무나, 네 집에서 눈으로 遺傳하든 眞珠는, 다 두고 몸만 오느라,
> 빨리 가자, 우리는 밝음이 오면, 어덴지 모르게 숨는 두 별이어라.
>
> — 중 략 —
>
> 「마돈나」 언제인들 안 갈 수 있으랴, 갈 테면, 우리 가자, 끄을려 가지 말고 !
> 너는 내 말을 믿는 「마리아」 — 내 寢室이 復活의 洞窟임을 네야 알련만······
>
> — 중 략 —
>
> 「마돈나」 별들의 웃음도 흐려지려 하고, 어둔 밤 물결도 잦아지려는도다.
> 아, 안개가 사라지기 전으로, 네가 와야지, 나의 아씨여, 너를 부른다.
>
> ●── 〈나의 침실로〉 일부

④는 이상화가 20세 초 일본 유학시절 알게 된 류보화(柳寶華)와의 연애체험을 노래한 시로 추정된다. 차한수가 밝혔듯이 이 시는 "애인으로서의 마돈나를 기다리고 갈망하는 사랑의 애절함과 안타까움"을 노래한

것으로 만남을 갈망하는 시로도 볼 수 있다.[21] 그러나 그는 이미 백부의 엄명으로 1919년 10월에 서온순(徐溫淳)과 결혼을 한 사이였다는 점과 이 시에서 시적 화자인 '나'가 애인인 '마돈나'를 아무리 불러도 오지 않는 것으로 보아 좌절의 시 내지는 이별을 예감한 시로 볼 수 있다. '마돈나'와의 이별을 예감했기에 화자는 부활의 동굴인 나의 침실로 가기 위해 마돈나를 부르며 기다리고 있다. 이로 볼 때, 이상화의 <나의 침실로>에서 임(마돈나)은 기다림의 대상이 된다는 점에서 '대상의 회귀 희망'이라는 전통적인 요소가 지속되고 있음을 알 수 있다.

(2) 전생(변신)에 의한 접근

사후(死後)의 세계를 현세의 연장으로 보고, 이별한 대상과의 시간적·공간적 거리를 극복하기 위해 죽어서 전생(轉生)하거나 혹은 다른 사물로 변신(變身)하여 대상에게 접근을 시도하거나 소망한 작품이 있는데, 이를 '전생(변신)에 의한 접근'으로 본다. '전생(변신)에 의한 접근'은 시조나 가사, 민요 등에서 볼 수 있다.

> ① 그려 사지 말고 츨흐리 시여져서
> <u>明月空山에 杜鵑식 넉시되여</u>
> 밤中만 슬아져우러 님의 귀에 들니리라.

①은 작자 미상의 작으로, 그리워하며 살기보다는 차라리 죽어 접동새의 넋이 되어서라도 임에게 가겠다고 한다. 시간적 배경은 밤이다. 임이 없는 밤은 고독의 시간이며 외로움에 견딜 수 없는 고통의 시간이기도 하다. 그런데 임은 나를 잊고 찾아주지 않는다. 그러므로 화자는 최후의 수단으로 죽음을 생각하게 되고 죽어서 접동새의 넋이 되어 임과의 공간적 거리를 극복하려 한다.

---

21) 차한수, 1988, 「<나의 침실로>와 <이별을 하느니>의 비교 고찰」, ≪국어국문학≫ 제8집, 동아대학교 국어국문학과, 107쪽.

② 1 天上 白玉京　　　　　2 十二樓 어듸매오.
　3 五色雲 깁픈 곳의　　　4 紫淸殿이 ᄀ려시니
　5 天門 九萬里를　　　　6 쑴이라도 갈동말동.
　7 <u>ᄎ라리 싀여지여</u>　　8 <u>億萬번 變化ᄒ여</u>
　9 <u>南山 늣즌 봄의</u>　　10 <u>杜鵑의 넉시되여</u>
　11 <u>梨花 가디 우희</u>　　12 <u>밤낫즐 못 울거든</u>
　13 <u>三淸洞裏의</u>　　　　14 <u>졈은 한널 구름 되여</u>
　15 ᄇ람의 흘리 ᄂ라　　16 紫微宮의 ᄂ라 올라
　17 玉皇 香案前의　　　 18 咫尺의 나아 안자
　19 胸中의 싸힌 말ᄉ　　20 쓸커시 ᄉ로리라.

　　　　　　　　　　　　　●── 〈만분가〉 일부

　②는 조위(曺偉 ; 1454~1503)가 무오사화(1498) 때 유배지인 전라도 순천에서 지은 <만분가>로 후대 정철의 <사미인곡>, <속미인곡>, 조우인의 <자도사>, 김춘택의 <별사미인곡> 등에 직·간접적으로 많은 영향을 끼쳤다.

　"천상 백옥경"은 도가적 천상세계로 옥황상제가 계시는 곳, 즉 궁궐을 뜻한다. 임금이 계시는 곳은 천상이며, 화자가 처해 있는 곳은 지상이다. 천상계는 임이 계시는 곳으로 행복과 충만함이 넘치는 무량하면서도 영원한 세계이다. 그러나 이와는 달리 화자가 처해 있는 지상계는 고난만이 충만한 세계이다. 이처럼 화자와 대상과의 거리를 지상과 천상 사이의 메울 수 없는 아득한 거리에 비유함으로써, 유배를 당한 화자의 처지를 더욱 암담하며 처참하게 드러냈다. 이에 화자는 어느 누구에게도 호소할 길 없는 비분을 억만 번 변화하여 두견의 넋이 되거나 한점 구름이 되어서라도 옥황 향안전에 나아가 하소연하고자 했다. 화자와 임은 공간적으로 단절되어 있기에 정상적인 방법으로는 만나기가 어렵다. 그러므로 화자는 차라리 죽어서 억만 번이라도 변해서 두견의 넋이 되거나 구름이 되어서라도 임을 만나 자신의 무고함을 하소연하고자 했다.

③ 뒷문뒤에 앵도라심어   주지주지 연가지는
  저그자식 다따묵어도   네따묵었다 세우더라
  쪼그마한 재피방에   아홉가지 약을두고
  잠든듯이 죽어지야   이내하나 죽어지매
  여롱산 노비되어   임으자는 방무우에
  쬐그마한 집을지어   밤중밤중 정밤중에
  임의품에 날아들어   다헐라네 다헐래요
  전에전장을 다헐래요

— 남해 지방

③은 남해 지방의 민요로, 억울한 누명을 쓴 화자가 죽어서 나비로 전생하여 무정한 임을 원망하며, 자신의 억울함을 하소연하고자 한 노래이다. 가지마다 열린 앵두를 시동생과 시누이들이 다 따먹었는데도 시부모로부터 화자가 따먹었다는 억울한 누명을 쓰게 된다. 현실적으로는 억울한 누명을 풀 길이 없기에 화자는 최후의 수단으로 죽을 생각한다. 죽어서 나비가 되어 화자의 누명을 벗겨주지 않은 무정한 임을 원망하며, 자신의 억울함을 하소연하겠다고 했다.

고대 중국인들의 내세관 중에는 어떤 생물이 다른 종류의 생물로 변신함으로써 재생할 수 있다고 믿었다.[22] 사람은 죽은 뒤에 하늘로 올라가는 혼과 땅 속에 묻히는 육신으로 양분된다. 이것들은 생명을 구성하였던 원형으로서 원래의 모습으로 복귀한 것뿐이다. 그 가운데에서 '혼은 또다시 다른 생명의 원형으로 반복될 수 있다'는 순환론(循環論)이 전생 혹은 변신의 형태로 나타난 것으로 보인다. 물론 여기에는 불교의 윤회사상이나 도교의 변신(둔갑)사상도 알게 모르게 영향을 끼쳤을 것이다.

이별한 대상을 전생(변신)을 통해 만나고자 소망한 작품은 한용운, 이상화, 서정주의 시에서 찾아볼 수 있다.

---

22) 마이클 로이 저, 이성규 역, 1987, 『고대중국인의 생사관』, 서울, 지식산업사, 89쪽.

④ 가을바람과 아츰볕에 마치맞게 익은 향기로운 포도를 따서 술을 빚었
　읍니다. 그 술 고이는 향기는 가을하늘을 물들입니다.
　님이여 그 술을 연잎잔에 가득히 부어서 님에게 드리겠읍니다.
　님이여 떨리는 손을 거쳐서 타오르는 입설을 취기서요.

　님이여 그 술은 한 밤을 지나면 눈물이 됩니다.
　아아 한 밤을 지나면 포도주가 눈물이 되지마는 또 한 밤을 지나면 나
　의 눈물이 다른 포도주가 됩니다. 오오 님이여.

●── 葡萄酒

　④는 한용운의 시 <포도주>로, "가을바람과 아츰볕에 마치맞게 익
은 향기로운 포도를 따서 술"을 담아 임에게 드리고자 했다. 그러나 한
밤을 지나고 나면 "연잎잔에 가득히 부어서" 드릴 임이 없기 때문에 그
술은 눈물이 되지만, 언젠가는 다시 만날 임이기에 그 눈물은 다시 포
도주가 되어 임을 기다리게 된다. 이 시는 '술→눈물→포도주'의 순환
원리에 바탕을 둔 시로 전신[變身] 내지는 전생(轉生)에 의한 윤회사상이
나타나 있다. 순환원리에 바탕을 둔 재회에의 희망은 서정주의 시에서
도 나타난다.

⑤ 지난 오월 단오ㅅ날, 처음 맞나든 날
　우리 둘이 그늘밑에 서있든 / 그 푸르고 푸르든 나무같이
　늘 안녕히 안녕히 계세요

- 중　략 -

　천길 땅밑을 검은 물로 흐르거나
　도솔천의 하늘을 구름으로 날드래도
　그건 결국 도련님 곁 아니예요?
　더구나 그 구름이 쏘내기되야 퍼부을 때
　춘향은 거기 있을 거예요 !

●── 〈春香 遺文〉 일부

⑤는 대상과의 이별을 노래하기는 했지만 언젠가는 다시 만날 것이라는 믿음 위에 시공을 초월한 영원한 사랑을 노래하고 있다. ⑤에서 화자인 춘향은 '물→구름→소나기'가 되어서라도 "도련님 곁"에 있을 것이라고 했다. 여기서 '물→구름→소나기'의 순환구조는 인간의 생(誕生), 사(消滅), 재생(蘇生)의 원형 이미지를 지님과 동시에 한용운의 시에서와 같이 전신[變身] 또는 전생(轉生)에 의한 윤회사상이 나타난다. 윤회사상을 바탕으로 시간을 초극하여 만남을 시도한 작품은 서정주의 아래 시에서도 볼 수 있다.

⑥ 내 너를 찾어왔다……臾娜. 너참 내앞에 많이있구나 내가 혼자서 鐘路를 거러가면 사방에서 네가 웃고오는구나. 새벽닭이 울때마닥 보고싶었다…… 내 부르는소리 귓가에 들리느냐. 臾娜, 이것이 몇萬時間만이냐. 그날 꽃喪阜 山넘어서 간다음 내 눈동자속에는 빈하눌만 남드니, 매만저 볼 머릿카락 하나 머릿카락 하나 없드니, 비만 자꾸오고…… 燭불밖에 부흥이 우는 돌門을열고가면 江물은 또 몇천린지, 한번가선 소식없든 그 어려운 住所에서 너무슨 무지개로 네려왔느냐.

●── 〈復活〉 일부

⑥에서 유나(臾娜)는 보고 싶은 지정(指定)의 소녀를 넘어서는 여성일 수도 있다.[23] "사방에서" 내 앞에 다시 살아온, "한번가선 소식없던 그 어려운 주소(住所)"에서 무지개 타고 내려온 유나는 선녀와 같은 환생이다.

⑦ 섭섭하게,
　그러나
　아조 섭섭치는 말고
　좀 섭섭한듯만 하게.

　이별이게,

---

23) 이인복, 1979, 『한국문학에 나타난 죽음의식의 사적연구』, 서울, 열화당, 168쪽 참조.

그러나
아주 영 이별은 말고
어디 내생에서라도
다시 만나기로하는 이별이게,

蓮꽃
만나러 가는
바람 아니라
만나고 가는 바람 같이……

엊그제
만나고 가는 바람 아니라
한 두 철 전
만나고 가는 바람 같이……

●── 蓮꽃 만나고 가는 바람같이

⑦에서 이별은 현재 일어나고 있는 사건이다. 그 이별을 엊그제 생겼던 일로 취급하여 보자고 한다. 아니 그보다 한걸음 더 나아가 한두 철 전에 일어났던 일쯤으로 생각할 수 없느냐고 제의한다. 만일에 이 제의가 받아들여진다면 현재는 과거에 흡수되는 것이고, 이별은 그 의미를 상실하게 되고, 과거와 현재와 미래는 시간이라는 개념을 초극하여 하나로 통합된다.[24] 그러므로 <부활>에서 순간을 상징하는 유(臾)는 영원과 상통하며 ⑦에서와 같이 시간을 초극하여 만남으로 통합되고, 그 만남은 '재생의 모티프'[25]를 지닌다.

한편, 한용운과 서정주의 시에서 전생이 불교의 윤회사상에 바탕을 둔 것임에 비해 이상화의 시에서 전생은 영혼이 하나의 생명체에서 다른 생명체로 단순히 옮겨가는 모습을 보인다.

---

24) 이인복, 위의 책, 212쪽 참조.
25) 윤재웅, 1998, 『미당 서정주』, 서울, 태학사, 67~68쪽 참조.

⑧ 어쩌면 너와 나 떠나야겠으며 아모래도 우리는 난호야겠느냐?
   남몰래 사랑하는 우리 사이에 몰래 離別이 올 줄은 몰랐어라.

– 중 략 –

어쩌면 너와 나 떠나야겠으며 아모래도 우리는 난호야겠느냐?
우리 둘이 난호여 생각고 사느니 차라리 바라보며 우는 별이나 되자 !

—— 〈離別을 하느니〉 일부

⑧은 이상화의 사랑 체험을 형상화한 자전적이면서도 존재론적 드라마에 해당하는 작품으로, 지상에서 이룰 수 없는 비극적인 사랑과 그 슬픔이 애절하게 드러나 있다.26) 현실적으로는 이룰 수 없는 사랑이기에 화자는 "우리 둘이 난호여 생각고 사느니"보다는 차라리 "별"(제4연), "두견"(제8연), "인어"(제12연) 등으로 전생해서라도 영원한 만남을 소망했다. 이것은 불교의 윤회사상에 바탕을 둔 한용운이나 서정주의 시와는 달리 단순히 전생의 이미지만 열거되어 있다는 점에서 차이를 보인다.

이상에서 살펴본 바와 같이 고전 이별시가에서 보이는 관계 회복의 추구는 '대상의 회귀 희망'이나 '전생(변신)에 의한 접근'을 통해 한용운, 이상화, 서정주의 시로 이어짐을 알 수 있다. 한용운의 시에서 '대상의 회귀 희망'은 이별한 임을 언젠가는 다시 만날 것이라는 확신 내지는 믿음이 미래의 희망으로 나타나며, 이상화 시에서는 현실에는 없는 임이 막연한 기다림의 대상으로 나타난다. '전생(변신)에 의한 접근'에서는 한용운, 서정주의 시가 불교의 윤회사상에 바탕을 둔 재회에의 희망을 보임에 비해, 이상화의 시에서는 단순한 전생의 이미지만이 나타난다.

---

26) 이 시는 일본 유학에서 알게 된 유보화와의 이별 체험에 따른 슬픔을 노래한 시로 알려져 있다(차한수, 앞의 논문, 104쪽 참조).

3. 맺음말

고전시가와 현대시의 연속성을 밝혀보려는 의도에서 1920년대 임의 상실을 노래한 대표적인 시인인 김소월, 한용운, 이상화와 1930년대 문단에 등단하여 한국인의 정서를 다양하게 표출했다고 평가받고 있는 서정주의 시에 한하여 고전 이별시가에 나타난 이별의 수용 태도가 이들 시에 어떻게 지속되고 변모되어 왔는지를 고찰해 보았다. 지금까지의 논의를 간추려보면 다음과 같다.

고전 이별시가에 보이는 이별의 수용 태도는 김소월, 한용운, 이상화, 서정주의 현대시에서 '관계 파탄의 지속'과 '관계 회복의 추구'로 지속되고 변모되어 나타났다.

'관계 파탄의 지속'은 김소월, 한용운, 이상화, 서정주의 시에서 '나의 불망과 사모'와 '매개체의 활용'으로 지속되어 나타나는데, 떠난 대상에 대한 그리움을 노래한 '나의 불망과 사모'는 주로 김소월의 작품에서 보이며, 이상화의 시에서도 볼 수 있다. 달, 구름, 비, 두견 등의 '매개체의 활용'을 통해 화자의 감정을 표출한 시는 김소월, 한용운, 이상화의 시에서 찾아볼 수 있으며, 김소월의 시에서는 '꿈'을 매개로 하여 임과의 단절된 시간을 극복하고자 한 의식을 엿볼 수 있었다. 한편, '나의 불망과 사모'가 서정주의 <귀촉도>에서는 '임의 상실 → 회한과 탄식 → 자책'의 구조를 띠며 '자학적 회한과 자책'으로 이어져 있었으며, <진달래꽃>은 떠나는 임을 눈물로 체념하겠다는 좌절의 양상을 드러낸다는 점에서 대상에 대한 '나의 체념'을 보이고 있어 고전 이별시가에서 보이는 이별의 수용 태도와는 다른 변모된 모습을 보였다.

'관계 회복의 추구'는 '대상의 회귀 희망'과 '전생(변신)에 의한 접근'을 통해 한용운, 이상화, 서정주의 시로 이어져 있다. 한용운의 시에서 '대상의 회귀 희망'은 이별한 임을 언젠가는 다시 만날 것이라는 확신 내지는 믿음이 미래의 희망으로 나타난다는 점에서 향가 <제망매가>나 <모죽지랑가>, 더 나아가서는 고려속요 <이상곡>과 맥을 잇고 있다. 그러나 <제망매가>나 <모죽지랑가>, <이상곡>은 이별한 대상과의 관계 회복 추구를 이승이 아닌 저승에서 기약했으며, 나(화자)의 죽음으로써 대상의 뒤를 따르고자 한데 비해, 한용운의 시는 이와는 달리 저승이 아닌 이승에서 대상과의 만남을 기약하며, 나의 죽음으로 대상의 뒤를 따르기보다는 떠난 대상이 다시 나에게로 돌아오기를 믿고 희망하고 있다는 점에서는 이질적인데, 그 이유는 일제 강점기라는 현실 인식의 반영 때문이다. 이상화 시에서 임은 막연한 기다림의 대상으로 나타났다. '전생(변신)에 의한 접근'에서는 한용운, 서정주의 시가 불교의 윤회사상에 바탕을 둔 재회의 희망을 보임에 비해, 이상화의 시에서는 영혼이 하나의 생명체에서 다른 생명체로 단순히 옮겨가는 모습을 보였다.

참 고 문 헌

1. 고전시가에 나타난 이별의 양상

① 자료집

『고려사』(CD-ROM), 1998, 서울, (주)누리미디어.

『악장가사』(영인), 1973, 서울, 대제각.

『악학궤범』(영인), 1973, 서울, 대제각.

『국역 조선왕조실록』(CD-ROM), 1997, 서울, 서울시스템(주).

권영철, 1985, 『규방가사 — 신변탄식류』, 경산, 효성여자대학교출판부.

김부식, 1997, 『삼국사기』(국역), 서울, 솔출판사.

김성배 외 3인, 1961, 『주해 가사문학전집』, 서울, 집문당.

심재완 편저, 1984, 『정본 시조대전』, 서울, 일조각.

일　연, 1997, 『삼국유사』(국역), 서울, 솔출판사.

임동권, 1961~1980, 『한국민요집』(1~5), 서울, 집문당.

한치윤, 1996, 『해동역사』(국역), 서울, 세종대왕기념사업회.

② 단행본

국어국문학회편, 1985, 『고려가요연구』, 서울, 정음문화사.

국어국문학회편, 1997, 『고려가요・악장 연구』, 서울, 태학사.

권영철, 1980, 『규방가사연구』, 서울, 이우출판사.

김경희, 1995, 『정서란 무엇인가』, 서울, 민음사.

김대행, 1976, 『한국시가구조연구』, 서울, 삼영사.

김대행 외, 1985, 『고려시가의 정서』, 서울, 개문사.

김대행, 1986, 『시조유형론』, 서울, 이화여자대학교출판부.

김동욱, 1961, 『한국가요의 연구』, 서울, 을유문화사.

김승찬 편저, 1986, 『향가문학론』, 서울, 새문사.

김완진, 1980, 『향가해독법연구』, 서울, 서울대학교출판부.

김용숙, 1990, 『조선조 여류 문학 연구』개정·증보판, 서울, 혜진서관.

김용직, 1983, 『한국근대시사』, 서울, 새문사.

김응태·김연식, 1985, 『수학교육 교재론』, 서울, 이우출판사.

김종식, 1951, 『시조개론과 시작법』, 서울, 대동문화사.

김준영, 1979, 『국문학개론』, 대구, 형설출판사.

김학성, 1980, 『한국고전시가의 연구』, 익산, 원광대학교출판국.

김학성·권두환 편, 1984, 『고전시가론』, 서울, 새문사.

김흥규, 1986, 『한국문학의 이해』, 서울, 집문당.

류종목, 1990, 『한국민간의식요 연구』, 서울, 집문당.

박노준, 1982, 『신라가요의 연구』, 서울, 열화당.

박민일, 1982, 『한국 아리랑문학 연구』, 춘천, 강원대학교출판부.

박병채, 1994, 『새로 고친 고려가요의 어석 연구』, 서울, 국학자료원.

박성의, 1980, 『한국문학배경연구』(상), 서울, 반도출판사.

박성의, 1989, 『한국가요문학론과 사』, 서울, 집문당.

박용식, 1984, 『한국설화의 원시종교사상연구』, 서울, 일지사.

박을수, 1978, 『한국시조문학전사』, 서울, 성문각.

박진태, 1991, 『고전시가의 탐구』, 대구, 대학교재출판사.

박진태, 1998, 『한국고전가요의 구조와 역사』, 대구, 형설출판사.

박진태·김영철·이규호, 1984, 『한국시가의 재조명』, 대구, 형설출판사.

박진태·박춘우·이현수, 2003, 『우리노래의 한과 신명』, 경산, 대구대학교출
    판부.

백기수, 1978, 『미학』, 서울, 서울대학교출판부.

백영 정병욱선생 환갑기념론총간행위원회, 1983, 『한국시가문학연구』, 서울, 신
    구문화사.

백영 정병욱선생 10주기추모논문집간행위원회, 1992, 『한국고전시가작품론』1,
    서울, 집문당.

변태섭, 1986, 『한국사통론』, 서울, 삼영사.

서원섭, 1977, 『시조문학연구』, 대구, 형설출판사.

서원섭, 1978, 『가사문학연구』, 대구, 형설출판사.

신상철, 1983,『현대시와 '님'의 연구』, 서울, 시문학사.

심재완, 1972,『시조의 문헌적 연구』, 서울, 세종문화사.

윤영옥, 1986,『시조의 이해』, 경산, 영남대학교출판부.

윤태림, 1970,『한국인』, 서울, 현암사.

이규호, 1985,『한국고전시학론』, 서울, 새문사.

이능우, 1956,『이해를 위한 이조 시조사』, 서울, 이문당.

이능화 지음, 김상억 옮김, 1990,『조선여속고』, 서울, 동문선.

이상보, 1974,『한국가사문학연구』, 대구, 형설출판사.

이어령, 1985,『고전을 읽는 법』, 서울, 갑인출판사.

이인복, 1979,『한국문학에 나타난 죽음의식의 사적연구』, 서울, 열화당.

이임수, 1988,『여가연구』, 대구, 형설출판사.

이정자, 1996,『한국시가의 아니마 연구』, 서울, 백문사.

이태극, 1959,『시조개론』,서울, 새글사.

이태극, 1981,『시조의 사적 연구』, 서울, 반도출판사.

이태극, 1992,『덜고 더한 시조 개론』, 서울, 반도출판사.

임기중 엮음, 1993,『고려가요의 문학사회학』, 서울, 경운출판사.

임동권, 1964,『한국민요사』, 서울, 집문당.

임동권, 1982,『한국부요연구』, 서울, 집문당.

임동권, 1984,『여성과 민요』, 서울, 집문당.

임헌영 해설, 1989, 김일성종합대학 편,『조선문학사』I, 서울, 천지.

장덕순 외, 1971,『구비문학개설』, 서울, 일조각.

장덕순, 1975,『한국문학사』, 서울, 동화문화사.

전규태, 1986,『한국시가 연구』, 서울, 고려원.

정동화, 1981,『한국민요의 사적 연구』, 서울, 일조각.

정병욱·이어령, 1979,『고전의 바다』, 서울, 현암사.

정병욱, 1993,『한국고전시가론』증보판, 서울, 신구문화사.

정운채, 1995,『윤선도』, 서울, 건국대학교출판부.

정재호, 1982,『한국가사문학론』, 서울, 집문당.

정재호 편저, 1996,『한국가사문학연구』, 서울, 태학사.

조동일, 1970,『서사민요연구』, 대구, 계명대학교출판부.

조동일, 1976,『경북민요』, 대구, 형설출판사.

조동일, 1977,『한국소설의 이론』, 서울, 지식산업사.

조동일, 1982~1989,『한국문학통사』1~4, 서울, 지식산업사.
조동일, 1993,『한국시가의 역사의식』, 서울, 문예출판사.
조동일, 1996,『한국문학 이해의 길잡이』, 서울, 집문당.
조병기, 1993,『한국문학의 서정성 연구』, 서울, 대왕사.
조윤제, 1954,『한국시가의 연구』,서울, 을유문화사.
채미화, 1995,『고려문학 미의식 연구』, 서울, 도서출판 박이정.
천이두, 1993,『한의 구조 연구』, 서울, 문학과지성사.
최강현, 1986,『가사문학론』, 서울, 새문사.
최동원, 1980,『고시조론』, 서울, 삼영사.
최상일, 2002,『우리의 소리를 찾아서』2, 서울, 돌베개.
최재남, 1997,『한국애도시 연구』, 마산, 경남대학교출판부.
최창록, 1990,『소설과 시의 문체미학』, 대구, 대구대학교출판부.
최 철, 1996,『고려국어가요의 해석』, 서울, 연세대학교출판부.
허미자, 1991,『한국 여류 문학론 - 고전편』, 서울, 성신여자대학교출판부.
황재군, 1985,『한국 고전 여류시 연구』, 서울, 집문당.
황패강·윤원식, 1986,『한국고대가요』, 서울, 새문사.

③ 논 문

강연호, 1998, 속요의 이별이미지와 현대시, 박노준·이창민 외,『현대시의 전
        통과 창조』, 서울, 열화당.
고혜경, 1985, 동동의 서정적 과정, 김대행 외,『고려시가의 정서』, 서울, 개
        문사.
권태을, 1986, 규방가사를 통해 본 사별인식고, ≪영남어문학≫ 제13집, 경산,
        영남어문학회.
금기창, 1991, 신라 향가의 연구, 익산, 원광대학교 대학원 박사학위 논문.
김대숙, 1985, 이별의 표현양상과 정서, 김대행 외,『고려시가의 정서』, 서울,
        개문사.
김대행, 1991, 간접화의 시적기능,『시가 시학 연구』, 서울, 이화여자대학교출
        판부.
김대행, 1996, 고려시가의 문학적 성격, 성균관대학교 인문과학연구소 편,『고
        려가요 연구의 현황과 전망』, 서울, 집문당.

김동욱, 1961, 신라향가의 불교문학적 고찰, 『한국 가요의 연구』, 서울, 을유문화사.

김미란, 1998, 한국 변신설화 연구, 국어국문학회 편, 『설화연구』, 서울, 태학사.

김열규, 1996, 달의 미학, 『한국문학사 ─ 그 형상과 해석』(재판본), 서울, 탐구당.

김영수, 1988, 조선 초기 시가론 연구, 서울, 연세대학교 대학원 박사학위 논문.

김은자, 1983, 고전시가에 나타난 '물'의 연구 시고, 백영 정병욱선생 환갑기념 논총간행위원회편, 『한국시가문학연구』, 서울, 신구문화사.

김주곤, 1993, 한국불교가사에 나타난 불교사상연구, ≪어문학≫ 제54집, 대구, 한국어문학회.

김학성, 1992, <황조가>의 작품 성격, 백영 정병욱선생 10주기추모논문집간행위원회편, 『한국고전시가 작품론』1, 서울, 집문당.

김 현, 1991, 한국 문학의 가능성, 『현대 한국문학의 이론/사회와 윤리』김현문학전집②, 서울, 문학과지성사.

김충실, 1985, 서경별곡에 나타난 이별의 정서, 김대행 외, 『고려시가의 정서』, 서울, 개문사.

문무학, 1994, 시조비평사 연구, 대구, 대구대학교 대학원 박사학위 논문.

박노준, 1995, 시가문학의 관점에서 본 고려속요의 정서, 『모산학보』제7집, 대구, 모산학술연구소.

박노준, 1998, 속요와 현대시로 본 화자와 자연과의 괴리, 박노준·이창민 외, 『현대시의 전통과 창조』, 서울, 열화당.

박일용, 1992, <만분가>의 형상화 형태, 백영 정병욱선생 10주기추모논문집간행위원회편, 『한국고전시가작품론』2, 서울, 집문당.

박철희, 1974, 시조의 구조와 그 배경, 경산, 영남대학교 ≪논문집≫ 제7집.

박춘우, 1991, 유배가사연구, 대구, 대구대학교 대학원 석사학위 논문.

박춘우, 1993, 고시가에 나타난 한의 맺힘과 풀림, ≪대구어문론총≫ 제11집, 대구, 대구어문학회.

박춘우, 1996, 속미인곡 연구, ≪대구어문론총≫ 제14집, 대구, 대구어문학회.

박춘우, 1998, 고전 이별시가 연구(1), ≪우리말글≫ 제16집, 대구, 우리말글학회.

박태상, 1993, 민요에 나타난 한국인의 죽음의식 및 한에 대한 고찰, 『한국문학과 죽음』, 서울, 문학과지성사.

서승옥, 1985, 순환구조로 본 동동, 김대행 외, 『고려시가의 정서』, 서울, 개문사.

서영숙, 2002, <꼬댁각시 노래>의 연행양상과 제의적 성격, 『우리 민요의 세계』, 서울, 역락.

성현경, 1976, 기녀시조와 사대부 시조, 한국어문학회 편, 『조선 전기의 언어와 문학』, 대구, 형설출판사.

성호경, 1995, 조선 후기 시가의 양식과 유형, 『한국시가의 유형과 양식 연구』, 경산, 영남대학교출판부.

손종흠, 1993, 민요에 반영된 삶의 의식 연구, 연세대학교 대학원 박사학위 논문.

신동흔, 1992, <모죽지랑가>의 시적 문맥, 백영 정병욱선생 10주기추모논문집 간행위원회편, 『한국고전시가작품론』1, 서울, 집문당.

양재연, 1953, 공무도하가 소고, ≪국어국문학≫ 제5집, 국어국문학회.

윤성현, 1994, 고려속요의 서정성 연구, 서울, 연세대학교 대학원 박사학위 논문.

윤영옥, 1986, 원가, 김승찬 편저, 『향가문학론』, 서울, 새문사.

이계양, 1991, 고려속요에 나타난 시간현상연구, 광주, 조선대학교 대학원 박사학위 논문.

이규호, 1986, 잡가의 정체, 장덕순 외, 『한국문학사의 쟁점』, 서울, 집문당.

이노형, 1992, 한국 근대 대중가요의 역사적 전개과정 연구, 서울, 서울대학교 대학원 박사학위 논문.

이노형, 1992, 잡가 <유산가>에 대하여, 백영 정병욱선생 10주기추모논문집간행위원회편, 『한국고전시가작품론』2, 서울, 집문당.

이문규, 1992, 속미인곡 소고, 백영 정병욱선생 10주기추모논문집 간행위원회편, 『한국고전 시가작품론』2, 서울, 집문당

이순구, 1999, 조선시대의 성리학과 여성, 한국여성문화연구소 여성사연구실 지음, 『우리 여성의 역사』, 서울, 청년사.

이임수, 1981, 이상곡에 대한 문학적 접근, ≪어문학≫ 제41집, 한국어문학회.

이현수, 1990, 한국 부요에 나타난 의식 연구, 서울, 동국대학교 대학원 박사학위 논문.

이혜순, 1992, 규원가 독해, 백영 정병욱선생 10주기추모논문집간행위원회편, 『한국고전시가 작품론』2, 서울, 집문당.

이혜원, 1998, 한국시에 나타난 '접동새'에 대하여, 박노준 · 이창민 외, 『현대시의 전통과 창조』, 서울, 열화당.

임동권, 1982, <동동>의 해석, 김열규 · 신동욱 편, 『고려시대의 가요문학』, 서울, 새문사.

전규태, 1982, <서경별곡 연구>, 김열규 · 신동욱 편, 『고려시대의 가요문학』,

서울, 새문사.

전규태, 1982, <만전춘별사>고, 김열규·신동욱 편, 『고려시대의 가요문학』, 서울, 새문사.

정재호, 1982, 잡가고, 『한국가사문학론』, 서울, 집문당.

정재호, 1993, 가사문학의 내용분류, ≪모산학보≫ 제4·5집, 대구, 모산학술연구소.

정혜원, 1970, 시조의 의미 구조에 관한 분석, ≪국문학 연구≫ 제21집, 서울대학교 대학원 국문학연구소.

정혜원, 1986, 고시조에 나타난 내면의식 연구, 서울, 서울대학교 대학원 박사학위 논문.

조동민, 1989, 한국시가에 나타난 새의 상징성 연구, 서울, 건국대학교 대학원 박사학위 논문.

최상은, 1996 '연군'가사의 짜임새와 미의식, 정재호 편저, 『한국가사문학연구』, 서울, 태학사.

최용수, 1991, 고려가요의 유형적 연구, 경산, 영남대학교 대학원 박사학위 논문.

최정여, 1979, 고려속악가사론고, 『고려가요연구』, 서울, 정음사.

홍재휴, 1993, 가사문학연구사·논고, ≪모산학보≫ 제4·5집, 대구, 모산학술연구소.

④ 번역서 및 원서

노드롭 프라이 저, 고부응 역, 1984, 『문학의 길』, 서울, 심지.

노드롭 프라이 저, 이상우 옮김, 1987, 『문학의 구조와 상상력』, 서울, 집문당.

마이어홉 저, 김준오 역, 1979, 『문학과 시간현상학』, 서울, 심상사.

마이클 로이 저, 이성규 역, 1987, 『고대중국인의 생사관』, 서울, 지식산업사.

이소노가미 겐이찌로, 박희준 옮김, 1987, 『윤회와 전생』, 서울, 고려원.

필리프 아리에서 저, 이종민 옮김, 1998, 『죽음의 역사』, 서울, 동문선.

Mircea Eliade, 1972, Shamanism-archaic techniques of ecstasy, Princenton University Press.

Northrop Frye, 1990, Anatomy of Criticism, 10th Printing, Princeton University Press.

Robert Plutchik, 1991, The Emotion, University Press of America.

2. 고전 이별시가의 정서 유형

권영철, 1985, 『규방가사 - 신변탄식류』, 경산, 효성여자대학교출판부.

김경희, 1995, 『정서란 무엇인가』, 서울, 민음사.

김대행, 1985, 정서의 본질과 구조, 김대행 외, 『고려시가의 정서』, 서울, 개문사.

김대행, 1986, 『시조유형론』, 서울, 이화여자대학교출판부.

김대행, 1996, 고려시가의 문학적 성격, 성균관대학교 인문과학연구소 편, 『고려가요 연구의 현황과 전망』, 서울, 집문당.

김성배 외 3인, 1961, 『주해가사문학전집』, 서울, 집문당.

김영수, 1988, 조선 초기 시가론 연구, 서울, 연세대학교대학원 박사학위 논문.

김완진, 1980, 『향가해독법연구』, 서울, 서울대학교출판부.

김충실, 1985, 서경별곡에 나타난 이별의 정서, 김대행 외, 『고려시가의 정서』, 서울, 개문사.

김학성, 1980, 『한국고전시가의 연구』, 익산, 원광대학교출판국.

박노준, 1995, 시가문학사의 관점에서 본 고려속요의 정서 - 신라 향가와의 대비를 중심으로, ≪모산학보≫ 제7집, 대구, 모산학술연구소.

박병채, 1994, 『새로고친 고려가요의 어석 연구』, 서울, 국학자료원.

박진태, 1998, 『한국고전가요의 구조와 역사』, 대구, 형설출판사.

심재완 편저, 1984, 『정본 시조대전』, 서울, 일조각.

『악장가사』(영인), 1973, 서울, 대제각.

『악학궤범』(영인), 1973, 서울, 대제각.

윤성현, 1994, 고려속요의 서정성 연구, 서울, 연세대학교대학원 박사학위 논문.

이규호, 1985, 『한국고전시학론』, 서울, 새문사.

이임수, 1988, 『여가연구』, 대구, 형설출판사.

임능빈 역, 1973, 『동기와 정서』, 서울, 익문사.

임동권, 1961~1980, 『한국민요집』(1~5), 서울, 집문당.

정혜원, 1986, 고시조에 나타난 내면의식 연구, 서울, 서울대학교대학원 박사학위 논문.

조동일, 1982, 『한국문학통사』1, 서울, 지식산업사.

최강현, 1986, 『가사문학론』, 서울, 새문사.

Robert Plutchik, 1991, The Emotion, University Press of America.

3. 고전 이별시가와 현대 이별시의 관련 양상

김열규, 1996,『한국문학사 - 그 형상과 해석』(재판본), 서울, 탐구당.
김재홍, 1996,『이상화 - 저항시의 활화산』, 서울, 건국대학교출판부.
박노준·이창민 외, 1998,『현대시의 전통과 창조』, 서울, 열화당.
박진태, 1998,『한국고전가요의 구조와 역사』, 대구, 형설출판사.
박철석, 1980, 한국시와 이별의 의미, ≪시문학≫ 4월호, 시문학사.
박춘우, 1999, 고전 이별시가 연구, 대구, 대구대학교 대학원, 박사학위 논문.
백승철, 1974, 한의 시학, ≪심상≫ 10월호.
신상철, 1983,『현대시와 '님'의 연구』, 서울, 시문학사.
신은경, 1997,『고전시 다시 읽기』, 서울, 보고사.
윤재웅, 1998,『미당 서정주』, 서울, 태학사.
이인복, 1979,『한국문학에 나타난 죽음의식의 사적연구』, 서울, 열화당.
이정자, 1996,『한국시가의 아니마 연구』, 서울, 백문사.
조동일, 1978, 김소월·이상화·한용운의 님,『우리문학과의 만남』, 서울, 홍성사.
조병기, 1993,『한국문학의 서정성 연구』, 서울, 대왕사.
차한수, 1988, <나의 침실로>와 <이별을 하느니>의 비교 고찰, ≪국어국문
　　　학≫ 제8집, 동아대학교 국어국문학과.
하희주, 1960, 전통의식과 한의 정서, ≪현대문학≫ 통권 72호.
마이클 로이 저, 이성규 역, 1987,『고대중국인의 생사관』, 서울, 지식산업사.

4. 미인곡계 가사의 유형 구조

고경식, 1961, 매호별곡과 자도사, ≪자유문학≫ 제49호, 자유문학사.
김성배 외 3인, 1961,『주해 가사문학전집』, 서울, 집문당.
김영만, 1963, 조우인의 가사집「이재영언」, ≪어문학≫ 제10집, 한국어문학회.
김팔남, 1996, '미인곡' 계열 연정가사 연구, ≪어문연구≫ 제28집, 어문연구학회.
김팔남, 1999, 조선조 연정가사 연구, 충남대학교 대학원 박사학위 논문.
박진태, 1998,『한국고전가요의 구조와 역사』, 대구, 형설출판사.

박춘우, 1991, 유배가사 연구, 대구대학교 석사학위 논문.

박춘우, 1996, <속미인곡> 연구, ≪대구어문론총≫ 제14집, 대구어문학회.

박춘우, 2002, 변신모티프 시조의 유형분석, ≪우리말글≫ 제24집, 우리말글
학회.

서원섭, 1978, 『가사문학연구』, 대구, 형설출판사.

성현경, 1981, 『한국소설의 구조와 실상』, 경산, 영남대학교출판부.

윤태림, 1970, 『한국인』, 서울, 현암사.

이문규, 1992, 속미인곡 소고, 백영 정병욱선생 10주기추모논문집간행위원회편,
『한국고전시가작품론』2, 서울, 집문당.

이상보, 1987, 『17세기 가사전집』, 서울, 교학연구사.

이상보, 1989, 곤파 류도관의 시가 연구, ≪어문학논총≫ 제8집, 국민대학교.

이상보, 1991, 『18세기 가사전집』, 서울, 민속원.

이상보, 1997, 『한국가사선집』(재판), 서울, 민속원.

정익섭, 1963~1974, 미인가사고(상)·(하), ≪호남문화연구≫ 제1·2집, 전남대
호남문화연구소.

최강현, 1985. 11. 7, 미발표 사미인가를 소개, ≪홍대학보≫ 제512호, 홍익대학교.

최규수, 1998, 김춘택의 <별사미인곡>에 수용된 <미인곡>의 어법적 특질과
효과, ≪온지논총≫ 제4권, 온지학회.

최상은, 1996, 유배가사의 연구현황과 과제, 정재호 편저, 『한국가사문학연구』,
서울, 태학사.

찾아보기

박춘우(朴春雨)　　경북 예천 출생
대구대학교 국어교육과 졸업
동 대학원 석·박사과정 수료(문학박사)
현, 대구대학교 국어교육과 겸임교수

주요 논저

『한국문학의 이해』(공저, 대구대학교출판부, 2001)
『우리노래의 한과 신명』(공저, 대구대학교출판부, 2003)
「어부사시사의 교육방안 연구」 외 논문 다수

한국 이별시가의 전통 ■ ■ ■

인　쇄　2004년 4월 26일
발　행　2004년 4월 30일
저　자　박 춘 우
펴낸이　이 대 현
편　집　권 분 옥
펴낸곳　도서출판 역락
　　　　서울 성동구 성수2가 3동 301-80
　　　　(주)지시코 별관 3층
　　　　전　화 : 3409-2058, 3409-2060　FAX : 3409-2059
　　　　이메일 : youkrack@hanmail.net
　　　　등　록　1999년 4월 19일 제2-2803호

정　가　18,000원
ISBN　89-5556-287-X-93810

■ 잘못된 책은 교환해 드립니다.